Petra Ivanov

KRYO

Die Versuchung

Petra Ivanov

KRYO
Die Versuchung

Thriller

Die KRYO-Trilogie II

Unionsverlag

Im Internet
Aktuelle Informationen, Dokumente und Materialien
zu Petra Ivanov und diesem Buch
www.unionsverlag.com

Neptunstrasse 20, CH-8032 Zürich
Telefon +41 44 283 20 00
mail@unionsverlag.ch

Umschlagmotiv: Image navi, QxQ images (Alamy Stock Photo)
Umschlaggestaltung: Peter Löffelholz
Lektorat: Susanne Gretter
Satz: Fotosatz Amann
Druck und Bindung: GGP Media GmbH, Pößneck
ISBN 978-3-293-00597-6

Der Unionsverlag wird vom Bundesamt für Kultur mit einem
Verlagsförderungs-Strukturbeitrag für die Jahre 2021–2024 unterstützt.

Auch als E-Book erhältlich

Für Volodja

»Zu glauben, dass Kryoniker jemanden wiederbeleben können,
ist wie der Glaube daran, dass man aus einem Hamburger
wieder eine Kuh machen kann.«
US-Biologe Arthur Rowe

Personenverzeichnis

Hauptfiguren

JULIA SANDERS	Dolmetscherin, Mutter von Michael
MICHAEL WILD	Arzt, Sohn von Julia
HENRY SANDERS	Professor für Astrophysik, Ehemann von Julia
ANDREJ STANISLAWOWITSCH DANILOW	Dolmetscher
PAWEL STANISLAWOWITSCH DANILOW	Geschäftsmann, Besitzer von KrioZhit, Bruder von Andrej, Ehemann von Vita
VIKTORIJA (VITA) SERGEJEWNA DANILOWA	Ex-Model, Ehefrau von Pawel
OLEG WOLKOW	Oligarch, Ehemann von Irina
IRINA WOLKOWA	Ex-Model, Ehefrau von Oleg Wolkow

Nebenfiguren

KATARZYNA SZEWIŃSKA	Neuroinformatikerin bei KrioZhit
TSCHURKA (DSCHACHONGIR)	Jugendfreund von Vita
XENIA	russische Prostituierte

BOGDAN RADU	Arzt bei KrioZhit
TANJA	russische Austauschstudentin
LARISSA JURJEWNA	Mutter von Tanja
KYRILL	russisch-orthodoxer Mönch
TRAPEZIUS	Wächter
MARGARET FREEMAN	Professorin für Cybersicherheit, Kollegin von Henry
STANISLAW IWANOWITSCH DANILOW	Militärchemiker, Vater von Andrej und Pawel
SWETA ILJINITSCHNA DANILOW	Mutter von Andrej und Pawel
GALINA PETROWNA	Mutter von Vita
THOMAS MÖHKER	Redakteur *Wissenschaftsjournal*

I

November 2021

Ein Mensch kann nicht zweimal sterben. Oder doch? Wenn Julia eines gelernt hatte in den vergangenen Wochen, dann, dass der Tod nicht endgültig war. Zumindest nicht für alle. Sie schaute zurück. Der Mann mit der schwarzen Wollmütze befand sich immer noch hinter ihr. Sie reihte sich in die Schlange vor dem Einlassautomaten ein und holte ihre Fahrkarte hervor. Auf der Rolltreppe führte sie sich den Metroplan wieder vor Augen. Ihre letzte Reise nach Moskau lag achtundzwanzig Jahre zurück, das Netz hatte sich nicht verändert, auch wenn ein paar neue Linien dazugekommen waren. Julia entschied sich für die Ringlinie. Sie würde im Kreis fahren, um festzustellen, ob der Mann ihr tatsächlich folgte oder ob er nur zufällig in die gleiche Richtung unterwegs war. Zielstrebig ging sie auf die Plattform zu. Hinter einer Marmorsäule blieb sie stehen und betrachtete die Menschen. Eine Touristin fotografierte ein Mosaik an der Wand, ein Mann in Anzug schaute auf die Uhr. Julia hörte ein leises Rattern, kurz darauf drang ein Schwall Luft aus einem Tunnel. Der Lärm schwoll an, und die Menschenmenge setzte sich in Bewegung. Beim Einsteigen behielt Julia die anderen Türen im Blick. Der Mann mit der Wollmütze war verschwunden. Trotzdem wechselte sie an der nächsten Station den Wagen.

Allmählich beruhigte sich ihr Puls. Gleichzeitig war ihr klar, dass die Gefahr noch nicht vorüber war. Gut möglich, dass sie sich den Verfolger diesmal nur eingebildet hatte, doch es war bloß eine Frage der Zeit, bis sie entdeckt wurde. Während sie im Kreis fuhr, prägte sie sich die Gesichter der Fahrgäste ein. Früher hatten die Moskauer im öffentlichen Raum jeglichen Blickkontakt vermieden. Sie hatten die Augen auf den Boden gerichtet und unsichtbare Mauern um sich herum aufgebaut. Jetzt starrten sie auf ihre Handys, und statt Angst sah Julia in ihren Gesichtern Gleichgültigkeit.

Sie wechselte ein weiteres Mal den Wagen, bevor sie schließlich am Weißrussischen Bahnhof auf die Linie zwei umstieg. Sie fühlte sich wieder wie zwanzig. Erfüllt von Liebe und der Zuversicht, dass Andrejs Familie sie mit offenen Armen empfangen würde. Wie naiv sie gewesen war! Sie hatte die Fahrgäste angestrahlt und nicht verstanden, dass Glück in der Sowjetunion Misstrauen weckte.

Eine Lautsprecherstimme kündigte die Haltestelle Paweletskaja an. Awtozavodskaja. Technopark. In Gedanken wiederholte Julia die Namen, die Melodie war ihr so vertraut wie die Stimme ihres Vaters, der sie damals vor der Reise nach Moskau gewarnt hatte. Vor Andrej gewarnt hatte.

»Der wird dich nicht glücklich machen«, hatte er gesagt. »Der kann doch gar nicht anders. Der muss erst einmal lernen, ohne Krücken zu gehen.«

Sie hatte ihm Engstirnigkeit vorgeworfen, hatte mit der Arroganz der Jugend auf das kleine Leben ihrer Eltern herabgeschaut und nicht begriffen, wie groß es in Wirklichkeit war. Sie hatte geglaubt, die Welt stehe ihr offen, und war gegen verschlossene Türen gerannt.

Der Zug verließ den Tunnel, das Rattern wurde leiser. Julia betrachtete die weißen Plattenbauten, die bis ans Ufer der Moskwa reichten, über die sie nun fuhren. Sie suchte nach einem Orientierungspunkt, doch bevor sie sich zurechtfinden konnte, tauchte der Zug in den nächsten Tunnel ab.

Dann war sie da. Kolomenskaja. Nur wenige Fahrgäste stiegen aus, der Mann mit der Wollmütze war nicht dabei. Julia war sich sicher, dass sie automatisch auf den richtigen Ausgang zusteuern, dass sie den Weg auch blind finden würde, nun kam ihr alles anders vor. Wie unzuverlässig das Gedächtnis ist. Falsche Erinnerungen vermischen sich mit echten, manche Erlebnisse versickern, während einem andere wichtiger vorkommen, als sie es in Wirklichkeit sind. Genau deshalb wollte sie den Wohnblock noch einmal sehen, in dem Andrej mit seiner Familie gelebt hatte. Seine Eltern waren inzwischen gestorben, sein Bruder Pawel wohnte in einem Nobelvorort, aber vielleicht konnte ein Blick auf die Umgebung Erinnerungen wecken, die in ihr schlummerten und zu denen sie keinen Zugang hatte.

Sie steuerte auf die Treppe zu, die am nächsten lag. Wo einst Babuschkas ihre Waren auf Klapptischen feilboten, standen jetzt Getränkeautomaten. Neben der Metrostation gab es ein Einkaufszentrum, dahinter lag eine mehrspurige Straße. Julia holte den Stadtplan hervor, den sie sich am Flughafen besorgt hatte. Je weniger digitale Spuren sie hinterließ, desto besser.

Eine Passantin fragte, ob sie Hilfe brauche. Julia verneinte auf Russisch und erntete einen unsicheren Blick. Man sah in ihr immer noch die Ausländerin, auch wenn sie statt der wetterfesten Jacke, ohne die sie ihr Haus in Upstate New York nie verließ, einen teuren Wollmantel trug. Sie hatte gehofft, dass man sie für eine Russin halten würde, die inzwischen im Ausland lebte. Sie hätte sich schminken sollen. Die Frauen in Moskau legten großen Wert auf ihr Äußeres. Sie strich sich über das flachsblonde Haar, das sie nachlässig zu einem Pferdeschwanz zusammengebunden hatte. Dann schaute sie auf ihre Fingernägel. Kurz, unlackiert, die Nagelhaut stellenweise abgebissen. Die Anspannung, unter der sie seit Wochen stand, hatte Spuren hinterlassen. Seit Monaten, korrigierte sie sich in Gedanken. Michael war vor genau zwei Monaten verschwunden.

Es begann zu regnen. Julia faltete den Stadtplan zusammen und schob ihn in ihre Tasche. Vorsichtig bahnte sie sich einen Weg zur Bushaltestelle. Den verstauchten Knöchel spürte sie kaum noch, doch das angebrochene Schlüsselbein schmerzte bei jeder falschen Bewegung. Die Verletzungen hatte sie sich in Seattle zugezogen. Sie erinnerten sie daran, die Gefahr, die von anderen Menschen ausging, nie zu unterschätzen. Sie wünschte, sie hätte die kleine Kompakt-Pistole mitnehmen können, die sie sich in den USA beschafft hatte.

Die Haltestelle war überdacht, im Gegensatz zu früher gab es sogar Sitzbänke. Julia wartete etwas abseits und stieg dann in den ersten Bus ein, der Richtung Flussbiegung fuhr. Frauen mit Einkaufstaschen musterten sie verstohlen. Vier Haltestellen später betrat Julia eine Welt, die sie unwiderruflich mit Andrej verband. Ein Labyrinth aus Plattenbauten und Trampelpfaden, dazwischen matschige Grünflächen und Spielplätze. Die rostigen Schaukeln waren farbigen Klettergerüsten, die Ladas und Wolgas modernen Fahrzeugen gewichen, noch immer aber schienen die Menschen eine unsichtbare Last mit sich zu tragen.

Julia machte einen Bogen um eine Wasserpfütze, die sich auf dem brüchigen Asphalt gebildet hatte. Sie fragte sich, wie Michaels Leben ausgesehen hätte, wenn er hier zur Welt gekommen wäre. Wenn er gewusst hätte, dass Andrej Danilow sein leiblicher Vater war. Hätte er sich trotzdem für Naturwissenschaften interessiert? Urzeitkrebse gezüchtet, Teleskope gebaut und schließlich Medizin studiert?

Ein Schatten huschte an Julia vorbei, und ihr Puls schoss in die Höhe. Nur ein Hund, stellte sie fest und blieb stehen, bis auch der Besitzer sie überholt hatte. Neben dem Weg lag ein umgekipptes Dreirad. Sie dachte an Michaels erste Fahrt mit dem Fahrrad. Er hatte sich geweigert, Stützräder zu benutzen, und war in eine Brombeerhecke gestürzt. Die Kratzer an seinen Armen und Beinen hielten ihn nicht davon ab, gleich wieder in den Sattel zu steigen. Wie hartnäckig er sein konnte! Als er vor zwei Monaten nicht zu einem Termin erschienen war, hatte sie vermutet, dass er sich trotz ihrer Warnung auf die Suche nach seinem Vater gemacht hatte. Sie war aufgebrochen, um ihn davon abzuhalten, da erst war ihr klar geworden, dass viel mehr hinter seinem Verschwinden steckte. Aus gesundheitlichen Gründen hatte er die Ausbildung zum Chirurgen abgebrochen und arbeitete inzwischen als freier Mitarbeiter für ein Wissenschaftsmagazin. Bei Recherchen für eine Reportage über den Transhumanismus war er auf die illegalen Machenschaften einer kalifornischen Firma gestoßen. In den Skandal waren hochrangige Persönlichkeiten aus Politik, Justiz, Wirtschaft, Wissenschaft und Kultur involviert. Noch immer sorgten die Namen für Schlagzeilen. Ein enger Vertrauter des US-Präsidenten hatte seinen Rücktritt erklärt, eine UNO-Botschafterin musste ihren Posten räumen. Nur einem Mann war es gelungen, unentdeckt zu bleiben.

Oleg Wolkow.

Wut stieg in Julia auf, als sie an den russischen Oligarchen dachte. Er war für sie ein Symbol all dessen, was sie verabscheute: Ungerechtigkeit, Egoismus, Gier, Rücksichtslosigkeit. Schlimmer noch – er war ein Mörder. Um länger zu leben, hatte er sich Kinderblutplasma spritzen lassen, was einen vierjährigen Jungen das Leben gekostet hatte. Dass Wolkow ungeschoren davonkommen sollte, wollte Julia nicht in den Kopf. Vermutlich ging es Michael ähnlich. War er deshalb in Russland? Und gar nicht, um Andrej zu suchen? Julia hatte ihm den Namen seines Vaters nie verraten, doch im Laufe seiner Recherche hatte er mit Andrejs Bruder Pawel Kontakt aufgenommen, der eine Kryonikanlage in Russland betrieb.

Der Regen wurde stärker, Menschen eilten mit gesenktem Kopf an Julia vorbei. Sie betrachtete die trostlosen Wohnblocks mit ihren winzigen, eingeglasten Balkons, ohne dass sich ein Gefühl von Vertrautheit einstellte. Zu viel hatte sich verändert. Oder war sie es, die sich verändert hatte? Sie war als naives Mädchen nach Moskau gekommen und hatte die Stadt als traumatisierte Frau verlassen. Im Glauben, dass Andrej tot war.

Sie blieb vor einer Stahltür stehen. Aus einem anderen Eingang drang das Geräusch eines Bohrers. Es gab weder Namensschilder noch Klingeln, nur ein Tastenfeld, um die Wohnungsnummer einzutippen.

»Suchen Sie jemanden?«, fragte eine dick eingemummte Frau.

Julia zögerte. Russische Namen bestanden aus drei Teilen, dem Vornamen, dem Nachnamen und dem Namen des Vaters, der wiederum vom Vornamen des Vaters abgeleitet wurde. Sie wusste nicht, ob die Kombination aus Vornamen und dem Namen des Vaters immer noch üblich war. Früher hatte es als höflich gegolten, vielleicht hatten sich nach der Wende aber westliche Gepflogenheiten durchgesetzt. Sie beschloss, die alte Form anzuwenden. Das passte zu der Geschichte, die sie sich ausgedacht hatte, um ihren leichten Akzent zu erklären.

»Ich suche Andrej Stanislawowitsch«, antwortete sie.

Die Frau legte die Hand auf die Brust und stieß ein schweres »Oi« aus.

Wie gut Julia diesen Seufzer kannte! Kummer, aber auch Duldsamkeit lagen darin, und die Erkenntnis, dass es zwecklos war, sich gegen das Schicksal aufzulehnen. Sie erklärte, dass sie mit Andrej an der Staatlichen Linguistischen Universität Moskaus studiert habe, dann aber nach London ausgewandert sei. Die Lüge ging ihr glatt über die Lippen.

»Sie haben mit Andrjuscha studiert?« Die Frau beugte sich vor, um sie besser sehen zu können.

»Es ist schon lange her. Ich bin gleich nach dem Studium ausgewandert, und wir haben uns aus den Augen verloren.«

»Dann wissen Sie nichts von der Tragödie?«

»Tragödie?«

Die Frau schüttelte stumm den Kopf.

»Ist ihm etwas zugestoßen? Wir waren damals … eine Zeit lang …« Julia verstummte.

Die Frau hatte die Hand noch immer auf der Brust liegen. Sie wiegte sich hin und her, als wollte sie sich selbst trösten.

»Andrjuscha ist … Sie sehen aus, als könnten Sie eine Tasse Tee vertragen.«

Kurz darauf saß Julia auf einem Bettsofa und knabberte höflich an einem Keks, der nach nichts schmeckte. Sie hatte vor achtundzwanzig Jahren nicht nur Andrej verloren, sondern auch ihren Geruchs- und Geschmackssinn. An der Wand hingen düstere Gemälde mit Motiven von Schlachten aus dem Großen Vaterländischen Krieg. In einer

Vitrine lagen diverse Relikte aus der Vergangenheit, darunter zahlreiche Schwarz-Weiß-Fotos von einem jungen Mann.

»Mein Tolja«, erklärte die Frau. »Er fehlt mir jeden Tag.«

Julia nickte mitfühlend.

»Er ist in Ungarn gefallen, nur wenige Monate, nachdem wir geheiratet haben. Meine Tochter hat ihren Vater nie kennengelernt. Als Kriegsheld hat er aber wenigstens in den Geschichtsbüchern weitergelebt. Eine Zeit lang zumindest. Heute interessiert sich keiner mehr für die Opfer, die wir erbracht haben.« Sie klagte über den Untergang der Sowjetunion, Boris Jelzin und das Rentengesetz 90, das sie in die Armut gestürzt habe.

Über die Not der Babuschkas hinter den Klapptischen hatte sich Julia damals keine Gedanken gemacht.

»Unsere große Nation ist vor die Hunde gegangen.« Die Frau schaute auf ein Gemälde, das eine besonders blutige Schlacht darstellte, dann wandte sie sich wieder Julia zu. »Meine Generation hatte nicht die Möglichkeit, der Heimat den Rücken zu kehren. Wir haben für unsere Zukunft gekämpft!«

Julia verstand den Hinweis. »Heute würde ich auch anders handeln«, sagte sie, und diesmal entsprach ihre Aussage sogar teilweise der Wahrheit. »Damals begriff ich nicht, dass Auswandern keine Lösung ist. Hat Andrej Russland auch verlassen?«, versuchte sie das Gespräch wieder auf ihn zu lenken.

»Nehmen Sie noch einen Keks!« Die Frau schob ihr den Teller zu.

Bei fremden Menschen etwas zu essen, fühlte sich für Julia an, als würde sie mit geschlossenen Augen die Straße überqueren. Sie fühlte sich ausgeliefert und schutzlos. Dennoch griff sie nach einem weiteren Keks. Wenn sie Informationen wollte, durfte sie ihre Gastgeberin nicht enttäuschen.

»Andrjuscha war ein anständiger Junge«, fuhr die Frau fort. »Er hat mir die Einkäufe die Treppe hochgetragen und mir regelmäßig schwer erhältliche Waren gebracht. Waschpulver, das nach Zitronen duftete,

Orangen, Instantkaffee und einmal sogar eine Ananas.« Die Frau senkte die Stimme. »Sein Vater hatte natürlich Beziehungen, den Danilows mangelte es nie an etwas. Die meisten Jungen war viel zu beschäftigt, um sich mit einer alten Frau abzugeben, Andrjuscha aber hat nie eine Tasse Tee oder ein Stück Kuchen ausgeschlagen. Heute hat keiner mehr Zeit, meine Enkeltochter sehe ich nur an den Feiertagen. Als Andrjuscha ins Ausland ging – wenn Sie mit ihm studiert haben, wissen Sie bestimmt, dass er zu den ersten Austauschstudenten am Institut gehört hat, was für eine Ehre! –, habe ich befürchtet, dass es ihn verändern würde. Dass man ihn einer Gehirnwäsche unterziehen und er als ein anderer zurückkehren könnte.« Sie lächelte. »Aber er war immer noch derselbe. Nur trauriger. Manchmal hat er mich an meinen Tolja erinnert. Diese Augen, sie sahen keine Zukunft. Ob er geahnt hat, dass wir dem Untergang geweiht waren? Ich habe mich oft gefragt, was Andrjuscha im Westen erlebt hat. Er hat nie darüber gesprochen.«

Er hat mich kennengelernt, dachte Julia. Aber wann hatte sich das Glücksgefühl in Trauer verwandelt? Sie dachte daran, wie sie Pläne geschmiedet hatten. Sie saßen am Strand, vor ihnen der Pazifik, über ihnen der tiefblaue Himmel. Seehunde dösten auf den Felsen, Tanker zogen am Horizont vorbei. Sie redeten über ihre Träume, und Andrej vertraute ihr an, dass er Schriftsteller werden wollte. Julia hatte kein Verständnis dafür aufgebracht. In ihren Augen war er ein begnadeter Dolmetscher, viel besser, als sie es je werden könnte, obwohl sie sich bereits in einer Kabine bei den Vereinten Nationen sitzen sah. Sie sprach über die UN-Charta. Andrej über Literatur. Er rezitierte Gedichte, sie erklärte ihm Visabestimmungen. Jetzt erst wurde ihr klar, dass nur sie Pläne geschmiedet hatte. Hatte er gewusst, dass es keine gemeinsame Zukunft für sie geben würde?

»Was hat er nach dem Studium gemacht?«, fragte Julia.

Die alte Frau blickte aus dem Fenster, draußen hatte die Dämmerung eingesetzt. »Als die Verbrecher in den Neunzigerjahren die Macht übernahmen, war plötzlich jeder ein Businessmann, auch

Stanislaw Iwanowitsch. Andrjuscha und sein Bruder Pascha sind bei ihm eingestiegen.«

Darüber hatte Julia gelesen. Stanislaw Iwanowitsch Danilow war als Militärchemiker von der Regierung in die ehemalige DDR entsandt worden. Nach seiner Rückkehr hatte er eine Stelle als Chefingenieur in einem Kunststoffwerk angetreten, später im Ministerium für chemische Industrie gearbeitet. Während der Perestroika-Periode konnte er sich einen Staatsbetrieb unter den Nagel reißen. Die RusChem stellte Düngemittel her und verfügte über Abbaustätten für Phosphate und Nitrate. Pawel hatte später die Aktionärs-Finanz-Korporation Finema gegründet und das Unternehmen Chemprom dazugekauft, das zu Sowjetzeiten Nervengase produziert hatte. Er erwarb weitere Firmen, hauptsächlich im Tech- und Telecom-Sektor, dann baute er eine Kryonikanlage auf und befasste sich vor allem mit Projekten, die Fragen der Unsterblichkeit erforschten.

»Während des Studiums hat Andrej davon gesprochen, Schriftsteller zu werden«, sagte Julia. »Warum hat er diesen Traum aufgegeben?«

»Träume!«, schnaubte die Frau. »Die kann man in jedem Spirituosenladen kaufen. Davon ist noch niemand satt geworden.«

Julia dachte an die Telegramme, die er ihr aus Moskau geschickt hatte. Seinen Traum von einer gemeinsamen Zukunft hatte er zu diesem Zeitpunkt noch nicht aufgegeben, sonst hätte er den Kontakt zu ihr abgebrochen.

»Mögen Sie den Tee nicht?«, fragte die Frau und deutete auf Julias volle Tasse.

Widerwillig trank Julia einen Schluck.

»Die Danilows sind nur wenige Jahre nach Andrjuschas Rückkehr weggezogen«, fuhr die Frau fort. »Sie haben sich eine größere Wohnung im Zentrum gekauft. Sweta Iljinitschna hat sich dort nie wohlgefühlt, Gott hab sie selig, sie verbrachte immer mehr Zeit auf ihrer Datscha. Das weiß ich von meiner Nachbarin, ihr Häuschen liegt in der gleichen Siedlung.«

Julia horchte auf. Natürlich besaßen die Danilows eine Datscha, warum hatte sie nicht daran gedacht? Viele Systemtreue hatten in den 1980er-Jahren vom Staat ein Stück Land bekommen und darauf eine Hütte errichtet, die sie sukzessive ausbauten, je nachdem, wie gut ihre Beziehungen waren und welche Mittel ihnen zur Verfügung standen. Die Datschniki, wie die Bewohner genannt wurden, schätzten die frische Luft und das einfache Leben. Die Datscha war eine Zufluchtsstätte. Und der perfekte Ort, um jemanden zu verstecken.

Julia lehnte sich zurück. Bei ihrem Treffen in Seattle hatte Pawel ihr gegenüber behauptet, dass er Michael vor Oleg Wolkow habe in Sicherheit bringen müssen. Er hatte ihr Videoaufnahmen gezeigt, die Michael in einem sterilen Raum zeigten. Julia zweifelte nicht daran, dass Michael in Gefahr war. Wolkows Sicherheitsleute hatten mehrere Menschen kaltblütig ermordet, weil sie über Informationen verfügten, die ihm gefährlich werden konnten. Aber sie wusste auch, dass Pawel noch ganz andere Interessen verfolgte, als Michael zu schützen. Trotzdem hatte sie ihm versprochen, die Suche nach ihrem Sohn einzustellen, wenn er im Gegenzug dafür sorgte, dass Michael nichts zustieß. Dabei hatte sie nicht eine Sekunde daran gedacht, sich an dieses Versprechen zu halten. Nicht, bevor sie wusste, was Pawel mit Michael vorhatte.

Weder der weiß gekachelte Boden, der auf dem Video zu sehen war, noch der Stahltisch, an dem Michael saß, passten zur Einrichtung einer Datscha. Im Hintergrund war Julia aber ein Klappbett mit einem altmodischen Rahmen aufgefallen, auf dem eine dünne Matratze und eine geblümte Decke lagen. 1991 hatte sie in Moskau auf so einem Bett geschlafen.

»Andrej hat oft von der Datscha erzählt, sie lag in Pikalovo, nicht wahr?«, nahm sie das Gespräch wieder auf. Von dieser Siedlung war in einer Radioreportage die Rede gewesen, eine andere fiel ihr spontan nicht ein.

»Nein, in der Nähe von Kirtasch, nördlich der Stadt. Die Fahrt dorthin dauert über eine Stunde, aber Stanislaw Iwanowitsch besaß ja schon damals einen eigenen Wagen.«

Julia führte die Tasse mit dem abgeblätterten Goldrand zum Mund, ohne einen Schluck zu trinken. Was, wenn sie Pawel unterschätzt hatte und er von ihrer Ankunft in Moskau längst wusste? Ahnte er, dass sie die alte Wohnung der Danilows aufsuchen würde? Hatte er die Nachbarin gebeten, Julia abzupassen? Als Betreiber eines Chemiewerks hatte er zu Substanzen Zugang, die sich problemlos einer Tasse Tee beimischen ließen. Katamin. Rohypnol. Valium. GHB oder GBL. Den salzigen Geschmack würde sie nicht einmal bemerken. Bildete sie es sich nur ein, oder war ihr leicht schwindlig?

Sie stellte die Tasse ab. »Sie haben vorhin von einer Tragödie gesprochen. Was ist passiert?«

»Ich habe es aus dem Fernsehen erfahren, alle Sender berichteten im letzten Sommer darüber. Der arme Andrjuscha! Ich wusste nicht einmal, dass er ins Kloster gegangen ist. Die Mafia …« Die Stimme der Frau zitterte. »Es hieß, dass er entführt werden sollte. Als er zu fliehen versuchte, habe man auf ihn geschossen. Er soll sich ins Meer gestürzt haben und …« Sie bekreuzigte sich. »Der Ärmste!«

In den Artikeln, die Julia zu diesem Vorfall gelesen hatte, waren nur Vermutungen geäußert worden. Eine Leiche hatte man nie gefunden. Eine missglückte Entführung schien am naheliegendsten zu sein, immerhin war Andrej Mitinhaber von einem der größten privaten Industrie- und Finanzkonzerne Russlands, auch wenn er sich aus dem Tagesgeschäft zurückgezogen und die letzten sieben Jahre im Solowezki-Kloster gelebt hatte, einem Zentrum der russisch-orthodoxen Kirche im hohen Norden.

»Sind Sie sicher, dass es Andrej war, auf den man geschossen hat?«, fragte Julia.

Die alte Frau blinzelte verwirrt.

»Könnte es sein, dass jemand anders unter seinem Namen im Kloster gelebt hat?«

»Wie kommen Sie darauf?«

Weil ein Mensch nicht zweimal sterben kann, dachte Julia.

2

Moskau, 1991

Es gab Orte auf der Welt, deren Namen schon ausreichten, um Sehnsucht zu wecken. Sansibar, Timbuktu oder Samarkand. Für Julia war es Scheremetjewo. Ein Wort, das wie ein lang gezogenes Flüstern klang, ein weicher Schal, locker um den Hals geschlungen. Julia schaute auf die Schlange, die sich vor der Passkontrolle gebildet hatte. Niemand sprach, keiner tanzte aus der Reihe. Ausdruckslose Gesichter, leere Blicke. Die Menschen trugen vollgestopfte Taschen und Kartons, die mit Schnüren zusammengebunden waren. Jemand schob sogar einen Mikrowellenherd vor sich her. Eine Mutter versuchte verzweifelt, ihren weinenden Säugling zu beruhigen. Als ein Milizionär auf sie zusteuerte, wurden ihre Schaukelbewegungen hektisch. *Schsch. Schsch.* Scheremetjewo. Der Milizionär gab der Frau mit dem Kinn ein Zeichen, ihm zu folgen. Blass huschte sie ihm hinterher. Er führte sie an die Spitze der Schlange und bedeutete dem Geschäftsmann, der an der Reihe war, ihr den Vortritt zu lassen. Die Mutter murmelte ein paar Dankesworte und kramte ihren Pass hervor.

Julia nahm alles in sich auf. Das Wappen der Sowjetunion, das an der Wand prangte, das Schlurfen von Schuhsohlen auf grauen Fliesen, das regelmäßige Aufklatschen der Stempel in den Kabäuschen. Wie lange sie von diesem Moment geträumt hatte! Bereits auf dem Gymnasium hatte sie begonnen, Russisch zu lernen. Auf ihrem Bücherregal standen reihenweise russische Klassiker; die Lieder von Bulat Okudschawa, Alla Pugatschowa und Wladimir Wyssozki waren ihr vertrauter als die Songs, die ihre Mitstudenten hörten. Ihre Eltern begriffen nicht, warum es sie nach Osten zog. Ihr Vater hatte nie den Wunsch gehabt, auch nur einen Fuß außerhalb seines geliebten Ruhrgebiets zu setzen, ihre Mutter war zwar ab und zu an die Nordsee gefahren, doch das war ihr Abwechslung genug. Manchmal ertappte sich Julia dabei, wie sie ihre Eltern dafür verachtete. Ein Leben aus Mettwurst, Lesezirkel, Bier und Lottoscheinen. Unmöglich, mit ihnen über Karl Marx oder den Bolschewismus zu diskutieren. Das Schicksal von russischen Dissidenten ließ sie kalt, die politischen Veränderungen in der Sowjetunion interessierten sie ebenso wenig wie die russische Sprache.

Julia schob die Gedanken an ihre Eltern von sich. Sie war hier, auf dem Flughafen Scheremetjewo. In wenigen Stunden würde sie nicht nur Moskauer Luft atmen, sondern auch Andrej wiedersehen. Die Vorstellung brachte ihre Wangen zum Glühen. Sie lächelte einer Frau zu, die sie verstohlen gemustert hatte und nun rasch den Kopf abwandte. Langsam rückte die Schlange vor. Das Warten störte Julia nicht, im Gegenteil. Sie wollte beweisen, dass sie dazugehörte und genauso geduldig ausharren konnte wie die Einheimischen. Auch äußerlich hatte sie versucht, sich anzupassen. Sie trug einen Rock statt Jeans und eine Jacke, die ihrer Mutter gehörte. Ob Andrej sie wiedererkennen würde? Sie hatte ihm nichts von ihrer Reise erzählt. Tanja hatte ihr die offizielle Einladung geschickt, die Julia benötigte, um ein Visum zu erhalten. Julia hatte es erstaunt, dass die schüchterne Studentin sich dazu bereit erklärt hatte. Während des Austauschsemesters in Kalifornien standen sie sich nicht besonders nahe, es gab sogar eine Zeit, da hatte Julia geglaubt, Tanja sei in Andrej verliebt. Trotzdem schrieben sie sich nach Tanjas Rückkehr in die Sowjetunion. Als Julia darüber klagte, wie sehr sie Andrej vermisse, bot Tanja an, ihr bei der Einreise zu helfen. Die Vorbereitungen hatten Tanjas romantische Ader zum Vorschein gebracht. Sie hatten vereinbart, die bevorstehende Reise geheim zu halten und Andrej zu überraschen.

Die Schlange war vorgerückt. Rasch schloss Julia auf. Sie versuchte, einen Blick hinter die Passkontrolle zu werfen, sah aber bloß eine Wand und weitere Milizionäre. Endlich war sie an der Reihe. Sie legte ihren Pass auf die Durchreiche und begrüßte den Mann hinter der Scheibe. Er erwiderte ihr Lächeln nicht, sondern starrte abwechselnd auf ihr Foto und ihr Gesicht. In gelangweiltem Tonfall fragte er auf Russisch nach dem Grund ihrer Reise. Er schien keine Antwort zu erwarten, als Julia aber in fließendem Russisch erklärte, dass sie eine Freundin besuchte, blinzelte er ein paar Mal. Er fasste sich sogleich wieder, drückte ihr einen Stempel in den Pass und winkte sie durch.

Sie war da.

3

2021

Julia stand vor Andrejs ehemaligem Wohnblock und atmete tief durch. Der Schwindel war weg, sie war nicht vergiftet worden. Sie betrachtete die zahlreichen Fahrzeuge auf dem Parkplatz. Anfang der 1990er-Jahre besaßen nur ein paar Privilegierte ein eigenes Auto, die meisten Stadtbewohner bestellten ein inoffizielles Taxi, wenn sie einen Wagen brauchten. Auch Tanja hatte einen Bekannten engagiert, um Julia am Flughafen abzuholen. Julia sah sie wieder vor sich, wie sie in der Ankunftshalle gestanden hatte, mit ihrem scheuen Lächeln, dem hellbraunen Haar und der leicht gekrümmten Haltung. Auf den ersten Blick hatte sie unscheinbar gewirkt, bei genauerem Hinsehen aber hatte Julia hinter der großen Brille das Funkeln in den braunen Augen wahrgenommen, und wenn Tanja sprach, unterstrich sie ihre Aussagen mit klaren Gesten. Nach ihrer Flucht hatte Julia alle Brücken hinter sich abgebrochen. Ob Tanja ihr weitere Briefe geschrieben hatte? Wohnte sie noch in der Innenstadt? Bereits zu Sowjetzeiten galt eine Wohnung in Moskau als Privileg, niemand zog freiwillig von dort weg. Nach der Perestroika waren die Wohnungen in Privateigentum übergegangen. Einige wurden von ihren Besitzern vermietet, die meisten aber bewohnten sie selbst.

Von dem Gespräch mit Andrejs Nachbarin war Julia enttäuscht, sie hatte sich mehr Informationen erhofft. Wenigstens hatte die Rentnerin bestätigt, was Julia aus den Medien schon wusste. Andrej war nach dem Studium tatsächlich in die Firma seines Vaters eingestiegen und nicht etwa gestorben, wie man ihr hatte weismachen wollen. Zumindest nicht 1991. Fake News war offenbar keine neuere Erfindung, die Russen hatten es schon früher verstanden, Falschnachrichten als Waffe einzusetzen. Ob auch die Meldungen vom vergangenen Juni erfunden waren? Hatte man gar nicht auf Andrej geschossen? Lebte er noch? Schon die Vorstellung raubte Julia den Atem.

Der Regen war in Schneeregen übergegangen. Wenn sie vor dem Feierabendverkehr in der Innenstadt sein wollte, musste sie sich beeilen. In dem schummrigen Licht der Laternen, die die Wege zwischen den Plattenbauten säumten, waren die Gesichter der Menschen kaum zu erkennen. Julia fragte sich, ob es Überwachungskameras gab. Hatte Pawel Zugang zu den Aufnahmen? Wie weit reichte sein Einfluss? Früher oder später würde er ihr auf die Spur kommen. Ihre einzige Sicherheit bestand darin, immer einen Schritt schneller zu sein als er.

Eine plötzliche Bewegung hinter ihr ließ sie zusammenfahren. Ein Jogger rannte an ihr vorbei und spritzte sie mit Schneematsch voll. Julias Herz raste. Sie hatte sich ablenken lassen, war unaufmerksam. Sie schaute sich prüfend um. Eine Frau mit einem Geigenkoffer. Ein Jugendlicher, der rauchte. Ein weinendes Kind. Scheinwerfer. Julia lief in die entgegengesetzte Richtung, weg von der Metrostation. Sie durfte nicht absehbar handeln.

Zehn Minuten später saß sie in einem Bus, der dem Flusslauf folgte. Hinter den beschlagenen Scheiben zog eine endlose Kolonne Fahrzeuge an ihr vorbei. Fast nostalgisch dachte Julia an die leeren Straßen zu Sowjetzeiten. An die schwere Stille, die in Moskau geherrscht hatte und die Bewohner bedrückte, Touristen aus dem Westen aber, des Konsums überdrüssig, begeisterte. Sie fuhr bis zur ehemaligen Zarenresidenz Kolomenskoje, wo sie in den Besucherstrom eintauchte, der aus dem Museum kam. Dann schnappte sie sich ein Taxi, das sie zur Endstation der grauen Linie brachte. Ihr Magen knurrte, und ihr war wieder leicht schwindlig, diesmal aber, weil sie bis auf die zwei Kekse den ganzen Tag noch nichts gegessen hatte. Sie erinnerte sich an die erste McDonald's Filiale in Moskau und fuhr mit der Metro zur Puschkinskaja. Fast-Food-Ketten boten standardisierte Speisen an.

Auch auf der mehrspurigen Straße, die zum Puschkin-Platz führte, reihten sich die Fahrzeuge Stoßstange an Stoßstange. Dafür wartete vor dem Eingang des McDonald's niemand auf Einlass. Andrej hatte sich über den Begriff »Fast Food« lustig gemacht. Bis zu fünf Stunden hatten die Menschen Schlange gestanden, um in den Genuss vom Geschmack des Westens zu kommen, überwacht von berittenen Polizisten. Für russische Verhältnisse kostete ein Hamburger ein Vermögen, und Julia hatte nicht verstanden, was die Menschen daran fanden. Bis Tanja ihr erklärte, dass die Burger und Pommes frites nach Veränderung schmeckten.

Von dieser Veränderung spürte Julia nichts mehr. Der Hamburger hatte aber die gleiche Konsistenz wie das Fleisch und die Brötchen in den USA, die Pommes frites waren knusprig. Als Nachspeise kaufte sie sich einen Apfel mit einer gewachsten Schale, den sie unwillkürlich mit den Äpfeln verglich, die in ihrem Keller in Upstate New York lagerten. Bis vor Kurzem war das Haus ihr sicherer Hafen gewesen, sie hatte es nur verlassen, wenn es sich nicht vermeiden ließ. Sie war nach ihrer Heirat dorthin gezogen, weil sie sich in Henrys Stadtwohnung nicht sicher fühlte. Bei dem Gedanken an ihn wurde ihr warm ums Herz. Sie sehnte sich danach, ihn anzurufen und ihm von ihrem Tag zu berichten, wie sie es zu Hause immer tat.

Tanjas Familie wohnte im historischen Zentrum Moskaus, bloß einen Kilometer vom Kreml entfernt. Womit hatte sich die Familie diese privilegierte Lage verdient? Schon die Tatsache, dass Tanja am Austauschprogramm teilgenommen hatte, hatte Julia erstaunt. Im Gegensatz zu Andrej war sie kein außergewöhnliches Sprachtalent, und ihr Vater nur ein einfacher Beamter. Tarnung? Hatte er in Wirklichkeit für den Geheimdienst gearbeitet? Das würde erklären, wie es ihr gelingen konnte, Julia über die Grenze zu schmuggeln. Falls es sich tatsächlich so zugetragen hatte. Julia wusste nur eines mit Sicherheit: Nichts war so, wie es schien. Um Michael zu finden, musste sie verstehen, was vor achtundzwanzig Jahren wirklich passiert war.

Der Schneeregen war in Schnee übergegangen. Nasse Flocken bedeckten den Weg, der zum Eingang des vierstöckigen Wohnhauses aus dem neunzehnten Jahrhundert führte. Julia hätte den Zahlencode nicht nennen können, ihre Finger aber führten automatisch die richtigen Bewegungen aus. Aber die Tür ging nicht auf. Julia trat einen Schritt zurück. Was hatte sie erwartet? Dass die Zeit stehen geblieben war? Eine Frau mittleren Alters kam mit einem Zwergpudel an der Leine heraus. Julia fragte nach Tanja.

»Sie wohnt nicht mehr hier.«

»Wissen Sie, wohin sie gezogen ist?«

»Nach Kargopol. Sie unterrichtet dort Englisch.«

»Haben Sie vielleicht eine Adresse oder eine Telefonnummer? Wir waren früher befreundet.«

»Leider nicht. Aber fragen Sie doch ihre Mutter.« Sie hielt Julia die Tür auf.

»Ihre Eltern leben noch?«

»Iwan Wladimirowitsch ist vor ein paar Jahren gestorben, aber Larissa Jurjewna wohnt noch hier.«

Julia bedankte sich und ging die Treppe zum zweiten Stock hoch. Sie erkannte das abgesteppte Leder wieder, mit dem die Tür gepolstert war, die Schlösser hingegen sahen neu aus. Julia klingelte. Langsame Schritte näherten sich, dann wurde es dunkel hinter dem Spion. Die Tür ging einen Spalt auf, und ein Schwall warmer Luft schlug Julia entgegen. Über der Sicherungskette tauchte ein vom Leben gezeichnetes Gesicht auf, umrahmt von braunem Haar, das eindeutig gefärbt war. Drei Wochen hatte Julia in der Wohnung dieser Frau verbracht, jetzt wirkte sie fremd auf sie. Wie seltsam einem das Gedächtnis mitspielt, dachte sie, nicht zum ersten Mal. Sie konnte sich an die Tischdecke mit Blumenmuster erinnern, an das dünne Porzellangeschirr, die schwachen Lampen und den Suppengeruch. Sie sah den Bettbezug vor sich, die für sie ungewöhnliche Öffnung an der Oberseite, durch die Tanja eine Wolldecke gestopft hatte. Die Hausschuhe, die für sie bereitstanden, und die Wörterbücher in der Vitrine.

»Ja?«, sagte die Frau.

»Larissa Jurjewna?«

»Das bin ich.« Sie machte keine Anstalten, die Kette abzunehmen.

»Ich weiß nicht, ob Sie sich an mich erinnern. Mein Name ist Julia, ich …«

Larissa Jurjewna riss die Augen auf. »Julia Wild?«

Unwillkürlich sah Julia hinter sich. Ihr alter Name löste bei ihr sofort Ängste und Fluchtgedanken aus. Seit der Heirat mit Henry hieß sie Sanders. Julia Wild gab es nicht mehr.

Sie lächelte zaghaft. »Ja, ich war eine …«

Die Tür schlug vor ihrer Nase zu.

4

Michael lehnte die Stirn gegen die Fensterscheibe und schaute hinaus in das russische Silicon Valley, wie Selenograd genannt wurde. Eine dünne Schneeschicht bedeckte die Dächer. Vor der MIET, der Nationalen Forschungsuniversität für Elektronische Technologie, stand ein Mann mit Lederjacke, die Hände in die Taschen geschoben. Er verlagerte das Gewicht von einem Fuß auf den anderen, holte eine Zigarette hervor und steckte sie sich zwischen die Lippen, ohne sie anzuzünden. Auf der Straße hinterließen die Fahrzeuge dunkle Spuren.

Michael konnte sich nicht sattsehen an der Aussicht. Mehrere Wochen hatte er in einem fensterlosen Raum verbracht. Die einzige Abwechslung waren die regelmäßigen Gespräche mit Pawel Danilow gewesen. Diskussionen über Ethik, Religion, Philosophie und Wissenschaft, angeblich, um abzuklären, ob Michael für eine Zusammenarbeit geeignet war. Michael hatte die Erklärung für einen schlechten Scherz gehalten, schließlich hatte er sich nicht für eine Stelle bei KrioZhit beworben. Das Letzte, woran er sich erinnerte, bevor er in dem fensterlosen Raum erwachte, war ein Stich in den Hals. Pawel entschuldigte sich dafür und behauptete, dass er keine Zeit für lange Diskussionen hätte. Michael sei in Lebensgefahr, und er hätte ihn so schnell wie möglich in Sicherheit bringen müssen. Es folgten endlose Wochen ohne Kontakt zur Außenwelt. Ohne Internet. Ohne Telefon.

»Wie hätte ich wissen können, dass du nicht fliehen und direkt in die Arme deines Feindes laufen würdest?«, fragte Pawel, als Michael nach einer Erklärung verlangte.

Michael zweifelte nicht daran, dass Oleg Wolkow ihn am liebsten verschwinden lassen würde. Immerhin wusste er über seine kriminellen Machenschaften Bescheid. Doch Pawel handelte nicht aus Fürsorge. Er wollte etwas von ihm. Die Frage war nur, was. Er behauptete, Michael bringe Qualifikationen mit, die er suche. Als Chirurg, der seine Facharztausbildung nicht abgeschlossen hatte? In Russland gab es bestimmt genug Ärzte, die gern ihre schlecht bezahlte Stelle in einem staatlichen Krankenhaus aufgegeben hätten, um für Pawel Danilow zu arbeiten. Dennoch hatte Michael zugesagt. Pawel wusste genau, womit er ihn ködern konnte.

Michael war in dem Glauben aufgewachsen, Henry Sanders sei sein leiblicher Vater. Als er mit sechzehn nach seiner Geburtsurkunde fragte, weil er den Führerschein machen wollte, gestand ihm seine Mutter, dass Henry nicht sein biologischer Vater war. Noch immer fiel es Michael schwer, diese Tatsache zu akzeptieren, hauptsächlich deshalb, weil seine Mutter sich weigerte, ihm den Namen seines Erzeugers zu nennen. Michael hatte gebettelt und gedroht, sich schließlich ganz von ihr abgewandt, aber sie war stur geblieben. Pawel behauptete, er wisse, wer sein Vater sei. Er versprach, das Geheimnis zu lüften, wenn Michael als Gegenleistung für ihn arbeitete.

Weiter stellte er in Aussicht, ihn zu heilen. Michael hob die Hände und betrachtete sie von beiden Seiten. Seit über einem Jahr litt er an einer rätselhaften Krankheit. Das Zittern war zwar nicht verschwunden, aber erheblich schwächer geworden, seit er die Medikamente nahm, die Pawel ihm verordnet hatte, und Schluckstörungen hatte er überhaupt keine mehr. Wenn sich die Krankheit so einfach therapieren ließ, warum war sie so schwer zu diagnostizieren? Monatelang hatten Ärzte erfolglos versucht, der Ursache für die Symptome auf die Spur zu kommen.

Es war aber der dritte Köder, der Michael schließlich dazu bewogen hatte, die Stelle bei KrioZhit anzunehmen. Dr. Katarzyna Szewińska. Braune Augen mit goldenen Einsprengseln. Ihr Duft, der ihn an eine Sommerwiese erinnerte. Butterblumen. Gelbe Blüten, so zart, dass sie gleich welken, wenn man sie pflückt. Die Neuroinformatikerin war keine Schönheit im klassischen Sinn, aber sie löste in Michael ein Gefühl aus, das er nicht kontrollieren konnte. Alles, was er in seinem Leben für wichtig gehalten hatte, wurde in ihrer Gegenwart unwichtig. Ihr zarter Duft passte nicht zu ihrem bestimmten Auftreten, der sanfte Blick nicht zu ihrem distanzierten Verhalten. Diese Widersprüche faszinierten ihn, er wollte mehr erfahren über diese Frau, die nur wenige Jahre älter war als er, aber genau zu wissen schien, was sie vom Leben wollte.

Und mit der er nun zusammenarbeitete. Den Namen seines Vaters hatte Pawel ihm noch nicht verraten. Ob er geheilt war, wusste Michael auch nicht. Sein drittes Versprechen hingegen hatte Pawel gehalten.

Michael spähte auf den Parkplatz hinaus. Wo blieb sie? Normalerweise begann sie kurz nach sieben Uhr, jetzt war es fast neun. Er hatte sich schon halb vom Fenster abgewandt, als ihr Wagen um die Ecke bog. Er eilte zum Lift und fuhr ins Untergeschoss hinunter, wo er die Sicherheitstür passierte. Zügig ging er an einer Reihe von Stickstofftanks vorbei und betrat einen Raum, der mit modernen Geräten und leistungsfähigen Rechnern ausgestattet war. Das Reich von Katarzyna Szewińska. Alle anderen Laborräume befanden sich im zweiten und dritten Obergeschoss. Nur Katarzyna arbeitete hier unten. Als Michael den Grund wissen wollte, hatte Pawel mit den Schultern gezuckt.

Michael hörte das Quietschen von Gummisohlen auf Linoleum. Katarzyna trug einen weiten Pullover und eine Hose, die eine Spur zu kurz war. Das dunkle Haar hatte sie zu einem Zopf geflochten. Sie begrüßte ihn ohne die Andeutung eines Lächelns.

»Haben Sie die neuen Hirnschnitte schon angeschaut?«, fragte sie, während sie in einen weißen Kittel schlüpfte.

Zu Michaels Aufgaben gehörte es, die Verbindung von Nervenzellen zu untersuchen. Dazu legte er Hirnschnitte von Mäusen, ein Zwanzigtausendstel Millimeter dünn, unter das Elektronenmikroskop und prüfte, welche Neuronen miteinander in Kontakt standen.

Er nickte. »Ich habe alle Resultate erfasst.«

Katarzyna setzte sich an einen Rechner. »Ich möchte heute eine weitere Versuchsrunde mit Strom beginnen.«

»Um die Verbindungen zu testen?«

»Ja.«

»Viele der Kontakte liegen nicht in unmittelbarer Nähe eines Neurons«, gab Michael zu bedenken. »Das könnte die Resultate verfälschen.«

»Deshalb werden wir mit Schätzungen arbeiten. Für unsere Zwecke genügt das.«

Katarzyna Szewińskas Englisch war fehlerfrei, sie sprach jedoch mit Akzent. Von Pawel wusste Michael, dass sie aus Polen stammte und in Deutschland promoviert hatte. Mehrere Jahre war sie im Rahmen des Human Brain Project der Europäischen Union an der Entwicklung künstlicher neuronaler Netzwerke beteiligt gewesen. Glaubte sie wirklich, dass es irgendwann möglich sein würde, das Gehirn auf ein externes Medium zu übertragen und ein virtuelles Bewusstsein zu schaffen? Denn das war Pawel Danilows Ziel. Auch die Patienten, die jetzt als kryokonservierte Leichen in Stickstofftanks lagen, waren davon ausgegangen, dass ihr Gehirn irgendwann ausgelesen werden konnte und sie in einem künstlichen Körper auferstehen würden. »Mind Uploading« nannte man den Vorgang in Fachkreisen. Das würde allerdings voraussetzen, dass Denken, Erinnern und sogar Fühlen rein elektronische Prozesse waren. Für Michael bestand die Persönlichkeit aber nicht nur aus verknüpften Nervenzellen, doch er hielt sich mit Kritik zurück. Seine Krankheit und seine Recherchen über den Transhumanismus hatten viele Ansichten, die er sein Leben lang vertreten hatte, ins Wanken gebracht. Er war hier, um zu lernen. Im Moment forschte KrioZhit, wie viele andere Unternehmen und Institutionen auch, an einer Schnittstelle zwischen Computer und Gehirn, einem »Brain Computer Interface« oder BCI. Pawel machte aber keinen Hehl daraus, dass dies bloß eine Zwischenstation war.

»Was hat Sie eigentlich dazu bewogen, in die Forschung zu gehen?«, fragte Michael.

»Neugier«, antwortete Katarzyna, ohne den Blick vom Bildschirm abzuwenden.

»Wollten Sie nie als Ärztin praktizieren?«

»Nein.«

»Weshalb haben Sie dann ausgerechnet Medizin studiert?«

»Fließt der Strom?«, fragte sie.

Michael steckte die Elektroden in eine Zelle. »Ja.«

Er widmete sich wieder der Versuchsreihe. Bis auf das regelmäßige Brummen der Kühlanlage und das Summen der Lüftung war es still im Untergeschoss. Das künstliche Licht machte ihm zu schaffen, je länger er arbeitete, desto stärker wurde der Tremor in seinen Händen. Das Zittern entging auch Katarzyna nicht.

»Dr. Radu könnte Hilfe brauchen«, sagte sie, obwohl er seine Arbeit noch nicht abgeschlossen hatte.

Bogdan Radu war für die Kryokonservierung zuständig. Michael hatte ihn bereits einmal unterstützt, gemeinsam hatten sie das Blut einer jungen Mutter, die an Krebs gestorben war, durch eine Mischung aus Ethylenglykol und Dimethylsulfoxid ersetzt, um den Zerfall ihres Körpers zu stoppen. Der medizinische Prozess hatte Michael fasziniert, trotzdem schauderte es ihn bei dem Gedanken, dass die Frau nun in einem Dewar hing. Er war nicht religiös, er wurde aber die Vorstellung nicht los, dass die Seele dieser Frau in dem Stahlbehälter gefangen war.

Radu hielt sich im Lager auf, wo er den Füllstand des Stickstoffs überprüfte. Er schenkte Michael ein strahlend weißes Lächeln.

»Dr. Wilson! Was verschafft mir die Ehre?«

Zu der Vereinbarung, die Michael mit Pawel getroffen hatte, gehörte, dass er hier unter einem anderen Namen arbeitete. Zu seinem eigenen Schutz, wie Pawel betonte. Die Einzigen, die wussten, dass er gegen seinen Willen hierhergebracht worden war, waren die Sicherheitsleute, Katarzyna Szewińska sowie Bogdan Radu. Doch nicht einmal sie kannten seinen richtigen Namen oder seinen Hintergrund. Sie hielten ihn für einen Amerikaner, der seinen Beruf aus gesundheitlichen Gründen an den Nagel gehängt hatte.

»Dr. Szewińska meint, Sie könnten Hilfe gebrauchen.«

»In der Tat.« Radu rieb sich die Hände. »Wir bekommen heute Zuwachs. Möchten Sie mir bei einer Neurokryokonservierung assistieren?«

»Nur ... der Kopf? Cephalon«, korrigierte er sich.

»Nicht jeder kann sich eine Ganzkörper-Kryokonservierung leisten. In diesem Fall würde sie ohnehin wenig Sinn machen. Der Patient ist bereits dreiundachtzig Jahre alt.«

Michaels Neugier war größer als sein Unbehagen. Er folgte Radu zu einem Operationssaal, in dem die auf Eis gelagerte Leiche lag. Eine Herzkompressionsmaschine presste die Brust des Toten rhythmisch zusammen, eine Beatmungsmaske führte ihm Sauerstoff zu.

Michael bereitete sich auf die Operation vor. Die gewohnten Abläufe stimmten ihn wehmütig. Würde er je wieder eine Operation an einem lebenden Patienten durchführen? Während Radu Löcher in den Schädel bohrte, um den Zustand des Gehirns überprüfen zu können, schloss Michael die großen Venen und Arterien an eine Perfusionsapparatur an; Blut und Körperflüssigkeiten mussten durch Frostschutzmittel ersetzt werden.

Er spürte Radus auf ihn gerichteten Blick.

»Sie halten das, was wir hier machen, immer noch für Unsinn«, sagte der Arzt.

»Ich kann mir nicht vorstellen, dass eine Reanimation von gefrostetem Gewebe je möglich sein wird.«

»Schon bald erleben wir die erste Transplantation eines Kopfes«, sagte Radu. »Das hielt bisher auch niemand für möglich.«

»Was, wenn sie gelingt?«, fragte Michael. »Und Kopf und Körper unterschiedliche Ziele verfolgen?«

»Eine interessante Frage.« Radu strich fast liebevoll über den Schädel, der vor ihm lag. »Wie wird das Gedächtnis mit der neuen Mechanik zurechtkommen?«

»Ein Körper ist mehr als Mechanik«, wandte Michael ein. »Zwischen dem Vagus-Nerv und dem Nervensystem des Darms beispielsweise werden laufend Informationen ausgetauscht.«

»Es wurden bereits Kopf-Transplantationen an lebenden Ratten durchgeführt. Einige der Tiere konnten anschließend wieder laufen.«

»Wenn ich mich richtig erinnere, lebte keines nach dem Eingriff länger als zwanzig Tage.«

Radu bedachte ihn mit einem gönnerhaften Lächeln und widmete sich dem neuen Patienten. »Wie Sie sehen, ist der Zerfall seines Körpers schon weit fortgeschritten. Idealerweise wären ihm schon vor dem Tod Membranstabilisatoren, Gerinnungshemmer und Radikalfänger injiziert worden, doch leider haben wir es selten mit Patienten zu tun, die eine fachgerechte Behandlung erfahren haben, bevor sie hier eintreffen.« Er sah fast betrübt aus. »Das erschwert unsere Arbeit natürlich. Könnten wir das Blut noch zu Lebzeiten durch eine Zellschutzlösung ersetzen, würden wir das Ansammeln von Toxinen vermeiden.«

»Ich glaube kaum, dass der Patient damit einverstanden wäre«, sagte Michael trocken.

»In der Notfallmedizin kann ein Arzt nicht immer Rücksprache mit dem Patienten halten«, gab Radu zu bedenken.

Sie arbeiteten schweigend weiter. Kurz vor Mittag klopfte Katarzyna an der Tür.

»Wollen wir etwas essen gehen?«, fragte sie.

Michael richtete sich auf. »Sie meinen … zusammen?«

»Es gibt ein paar gute Restaurants in der Nähe. Mögen Sie die georgische Küche?«

Pawel hatte ihm eingeschärft, KrioZhit nicht zu verlassen. Obwohl Michaels Tür nicht mehr abgeschlossen wurde, hielt er sich an die Anweisung.

»Gehen Sie nur«, sagte Radu.

Michael kämpfte mit sich. Wusste Katarzyna, dass er in Gefahr war? Wie viel hatte Pawel ihr erzählt?

»Ich muss vorher kurz mit Pawel reden«, sagte er.

»Es war sein Vorschlag«, antwortete Katarzyna.

Das gemeinsame Mittagessen war nicht ihre Idee. Enttäuscht entsorgte Michael seine Operationskleidung und fuhr mit dem Aufzug in den obersten Stock, wo sich zwei möblierte Studios befanden. Manche Angehörigen reisten mit ihren Verstorbenen von weit her nach Selenograd und wurden von Pawel dort untergebracht, bis die Abschiedszeremonie stattgefunden hatte. In einem der Studios wohnte jetzt Michael. Er nahm den Lammfellmantel, den Pawel ihm gegeben hatte, vom Bügel. Er fühlte sich darin nicht wohl, aber die dünne Jacke, die er in Kalifornien getragen hatte, eignete sich nicht für den russischen Winter.

Katarzyna wartete vor dem Eingang auf ihn. Michael atmete tief durch. Die kalte Luft prickelte in der Lunge und trieb ihm Tränen in die Augen. Auf einmal war der Tod weit weg.

Ein Sicherheitsangestellter nickte Katarzyna zu.

»Wir können gehen«, sagte sie zu Michael.

Der Parkplatz war glatt, wo geschmolzener Schnee zu Eis gefroren war. Katarzyna schritt unbeeindruckt voran. Michael musste sich anstrengen, um mitzuhalten. Er hatte sich in den vergangenen Wochen kaum bewegt, häufig war er müde und antriebslos. Sie passierten eine Schranke und bogen in eine Straße ein, die von Birken gesäumt war. Da und dort war zwischen den Bäumen ein Gebäude zu erkennen, in vielen waren Techfirmen untergebracht. Michael versuchte, die kyrillische Schrift zu entziffern. Er fühlte sich wie ein Schuljunge, der ein Wort erst verstand, wenn er den letzten Buchstaben laut ausgesprochen hatte. Viel zu schnell kamen sie zu einem Platz, auf dem einst ein Denkmal gestanden hatte, jetzt war nur noch der Sockel übrig. Trotzdem hatte jemand Blumen abgelegt.

Die Einrichtung des Restaurants war rustikal, es roch nach gegrilltem Fleisch und Gewürzen. Ein Kellner begrüßte Katarzyna auf Englisch, offensichtlich war sie nicht zum ersten Mal hier. Dann wandte er sich an Michael und sagte etwas auf Russisch.

Michael hob entschuldigend die Hände. »Sorry, ich verstehe nichts.«

Der Kellner wirkte überrascht, führte sie aber kommentarlos zu einem Fensterplatz und brachte ihnen zwei englische Speisekarten.

»Wie ähnlich sind sich Russisch und Polnisch?«, fragte Michael.

»Russisch ist eine ostslawische Sprache, Polnisch eine westslawische.« Katarzyna schlug die Speisekarte auf. »Wenn Sie Auberginen mögen, empfehle ich als Vorspeise Adjapsandale. Das sind gebratene Auberginenstreifen mit Paprika, Tomaten, Zwiebeln und Gewürzen.«

Michael studierte die Karte. Einige Gerichte waren mit Bildern versehen. »Das Lobio sieht auch gut aus.«

»Sie sollten keine Bohnen essen«, sagte Katarzyna.

Michael ließ die Speisekarte sinken. »Warum nicht?«

»Darüber müssen Sie mit Pawel Danilow sprechen.«

»Leide ich unter einer Allergie? Wissen Sie etwas darüber? Bitte, sagen Sie es mir!«

Katarzyna ignorierte seine Fragen und winkte dem Kellner. Sie bestellte zwei Portionen gebratene Auberginen ohne Pfeffer und als Hauptspeise vegetarische Khatschapuri.

»Teigtaschen mit georgischem Käse«, erklärte sie, nachdem der Kellner gegangen war.

Michael wusste nicht, was ihn mehr ärgerte: dass sie ihm Informationen vorenthielt, die seine Gesundheit betrafen, oder dass sie einfach für ihn bestellte.

»Wenn Sie etwas über meine Krankheit wissen, habe ich ein Recht darauf, es zu erfahren!«

»Reden Sie mit Pawel Danilow«, wiederholte sie.

»Das habe ich versucht. Wo ist er überhaupt? Ich habe ihn seit Tagen nicht gesehen.«

»Er arbeitet in der Regel vom Hauptsitz in Moskau aus. KrioZhit besucht er höchstens alle vierzehn Tage. Zumindest war das früher so, bevor Sie kamen. Jetzt ist er häufiger hier.«

Die Art, wie sie es sagte, ließ ihn aufhorchen. Empfand sie ihn als Konkurrenz? Bedrohung? Glaubte sie, dass Pawel ihn angestellt hatte, um ihre Arbeit zu überwachen? Ein neuer Gedanke ging ihm durch den Kopf. War es wirklich Pawel, der dieses Mittagessen vorgeschlagen hatte? Wie konnte er sicher sein, dass Katarzyna die Wahrheit sagte? Vielleicht hatte sie ihn in eine Falle gelockt. Nervös schaute er sich um. Vor dem Eingang entdeckte er den Sicherheitsangestellten, der sie herbegleitet hatte.

Der Kellner brachte die Vorspeisen. Michael schaute fasziniert auf Katarzynas Lippen, die von dem Öl, in dem die Auberginen gebraten worden waren, glänzten.

»Sind Sie mit dem OpenWorm Project vertraut?«, fragte sie.

Michael blinzelte.

»Der Caenorhabditis elegans besitzt dreihundertzwei Nervenzellen. Alle Verbindungsstellen sind uns bekannt, deshalb eignet sich der Fadenwurm hervorragend als Computermodell. Wenn Sie die Arbeit bei KrioZhit verstehen möchten, sollten Sie sich mit der virtuellen Kopie des Caenorhabditis elegans vertraut machen.«

Michael sah noch einmal zu dem Sicherheitsangestellten. Er dachte an den Mann, der ihm die Mahlzeiten gebracht hatte, als er in dem fensterlosen Raum eingesperrt war. Wegen der ausgeprägten Schultermuskulatur hatte er ihn insgeheim Trapezius genannt. Er hatte seine ganze Wut gegen ihn gerichtet, jetzt wünschte er, Trapezius hätte sie zum Restaurant begleitet. Bei ihm hätte er sicher sein können, dass er für Pawel arbeitete. Dieser spontane Gedanke führte ihm vor Augen, dass er Pawel mehr traute als Katarzyna. Seltsam, denn Pawel hatte nichts getan, mit dem er sein Vertrauen verdient hätte.

Der Kellner trat an den Tisch und räumte die Teller ab. Michael wollte sich gerade Katarzyna zuwenden, als ihm ein Mann auffiel, der draußen über den Platz schlenderte. Der Mann trug eine Lederjacke, zwischen seinen Lippen steckte eine unangezündete Zigarette. Viele Menschen trugen Lederjacken. Viele rauchten. Dennoch glaubte Michael, dass es sich bei ihm um denselben Mann handelte, den er vor der MIET gesehen hatte. Dichte Augenbrauen über schmalen Augen, das Gesicht flach wie eine Scheibe. Er kam direkt auf das Restaurant zu.

Auch der Sicherheitsangestellte hatte ihn bemerkt. Er trat einen Schritt vor, seine Haltung signalisierte Alarmbereitschaft. Der Mann kam näher. Er war unrasiert, und trotz der Kälte waren die obersten Knöpfe seines Hemdes offen. Als er die Hände in die Taschen schob, befürchtete Michael schon, dass er nach einer Waffe griff. Doch der Mann stand nur da und musterte ihn.

5

Ist er es, oder ist er es nicht?«, fragte Vita ungeduldig.

Sie stand auf dem drei Quadratmeter großen Balkon ihrer Mutter und rauchte. Ein Laster, das sie sich eigentlich vor langer Zeit abgewöhnt hatte. Rauchen beschleunigte den Alterungsprozess; die Haut verlor an Spannung, sie wurde faltig und fahl. Das konnte sich Vita nicht leisten. Nicht mit siebenunddreißig. Seit sie aber von dem Fremden erfahren hatte, den Pawel in Selenograd versteckte, war sie ein Nervenbündel. Da halfen weder Yogaübungen noch Massagen.

»Er sieht aus wie eine jüngere Version von Andrej«, antwortete Dschachongir oder Tschurka, wie er sich seit Neustem nannte.

Warum sich jemand aus freien Stücken als Holzkopf bezeichnete, war Vita ein Rätsel. Als Jugendlicher hatte er den despektierlichen Begriff für einen Tadschiken als Beleidigung empfunden.

»Wie jung?«, wollte Vita wissen.

»Schwer zu sagen.« Tschurka stieß einen Rauchkringel aus und sah zu, wie er in die Luft stieg. »Mitte zwanzig? Dreißig?«

Wie konnte das sein? Vita traute Pawel viel zu, nicht aber, dass er den Alterungsprozess rückgängig machen konnte. Sie inhalierte tief und spürte, wie das Nikotin seine Wirkung entfaltete. Sie musste sich wieder in den Griff bekommen. Informationen sammeln, überlegen, handeln. Pawel hatte sie damals nicht bloß geheiratet, weil sie ein gefragtes Model war, sondern auch wegen ihres Verstands. Regelmäßig hatte er ihr von seinen Plänen und von seinen Fortschritten berichtet, in letzter Zeit aber hatte sein Interesse an den gemeinsamen Gesprächen nachgelassen, was Vita fälschlicherweise auf Dr. Kat zurückgeführt hatte. Sie war überzeugt davon gewesen, dass er mit der Wissenschaftlerin ein Verhältnis hatte, unbegreiflich zwar, denn eine Birke hatte mehr Charme als Katarzyna Szewińska, aber eine andere Erklärung hatte sie für sein Verhalten nicht gefunden. Bis sie erfuhr, dass er bei KrioZhit jemanden versteckte. Das also war der Grund, weshalb er mehrmals pro Woche nach Selenograd fuhr. Sie hatte angenommen, dass es sich dabei um Andrej handelte, aber offenbar hatte sie schon wieder falsche Schlüsse gezogen.

»Könnte auch eine jüngere Version von Pawel sein«, sagte Tschurka. »Hast du nicht gesagt, dass Pawel und Andrej sich früher ähnlich sahen?«

Es dauerte einen Augenblick, bis Vita begriff, was Tschurka damit sagen wollte. Es hatte ab und zu andere Frauen in Pawels Leben gegeben, da machte sie sich nichts vor. Solange es ihm aber nur um Entspannung auf einer Geschäftsreise ging, hatte es sie nicht gestört. Das wurde erst anders, als sich die erste Falte zwischen ihren Augenbrauen abzuzeichnen begann. Nie hatte sie sich jedoch darüber Gedanken gemacht, dass ein Seitensprung zu einer Schwangerschaft führen könnte. Vitas erste Reaktion war Wut, die fast zeitgleich von dem Gefühl, versagt zu haben, verdrängt wurde. Seit Jahren versuchten Pawel und sie vergeblich, ein Kind zu bekommen. Vita hatte sich untersuchen lassen, organische Ursachen für eine Unfruchtbarkeit gab es keine.

Nachdenklich betrachtete sie die Wäsche ihrer Mutter, die an der Leine flatterte. Unterhosen, die wie Kartoffelsäcke aussahen. Ein BH, in dem zwei Kohlköpfe Platz fänden. Wäre es wirklich so schlimm, wenn eine andere Frau ihm einen Erben schenkte? Pawel brauchte einen Nachkommen, der sein Lebenswerk fortsetzte. Und sie wäre den Druck los. Ohne Schwangerschaftsstreifen und schlaffe Brüste.

Falls es sich um Pawels Sohn handelte. Falls er Pawels Arbeit fortsetzen sollte. Vita graute davor, eingefroren in einem Tank zu hängen und darauf zu vertrauen, dass jemand sie auftaute, sobald die Wissenschaft es zuließ. Manchmal fragte sie sich, ob sie nicht sogar den Tod vorzog. Sie drückte die Zigarette aus und warf sie über die

Balkonbrüstung. Wenn es nun Andrejs Sohn war? Würde er Pawels Lebenswerk weiterführen? Oder wie Andrej alles wegwerfen?

»Soll ich weiter nach Andrej suchen?«, fragte Tschurka.

»Hättest du von Anfang an deine Aufgabe richtig erledigt, stünden wir jetzt nicht hier!«

Was nicht ganz stimmte, aber Tschurka sollte ruhig wissen, was sie von seiner stümperhaften Aktion hielt. Statt einem Problem hatte sie jetzt zwei. Mit Genugtuung registrierte sie seinen betroffenen Gesichtsausdruck. Tschurkas Bandenmitglieder fürchteten ihn, sie aber hatte ihn immer noch fest in der Hand. Dennoch wusste sie, dass sie vorsichtig sein musste. Er war nicht mehr der bedürftige Schuljunge, dem sie beigestanden hatte, wenn andere ihn verprügelten. In seiner Welt hatte er es weit gebracht.

Sie ließ den Kopf hängen. »Ich weiß es nicht.«

Er legte ihr den Arm um die Schultern. Eine kameradschaftliche Geste, doch Vita spürte, wie sein Herz pochte. Sie trat einen Schritt zurück. Wenn Pawel davon erfuhr, wäre ihre Ehe vorbei. Schon das Treffen hier stellte ein Risiko dar.

»Warum bestehst du eigentlich darauf, Holzkopf genannt zu werden?«, fragte sie.

»Damit ich nie vergesse, wo ich herkomme.« Er sah sie mit seinen dunklen Augen an. »Wer den Bodenkontakt verliert, lebt gefährlich. Der Mensch ist nicht zum Fliegen gemacht.«

Vita blickte über die Balkonbrüstung. Unten wartete ihr Chauffeur. Zeit zu gehen. Pawel wusste genau, dass sie nie lange bei ihrer Mutter blieb. In dieser trostlosen Siedlung hallten die Seufzer von allen Wänden. Dagegen fühlte sich die Klagemauer in Jerusalem vermutlich wie ein Ort der Glückseligkeit an. Jedes Mal, wenn Vita hier war, verspürte sie das Bedürfnis, sich die Ohren zuzuhalten.

6

Moskau, 1991

Tanja wartete etwas abseits. Sie trug einen braunen Mantel und graue Stiefel mit dicken Gummisohlen. Julia entdeckte sie erst, als sie auf sie zukam. Sie hätte ihre Kollegin gerne umarmt, doch Tanja huschte bereits zum Ausgang. Die kalifornische Bräune war Blässe gewichen, ihr Haar, das sie früher offen getragen hatte, war jetzt zu einem straffen Pferdeschwanz zusammengebunden.

»Der Fahrer wartet«, sagte sie.

Sie steuerte auf einen Wolga zu, dessen Farbe unter den Schlammspritzern kaum zu erkennen war. Der Fahrer sah zu, wie Julia ihr Gepäck in den Kofferraum hievte, bot ihr aber keine Hilfe an. Im Wagen roch es nach billigen Zigaretten.

»Ich kann nicht fassen, dass ich hier bin!«, lachte Julia.

Tanja lächelte zurück. »Meine Mutter ist ganz aus dem Häuschen. Du bist der erste ausländische Gast, der bei uns wohnt.«

»Wirklich?«

Tanja nickte. »Ich hoffe, wir genügen deinen Ansprüchen. Du wirst bei mir im Zimmer schlafen.«

»Toll, dann können wir im Dunkeln quatschen, das macht Spaß.«

In der Ferne entdeckte Julia die ersten Plattenbauten. Sie hatte schon zahlreiche Fotos gesehen, trotzdem war sie von der Größe der Siedlung überwältigt. Endlose Reihen weißer Blöcke, die sich nur durch ihre Höhe unterschieden. Wie viel Millionen Menschen wohnten hier? Würde sie auch bald dazugehören?

Sie wandte sich wieder an Tanja. »Weiß Andrjuscha immer noch nichts?«

»Ich habe niemandem von deinem Besuch erzählt, außer meinen Eltern, natürlich.« Vor Aufregung glühten Tanjas Wangen. »Es soll doch eine Überraschung sein!«

Julia malte sich Andrejs Gesichtsausdruck aus, wenn sie plötzlich vor seiner Tür stand. Nach dem Austauschsemester in ihr altes Leben zurückzukehren, war ihr wie eine Bruchlandung vorgekommen. In Deutschland erschien ihr alles belanglos und eintönig. Kein Tag war vergangen, ohne dass sie sich nach Andrej verzehrt hätte.

Sie waren beim äußeren Ring angekommen, der inoffiziellen Stadtgrenze von Moskau. Julia drückte sich fast die Nase an der Scheibe platt.

»Ist heute ein Feiertag?«, fragte sie.

»Nein, warum?«

»Es sind kaum Fahrzeuge unterwegs.«

»Das ist immer so.«

»Warum fährt niemand auf der mittleren Spur?«

»Sie ist für die Parteifunktionäre reserviert.«

Julia dachte an die Fragen, die die russischen Austauschstudenten in Kalifornien gestellt hatten. Viele waren ihr seltsam vorgekommen. Jetzt waren die Rollen vertauscht. Das Dolmetscherstudium hatte Julia nicht auf die Unterschiede im Alltag vorbereitet. Sie hatte sich mit der Geschichte, der Kultur und dem politischen System der Sowjetunion befasst, nicht aber mit den Auswirkungen auf das tägliche Leben. Natürlich wusste sie, dass es Wartelisten für Autos gab. Sie dachte an die Dinge, die sie auf Tanjas Empfehlung eingepackt hatte: Zigaretten, Schokolade, Nylonstrümpfe, Kaffee, Rasierschaum, Ketchup, Shampoo, Pflegespülung, Reißzwecken, Kleber, Schrauben in verschiedenen Größen. Damit bekomme sie in Moskau alles, was sie brauche. Der Rubel war kaum etwas wert, gefragt seien Dollar oder Güter, die gar nicht oder nur schwer erhältlich waren.

Tanja erteilte dem Fahrer Anweisungen. Die Hochhäuser wichen älteren Gebäuden, schon bald sah Julia die ersten Bauten im Zuckerbäckerstil. Trotz der überladenen Fassaden strahlten sie Ruhe aus. Nach einer Weile erst fiel ihr auf, dass es nirgendwo Werbung gab. Keine bunten Schriftzüge, keine Neonlichter, keine Bilder von strahlenden Menschen, die für irgendwelche Produkte warben.

»Wir sind gleich da«, sagte Tanja. »Hast du die Zigaretten?«

Julia kramte eine Schachtel hervor.

Der Fahrer bog in eine schmale Straße ein und hielt mitten auf der Fahrbahn. Tanja reichte ihm einige Geldscheine und die Zigaretten. Er steckte sie kommentarlos ein und wartete mit laufendem Motor, bis Julia das Gepäck aus dem Kofferraum geholt hatte.

An der Tür tippte Tanja eine Zahlenkombination ein. »Wenn du sie vergisst, musst du die Wohnungsnummer eingeben, um die Klingel auszulösen.«

Julia nahm ihre Kamera hervor, um ein Foto von Tanja zu machen.

»Nicht hier!« Tanja sprach schnell und leise. »Komm, meine Eltern warten.«

Julia folgte ihr zum Aufzug. Tanja hatte sich nie gern fotografieren lassen, auch in Kalifornien nicht.

Die Wohnung lag im zweiten Stock. Larissa Jurjewna stand bereits in der Tür, sie trug einen dunkelbraunen Rock und Hausschuhe mit rosa Kunstfell, die Julia bekannt vorkamen. Tanja hatte sie in einem kalifornischen Supermarkt gekauft.

»Guten Tag, gnädiges Fräulein«, begrüßte Larissa Jurjewna sie auf Deutsch.

Tanja verdrehte die Augen. »Ich habe ihr gesagt, dass niemand so spricht, aber sie will mir nicht glauben. Sie hat den ganzen Tag geübt.«

Ihre Mutter stemmte die Hände in die Seiten und wechselte auf Russisch. »Ein bisschen Respekt hat noch nie jemandem geschadet!«

Julia lachte. »Ich fühle mich geehrt, danke.«

Larissa Jurjewna reichte Julia ein Paar Hausschuhe, dann zeigte sie ihr das Bad, wo sie sich die Hände waschen konnte. Anschließend führte sie Julia ins Wohnzimmer. Der Tisch war für zwei Personen gedeckt.

»Bitte, nehmen Sie Platz.«

»Und mein Gepäck?« Julia deutete auf den Flur. »Soll ich nicht zuerst –«

»Sie sind bestimmt hungrig nach der langen Reise, alles andere hat Zeit.«

Tanjas Gesicht verriet, dass Widerstand zwecklos war. Julia betrachtete die Auswahl. Salate, gefüllte Eier, eingelegter Fisch, Wurst, Schalen mit Sauerrahm und Essiggurken, dazu Schwarzbrot. Tanja häufte ihr eine große Portion von dem Russischen Salat auf den Teller, der, wie sie erfuhr, nur im Westen so hieß.

»Wir nennen ihn Winigret, von Vinaigrette. Oder auch Oliviersalat.« Tanja gab einen Löffel Rote-Bete-Salat dazu, den sie mit Sauerrahm garnierte. »Ich hoffe, du magst Knoblauch.«

Das Essen schmeckte so gut, dass Julia um eine weitere Portion bat. Tanja aß nur wenig, worüber sich Julia wunderte, bis Larissa Jurjewna mit einem Topf Suppe hereinkam. Dann folgte das Hauptgericht mit Kartoffeln und Fleisch.

»Ich kann nicht mehr«, stöhnte Julia.

»Nur noch ein wenig Fleisch.« Larissa Jurjewna ignorierte Julias Proteste und legte ihr eine dicke Scheibe auf den Teller. »Sie sind viel zu dünn, nicht, dass Sie mir noch krank werden. Wir behandeln unsere Gäste anständig.«

7

2021

War Larissa Jurjewnas Fürsorge nur gespielt gewesen? Tanjas Einladung ein Mittel zum Zweck? Vielleicht hatte das KGB versucht, sich mithilfe von Julia Informationen über Andrej und seine Familie zu beschaffen.

Julia stand noch immer vor der gepolsterten Tür im Treppenhaus. Die Antworten, die sie suchte, lagen gleich dahinter, genauso gut hätten sie aber in Sibirien versteckt sein können. Hatte sie etwas übersehen? Damals hatte die Liebe sie blind gemacht. War sie noch immer unfähig zu erkennen, was vor sich ging?

»Ich habe ein Recht zu erfahren, was geschah!«, rief sie.

Keine Antwort.

»Ich weiß, dass Sie mich hören, Larissa Jurjewna!«

In der Nachbarwohnung waren Stimmen zu hören, die jetzt verstummten. Julia wandte sich ab, sie wollte nicht riskieren, dass jemand die Polizei rief. Draußen wartete sie, bis die Frau mit dem Zwergpudel von ihrem Spaziergang zurückkehrte.

»Haben Sie Tanjas Adresse erhalten?«

»Danke«, wich Julia aus. »Eine Frage noch. Sie haben erwähnt, dass Tanja Englisch unterrichtet. An einer Schule?«

»An der Mittelschule. Sie gibt aber auch Privatunterricht. Larissa Jurjewna kann Ihnen bestimmt mehr darüber erzählen.«

»Ich habe vergessen, sie danach zu fragen, und will sie nicht noch einmal stören«, sagte Julia. »Hat Tanja eigentlich geheiratet?«

Die Frau kniff misstrauisch die Augen zusammen.

»Entschuldigen Sie.« Julia lächelte. »Ich bin viel zu neugierig! Tanja wird es mir selbst erzählen.«

Sie ging in die Hocke, um den Zwergpudel zu kraulen. Dabei musste sie an Sam denken, der von Oleg Wolkows Handlanger vergiftet worden war. Wie sie ihn vermisste!

»Alles in Ordnung?«, fragte die Frau, die Julias Stimmungswechsel bemerkt hatte.

Julia stand auf. »Ich musste gerade an meinen eigenen Hund denken. Er ist vor zwei Monaten gestorben.«

Das Misstrauen der Frau machte Mitgefühl Platz. »Wie schrecklich!« Sie nahm den Pudel auf den Arm und strich ihm über den Kopf. »Ja, Tanja ist verheiratet. Ihr Mann arbeitet bei einem Forstunternehmen in Kargopol.«

Julia nickte stumm, in ihrem Hals hatte sich ein Kloß gebildet. Die Frau verabschiedete sich und verschwand im Haus. Julia fröstelte. Oleg Wolkow würde für das, was er getan hatte, büßen. Zuerst aber musste sie Michael finden.

Das Hotel, das sie sich ausgesucht hatte, lag nur wenige Querstraßen vom Roten Platz entfernt an der Ulitsa Petrovskie Linii, inmitten von Nobelboutiquen, Juweliergeschäften und gehobenen Restaurants. Bei Touristen war es wegen des historischen Baustils und des reichhaltigen Frühstücksbuffets beliebt. Julia hatte es gewählt, weil die über hundert Zimmer für eine gewisse Anonymität sorgten. Vor dem Eingang des Hotels stand ein Sicherheitsangestellter, der die Gäste und die Besucher mit einem kurzen Blick überprüfte. Julia trat durch die Drehtür.

In der Lobby polierte ein Angestellter mit gelangweilter Miene eine Messinglampe. Ein paar deutsche Touristen unterhielten sich über Ausflugsziele, eine Frau telefonierte. Julia fiel ein Mann auf, der am Fenster saß. Er hielt ein Tablet in der Hand, sah aber immer wieder auf. Beobachtete er sie? Sie setzte sich in einen Sessel direkt neben ihn und nahm ihren Stadtplan hervor. Ihre Anspannung ließ erst nach, als eine Frau aus dem Aufzug trat, auf den Mann zuging und sich für die Verspätung entschuldigte.

Julia kehrte auf ihr Zimmer zurück. Ihr Koffer stand noch dort, wo sie ihn bei der Ankunft am Mittag abgestellt hatte. Es machte nicht den Anschein, als ob sich jemand daran zu schaffen gemacht hätte. Trotzdem spähte sie unter das Bett, in den Schrank und hinter den Duschvorhang. Im Bad ließ sie das Wasser eine Weile laufen, dann schlug sie die Bettdecke zurück und hängte einige Kleidungsstücke in den Schrank, damit das Zimmer bewohnt aussah. Sie hatte eine große Handtasche für längere Ausflüge dabei, die sie nun mit allem füllte, was sie für die nächsten Tage brauchen würde. Bevor sie sich wieder auf den Weg machte, versteckte sie ihr flachsblondes Haar unter einem Tuch von Hermès.

Schneeflocken tanzten im Licht der Straßenlampen. Julia liebte den Schnee, und nirgends war er so schön wie in Moskau, wo das Weiß die goldenen Kuppeln und bunten Zwiebeltürme leuchten ließ. Eine Touristin versuchte, den Zauber mit der Kamera einzufangen, es würde ihr nicht gelingen, das wusste Julia aus Erfahrung. Der Rote Platz war nicht ganz so beeindruckend wie 1991, damals gab es keine Weihnachtsstände, die die Leere ausfüllten, aber die Basilius-Kathedrale sah noch immer wie eine Illustration aus einem Märchenbuch aus, und auch die Fassade des Warenhauses GUM wirkte imposant. Nur die Warteschlange fehlte. Früher hatten hochrangige Staatsangestellte in einer exklusiven Abteilung importierte Waren kaufen können. Was übrig blieb, landete im allgemeinen Sektor, vor dem sich Schlangen bildeten, lange bevor die Türen öffneten. Heute musste niemand auf Einlass warten.

Julia mischte sich unter eine Touristengruppe vor dem Historischen Museum. Sie tauschte ihr teures Hermès-Tuch gegen ein einfaches Tuch mit Paisley-Muster, die Handtasche steckte sie in eine Plastiktüte. Anschließend schlenderte sie an der Kasaner Kathedrale vorbei zum Ploschad Rewoljuzii, wo sie die Metrostation betrat. Nach einer Zickzackfahrt durch die Stadt stieg sie am Gartenring aus und setzte sich in ein Internetcafé, das vorwiegend von Gastarbeitern besucht wurde. Die Computer waren langsam, die Tasten abgegriffen. Manche Buchstaben konnte Julia kaum entziffern. Sie hoffte, dass auch die Überwachungskameras in einem ähnlich schlechten Zustand waren.

Auf einer lokalen Plattform suchte sie nach einer Unterkunft. Sie stieß auf eine Musikerin, die Gäste bei sich aufnahm. Mit ihrer hellen Haut und dem blonden Haar ähnelte sie Julia sogar ein wenig. Es verging keine halbe Stunde, bis sich die Frau meldete. Julia buchte eine Nacht und bekam die Adresse zugeschickt. Sie lag im Bezirk Marfino. Julia kannte dort nur das Messegelände. Sie hatte mit Andrej die Ausstellung über die Errungenschaften des Sozialismus und der sowjetischen Planwirtschaft besucht. Im Nachhinein erschien es ihr seltsam, dass er ihr die Leistungsschau hatte zeigen wollen. Wollte er beweisen, dass er ein Patriot war?

Ihre Gastgeberin entpuppte sich als überraschend extrovertiert. Julia hatte sich noch nicht daran gewöhnt, dass eine neue Generation in Moskau herangewachsen war. Eine, die sich mit der Welt vernetzte, sich eigene Ziele setzte und ihre Entscheidungen selber traf.

»Wo genau lebst du?«, fragte die Gastgeberin, während sie Zwiebeln für das gemeinsame Abendessen schnitt.

»In Seattle«, antwortete Julia spontan.

»Eine Freundin von mir hat im Seattle Symphony Orchestra gespielt.«

»Von Musik verstehe ich wenig. Ich bin eher ein Sportfan.« Julia lächelte und hoffte, dass sich eine russische Musikerin genauso wenig für amerikanischen Sport interessierte wie sie.

»Davon verstehe ich wiederum nichts«, gestand ihre Gastgeberin. »Was hast du in Moskau vor?«

Julia zählte ein paar Sehenswürdigkeiten auf, die ihr einfielen. Und dass sie vorhabe, Selenograd zu besuchen.

Ihre Gastgeberin runzelte die Stirn. »Viel gibt es dort nicht zu sehen. Im Zweiten Weltkrieg fand in der Nähe eine Schlacht statt, falls du dich für Geschichte interessierst. Ansonsten besteht der Ort vor allem aus Forschungsinstituten und Tech-Unternehmen.«

»Ich habe von einer russischen Firma gelesen, die eine Kryonikanlage in Selenograd betreibt. Darüber wollte ich schon immer mehr wissen. Mich fasziniert die Vorstellung, dass Menschen zum Leben wiedererweckt werden sollen.«

»KrioZhit. Die Medien bringen ab und zu Reportagen darüber. Du bist nicht die Einzige, die von dem Thema fasziniert ist.«

»Gibt es Führungen?«

»Du meinst, wie in einem Museum?«

Julia nannte als Beispiel die Touren durch das Boeing-Werk in Seattle.

»Das ist bei uns nicht üblich«, erklärte ihre Gastgeberin.

»Wer steckt hinter der Firma? Ein Tech-Pionier?«

»Ein Geschäftsmann. Ich verfolge die Wirtschaftsnachrichten zwar nicht sehr aufmerksam, aber um die Danilows kommt man nicht herum. Die Boulevardpresse liebt Pascha und Vita. Sie sind nicht nur reich, sondern auch schön, ein richtiges Vorzeigepaar. Vita war früher Model, und Pascha achtet sehr auf seine Gesundheit. Erst kürzlich hat ein Männermagazin einen Artikel über ihn veröffentlicht.« Sie lachte und tischte selbst gebackene Plätzchen auf. »Süßes steht bestimmt nicht auf seinem Speiseplan.«

»Wenn man ewig leben will, empfiehlt es sich wohl, seinen Körper sorgsam zu behandeln«, sagte Julia trocken. »Zumindest bis es gelingt, das Gehirn in einen neuen zu laden.«

Ihre Gastgeberin wurde nachdenklich. »Ich kann mir einfach nicht vorstellen, dass wir wie Computer funktionieren. Unser Bewusstsein ist doch viel zu komplex. Wie soll man die Gefühle, die Musik auslöst, berechnen können?«

Ähnliche Diskussionen hatte Julia mit Henry geführt. Obwohl er als Astrophysiker die Welt durch die Brille der Wissenschaft betrachtete, bezweifelte er, dass der Mensch auf Einsen und Nullen reduziert werden konnte.

Während des Essens erzählte ihre Gastgeberin von Moskau. Julia erwähnte nicht, dass sie schon einmal hier war. Sie hörte zu, nickte an den richtigen Stellen und wartete, bis sie sich zurückziehen konnte, ohne dass es unhöflich wirkte.

Die Wohnung bestand aus zwei Zimmern, einem Bad und einem separaten WC. Es fehlten die dunklen Teppiche und schweren Möbel, die Julia mit Moskau verband. Im Wohnzimmer gab es ein Bettsofa, das mit einem Spannlaken bezogen war, auf einem Sessel stapelten sich farbenfrohe Kissen. Unter anderen Umständen hätte sie sich hier wohlgefühlt, jetzt aber nagte das schlechte Gewissen an ihr.

Das hielt sie nicht davon ab, ihren Plan umzusetzen. Die Gelegenheit bot sich am folgenden Morgen, als ihre Gastgeberin unter der Dusche stand. Julia fand den Pass der Frau in einer Kommode. Sie legte den vereinbarten Betrag für die Übernachtung auf den Küchentisch und schlüpfte in ihren Mantel.

Die Tür zum Bad ging auf, und eine Dampfwolke quoll ihr entgegen.

»Gehst du schon?«, fragte ihre Gastgeberin überrascht. »Das Frühstück ist im Preis inbegriffen.«

»Ich habe heute viel vor, es tut mir leid.«

Sie versprach, eine gute Bewertung auf der Plattform abzugeben, und verabschiedete sich.

Der Morgen war klar, es würde ein sonniger Tag werden. Julia ging zügig zur nächsten Metrostation und fuhr zum Weißrussischen Bahnhof, wo sie sich am Schalter eine Fahrkarte nach Kargopol kaufte. Nervös zeigte sie den gestohlenen Pass. Die Beamtin nahm ihn entgegen, warf einen flüchtigen Blick auf das Foto und trug die Angaben ins System ein.

Es blieb noch genug Zeit, um ins Hotel zurückzukehren und einen Abstecher zum Frühstücksbuffet zu machen. Julia würde keinen Bissen herunterbekommen, aber das war auch nicht nötig. Hauptsache, sie stand auf der Liste der Gäste, die den Raum betreten hatten. Vielleicht war sie übervorsichtig. Vielleicht verschaffte sie sich durch ihre

Gründlichkeit aber auch einen Tag Vorsprung. Da ausländische Reisende einer Meldepflicht unterlagen, würde niemand sie außerhalb von Moskau vermuten.

8

Wenn man ein komplexes Computermodell erstellen will, muss man dort beginnen, wo die Daten am vollständigsten sind. Das leuchtete Michael ein. Aus diesem Grund eignete sich der Caenorhabditis elegans besonders gut als Versuchsobjekt. An der virtuellen Version des einen Millimeter langen Fadenwurms durfte jeder mitarbeiten, daher wurde das Projekt »OpenWorm« genannt. Die Wissenschaftler hatten dem Wurm zuerst beigebracht, sich fortzubewegen. Je nachdem, ob er sich im Wasser oder in der Erde befand, setzten die Nervenzellen-Algorithmen unterschiedliche Muskelzellen in Bewegung.

So weit, so gut, dachte Michael. Er hatte sich nie für Informatik interessiert, jetzt aber wollte er möglichst genau verstehen, wie die Simulation funktionierte.

»Manchmal bleibt sie irgendwo hängen«, erklärte Katarzyna.

»Weil bestimmte Daten fehlen?«

Katarzyna nickte.

»Sind die einzelnen Nervenzellen gleich leicht erregbar?«

Katarzyna lächelte anerkennend. »Eine wichtige Frage.«

Michael richtete sich auf. Ein Teil von ihm registrierte, wie lächerlich sein Stolz war. Er verstand gerade mal die Grundlagen. Katarzyna spielte in einer anderen Liga. Doch sein Wunsch, ihr zu gefallen, stellte seine Gefühle auf den Kopf.

»Das Modell beruht zwar auf biologischen Untersuchungen, noch ist der Caenorhabditis elegans aber nicht vollständig erforscht«, fuhr sie fort. »Die Lücken müssen deshalb mit Hochrechnungen gefüllt werden.«

»Um alle Zellen virtuell zu erschaffen«, sagte Michael.

Katarzyna nickte erneut. »Wenn das Bewegungsmodell fertiggestellt ist, werden die Forscher weitere Verhaltensweisen simulieren. Die Nahrungsaufnahme, zum Beispiel, oder die Fortpflanzung. Ein Computerwurm, der sich exakt so verhält wie ein lebender Wurm, erlaubt es uns, mehr über die Sprache der Nervenzellen zu erfahren.«

»Versucht KrioZhit, nach dem gleichen Prinzip eine virtuelle Kopie des menschlichen Gehirns zu erstellen?«, fragte Michael.

»Dazu sind wir viel zu klein. Unsere Forschung konzentriert sich auf ein Teilgebiet.« Katarzyna stand auf und zog ihren Kittel aus. »Ich muss los. Wenn Sie weiterarbeiten möchten, können Sie die Daten erfassen, die wir am Vormittag ausgelesen haben.«

»Ich würde lieber mehr über das OpenWorm-Projekt erfahren, damit ich die Methodik besser verstehe. Können Sie mir Ihr Passwort geben? Ohne Internet komme ich nicht weiter.«

Katarzyna schlüpfte in ihren Mantel und trat in den Flur hinaus.

»Warten Sie!« Michael eilte ihr hinterher. »Warum habe ich keinen Zugang zum Internet?«

»Darüber müssen Sie mit Pawel Danilow reden.«

»Wann kommt er wieder?«

Sie zuckte die Schultern.

»Sagen Sie mir wenigstens, wie ich ihn erreichen kann!«

Sie drehte sich um und ging auf den Ausgang zu. Michael konnte den Blick nicht von ihr abwenden. Er suchte nach Worten, irgendeinen Satz, um sie zurückzuhalten. Da schaute Bogdan Radu aus dem Operationssaal und bat Michael, ihm eine Akte zu bringen. Als Michael zurückkam, war Katarzyna weg.

Er fuhr zur Chefetage hoch.

»Mr Wilson«, sagte die Rezeptionistin in fließendem Englisch. »Was kann ich für Sie tun?«

Michael stützte die Unterarme auf den Tresen und lächelte sie an. Höflichkeitsfloskeln lagen ihm nicht, doch er wusste, dass seine Ernsthaftigkeit abschreckte.

»Schön, Sie wiederzusehen! Wie geht es Ihnen?«

Die Rezeptionistin wirkte leicht irritiert. »Gut. Und Ihnen?«

»Mir auch, danke.« Michael zögerte, kam dann aber direkt zur Sache. »Ich brauche Zugang zum Internet. Gibt es ein Passwort für Gäste?«

»Nein, leider nicht.«

»Können Sie mir das Passwort nennen, das die Mitarbeiter hier benutzen?«

»Ich werde die Angelegenheit mit Pawel Stanislawowitsch besprechen.«

»Ist er hier?«

»Zurzeit nicht.«

»Würden Sie ihm etwas ausrichten?« Michaels Stimme klang zunehmend gereizter.

»Selbstverständlich.«

»Er soll sich mit mir in Verbindung setzen.«

Michael spürte die Gegenwart eines anderen Menschen und drehte sich um. Völlig unvermittelt stand Trapezius hinter ihm. Er machte eine Kopfbewegung, um Michael zu signalisieren, dass er ihm folgen solle.

Michael wandte sich wieder an die Rezeptionistin. »Ich habe es mir anders überlegt. Ich möchte jetzt mit Pawel reden. Bitte rufen Sie ihn an.«

»Ich fürchte, das ist nicht möglich.«

»Ich bestehe darauf!«

»Pawel Stanislawowitsch befindet sich in einer wichtigen Besprechung.«

»Also ist er doch hier?«

Trapezius packte Michaels Arm, sein Griff war hart und unnachgiebig. Zusammen betraten sie den Lift. Michael hatte erwartet, dass man ihn ins Untergeschoss zurückbringen würde, doch zu seiner Überraschung verließen sie das Gebäude. Vor dem Eingang stand ein Mercedes mit verdunkelten Scheiben. Der Fahrer stieg aus und hielt

Michael die Tür auf. Was, wenn er für Oleg Wolkow arbeitete? Kopfschüttelnd wich Michael zurück und schaute sich um. Beobachtete jemand die Szene? Der Eingang war überdacht, von den Fenstern aus konnte man ihn nicht sehen. Kurz entschlossen holte er aus und trat Trapezius gegen das Bein. Dieser wirkte einen Moment lang überrascht, aber als Michael zu einem weiteren Tritt ansetzte, wich er geschickt aus. Der Fahrer kam ihm zu Hilfe, gemeinsam schoben sie Michael auf den Rücksitz. Die gegenüberliegende Tür war verschlossen, entmutigt gab Michael auf. Trapezius nahm sein Handy hervor und entfernte sich ein paar Schritte vom Wagen. Nachdem er das Gespräch beendet hatte, setzte er sich neben Michael auf den Rücksitz. Er wechselte mit dem Fahrer einige Worte auf Russisch, und der Wagen fuhr los.

Sie bogen in eine vierspurige Straße ein, wo sich Gewerbebetriebe und Tech-Unternehmen aneinanderreihten. Die Bäume zwischen den Arealen wurden spärlicher, Plattenbauten tauchten auf. Trotz der Kälte flatterte auf vielen Balkonen Wäsche. In den Erdgeschossen waren Läden untergebracht, zwischen den Blöcken sah man verlassene Schaukeln und verbeulte Rutschen. In der Ferne ragte ein rot-weiß gestrichener Kamin in den Himmel.

»Wohin fahren wir?«, fragte Michael.

Keine Antwort. Verstanden die beiden Männer überhaupt Englisch? Sie kamen an einem eingezäunten Friedhof vorbei, ein Piktogramm zeigte die Autobahn an. Geschäftshäuser, eine Tankstelle, eine Fußgängerbrücke. Der Fahrer verlangsamte das Tempo und setzte den Blinker. Eine Zufahrtsstraße führte zu einem mehrstöckigen Gebäude mit neutraler Fassade. Michael hörte, wie die Türen des Wagens entriegelt wurden. Trapezius stieg aus.

Michael zögerte, dann folgte er ihm. »Wo sind wir?«

Trapezius deutete auf den Eingang. Sie betraten eine Lobby mit Steinfliesen. Neben den Aufzügen war ein Firmenverzeichnis angebracht, das Michael nicht entziffern konnte. Sie fuhren in den obersten Stock – und betraten eine andere Welt.

Ein roter Teppich, ein Tor mit Marmorrahmen. Davor stand ein Sicherheitsangestellter. Er begrüßte Trapezius mit Handschlag, dann drückte er auf einen Knopf, und das Tor schwang auf.

Eine Hostess hieß Michael willkommen. Sie trug ein enges Kleid aus roter Seide, ihr Körper war so makellos, dass Michael an Pawels Traum, das Gehirn in einen Avatar hochzuladen, denken musste. Die Hand, die sie ihm entgegenstreckte, war eindeutig aus Fleisch und Blut.

Hinter ihm ging das Tor zu. Er stand in einem Tunnel, der einer Höhle nachempfunden war. An den steinernen Wänden brannten elektrische Fackeln, aus verborgenen Lautsprechern rieselte sanfte Musik. Die Hostess führte ihn in einen Raum, in dessen Mitte ein Springbrunnen plätscherte. Aus dem Wasser ragte eine Stange. Als Michael auf einem der Samtsessel Platz genommen hatte, tauchte eine Meerjungfrau aus einem gläsernen Schacht auf und begann zu tanzen. Glitzernde Schuppen bedeckten ihre Brüste, der String, den sie trug, schimmerte silbern.

»Was darf ich Ihnen bringen?«, fragte die Hostess. »Saft? Oder lieber Wasser?«

»Ein Bier, bitte.«

Sie schüttelte bedauernd den Kopf.

Michael wiederholte seine Bitte.

»Wir haben frischen Ananassaft, den ich sehr empfehlen kann«, schlug sie vor.

Michael nickte stumm. Wie konnte es sein, dass es hier keinen Alkohol gab? Hatte Pawel ihn verboten? Gehörte der Klub ihm?

Der Saft wurde von einer Frau in einem teuren Dessous serviert, die sich als Xenia vorstellte. An ihrem Hals hing eine feine Goldkette mit einem Anhänger in Form eines Kompasses. Sie setzte sich neben ihn und legte ihm die Hand auf den Oberschenkel. Michael war zu verblüfft, um zu reagieren.

»Come«, sagte sie, nachdem die Meerjungfrau ihren Tanz beendet hatte.

Er folgte ihr in ein Zimmer, das von einem runden Bett dominiert wurde. War das Pawels Art, ihn zu besänftigen? Michael kam sich vor wie ein Kind, dem man eine Tüte Süßigkeiten hinhielt. Er verschränkte die Arme vor der Brust.

Xenia blickte ihn verunsichert an, dann schob sie ihre Hüfte vor und schmiegte sich an ihn. Unwillkürlich reagierte sein Körper. Seit dem Ausbruch seiner Krankheit hatte er keinen Sex mehr gehabt. Er hatte das Vertrauen in seinen Körper verloren. Xenia nahm seine Hand und legte sie auf ihre Brust. Michael stöhnte auf. Ermutigt zog Xenia ihn näher an sich heran.

Er schüttelte den Kopf.

Xenia strich ihm über die Brust, dann machte sie sich an seiner Hose zu schaffen.

Michael wich zurück. »Nein.«

Sie versuchte es wieder.

Er packte ihr Handgelenk. »Hast du nicht verstanden? Ich will das nicht!«

»Ich mache, was immer du möchtest.« Die verführerische Stimme wollte nicht zu dem ängstlichen Ausdruck in ihren Augen passen.

Man hatte ihr den Auftrag erteilt, ihn zu unterhalten. Wenn er sie zurückwies, würde man ihr Versagen vorwerfen. Michael setzte sich auf die Bettkante.

»Ich möchte einfach nur reden, ist das in Ordnung?«

Sie biss sich auf die Unterlippe.

»Setz dich zu mir«, bat er.

Sie folgte seiner Aufforderung und legte dabei wieder ihre Hand auf seinen Oberschenkel.

Michael schob sie weg. Vielleicht lag es an der Sprache, dachte er. Da kam ihm eine Idee.

»Mein Name ist Michael«, sagte er und zeigte auf sie. »Wie heißt du?«

»Xenia.« Ihre Angst wich Verwirrung.

»Russian«, bat er.

Sie sprach einen Satz auf Russisch, und er wiederholte ihn.

»Woher kommst du?«, fuhr er fort.

Xenia sagte ihm den Satz auf Russisch vor. Sie hatte begriffen, was er von ihr wollte. Fremdsprachen zu lernen, gehörte nicht zu seinen Talenten, seiner Ansicht nach fehlte es ihrem Aufbau an Logik. Hätte seine Mutter nicht von klein auf mit ihm Deutsch gesprochen, wäre er kaum in der Lage, Sprachmuster zu erkennen.

»Ich muss die kyrillischen Buchstaben lernen«, sagte er.

Xenia dachte kurz nach, ging ins Bad und kehrte mit einer Rolle Toilettenpapier und einem Kajalstift zurück. Mit einem verschmitzten Lächeln schrieb sie das Alphabet auf die Rolle. Langsam schien sie Gefallen an der Wende zu finden, die ihre Begegnung genommen hatte.

Auf dem Flur waren Schritte zu hören.

Michael legte den Finger an die Lippen. »Geheimnis«, flüsterte er.

Sie nickte. »Sekret«, sagte sie auf Russisch.

Die Tür flog auf und knallte gegen die Wand. Trapezius stürmte herein, die Waffe im Anschlag.

9

Xenia schrie. Michael sprang auf und sah sich nach einem Gegenstand um, mit dem er sich hätte verteidigen können. Ein lächerliches Unterfangen, angesichts der Pistole, die Trapezius auf sie richtete. Trapezius rannte zum Bad, stieß die Tür auf, schaute hinein. Er riss die Gardinen beiseite, spähte hinter den Sessel. Als er sich vergewissert hatte, dass sich kein Fremder im Raum befand, packte er Michael und zerrte ihn aus dem Raum. Hastig liefen sie die Treppe hinunter. Michael konnte kaum Schritt halten. Unten trafen sie auf den zweiten Sicherheitsangestellten, der ihnen mit einer Geste zu verstehen gab, dass alles in Ordnung war. Zu zweit bugsierten sie Michael wieder auf den Rücksitz des Mercedes, und der Wagen brauste davon. Ein Handy klingelte. Trapezius nahm den Anruf entgegen. Gepresste Worte, hastig gesprochen. Auch ohne Russischkenntnisse begriff Michael, dass etwas geschehen war. Trapezius reichte ihm das Telefon.

»Michael!« Pawels Stimme. »Kannst du selbstständig eine Kryokonservierung durchführen?«

»Was ist –«

Pawels Stimme wurde hart. »Ja oder nein?«

»Ja.«

»Folge den Anweisungen des Sicherheitspersonals. Ich bin unterwegs.«

»Eine Neuro- oder eine Ganzkörper-Kryokonservierung?«

»Ich weiß nicht, was geschehen ist.« Pawel atmete tief durch. »Bogdan Radus Life Watch hat Alarm geschlagen.«

Wie die meisten Menschen, die nach dem Tod kryokonserviert

werden wollten, trug Radu eine Funkuhr am Körper, die sofort reagierte, wenn es zu einem Herzstillstand kam.

»Radu ist tot?«

»Ich verlasse mich auf dich.« Pawel legte auf.

Michael ließ sich im Sitz zurückfallen. Er nahm kaum wahr, wie sie durch Selenograd rasten. Eine tiefe Ruhe erfasste ihn. Sein Körper hatte auf Arbeitsmodus umgeschaltet, Befindlichkeiten spielten keine Rolle mehr. Er liebte diesen Zustand, der es ihm ermöglichte, stundenlang am Operationstisch zu stehen oder auf der Notfallstation Patienten zu versorgen, ohne Hunger, Durst oder Müdigkeit zu verspüren. In Gedanken ging er den Prozess der Kryokonservierung durch. Er war nie mit Bogdan Radu ausgerückt, um einen Verstorbenen zu holen, wusste aber, dass Zeit der entscheidende Faktor war. Je schneller der Körper gekühlt wurde, desto mehr Zellen überlebten.

Sie kamen zu einem Parkplatz an einem Waldrand. Fast gleichzeitig traf ein weißer Transporter ein und hielt neben einem Weg, der in den Wald führte. Die Hecktür des Transporters ging auf, und ein Mann sprang heraus. Im Wagen befand sich ein Sarg aus Stahl.

»Wo ist er?«, fragte Michael.

Der Fahrer des Transporters nahm einen Empfänger hervor, um Radus Funkuhr zu orten. Er zeigte auf den Weg, warf Michael einen Erste-Hilfe-Koffer zu und rannte mit einer Bahre los.

Der Wald war dicht, dank der hellen Stämme der Birken aber nicht dunkel. Schnee rieselte von den kahlen Ästen, da und dort knackte es. Der Empfänger schickte sie tiefer in den Wald hinein. Der Weg machte eine scharfe Biegung, dahinter sah Michael eine Gestalt am Boden liegen. Er lief darauf zu. Krähen flogen mit lauten Rufen auf und ließen sich auf einem Baum nieder.

Bogdan Radu lag auf der Seite. Er trug eine Isolationsweste über einem Thermoshirt, dazu eine Laufhose. Seine Haut war kreideweiß, der Schnee unter seinem Kopf blutrot. An seinem Hals klaffte seitlich eine tiefe Wunde. Unmöglich, den Körper mit einer Herz-Lungen-Massage zu behandeln. Michael beschloss, sich auf den Kopf zu konzentrieren. Er schätzte die Außentemperatur auf minus zehn Grad. Die Kälte und der Blutverlust sorgten dafür, dass das Gehirn schnell abkühlte, was die Überlebenschance der Zellen trotz Sauerstoffmangel vergrößerte. Gleichzeitig bestand die Gefahr, dass die Flüssigkeit im Körper zu Eiskristallen gefror. Unter normalen Umständen hätte eine Infusion die Bildung von freien Radikalen, Stickoxiden und Körpergiften verhindert, unter diesen Bedingungen konnte Michael aber keine legen. Eigentlich müsste er jetzt die Blutgefäße spülen und mit dem Einfüllen der Vitrikationslösung beginnen.

»Er muss sofort in den Operationssaal!«, rief er.

Der Fahrer des Transporters nickte. Entweder er sprach Englisch, oder er wusste aus Erfahrung, was zu tun war. Sie hoben Radu auf die Bahre und kehrten im Laufschritt zum Transporter zurück, wo sie die Leiche in den mit Eis gefüllten Sarg legten. Trapezius schlug die Tür zu. Michael beugte sich vor, um die Wunde am Hals zu untersuchen. Ein sauberer Schnitt, mit sicherer Hand ausgeführt. Was würde die Polizei dazu sagen, dass die Leiche vor ihrem Eintreffen schon abtransportiert worden war? Hatte man sie überhaupt verständigt? Um feststellen zu können, dass Bogdan Radu keines natürlichen Todes gestorben war, musste er kein Rechtsmediziner sein. Die Vorgehensweise zeugte von Kaltblütigkeit und Vorsatz.

Katarzyna hatte den Operationssaal bereits vorbereitet. Sie sagte kein Wort, als die Männer Radu auf den Operationstisch legten, sondern befolgte Michaels Anweisungen. Einen Kopf abzutrennen, widersprach allen ethischen Grundsätzen, die er sich angeeignet hatte. Dennoch glaubte er, richtig zu handeln. Er erfüllte dem Patienten seinen letzten Wunsch. Katarzyna, die erst wenige Male in einem Operationssaal gestanden hatte, arbeitete erstaunlich ruhig. Sie reichte Michael die nötigen Instrumente und bereitete unaufgefordert die Infusion vor. Erst als das Frostschutzmittel durch Radus Blutgefäße floss, stellte sie eine Frage.

»Wer hat das getan?«

»Ich weiß es nicht«, antwortete Michael. »Kann es sein, dass ein Kryonikgegner dahintersteckt? Hat KrioZhit in letzter Zeit Drohungen erhalten?«

»Ein Kryonikgegner hätte mir die Kehle durchgeschnitten, nicht Dr. Radu.«

Unbemerkt hatte Pawel den Raum betreten.

Michael drehte sich zu ihm um. Pawels stets klarer Blick war trüb und seine Haut fahl. Er trat an den Operationstisch. In Gedanken versunken, starrte er auf den kopflosen Körper. Er sah aus, als laste die ganze Verantwortung für Radus Auferstehung auf seinen Schultern.

»War er ein guter Freund?«, fragte Michael.

Eine Weile war nur das regelmäßige Summen der Lüftung zu hören.

»Niemand darf erfahren, was geschehen ist«, sagte Pawel.

»Was ist denn geschehen?«, wollte Katarzyna wissen.

Pawel wandte sich an Michael. »Hast du seinen Körper untersucht?«

»Nein, ich habe mich auf das Gehirn konzentriert. Ich wollte keine Zeit verschwenden mit dem Versuch, den ursprünglichen Zustand des Körpers wiederherzustellen.«

»Ich rede nicht von der Kryokonservierung. Sondern davon, dass die Verletzungen am Körper Hinweise auf das Geschehen liefern könnten.«

Michaels Meinung nach war klar, was passiert war, doch Pawel begann, die Leiche in Augenschein zu nehmen. Er hob Radus Hände hoch. Sieben Finger standen in einem unnatürlichen Winkel ab.

»Gebrochen«, stellte er nüchtern fest.

»Vielleicht ist er hingefallen«, mutmaßte Michael.

Pawel bedachte ihn mit einem spöttischen Blick.

»Du glaubst, dass ihm jemand absichtlich die Finger gebrochen hat?«, fragte Michael.

»Natürlich.«

»Warum?«

»Um ihn zum Reden zu bringen.«

»Was wusste er?«

»Dass du hier bist. Besser gesagt, dass ein Arzt, auf den deine Beschreibung passt, hier arbeitet.«

»Also glaubst du, dass Oleg Wolkow dahintersteckt?«

Pawel wandte sich an Katarzyna. »Sie verlassen ab sofort das Gebäude nicht mehr. Ich werde das zweite Studio für Sie herrichten lassen.«

Bei der Vorstellung, dass Katarzyna Ähnliches blühen könnte wie Bogdan Radu, wurde Michael blass. »Wir müssen die Polizei verständigen!«

»Ich werde die Angelegenheit auf meine Weise regeln«, sagte Pawel.

»Angelegenheit?«, wiederholte Michael. »Wir reden von Folter und Mord!«

Pawel kam näher. »Genau deswegen werde ich mich darum kümmern!«

Michael zwang sich, tief durchzuatmen. Im Grunde wusste er, dass Pawel recht hatte. An Oleg Wolkow käme die Polizei nicht heran, der Oligarch war zu mächtig. Und was nützte es, wenn nur seine Handlanger gefasst wurden? Pawel hatte Beziehungen. Er konnte dafür sorgen, dass von Wolkow keine Gefahr mehr ausging.

Michael dachte wieder an den Mann, der ihn vor dem Restaurant beobachtet hatte. Er erzählte Pawel davon.

»Er hat nichts damit zu tun.« Pawels Tonfall ließ keinen Raum für Zweifel.

»Woher weißt du das? Wer ist der Mann?«

»Das spielt keine Rolle.«

Katarzyna trat vor. »Für mich schon.«

»Sie sind hier, um eine Aufgabe zu erledigen. Mehr nicht.« Pawel drehte sich Michael zu. »Kannst du Dr. Radu vertreten, bis ich einen Ersatz gefunden habe?«

Michael nickte.

Pawel schaute zu dem Behälter, der Radus Cephalon enthielt. »Gute Arbeit.«

10

Frustriert hängte Vita das Kleid von Alexander McQueen in den Schrank zurück. Die wadenlange Robe wäre für den heutigen Abend perfekt gewesen. Schwarze und weiße Spitze im Lingerie-Stil, schmale Träger und raffinierte Stoffeinsätze. Dark Romance, genau das Bild, das Vita bei dieser Ballettpremiere im Bolschoi-Theater vermitteln wollte. Aber dann war ein junges Model auf die gleiche Idee gekommen. Gott sei Dank hatte Vita rechtzeitig davon erfahren. Unvorstellbar, dass sie und eine Zwanzigjährige das gleiche Kleid trugen. Doch was sollte sie sonst anziehen? Das Dolce & Gabbana stammte aus der letztjährigen Kollektion, Vita hatte es bereits bei einer Opernaufführung getragen. Sie schlüpfte in ein One-Shoulder-Kleid von Oscar de la Renta und trat vor den Spiegel. Die opulenten Volants ließen sie wie ein Weihnachtsgeschenk aussehen.

Unten hörte sie die Haustür. War Pawel schon da? Normalerweise erschien er erst in letzter Minute. Das war nicht immer so. Früher fand er es aufregend, ihr beim Anziehen zuzusehen. Er hatte sich in den Sessel gesetzt, der im Ankleideraum stand, und mit seinen Blicken jede einzelne Bewegung verfolgt. Vita war sich vorgekommen wie auf dem Laufsteg. Manchmal hatte er sich nicht damit begnügt, sie einfach nur anzusehen. Was gäbe sie dafür, das noch einmal zu erleben! Rasch zog sie das Kleid aus und setzte sich in Pose. Sie drapierte ihr Haar über der Schulter, um ihren Hals besser zur Geltung zu bringen. Pawel liebte die Kuhle über ihrem Schlüsselbein.

Sie hörte, wie er die Treppe hochkam und den Ankleideraum betrat. Seine Augen waren ausdruckslos, sein Gesicht wirkte wie eine Maske. Unbehagen breitete sich in Vita aus.

»Diesmal bist du zu weit gegangen«, sagte er kalt.

Vita hatte keine Ahnung, wovon er sprach.

Er packte sie am Arm. »Du kannst mit diesem Theater aufhören!«

»Lass mich los! Du tust mir weh!«

»Du hast eine Grenze überschritten.«

»Das gibt einen blauen Fleck!«

»Dann trägst du eben ein langärmeliges Kleid. Auswahl hast du weiß Gott genug!«

Selten hatte er derart die Fassung verloren. Vita kam sich schutzlos vor und wünschte, sie hätte das Kleid nicht ausgezogen. Hatte er etwa getrunken? Das wäre etwas ganz Neues, anders konnte sie sich sein Verhalten aber nicht erklären.

»Wo habt ihr euch getroffen?«, fragte er. »Bei deiner Mutter?«

Daher wehte der Wind. Pawel hatte von ihren Treffen mit Tschurka erfahren. Wenigstens zeigte seine Eifersucht, dass sie ihm noch etwas bedeutete.

»Pawluschka«, schnurrte sie und schmiegte sich an ihn. »Das hat doch nichts –«

Er schob sie weg. »Du tust jetzt genau, was ich dir sage. Als Erstes pfeifst du deinen Hund zurück. Dann sorgst du dafür, dass er sich von KrioZhit fernhält. Wenn du dich noch einmal in meine Angelegenheiten einmischst, kannst du deine Koffer packen.«

»Deine Angelegenheiten?« Vita stemmte die Hände in die Seiten. »Wir waren einmal ein Team! Früher hätten wir uns gemeinsam um Andrej gekümmert. Jetzt sprichst du nicht einmal mehr mit mir. Woher hätte ich wissen sollen, dass du das Problem bereits gelöst hast? Ich musste etwas tun! Ich konnte nicht zulassen, dass Andrej uns zerstört!«

»Wir waren kein Team.« Pawel spuckte das Wort förmlich aus. »Du hast dich immer nur für dich interessiert. Hauptsache, dein Kleiderschrank ist mit teuren Fummeln bestückt. Du erwartest, dass ich mit dir rede? Dann zeige wenigstens einen Funken Interesse an dem, was ich erzähle.«

Hinter seiner Wut spürte Vita Enttäuschung. Litt auch er darunter, dass sie sich auseinandergelebt hatten? Für einen Moment vergaß sie Andrej. Sie dachte stattdessen an früher, wenn Pawel von der Arbeit heimgekommen war und ihr von seinem Tag erzählte. Von den endlosen Sitzungen mit Geschäftsleuten und Politikern. Farblose, fantasielose Anzugträger ohne Vision. Sie hatten sich darüber amüsiert, wie leicht durchschaubar sie waren, und wie einfach zu manipulieren. Manchmal hatte sie Pawel auf Geschäftsreisen begleitet. Während er langwierige Verhandlungen führte, deren Ausgang er schon im Vorhinein kannte, begab sich Vita mit den Gattinnen auf Einkaufstour. Sie schauderte, als sie an den Hüftspeck und die selbst lackierten Nägel dachte. Buchweizengrütze besaß mehr Charisma als diese Frauen. Und alle wünschten sie sich, Vitas Glanz möge ein wenig auf sie abfärben. Vita war es denn auch zu verdanken, dass sich die meisten am Ende des Tages von einer vorteilhafteren Seite zeigten. Knochenarbeit, die sie Pawel zuliebe mit Ausdauer und Hingabe erledigt hatte.

»Diese Fummel, wie du sie nennst, haben zu deinem Erfolg beigetragen!«, warf sie ein. »Also wage es ja nicht, mich wegen meiner Garderobe zu kritisieren. Du willst, dass ich Interesse zeige? Dann sprich über etwas Spannendes!«

»Die Frühjahrsmode?«, spottete Pawel. »Oder eine neue Cellulite-Behandlung?«

Vita wandte sich mit hocherhobenem Kinn ab und setzte die Suche nach einem geeigneten Kleid fort.

»Ich könnte dir natürlich auch erzählen, welche Fortschritte wir bei der Simulation des Gehirns machen. Aber dazu muss ich dir vermutlich zuerst erklären, wie eine Nervenzelle überhaupt funktioniert. Nun gut, warum nicht?« Er setzte sich mit gespielter Gelassenheit in den Sessel und schlug die Beine übereinander. »Neuronen besitzen ein Steuersystem aus Proteinen und chemischen Substanzen, welche Kanäle in der Zellwand öffnen und wieder schließen. Höchst faszinierend, nicht wahr? Auf diese Weise schleusen sie geladene Teilchen ein und aus, die wiederum steuern die elektrischen Signale. Das ist aber noch nicht alles, denn neben den Neuronen existieren auch noch Gliazellen, sie sind sozusagen die Gehilfen, die dafür sorgen, dass die Signale schneller weitergeleitet werden.«

Vita holte Luft.

Pawel hob die Hand. »Warte, das Spannendste kommt erst. Katarzyna Szewińskas Neuronen setzen sich nämlich aus mathematischen Gleichungen zusammen. Du kannst sie mit einer Parallelschaltung von einem Kondensator und einem Widerstand vergleichen, falls du weißt, was das ist. Kommt der virtuelle Gleichstrom an, lädt sich die Spannung auf. Ein Schwellenwert, den sie zuvor einprogrammiert hat, stellt das Aktionspotenzial einer Nervenzelle dar. Überschreitet die Spannung einen bestimmten Wert, gibt ein Algorithmus das Signal an die nachfolgende Zelle weiter.« Er hielt inne. »Entschuldige, Schatz, mir fällt erst jetzt ein, dass du vermutlich gar nicht weißt, was ein Algorithmus ist. Von einem Metaalgorithmus ganz zu schweigen.«

»Das muss ich auch nicht«, keifte Vita. »Genauso wenig wie du wissen musst, ob ein Kleid aus Chiffon oder Batist ist, um zu beurteilen, ob es mir steht.«

»Du vergleichst Algorithmen und Metaalgorithmen mit Chiffon und Batist?«

»Nein, ich vergleiche dich mit mir! Während ich um unsere Ehe kämpfe, setzt du alles daran, sie zu zerstören!«

Pawel stand auf. »Ausgerechnet du wirfst mir vor, dass ich unsere Ehe zerstöre? Nach allem, was heute passiert ist?«

Wovon sprach er? War er am Ende gar nicht eifersüchtig? Vitas Herz begann zu hämmern. Tschurka musste Andrej gefunden haben.

»Lebt er noch?«, fragte sie atemlos.

Pawel starrte sie an.

»Sag schon, lebt Andrej noch?«, fragte Vita.

»Was hat Andrjucha damit zu tun?«

Jetzt verstand Vita gar nichts mehr. »Tschurka … er hätte Andrej finden sollen. Du willst doch auch, dass er verschwindet, das weiß ich genau. Mir kannst du nichts vormachen.«

Pawel blinzelte. »Du weißt es noch gar nicht.«

»Was?« Vita packte ihn. »Was weiß ich nicht?«

»Dein Holzkopf hat Bogdan Radu getötet. Du«, er betonte das Wort, »hast Bogdan Radu getötet.«

Vita hatte das Gefühl, nicht genügend Luft zu bekommen. Was hatte Tschurka getan?

Pawel schaute Vita misstrauisch an. »Es ging dir die ganze Zeit nur um Andrej?«

Sein Tonfall ließ sie aufhorchen. Pawel war wütend, aber sie meinte auch eine Spur von Unsicherheit zu entdecken. Sie dachte an den jungen Mann, den Tschurka beobachtet hatte.

Könnte auch eine jüngere Version von Pawel sein.

Dann stimmte es also. Vitas Gedanken überschlugen sich. Warum behielt Pawel dieses Wissen für sich? Er vertraut mir nicht, dachte sie. Was war nur aus ihrer Ehe geworden? Vita war sich so sicher gewesen, dass sie beide dasselbe wollten. Andrej hätte beinahe Pawels Lebenswerk zerstört. Und sie hatte versucht, KrioZhit zu retten. Vielleicht waren ihre Motive unterschiedlich, aber spielte das eine Rolle?

»Interessiert es dich denn nicht, wie es passiert ist?«, fragte Pawel.

Vita hatte den Blick auf den Boden gerichtet.

»Der Holzkopf hat ihm die Kehle durchgeschnitten. Vorher hat er ihm sieben Finger gebrochen.« Pawel trat nahe an sie heran und hob mit dem Zeigefinger ihr Kinn, damit er ihr in die Augen schauen konnte. »Was wollte er von Bogdan Radu wissen?«

»Wo Andrej ist.«

Pawels Blicke fühlten sich wie Nadelstiche an. »Ist dir klar, dass Anstiftung zum Mord ein Straftatbestand ist?«

Vita schloss die Augen. Sie konnte nur an den jungen Mann denken, der Pawel glich. Pawels Sohn. Oder Andrejs?

Sie richtete sich auf. »Mag sein, dass Tschurka zu weit gegangen ist, als er Bogdan Radu befragt hat. Aber Andrej hat er nicht getötet! Ich habe ihm zwar den Auftrag erteilt, aber wie du weißt, haben seine Männer danebengeschossen. Bleibt also die Frage, was danach geschah. Ich glaube nicht, dass Andrej ertrunken ist.« Sie lehnte sich vor, sodass sich ihre Gesichter beinahe berührten. »Ich glaube, du hast ihn töten lassen.«

War das Anerkennung in seinem Blick?

Ermutigt fuhr Vita fort: »So, wie ich es sehe, hätten wir uns also desselben Verbrechens schuldig gemacht.«

»Das sehe ich anders.« Pawel ließ ein paar Sekunden verstreichen. »Denn Andrjucha ist nicht tot.«

Vita erstarrte.

»Ruf deinen Kampfhund an«, befahl Pawel.

»So funktioniert das nicht. Ich … der Kontakt lief über meine Mutter.«

»Dann ruf sie an. Er soll heute um Mitternacht dort sein. Und jetzt zieh dich an«, sagte Pawel. »Sonst kommen wir zu spät zur Premiere.«

II

Birken- und Nadelwälder, so weit das Auge reichte. Dazwischen ab und zu eine Siedlung, versunken im Schnee. Julia blickte aus dem schlierigen Zugfenster, während sie dem leisen Schnarchen der Mitreisenden lauschte. Jedes Mal, wenn der Schaffner an ihrem Abteil vorbeiging, hielt sie den Atem an. Wie effizient arbeitete die Polizei? Wie lange würde es dauern, bis aufflog, dass sie mit einem gestohlenen Pass unterwegs war? Birken, Birken, das Rattern der Räder. Julia wachte auf, als der Zug zum Stehen kam. Sie waren in Wologda angekommen. Zwei Drittel der Strecke hatte sie hinter sich. Nur noch fünf Stunden. Ihr Schlüsselbein schmerzte von der harten Liege. Sie richtete sich auf, massierte sich die Schulter und nahm eine Zeitschrift hervor. Sie hatte sich in Moskau mit einem Stapel davon eingedeckt. Ihre Gastgeberin hatte nicht übertrieben, die Medien liebten Pawel und Vita. Im Schein einer Taschenlampe blätterte Julia das Heft durch, bis sie auf eine Doppelseite stieß, die prominente Paare zeigte. Darunter ein Foto von Pawel und Vita beim Besuch einer Kunstauktion. Er hielt die Skulptur eines Nautilus in der Hand. Wieder war Julia überrascht, wie ähnlich sich Pawel und Andrej sahen. Das ebenmäßige Gesicht, die breite Stirn, der markante Unterkiefer, die klaren, fast durchsichtigen Augen. Der Anzug, den Pawel auf dem Foto trug, betonte seine sportliche Figur. Auch Vita war attraktiv, doch ihr fehlte Pawels Lockerheit. Sie hatte den Kopf ein wenig nach vorn geschoben und wirkte dadurch, als wolle sie jemanden angreifen.

Julia suchte nach weiteren Aufnahmen. Sie fand ein Bild von Vita mit einem dunkelhaarigen Model, auf dem sie wesentlich entspannter aussah. Viktorija Danilowa und Irina Wolkowa, stand darunter.

Vita war mit Oleg Wolkows Frau befreundet? Julia ließ das Heft sinken. Sie hatte gewusst, dass Pawel mit Wolkow Geschäftsbeziehungen unterhielt, von einem privaten Kontakt war aber nie die Rede gewesen. In einem Wirtschaftsmagazin entdeckte Julia einen Beitrag über Wolkow Industries. Sie las, dass China an Wolkows Triebwerken interessiert war und Verhandlungsgespräche aufgenommen hatte. Das Foto daneben zeigte Pawel und Oleg, die sich an einem Stehtisch mit drei Männern unterhielten. Zwei der Männer waren hochrangige Politiker, beim Dritten handelte es sich um den Generalstabschef der russischen Streitkräfte. Dass Wolkow Geschäftsbeziehungen mit dem Militär unterhielt, überraschte Julia nicht, immerhin stellte er Raketentriebwerke her. Aber Pawel?

Trotz der Kälte draußen war es fast unerträglich warm im Zug. Julia machte sich auf die Suche nach dem Wasserkocher, der den Reisenden zur Verfügung stand. Sie hatte sich vor der Abfahrt mit Schwarzbrot, Zwiebeln und Orangen eingedeckt, dazu einige Tütensuppen gekauft. Wer aß schon Brot mit rohen Zwiebeln und trank dazu heißes Wasser? Nur wer keinen Geschmackssinn mehr hatte, wusste, wie interessant sich Schärfe im Mund anfühlte. Mit dem Teeglas ging sie zurück zu ihrem Abteil. Die Nacht war klar, am Himmel leuchteten die Sterne. Julia betrachtete den schimmernden Fleck der Plejaden und fragte sich, ob Henry ihn in diesem Moment auch sah. Sie realisierte, dass in New York erst später Nachmittag war.

Sie schlug ein Männermagazin auf, das ein Interview mit Pawel enthielt. Der Journalist hatte ihm Fragen zu seinem persönlichen Anti-Aging-Programm gestellt, über seine Geschäfte erfuhr sie nichts. Hätte sie doch Zugang zum Internet! Als sie in den USA untergetaucht war, um sich vor Oleg Wolkow in Sicherheit zu bringen, hatte Margaret Freeman sie mit verschlüsselten Geräten und nicht registrierten SIM-Karten versorgt. Margaret unterrichtete zusammen mit Henry an der Columbia University, sie gehörte zu den wenigen Menschen, denen Julia vertraute. Sie besaß Abschlüsse in Informatik, Cybersicherheit, Wissens- sowie Technologietransfer und hatte unter

George W. Bush an der National Cyber Security Initiative mitgewirkt. Sie hätte Julia auch für die Reise nach Russland entsprechend ausgestattet, doch Julia hielt das für zu gefährlich. Der Geheimdienst könnte auf sie aufmerksam werden. Obwohl die Wende über drei Jahrzehnte zurücklag, hatte sich diesbezüglich wenig verändert.

Sie schlug das letzte Heft auf, ein Magazin über Wissenschaft und Technik. Pawel sprach in einem Interview über seine Forschung an einer Gehirn-Computer-Verbindung. KrioZhit arbeitete an einem Verfahren, das es möglich machte, Elektroden in das Gehirn eines lebenden Menschen einzusetzen. Feine Drähte unter der Schädeldecke sandten Signale an einen Chip, der mit einem Gerät hinter dem Ohr verbunden war. Via Smartphone konnte die Kommunikation der Gehirnzellen decodiert werden.

Um sie zu beeinflussen?, fragte sich Julia. Versuche, die Gedanken eines Menschen zu steuern, hatte es schon viele gegeben. Häufig steckte das Militär dahinter. Julia erinnerte sich an einen amerikanischen Wissenschaftler, der ein System entwickelt hatte, um Soldaten per Ultraschall zu manipulieren. Das Projekt war von Darpa finanziert worden, der Forschungsabteilung des Pentagon. Mit implantierten Elektroden ließen sich die Nervenzellen noch gezielter beeinflussen. War das russische Verteidigungsministerium in Pawels Forschungsprojekte involviert? Hatte bereits Stanislaw Iwanowitsch Danilow für das Militär geforscht? Gegenüber dem Journalisten behauptete Pawel, er wolle das Gehirn auslesen, damit es unabhängig vom Körper weiterleben könne. Doch Forschung war teuer. Irgendwoher musste das Geld kommen. War es da nicht naheliegend, dass das Verteidigungsministerium oder ein Rüstungskonzern das Projekt zumindest mitfinanzierte?

Bis jetzt war Julia immer davon ausgegangen, dass Oleg Wolkow Pawels Kunde war. Chemprom lieferte Hydrazin, das Wolkow für seine Flüssigkeits-Raketentriebwerke brauchte. Vielleicht unterstützte Wolkow aber auch Pawels Forschungsprojekte. Weigerte sich Pawel deshalb, Wolkows Rolle beim Tod des vierjährigen Jesse öffentlich zu machen? Hatte er Michael nach Russland geholt, um sicherzustellen, dass niemand von der Verbindung zwischen Wolkow und Jesse erfuhr, und gar nicht, um Michael zu schützen?

Julia las das Interview mit Pawel noch einmal durch. Gab es überhaupt einen Zusammenhang zwischen Oleg Wolkow und Michaels Entführung? Oder brauchte Pawel bloß jemanden, der Elektroden in ein Gehirn einsetzen konnte? Aber warum Michael? In Russland gab es bestimmt genug ausgebildete Neurochirurgen.

Sie schaute aus dem Fenster. Wie dicht der Wald war, wie dunkel die Nacht. Ab und zu leuchteten die Scheinwerfer eines Autos zwischen den Bäumen auf. Das letzte Mal, als sie durch diese Wälder fuhr, war sie wie gelähmt vor Angst und Trauer. Sie sah Tanja vor sich, den Kummer in ihren Augen. Wie sie ihr eine Haarsträhne aus dem Gesicht strich. Tanja hatte ihr geraten, ein wenig zu schlafen, doch Julia hatte unentwegt aus dem Rückfenster des Wagens geschaut. Jedes Mal, wenn ein Wagen ihnen zu nahe kam, hatte sie unkontrolliert zu zittern begonnen.

Jetzt war sie die Jägerin, nicht die Gejagte.

12

Moskau, 1991

Julia stand vor der Moskauer Staatlichen Linguistischen Universität und verlagerte unruhig das Gewicht von einem Fuß auf den anderen. In dem Gebäude hatte einst der Generalgouverneur gelebt, es glich eher einem Palast als einer Schule. Unterhalb des verzierten Giebels prangte das Wappen der Schule, die Fassaden waren mit Rundbögen, Säulen und Steinschnitzereien versehen. Nicht weit entfernt lag das Gartenhaus, in dem der Dichter Michail Bulgakow seinen Helden in »Der Meister und Margarita« angesiedelt hatte. Unter normalen Umständen wäre Julia hingerissen. Sie hätte die schmiedeeisernen Balkone und die Verzierungen bewundert, die das ehemalige Adelsviertel prägten, oder einen Abstecher zum Puschkin-Museum gemacht. Jetzt aber war ihr Blick auf die Tür gerichtet, durch die Andrej treten würde, sobald sein Unterricht zu Ende war.

Die Temperaturen waren auf minus zwanzig Grad gefallen, die eisige Luft prickelte ihr in der Nase. Noch nie hatte sich Julia so lebendig gefühlt. Die Energie, die sie durchströmte, wärmte sie bis in die Fingerspitzen. Sie dachte an ihre Zeit in Kalifornien, wie sie auf Andrej gewartet hatte. Nur selten hatten sie dieselben Vorlesungen besucht, meist trafen sie sich auf dem Hof, wo die Studenten an den Picknicktischen Leseaufträge erledigten und für Prüfungen lernten. Wenn er sie entdeckt hatte, schlich sich langsam ein Lächeln auf sein Gesicht, als gehörte es nicht dorthin. Sie konnte seine Finger spüren, die nach ihrer Hand tasteten, vorsichtig, auch wenn seine Augen vor

Glück sprühten. Ihre Welt hatte sich auf diese eine Berührung reduziert, die Gegenwart und Zukunft zugleich beinhaltete.

Studenten strömten aus dem Haupteingang auf den Parkstreifen zu, der das Gebäude von der Straße trennte. Kein Stimmengewirr, wie Julia es von Deutschland gewohnt war. Kein Lachen. Größere Gruppen lösten sich in kleinere auf und gingen in unterschiedliche Richtungen davon. Einzelne Rufe erklangen, gerade laut genug, damit man sie verstand. Julia war sich so sicher gewesen, dass sie Andrej schon von Weitem erkennen würde, als er aber endlich aus dem Gebäude kam, fiel er ihr erst gar nicht auf. Mit seinem dunklen Mantel und der Strickmütze unterschied er sich kaum von den anderen Studenten. Nur seine Turnschuhe, völlig ungeeignet für die Kälte, stachen hervor.

Andrej wirkte geradezu geschockt, als er Julia sah. Sie hatte damit gerechnet, dass er auf sie zurennen würde, und ihre Muskeln spannten sich bereits in Erwartung einer stürmischen Umarmung. Er schaute hinter sich. Zögerte. Kam langsam näher.

»Was machst du hier?«, fragte er.

Sie breitete die Arme aus, doch er wich zurück.

»Nicht hier«, sagte er leise. »Komm.«

Er bog in die Ostoschenka ein. Vor einer Bäckerei standen die Menschen schweigend Schlange, unförmige Gestalten, in dicke Mäntel gehüllt. Der Schnee knirschte unter Julias Stiefeln, irgendwo versuchte jemand, ein Auto zu starten. Sie kamen zu einem Park. Andrej steuerte auf eine Bank zu, die vom Denkmal eines Kriegshelden halb verdeckt wurde.

»Ich habe nicht erwartet, dich hier zu sehen«, sagte er in seltsam formellem Tonfall.

Julia schlang die Arme um ihn und vergrub das Gesicht an seinem Hals. Er fuhr ihr mit der Hand kurz über den Rücken, ehe er zurückwich und sich verstohlen umsah.

»Was ist los? Freust du dich denn nicht?« Julia versuchte, ihre Enttäuschung zu verbergen, doch ihre Stimme versagte fast.

»Natürlich!«, versicherte er rasch. »Es ist nur … unerwartet.« Er räusperte sich. »Wie bist du hergekommen?«

Julia erzählte von Tanjas Einladung und dass sie bei ihr wohne.

»Hat sie ihren Eltern etwas von uns gesagt?«, fragte Andrej.

»Das weiß ich nicht. Wäre es dir peinlich?«, scherzte Julia und zog ihm die Mütze über die Augen.

Er lachte, doch es klang gezwungen.

»Ich habe dich so vermisst, Andrjuschka.« Julia rutschte näher an ihn heran.

»Wie lange bleibst du?«

»Drei Wochen.«

»Weißt du schon, was du dir ansehen möchtest?«

Julia schaute ihn konsterniert an. Glaubte er allen Ernstes, dass sie hier war, um sich die Sehenswürdigkeiten zu Gemüte zu führen? Was hatte er bloß? Hatte sie sich nur eingebildet, dass es zwischen ihnen gefunkt hatte?

»Ich könnte dir den Kreml zeigen und natürlich die Basilius-Kathedrale. Das Lenin-Mausoleum auch, wenn es dir nichts ausmacht, einen Toten zu betrachten. Die Tretjakow-Galerie ist selbstverständlich ein Muss, ebenso der Gorki-Park. Und das Nowodewitschi-Kloster, allein schon wegen der Lage. Tanja kommt bestimmt gern mit, sie liebt Kulturdenkmäler.« Er holte Luft, wollte weiterreden, verstummte dann aber, als er Julias Gesicht sah.

Sie starrte ihn an.

»Oder … was meinst du?«, fragte er unsicher.

»Ich möchte einfach nur dort sein, wo du bist.« Sie küsste ihn, obwohl sie spürte, dass ihm nicht wohl war dabei. »Ich würde gerne deine Familie kennenlernen. Vielleicht mit dir Vorlesungen besuchen? Ist das möglich?«

»Ich kann fragen.« Er klang nicht begeistert.

Ein Rabe ließ sich vor ihnen nieder und klopfte mit dem Schnabel gegen die Schneekruste, bevor er wieder davonflog. Die Dämmerung hatte eingesetzt, im Park gingen die Laternen an. Andrej schlug vor,

Julia nach Hause zu begleiten. Sie wollte sich bei ihm einhaken, doch er wich ihr so geschickt aus, dass sie ins Leere griff. Die Kälte drang ihr jetzt bis in die Knochen.

Vor Tanjas Wohnblock murmelte Andrej ein paar Abschiedsworte und versprach, sich zu melden. Mit gesenktem Kopf ging er davon. Julia stand da und kämpfte mit den Tränen. Eine Passantin musterte sie verstohlen. Irgendwo spielte jemand Klavier, eine melancholische Melodie, traurig und tröstlich zugleich.

13

2021

Der Zug traf um vier Uhr morgens in Njandoma ein. Julia steckte den falschen Pass in einen vorbereiteten Umschlag und warf ihn in einen Briefkasten, dann stieg sie in eines der Taxis, die vor dem Bahnhof auf Fahrgäste warteten. Sie wusste noch nicht, auf welchem Weg sie wieder nach Moskau gelangen würde, aber es war ihr klar, dass sie nicht noch einmal mit dem gestohlenen Pass unterwegs sein durfte.

»Wohin?«, fragte der Fahrer, ohne nach hinten zu blicken.

»Kargopol. Zur Mittelschule.«

Im Radio lief ein russischer Schlager. Julia dachte an die Tage, die sie in Tanjas winzigem Zimmer verbracht und stundenlang *Aquarium* gehört hatte, während sie darauf wartete, dass Andrej sich meldete. Die russische Band gehörte zu den Pionieren des Perestroika-Rock. Zur gleichen Zeit hatte *Wind of Change* von den *Skorpions* die Charts erobert, eine Hymne auf die Wende.

Glasnost und Perestroika. Transparenz und Umgestaltung. In ihrer Naivität hatte Julia geglaubt, dass sich der Wandel bereits vollzogen hatte. Die Berliner Mauer war gefallen, die Annäherung zwischen West und Ost ging zügig voran. Dass sich Misstrauen und Angst nicht von heute auf morgen in Luft auflösen würden, konnte sie nicht verstehen. Genauso wenig, dass Andrej eben ein Produkt seiner Zeit war. Diese Tatsache schmerzte sie. Sie waren sich so nahegestanden, und gleichzeitig war er ihr völlig fremd geblieben.

Der Fahrer zündete sich eine Zigarette an, ohne zu fragen, ob es Julia störte. Wenigstens das war gleich geblieben. Die Landschaft lag komplett im Dunkeln. Erst vor Kargopol beleuchteten ein paar Straßenlaternen die Fahrbahn. Eine Brücke führte über die Onega, kurz darauf bremste der Fahrer ab.

»Welche Mittelschule?«, fragte er.

Gab es mehrere? Julia machte eine Handbewegung in Richtung Stadtmitte. Der Fahrer bog in eine unbefestigte Straße ein, die von niedrigen Häusern gesäumt wurde. Die meisten waren aus Holz gebaut und verliehen dem Ort den Charakter eines großen Dorfes. Das änderte sich, als sie zum Domplatz kamen, auf dem sich gleich mehrere Kirchen befanden. Der Fahrer konnte es nicht lassen, Julia auf die altrussische Architektur hinzuweisen. In unmittelbarer Nähe stand ein lang gezogenes Gebäude im typischen Weißmauerstil des siebzehnten Jahrhunderts. Der Fahrer hielt vor dem Eingang.

Julia bezahlte und stieg aus. Sie wartete unter einem mit Schnitzereien verzierten Holzüberdach, bis das Taxi außer Sichtweite war. Wie zu vermuten, war die Schule geschlossen. Julia würde bis zum Unterrichtsbeginn warten und sich durchfragen müssen. Es war zu kalt, um sich irgendwo hinzusetzen, also beschloss sie, das Städtchen zu erkunden. Vor der Verwaltung entdeckte sie einen Stadtplan in einem Schaukasten und prägte sich die Standorte der diversen Mittelschulen ein. Auf der Karte waren auch zahlreiche Kirchen eingezeichnet. Sie fragte sich, was Andrej dazu bewogen hatte, ins Kloster zu gehen. Hatte er wirklich zu Gott gefunden, oder suchte er dort einfach nur Ruhe? Vielleicht hatte ihn die Schönheit des Orts angezogen. Andrej hatte schon immer einen Sinn für Kunst gehabt.

Julia schlenderte zur Christi-Geburt-Kathedrale, wo sie vor der aus Dolomitgestein gefertigten Mauer stehen blieb. Langsam erwachte Kargopol. Hinter den kleinen Fenstern gingen Lichter an, aus den Häusern traten in Fellmäntel gehüllte Menschen. Ein Schulbus brachte Kinder aus den umliegenden Dörfern in das Städtchen, plötzlich erfüllte Leben die schneebedeckten Straßen. Julia kehrte zu der

Mittelschule zurück. Sie erfuhr, dass Tanja tatsächlich dort unterrichtete, am Vormittag aber freihatte, und dass sie mit ihrem Ehemann neben einer Kirche am Stadtrand wohnte, die zu einer Garage umfunktioniert worden war. Sie fand das windschiefe Häuschen auf Anhieb. Eine Rauchsäule stieg aus dem Kamin, an der Dachrinne hingen Eiszapfen.

Im Osten zeigte sich am Himmel ein rosa Streifen. Julia verharrte einen Augenblick vor der Tür, bevor sie klingelte. Im selben Augenblick kam ein Mann heraus. Er zuckte zusammen, als er Julia sah.

»Sie haben mich aber erschreckt!« Er trat einen Schritt zurück. »Kann ich Ihnen helfen?«

»Ich bin eine alte Studienkollegin von Tanja. Ist sie zu Hause?«

»Tanjetschka!«, rief er. »Du hast Besuch.« Er wandte sich wieder an Julia und entschuldigte sich. »Ich muss leider zur Arbeit.«

Julia machte ihm Platz und wartete in der offenen Tür. Warme Luft strömte ihr entgegen. Einen Augenblick lang fühlte sie sich in die überheizte Wohnung von Tanjas Eltern in Moskau zurückversetzt. Der Boden knarrte, dann stand Tanja vor ihr.

»Hallo«, sagte Julia.

Tanja blinzelte ein paar Mal, dann wich sie zurück.

»Darf ich hereinkommen?«, fragte Julia.

Tanja sah sich hastig um. Sie packte Julia am Ärmel und zog sie in den Flur, dann warf sie die Tür hinter ihnen ins Schloss.

»Was machst du hier?«, stotterte sie.

Dieselbe Frage hatte Andrej ihr vor achtundzwanzig Jahren gestellt. Auch dieses Mal war Julia nicht darauf vorbereitet.

»Ich möchte mit dir reden.«

»Ich weiß nichts«, sagte Tanja hastig. »Gar nichts!«

»Bitte, ich bin weit gefahren, um dich zu sehen.«

Tanja schaute sie schuldbewusst an. Sie kämpfte mit sich, schließlich machte sie eine Handbewegung und zeigte mit gesenktem Kopf auf die Küche. Sie bedeutete Julia, auf einer Eckbank Platz zu nehmen. Das Frühstück stand noch auf dem Tisch, eine angeknabberte

Scheibe Schwarzbrot lag neben einem Stück Käse. Durch die beschlagenen Fenster sah Julia einen Garten mit einem kleinen Gewächshaus. Tanja legte ein weiteres Gedeck auf den Tisch und setzte Wasser auf. Sie hatte sich kaum verändert. Ihr Gesicht war schmaler, der Körper etwas fülliger geworden, doch in ihrem hellbraunen Haar war kein Grau zu sehen, und die braunen Augen hinter den Brillengläsern musterten sie aufmerksam.

»Du warst bei meiner Mutter«, sagte sie.

»Sie wollte nicht mit mir reden.«

Tanja schaute weg. »Weiß jemand, dass du hier bist?«

Dass sie Angst hatte, war offensichtlich. Julia begriff nur nicht, wovor. Sie schüttelte den Kopf.

Tanja machte sich am Herd zu schaffen.

»Andrjuscha ist damals nicht gestorben«, sagte Julia.

Tanja stellte den Topf, den sie in der Hand hielt, wieder auf den Herd zurück und vergrub das Gesicht in den Händen.

»Es tut mir so leid!«, sagte sie.

»Was? Was tut dir leid?«

»Alles!«

»Hast du gewusst, dass er noch lebte?«

»Ja.«

Bilder stürzten auf Julia ein. Wie Tanja ihre Hand gehalten und ihr versichert hatte, sie werde darüber hinwegkommen. Wie sie auf sie eingeredet hatte, ihr immer wieder gesagt hatte, sie solle nach vorne blicken und die Vergangenheit hinter sich lassen.

»Du hast mich angelogen? Warum?«

Tanja weinte hemmungslos.

Julia packte sie an den Schultern. »Bitte! Sag mir wenigstens, warum. Das schuldest du mir!«

»Weil man es mir befohlen hat.«

»Wer? Wer hat es dir befohlen?«

»Die Miliz.« Tanja setzte sich auf einen Stuhl. »Nachdem die Spezialeinheiten dich abgeführt hatten, kam ein Milizionär zu uns. Wir sollten behaupten, du seist abgereist. Auch die anderen Hausbewohner wurden instruiert. Niemand durfte von der nächtlichen Aktion erfahren. Zehn Tage später standen zwei Männer vor unserer Tür. Sie erteilten mir genaue Anweisungen. Wie ich mich zu verhalten habe, was ich dir sagen müsse. Ich wollte es nicht, Julka, bitte, du musst mir glauben!«

Julia war sprachlos. Sie hatte sich viele Erklärungen zurechtgelegt, aber nie daran gedacht, dass Tanja instrumentalisiert worden war.

»Ich hatte solche Angst!« Tanja sprach schnell, als könnte sie zusammen mit den Worten die Erinnerungen loswerden. »Wir wussten damals nicht, wie es weitergehen würde. Ob wirklich ein Umbruch bevorstand oder ob die Reformen bald rückgängig gemacht und alle, die sie vorangetrieben hatten, in ein Arbeitslager gesteckt werden würden. Du hast keine Ahnung, was es bedeutet, wenn man niemandem trauen kann! Nicht zu wissen, ob dein Nachbar dich verraten wird, ob deine Freunde wirklich deine Freunde sind.«

Da täuschst du dich, dachte Julia, ließ Tanja aber weiterreden.

»Für dich war alles ein einziges, großes Abenteuer! Du bist um uns herumgeflattert wie ein exotischer Schmetterling. Ist dir nie aufgefallen, dass wir keine Flügel hatten? Du hast es großartig gefunden, dass wir Gläser von zu Hause mitnahmen, wenn wir Sauerrahm oder Mayonnaise einkaufen wollten. Wir haben uns deswegen geschämt. Es hat dich fasziniert, wenn wir durch die halbe Stadt fuhren, um eine Rolle Klopapier zu ergattern. Für dich war das ein Spiel, wir aber haben in dieser Welt gelebt.« Tanja atmete hektisch. »Du hast gelernt, dass Träume dazu da waren, um verwirklicht zu werden. Für uns waren sie nicht mehr als eine kurzfristige Flucht, um den Alltag erträglicher zu machen.«

Julia senkte betroffen den Blick. »Warum hast du mich damals nach Moskau eingeladen?«

»Verstehst du es denn immer noch nicht?«, fragte Tanja traurig.

Julia schüttelte stumm den Kopf.

»Weil ich ein kleines Stück mitfliegen wollte. Ein einziges Mal spüren, wie sich Leichtigkeit anfühlt.«

Im Holzofen fiel ein Scheit in sich zusammen.

»Du hast in mir den Glauben geweckt, dass mehr möglich sein müsste«, fuhr Tanja fort. »Du warst für mich ein Vorbild und hast mir Hoffnung gegeben. Bis zu jener Nacht, in der sie dich holten. Ich werde das Gesicht meines Vaters nie vergessen, als er die Spezialeinheiten sah. Er hatte nichts verbrochen, nichts falsch gemacht, trotzdem hatte er Todesangst. Im Nachhinein findet der Staat immer eine Erklärung für eine Verhaftung, das ist noch heute so. Wenn keine auf der Hand liegt, wird sie eben konstruiert.« Tanja schluckte. »Dann stellte sich heraus, dass sie wegen dir gekommen waren. Meine Mutter hat vor Erleichterung geweint. Und vor Scham über ihre Erleichterung. Zehn Tage später kamen sie erneut. Diesmal wegen mir. Ich höre die Schreie meiner Mutter noch heute. Mein Vater hat die Männer angefleht, mich zu verschonen und stattdessen ihn mitzunehmen. Es hat nichts genützt. Sie haben mich zu einem Wagen gebracht und mir einen Sack über den Kopf gestülpt. Unterwegs erteilte man mir Anweisungen. Wenn ich mich genau an diese halten und nie ein Wort über die folgenden Geschehnisse verlieren würde, käme ich frei. Den Rest kennst du.«

Erst jetzt unterbrach Tanja ihren Redefluss. Das Wasser im Topf war fast verdampft. Tanja wischte sich mit dem Handrücken übers Gesicht und schenkte Julia Tee ein. Stumm saßen sie am Tisch.

Julia brach das Schweigen. »Deine Eltern gehörten also nicht dem KGB an?«

Tanja wirkte überrascht. »Meine Eltern? Wie kommst du darauf?«

»Weil du mir zur Flucht verholfen hast. Ich konnte mir das nur so erklären, dass dein Vater oder deine Mutter heimlich für den KGB gearbeitet haben. Wie sonst hättest du das geschafft?«

»Ich habe dir nicht geholfen. Ich wusste nicht einmal, wohin sie mich bringen würden.«

»Und du warst auch nicht der Spitzel damals in Kalifornien?«

Tanja lachte schroff. »Du denkst ja doch wie eine Russin.«

»Aber jemand hat euch dort observiert?«

»Das haben wir uns so zurechtgelegt, schließlich kannten wir es nicht anders. Aber ob es so war, weiß ich bis heute nicht. Manchmal genügt es, wenn die Menschen glauben, dass sie unter Beobachtung stehen.«

Julia fuhr mit dem Finger über den Goldrand der Teetasse. Das Porzellan war mit einem Bild des Solowezki-Klosters versehen, eine der größten Sehenswürdigkeiten im Norden von Russland. Wenn nicht Tanjas Familie hinter ihrer Freilassung gestanden hatte, wer dann? Nichts ergab mehr einen Sinn. Was war wirklich geschehen? Und vor allem, warum?

»Hat man dir auch gesagt, dass Andrjuscha tot ist?«

Tanja schüttelte den Kopf. »Nur, dass du …«

»Was?«

Tanja biss sich auf die Unterlippe.

»Bitte, ich muss es wissen!«, drängte Julia.

Tanja holte tief Luft. »Dass du ihn töten wolltest. Aber diese Information war streng geheim.« Sie blickte sich nervös um. »Mehr kann ich dazu nicht sagen. Es ist Zeit, dass du gehst.«

Julia sah sie überrascht an.

Tanja stand auf. »Bitte, geh jetzt.«

Der entschiedene Tonfall passte nicht zu ihrem Blick, der um Verständnis flehte. Da begriff Julia. Tanja fürchtete, abgehört zu werden. Die Sowjetunion existierte seit dreißig Jahren nicht mehr, Tanjas Ängste aber lebten weiter. Vielleicht waren sie sogar begründet, Julia wusste es nicht.

Die Sonne glitzerte auf dem Schnee, und die zahlreichen Kuppeln der Kirchen leuchteten wie Wegweiser zu Gott. Der Fluss zog sich als breites Band durch die flache Landschaft, da und dort verschwand er unter einer Eisschicht. Julia schlug einen Weg ein, der aus dem Städtchen hinausführte. Schon bald hatte Tanja sie eingeholt, und sie nahmen das Gespräch wieder auf.

»Ich habe kein Wort von dem geglaubt, was man mir erzählt hat. Ich weiß nicht, was dich an Russland so fasziniert hat, ob du einfach nur blind warst oder ob man dich einer Gehirnwäsche unterzogen hatte. An deiner Liebe zu Andrjuscha aber habe ich nie gezweifelt. Ich hielt es schlicht nicht für möglich, dass du ihm etwas antun könntest. Und nachdem alles vorbei war, habe ich ja mit eigenen Augen gesehen, dass er noch lebte.«

»Er war nicht einmal verletzt? Man hat mir Fotos gezeigt von …«

So viel Blut. Überall. Die Hälfte des Schädels weggepustet. Hirnmasse und Haarbüschel, wo sie nicht hingehörten.

»Das konnte nicht Andrej gewesen sein. Hast du sein Gesicht erkannt?«

»Da war fast nichts mehr. Ich habe es einfach geglaubt.«

»Weil du keinen Grund hattest, daran zu zweifeln. Warum auch? Das war es ja, was ich an dir so geliebt habe. Du bist immer davon ausgegangen, dass die Menschen nichts Böses im Schilde führen.«

Spricht sie wirklich von mir?, fragte sich Julia. Sie konnte sich kaum noch daran erinnern, wie sich ein Leben ohne Misstrauen anfühlte.

»Andrej war jedenfalls quicklebendig, zumindest äußerlich.« Tanjas Schritte wurden langsamer. »Aber innerlich ist etwas in ihm gestorben. Nach deiner Abreise hat er sich völlig verändert.«

Julia dachte an ihr Treffen mit Pawel in Seattle. Auf einmal ergaben seine Worte einen Sinn.

Ich habe mich immer gefragt, wer die Frau war, die meinem Bruder das Herz brach.

Sie presste die Faust auf den Mund. Sie hatte nicht verstanden, warum sich Andrej nie bei ihr gemeldet hatte, wenn er doch noch lebte. Wie hatte er nur glauben können, dass sie ihn verlassen hatte?

Sie versuchte, sich vorzustellen, wie ihr Leben ausgesehen hätte, wenn sie in Moskau geblieben wäre. Glasnost und Perestroika hatten vielen Menschen Flügel verliehen. Hätte Andrej auch gelernt zu fliegen? In den wilden Neunzigern, wie das Jahrzehnt nach dem Zusammenbruch der Sowjetunion genannt wurde, bekamen die Bürger nicht nur neue Freiheiten; die alten Normen waren fast über Nacht zusammengebrochen, viele Menschen versuchten, das entstandene

Vakuum durch Reichtum und Besitz zu füllen. Andrej hätte sich in dieser Welt, die von Raubtierkapitalismus geprägt war, nicht wohlgefühlt. Vielleicht wäre er mit ihr nach Deutschland zurückgekehrt. Oder in die USA, um dort ein gemeinsames Leben aufzubauen.

»Hattest du nach dem Studium weiterhin Kontakt mit ihm?«, fragte Julia.

»Sein Vater hat nach der Perestroika das Chemiewerk übernommen. Nachdem Andrej in das Geschäft eingestiegen ist, haben wir uns aus den Augen verloren.«

Tanja ging schneller, Julia musste sich anstrengen, um mit ihr Schritt zu halten.

»Er hat sich doch nie für Wirtschaft interessiert«, sagte sie. »Er wollte immer nur schreiben.«

»Vielleicht ist ihm klar geworden, dass der Beruf des Schriftstellers eine brotlose Angelegenheit ist.«

Oder die Trauer hat ihn seiner Träume beraubt. Julia dachte an die Zeit nach ihrer Flucht aus Russland. Einzig die Angst, man könnte sie aufspüren und wegen Mordes verhaften, hatte sie dazu gebracht, morgens aufzustehen. Ihr Leben bekam erst durch Michael wieder einen Sinn. Andrej hat nie von seinem Sohn erfahren.

Sie waren bei einem Waldstück angelangt.

»Ich habe irgendwo gelesen, dass er später ins Kloster gegangen ist.«

»Ja.«

»Was ist im vergangenen Juni geschehen?«, fragte Julia.

»Er ist verschwunden.«

»Weißt du etwas darüber?«

»Wie kommst du darauf?«

»Vielleicht sind dir Gerüchte zu Ohren gekommen«, sagte Julia.

Tanja drehte sich um. »Ich muss zurück. Ich habe am Nachmittag Unterricht.«

Julia packte ihren Arm. »Man soll auf ihn geschossen haben.«

Tanja senkte den Blick. »Ja.«

»Warum? Wer hatte etwas gegen ihn?«

Tanja zog den Kopf ein. Da war sie wieder, die unsichere Studentin von damals. Der Rücken leicht gekrümmt, ihr Blick nach unten gerichtet.

»Was weißt du darüber?«

»Ich? Weshalb sollte ich etwas darüber wissen?« Tanja gab einen hohen, schrillen Ton von sich, der vermutlich ein Lachen sein sollte.

Ihr Atem hing wie eine Wolke in der Luft, und kurz verschwamm ihr Gesicht. Was verbarg sie? Julia schaute auf den Weg, den sie entlanggekommen waren. Die Landschaft war zweifelsfrei eindrücklich, die Natur atemberaubend. Doch mit seinen zehntausend Einwohnern war Kargopol kaum mehr als ein Dorf. Ein Dorf, in dem sieben bis acht Monate im Jahr Schnee lag, und das an keine Bahnstrecke angeschlossen war. Julia dachte an ihr Haus in Upstate New York. Weit abseits der Hauptstraße, inmitten von Wäldern. Außer Henry hatte niemand nachvollziehen können, warum sie die Abgeschiedenheit einem Leben in Manhattan vorzog. Er verstand, dass sie sich nur dort sicher fühlte. Hatte auch Tanja die letzten achtundzwanzig Jahre in Angst gelebt? Oder hatte Andrejs Verschwinden im vergangenen Juni ihre Angst neu geschürt? Hingen die Ereignisse miteinander zusammen?

14

Tschurka kannte jeden Winkel der Siedlung. Eine Nische, eine Vertiefung oder ein Spalt konnten lebensrettend sein. Als Kind hatte man ihm regelmäßig aufgelauert und ihn verprügelt. Immer waren sie zu viert oder zu fünft auf ihn losgegangen, sodass ihm nichts anderes übrig blieb, als sich zu verstecken. Einmal war er sogar in einen Müllschlucker gestiegen. An den Gestank erinnerte er sich noch heute. Als er älter wurde, boten ihm die verborgenen Winkel Schutz. Er stellte sich vor, er wäre mit einer Strela-2 bewaffnet, und wartete darauf, dass der Feind näher kam. Seine Vorbilder waren die Warlords in Afghanistan. Widerstandskämpfer, die sich gegen den Einmarsch der Sowjets wehrten. Er schlug von hinten zu, manchmal erwischte er zwei oder drei Feinde, bevor sie die Situation erfassten und auf ihn losgingen. Eine feige Kampftaktik, aber wirkungsvoll. Irgendwann brauchte er sich nicht mehr zu verstecken. Sie waren immer noch in der Überzahl, aber mit einem gezielten Schlag schaffte Tschurka es, den Jungs den Kiefer zu brechen. Er verfeinerte die Technik, bis es ihm gelang, ihnen auch noch einen Zahn auszuschlagen. Hatte nicht jeder Kämpfer seinen eigenen unverwechselbaren Stil? Die Zahnlücke war seine persönliche Handschrift.

Inzwischen fürchtete man sich vor ihm. Eine Drohung genügte, und man tat, was er verlangte. Es kam selten vor, dass er zur Tat schreiten musste. Er war kein gewalttätiger Mensch, damals nicht und heute nicht. Er setzte lieber seinen Verstand ein, damit ließ sich mehr erreichen. Trotzdem gab es immer noch Menschen, die nur den Holzkopf in ihm sahen.

Wie Pawel Danilow.

Als Vitas Mutter anrief und behauptete, Vita wolle ihn um Mitternacht treffen, war Tschurka sofort klar, dass da etwas nicht stimmte. Pawel ließ Vita keinen Schritt ohne ihren Leibwächter tun, angeblich, weil es zu gefährlich war. Wie also hätte sie sich mitten in der Nacht hinausschleichen sollen? Wenig später erhielt er eine Nachricht von Vita.

Falle. Mord Radu. Er weiß Bescheid.

Allein die Tatsache, dass sie ihm von ihrem Handy aus schrieb, sagte alles.

Tschurka lächelte. Pawel traute ihm viel zu. Dass er nichts mit dem Tod des Arztes zu tun hatte, war egal. Für seinen Ruf war es gut, wenn man ihm einen Mord anhängte. Er hatte schon lange kein Zeichen mehr setzen müssen, es könnte das Gerücht entstehen, er habe seinen Biss verloren.

Es begann wieder zu schneien. Tschurka trug einen weißen Kapuzenpullover. Wenn er den Kopf abwandte, verschmolz er mit der Mauer hinter sich. Man musste sehr genau hinsehen, um zu erkennen, dass da jemand stand.

In den meisten Wohnungen waren die Lichter ausgegangen. Von einem Balkon kam Rauch, irgendwo weinte ein Kind. Ein Betrunkener wankte vorbei und brabbelte vor sich hin. Halb zwölf. Bald würden sie kommen. Zu zweit, schätzte er. Drei würde ein falsches Signal aussenden. Ihn zu ernst nehmen. Einer wäre fahrlässig. Außer, es handelte sich um Pawel selbst. Tschurka traute es ihm zu, dennoch rechnete er nicht damit. Pawel Danilow empfände es als unter seiner Würde, sich ihn persönlich vorzunehmen.

Der Betrunkene war in einem Hauseingang verschwunden. Ein leichter Wind kam auf und wirbelte die Schneeflocken im Kreis herum.

Ein Motorengeräusch. Keine Scheinwerfer. Zwei Türen, die aufgingen und leise geschlossen wurden. Die Innenbeleuchtung war ausgeschaltet. Tschurka ballte die Fäuste, um die Durchblutung in seinen Händen anzuregen. Eine Waffe hatte er nicht mitgenommen, er würde keine brauchen. Er hörte das leise Knirschen von Sohlen auf

Schnee. Die Männer sprachen kein Wort. Pawel engagierte nur Profis. Tschurka rechnete aus, dass sie dreißig Sekunden brauchten, bis sie links und rechts vom Eingang Stellung bezogen hatten. Einer an der Ecke, der andere hinter dem ausgedienten Kühlschrank, den Tschurka dort deponiert hatte.

Er ließ eine halbe Stunde verstreichen. Mitternacht. Er wartete eine weitere Viertelstunde. Kein Rascheln, kein Räuspern. Zehn Minuten später leuchtete ein Display im Dunkeln auf. Der Mann an der Ecke gab etwas in sein Handy ein. Eine Nachricht an Pawel, vermutete Tschurka. Auch damit hatte er gerechnet. Er griff nach seinem eigenen Telefon. Ohne es aus der Tasche zu nehmen, wählte er eine gespeicherte Nummer. Es klingelte hinter dem Kühlschrank. Gleichzeitig löste sich Tschurka von der Mauer. Seine Faust traf den Mann, noch bevor dieser sich wieder an die Dunkelheit gewöhnen konnte. Der zweite Mann hatte sich abgewandt und starrte auf die Stelle, von der das Klingeln kam. Sein Kiefer brach mit einem leisen Knacken.

Kein Gebrüll. Das musste man den beiden zugutehalten.

Als sie sich in Bewegung setzten, mit gezogener Waffe, war Tschurka bereits in einem Loch unter der Heckenkirsche verschwunden. Schon vor Jahren hätte der Fernwärmeanschluss erneuert werden sollen. Irgendwann hatte man damit begonnen, die Wasserleitungen freizulegen, doch die Arbeiten stagnierten. Monatelang war überhaupt nichts passiert, schließlich wurde der Graben abgedeckt.

Tschurka starrte auf die kahlen Zweige über sich. Tagsüber wäre das Versteck nicht sicher gewesen, im Dunkeln aber war es perfekt. Er lauschte den sich leise entfernenden Schritten und stellte sich auf eine längere Wartezeit ein. Die Männer würden nicht so schnell aufgeben. Irgendwann aber würden die Schmerzen überhandnehmen. Welchen Zahn hatte er diesmal erwischt? Manchmal bereute er es, dass er sie nicht einsammelte. Aber er hatte es sich verboten, Trophäen zu sammeln, damit er nicht Gefahr lief, sein Ziel aus den Augen zu verlieren. Es war die Botschaft, die zählte.

Und die würde Pawel Danilow zweifellos verstehen.

15

Bogdan Radu hatte alle Informationen über die Kryokonservierung in einem Dossier zusammengetragen. Viele Beiträge waren auf Englisch verfasst, persönliche Anmerkungen aber hatte er auf Russisch oder in seiner Muttersprache Rumänisch notiert. Michael hatte den Tag damit verbracht, sich mit den technischen Aspekten der Anlage vertraut zu machen. Er hatte Kühlprotokolle und Temperaturkurven studiert, sich mit den einzelnen Kühlphasen auseinandergesetzt und sein Wissen über thermische Prozesse aufgefrischt. Ihm war nicht wohl dabei, die alleinige Verantwortung zu tragen, und er hoffte, dass Pawel bald einen Nachfolger für Radu finden würde.

Die anderen Mitarbeiter waren längst nach Hause gegangen, neben dem Sicherheitspersonal befand sich nur noch Katarzyna im Gebäude. Michael presste die flache Hand gegen die Wand. Ob sie schon schlief? Er hatte gehofft, dass sie den Abend gemeinsam verbringen würden, jetzt, wo sie beide hier festsaßen, doch sie hatte sich nach der Arbeit entschlossen verabschiedet und die Tür ihres Studios hinter sich zugezogen. Vielleicht trauerte sie um Radu. Michael hatte sie gefragt, ob sie sich nahegestanden hatten, aber sie war der Frage ausgewichen, wie sie es häufig tat, wenn er das Gespräch in eine persönliche Richtung lenkte.

Er nahm einen Apfel aus der Früchteschale. An Schlaf war nicht zu denken. Pawel hatte nicht zu viel versprochen, als er behauptete, er würde Michael heilen. Michael fühlte sich fit wie schon lange nicht mehr. Er arbeitete konzentriert, konnte wieder problemlos schlucken, und das Zittern hatte merklich nachgelassen. Er wusste immer noch nicht, unter welcher Krankheit er gelitten hatte – litt? –, nur, dass

Ernährung bei der Therapie eine Rolle spielte. Bestimmte Lebensmittel fehlten auf seinem Speiseplan gänzlich, darunter Fleisch, Hülsenfrüchte und Nüsse, weshalb er zuerst eine Eiweißunverträglichkeit vermutet hatte, was allerdings angesichts der vielen Milchprodukte, die er zu sich nehmen durfte, nicht sein konnte. Auch die Tatsache, dass man ihm diverse proteinarme Speisen vorenthielt, passte nicht. Zu Katarzynas Mittagsmenü gehörte Sauerkraut, zu seinem nicht. Ohne Internetzugang war es Michael aber unmöglich, anhand seines Speiseplans eine Diagnose zu stellen.

Er setzte sich an den Schreibtisch und widmete sich wieder Radus Unterlagen. Der Arzt hatte sich eingehend mit Fragen der Vitrifikation befasst. Um das Verfahren zu perfektionieren, hatte er Gewebeproben bei unterschiedlicher Geschwindigkeit eingefroren und anschließend untersucht. Auch mit dem Einsatz von Gefrierschutzmittel hatte er experimentiert. Eine zu hohe Konzentration wirkte zelltoxisch, und die osmotischen Druckunterschiede richteten Schaden an. Aber auch eine zu hohe Rate barg Gefahren. Die plötzlichen Temperaturschwankungen konnten zu einem thermischen Schock führen.

Michael dachte an das Wissen, das mit Radus Tod nun verloren gegangen war. Zwar glaubte er immer noch nicht daran, dass man das Gehirn irgendwann würde auslesen können, trotzdem fühlte er sich Radu gegenüber verpflichtet, alles ihm Mögliche zu tun, damit an dessen Kopf keine Frostschäden entstanden. Hatte er die Temperatur wirklich richtig eingestellt? Er beschloss, den Behälter noch einmal zu kontrollieren.

Vor seiner Tür stand ein Sicherheitsmann, den er noch nie gesehen hatte. Michael nickte ihm zu und ging die Treppe hinunter. Die Ruhe war gespenstisch. Nicht einmal das Reinigungspersonal durfte das Gebäude außerhalb der Arbeitszeiten betreten. Im Untergeschoss summten die Geräte leise. Als Michael an den Dewars vorbeiging, fragte er sich zum ersten Mal, wer die Menschen waren, die darin aufbewahrt wurden. Hatte Radu ein Verzeichnis geführt? In seinem Büro fand Michael einen Aktenschrank. Mithilfe eines Wundhakens war es ihm gelungen, das einfache Schloss zu knacken. Die Fächer enthielten zahlreiche, nach Dewars geordnete Mappen. Die meisten kyrillischen Buchstaben konnte Michael inzwischen entziffern, die Wörter sagten ihm jedoch nur etwas, wenn es sich um Fachbegriffe handelte, die aus dem Lateinischen abgeleitet wurden. Dennoch erkannte er eine Struktur. Zu jedem Dewar gab es ein Übersichtsblatt, auf dem die Patientennummer und ein Eintrittsdatum notiert waren. Es folgten die einzelnen Akten, sie enthielten persönliche Daten, eine Art Anamnese sowie verschiedene Analysen. Um von Radu zu lernen, musste Michael wissen, in welchem Zustand die Körper bei der Anlieferung waren. Er suchte die Akten aller Patienten heraus, die im laufenden Jahr behandelt worden waren.

Er wollte schon gehen, als ihm einfiel, weshalb er nach unten gekommen war. Der Behälter, der Radus Cephalon enthielt, befand sich neben dem Operationssaal, wo auch die Kühlgeräte untergebracht waren. Michael überprüfte die Anzeigen und stellte erleichtert fest, dass der Prozess wie vorgesehen voranschritt. Er schaute auf den Verschluss. Die zylindrische Sicherheitshülse war leicht verschoben, sodass der Ringwulst nicht ganz an der Außenfläche eingerastet war. Die Temperatur innerhalb des Behälters wurde dadurch zwar nicht beeinflusst, doch Michael konnte sich nicht erklären, wie es zu dieser Unregelmäßigkeit kommen konnte. Wäre es ihm vor ein paar Wochen passiert, hätte es ihn nicht überrascht. Bevor er mit der Behandlung begonnen hatte, konnte er sich manchmal nicht einmal rasieren, ohne dass er sich dabei schnitt. Aber jetzt? Er löste den Deckel und richtete die Sicherheitshülse gerade aus.

Ein Piepton erklang, jemand machte sich an der Stahltür zu schaffen. Kurz darauf hörte Michael Schritte.

»Man hat mir gesagt, dass ich dich hier finden würde.«

Pawel stand vor ihm. Er wirkte müde.

»Du hast ihm einen großen Dienst erwiesen«, sagte er.

»Ich hoffe es.«

Eine Weile starrten sie schweigend auf das, was von Bogdan Radu übrig war.

»Du fragst dich, ob du das Richtige tust«, sagte Pawel schließlich.

»Ja«, räumte Michael ein. »Ich muss manchmal an Ikarus und seine Flügel denken, die aus Federn und Wachs bestanden. Und wie Dädalus ihn davor gewarnt hat, zu hoch zu fliegen, weil die Flügel in der Sonne schmelzen würden.«

»Er hat ihn auch davor gewarnt, zu tief zu fliegen.«

»Aber schlussendlich ist er abgestürzt.«

»Hätte er es nicht versucht, wäre er dem Labyrinth des Minotaurus nie entkommen.«

»Ich bin nicht grundsätzlich gegen das Fliegen. Aber wie hoch hinaus dürfen wir? Wann verstoßen wir gegen die menschliche Natur?«

»Die menschliche Natur?« Pawel schnaubte. »Komm mir bitte nicht damit. Nichts hat sich im Laufe der Zeit so stark verändert wie unser Naturverständnis. Die traditionelle, theologisch fundierte Wesensbestimmung, an die du denkst, ist längst überholt.«

»Das sehen nicht alle so.«

Pawel winkte ab. »Kulturpessimisten und Technikfeinde. Das Naturargument ist ein Produkt ängstlicher Menschen, die sich lieber an dem Gedanken festklammern, dass die Natur ein Abbild der göttlichen Schöpfungsordnung darstellt. Es wäre besser, sie würden stattdessen selbst die Verantwortung für ihre Entwicklung übernehmen.«

»Ich würde religiöse Menschen nicht unbedingt als Kulturpessimisten bezeichnen«, widersprach Michael.

»Die Natur wird auch von Menschen, die nicht religiös sind, resakralisiert. Viele halten das Natürliche«, Pawel zeichnete Anführungszeichen in die Luft, »also das, was ohne Einfluss des Menschen geworden wäre, für das Gute.« Er schüttelte den Kopf. »Der Mensch ist das, was er aus sich macht. Eine Meinung, die übrigens auch innerhalb der theologischen Ethik verbreitet ist. Für Moraltheologien steht das freie Subjekt im Mittelpunkt, nicht die Natur.«

Michael dachte über seine Worte nach. »Widerspricht das nicht der christlichen Anthropologie?«

Glaubte er es nur, oder verhärteten sich Pawels Züge? Schon einmal war Michael aufgefallen, dass Pawel eine Abwehrhaltung einnahm, wenn er christliche Argumente ins Spiel brachte.

»Überhaupt nicht.« Pawels Ton war ungeachtet seiner Anspannung sachlich. »Für Moraltheologen sind Freiheit und Autonomie ein Geschenk Gottes.« Er hielt kurz inne, bevor er sich aufrichtete und fortfuhr: »Viel wichtiger als die Frage nach dem Naturverständnis ist die Frage, wie wir die Optimierung des Menschen gestalten. Woran orientieren wir uns dabei? Nach welchen Kriterien bewerten wir die Folgen? Wenn das freie Subjekt im Mittelpunkt stehen soll, muss auch bei der Optimierung die Wahrung der Autonomie das Hauptkriterium sein.« Pawel legte beide Hände auf den Behälter. »Was ist stärker zu gewichten, die möglichen Nebenwirkungen, die durch die Kryokonservierung entstehen können, oder die Chance, dass Bogdan dadurch sein Leben irgendwann wieder selbst in die Hand nehmen kann?«

»Das kommt darauf an, wie groß diese Chance ist.«

»Deshalb arbeite ich daran, sie zu erhöhen.«

Michael betrachtete die weißen Fliesen, den glänzenden Chromstahl und die Hightech-Geräte um sich herum. Für viele waren sie der Inbegriff einer künstlichen Welt. Er erinnerte sich an die Euphorie, die ihn früher manchmal im Operationssaal überkam. Nirgends war das Leben so greifbar, der Mensch so verwundbar. War es nicht das, was man gemeinhin in der Natur suchte?

»Ich möchte Xenia wiedersehen«, sagte er unvermittelt.

Pawel lachte.

Michael errötete. »Ich meine nicht, weil …«

Etwas hielt ihn davon ab, ihm zu sagen, dass es ihn drängte, Russisch zu lernen.

»Du musst dich nicht erklären«, sagte Pawel. »Es freut mich, dass du dich besser fühlst.«

»Darüber möchte ich auch mit dir sprechen. Ich will wissen, worunter ich leide. Oder gelitten habe. Ist meine Krankheit heilbar?«

»Nein, aber therapierbar.«

»Ich habe meinen Teil der Abmachung eingehalten. Wenn du möchtest, dass ich Radu vertrete, wirst du deinen Teil einhalten müssen.«

»Das habe ich vor«, sagte Pawel gelassen. »Aber die Zeit ist noch nicht reif dafür. Reden wir lieber über Xenia.« Er schien sich über das vermeintliche Wiedererwachen von Michaels Libido zu freuen. »Ich halte es im Moment für zu riskant, wenn du das Etablissement aufsuchst, nach dem, was mit Bogdan passiert ist. Aber ich kann dafür sorgen, dass eine der Damen dich hier besucht.«

»Ich möchte mich mit Xenia treffen.«

Pawel zögerte. »Es wäre sicherer, wenn du keine Gewohnheiten aufkommen lassen würdest. Das macht dich angreifbar.«

Michael beharrte auf seinem Wunsch. Schließlich gab Pawel nach, was Michael als Zeichen interpretierte, dass er hier gebraucht wurde. Es war ein kleiner Triumph, doch es machte Michael Mut. Das Kräfteverhältnis zwischen ihm und Pawel hatte sich leicht verschoben.

»Wenn ich hier arbeiten soll, brauche ich Zugang zum Internet«, sagte er.

Pawel nickte. »Ich werde veranlassen, dass du ein Passwort bekommst.«

Michael schaute ihn überrascht an.

»Wenn du aber Kontakt zu jemandem außerhalb der Firma aufnimmst, kann ich nicht für deine Sicherheit garantieren«, warnte Pawel.

»Meine Familie muss wissen, dass es mir gut geht.«

»Deine Mutter ist informiert.«

»Warum soll ich dir glauben?«

»Weil du keine Wahl hast.«

»Das *Wissenschaftsjournal* muss ebenfalls informiert werden«, fuhr Michael fort. »Thomas Möhker hat vermutlich längst die Polizei eingeschaltet.«

»Möhker weiß, dass es dir gut geht.«

Michael konnte sich nicht vorstellen, dass sich Thomas mit bloßen Worten abspeisen lassen würde. Sein Freund war nicht umsonst Journalist. Er ließ erst locker, wenn eine Frage restlos geklärt war. Warum sollte er jemandem glauben, den er noch nie zuvor getroffen hatte? Auch seiner Mutter und Henry würde Pawels Wort nicht genügen.

Offenbar bemerkte Pawel seine Zweifel, denn er zeigte auf eine Lampe an der Decke. »Dahinter ist eine Kamera installiert. Deine Eltern und dein Freund sind erfreut darüber, dass du wieder operierst.«

Michael erschrak. Pawel ließ ihn beobachten? Warum?

Xenia kam am nächsten Abend. Bevor sie zu Michael gelassen wurde, musste sie sich einer Leibesvisitation unterziehen. Pawel hatte deswegen extra eine weibliche Sicherheitsangestellte engagiert, die normalerweise am Hauptsitz tätig war. Währenddessen sorgte Trapezius dafür, dass niemand das Stockwerk betrat, solange sich die Prostituierte dort aufhielt. Nicht einmal Katarzyna durfte in ihr Studio, worüber Michael insgeheim froh war.

Trapezius sah beängstigend aus. Seine linke Gesichtshälfte war geschwollen, an seinem Mundwinkel klebte eingetrocknetes Blut. Er hatte noch nie mit Michael gesprochen, jetzt aber vermutete Michael, dass er dazu gar nicht in der Lage war. Er tippte auf einen Kieferbruch.

Die Sicherheitsangestellte kam aus dem Bad, nickte Michael zu und verließ den Raum.

»Es tut mir leid, dass du diese Prozedur über dich ergehen lassen musstest«, sagte Michael.

Xenia zuckte die Schultern.

»Wie entschuldigt man sich auf Russisch?«, fragte Michael.

Sie sagte es ihm vor, dann begann sie, sich auszuziehen.

Michael schüttelte den Kopf und holte einen Schreibblock, auf dem er einige Begriffe aus den Patientenakten notiert hatte. Xenia sah ihn irritiert an. Jetzt war es Michael, der die Schultern zuckte.

»Ich bin eine teure Lehrerin«, sagte sie.

Michael lächelte. »Ich bezahle dich nicht selbst.«

Er hatte jeden Winkel des Studios nach einer Kamera abgesucht. Technische Geräte, die er nicht entfernen konnte, hatte er abgedeckt. Über dem Mikrowellenherd lag ein Badetuch, über den Festnetzanschluss, mit dem er die Zentrale erreichen konnte, hatte er einen Pullover geworfen. Sogar die Deckenlampe hatte er mit Papier abgeklebt. Xenia verlor kein Wort darüber. Sie hatte sich wohl damit abgefunden, dass er ein seltsamer Kunde war.

Dank ihrer Hilfe erfuhr er, dass die erste Akte, mit der er sich befasst hatte, Unterlagen über Lena enthielt, einer jungen Frau mit Gebärmutterhalskrebs. Der Name der Patientin war nirgends erwähnt, doch Michael erinnerte sich an die Krankheitsgeschichte. Bogdan Radu hatte sie ihm erzählt, als sie zusammen die Kryokonservierung in die Wege geleitet hatten. Ein Glücksfall, denn Michaels Kenntnisse über die Krankengeschichte von Lena halfen ihm, Bogdans Logik besser zu verstehen. Er notierte diverse Stichworte, auf die er vermutlich auch in anderen Akten stoßen würde. Xenia lachte über seine unbeholfene Schrift. Das Übersetzen gestaltete sich schwierig. Xenias Englischkenntnisse beschränkten sich auf Sätze und Wörter, die sie bei ihrem Job brauchte. Mithilfe von Zeichnungen und Gesten schaffte sie es aber, ihm die meisten Begriffe zu erklären.

Nachdem sie gegangen war, breitete Michael weitere Akten aus und suchte nach den Stichworten, die er nun kannte: Zivilstand, Geburtsdatum, Wohnort, Krankheit und Familie. Ein Wort kam nie vor: смерть. Der Tod. Weil die Patienten in Pawels Augen nicht tot waren, sondern auf Heilung warteten. Michael schüttelte über diese Vorstellung den Kopf. Hinter dem Stichwort Krankheit stand in den meisten Fällen »Alter«. Neben Lena gab es nur zwei weitere Patienten, die man als jung bezeichnen konnte. Ein fünfzigjähriger Mann, der an den Folgen eines Unfalls gestorben war – Michael korrigierte sich: dessen Herz nach einem Unfall aufgehört hatte zu schlagen –, und ein

Kind. Zumindest vermutete Michael, dass es sich um ein Kind handelte, weil das Gewicht ungewöhnlich niedrig war.

Nebenan hörte er eine Tür. Katarzyna betrat ihr Zimmer. Vielleicht besaß sie ein russisches Wörterbuch?

Als er anklopfte, fühlte er sich wie ein Junge im Sommerlager, der sich zu den Schlafräumen der Mädchen schlich. Katarzyna öffnete die Tür und musterte ihn stumm.

»Ja?«, fragte sie schließlich in abweisendem Tonfall.

Wusste sie von Xenia? Michael wollte ihr erklären, dass er mit ihr nur geredet hatte, doch er fand die richtigen Worte nicht.

»Was möchten Sie?«, fragte sie ungeduldig.

»Ein … Wörterbuch«, stammelte Michael.

»Ein medizinisches?«

Er räusperte sich. »Russisch. Ein Russisch-Englisches Wörterbuch.«

Falls sie sich für die russische Sprache interessierte, hatte sie sich vermutlich eine App auf ihr Handy geladen, dachte Michael. Zu seiner Überraschung drehte sie sich aber um und ging zu einem Regal.

»Es lag im Schrank. Vermutlich hat ein Kunde es hier vergessen.«

Michael bedankte sich.

»Ist noch etwas?«, fragte sie, als er sich nicht regte.

»Nein«, sagte er rasch, wandte sich ab, blieb stehen und drehte sich wieder um. »Oder doch. Sie sollten abschließen. Und fragen, wer vor der Tür steht, bevor Sie aufmachen.«

Er hätte sich ohrfeigen können. Er klang wie ein Vater, der sein Kind zurechtwies. Statt ihm die Tür vor der Nase zuzuschlagen, lächelte sie bloß.

»Ich habe nichts zu verbergen«, sagte sie in provokativem Tonfall, bevor sie die Tür schloss.

Michael ging nachdenklich in sein Zimmer zurück. Was hatte sie ihm damit sagen wollen? Dass nicht sie in Gefahr war, sondern er? Wie konnte sie sich da so sicher sein? Weil sie ahnte, dass er weder Wilson hieß noch ausgebildeter Chirurg war?

In seinem Zimmer wählte Michael die Nummer der Zentrale. Ein

Anrufbeantworter schaltete sich ein. Michael bat Trapezius, Pawel auszurichten, dass er ihn dringend sprechen müsse. Eine Viertelstunde später klingelte das Telefon.

»Was ist passiert?«, wollte Pawel wissen.

»Ich möchte, dass Dr. Szewińska die Wahrheit erfährt«, verlangte Michael.

Am anderen Ende war das Gemurmel von Stimmen zu hören. Es wurde leiser, schließlich verstummte es ganz.

»Nein«, sagte Pawel.

»Das ist keine Bitte«, versuchte Michael klarzustellen.

»Deine Sicherheit ist nicht verhandelbar.«

»Wenn ich mit Dr. Szewińska zusammenarbeiten soll, muss ich ihr Vertrauen haben.«

»Dann musst du dir dieses Vertrauen eben verdienen.«

»Sie ahnt etwas.«

»Wenn Bogdans Mörder gefasst ist, können wir darüber diskutieren.«

»Ich dachte, du kümmerst dich darum.«

»Ich arbeite daran.«

»So, wie du daran arbeitest, mir Zugang zum Internet zu verschaffen?«, sagte Michael verärgert. »Ich warte seit vierundzwanzig Stunden. Wie lange kann es denn dauern, ein Benutzerkonto zu erstellen?«

»Das Konto ist erstellt«, erklärte Pawel ruhig. »Meine IT-Abteilung ist zurzeit dabei, einen Laptop zu verschlüsseln, einen Tor-Browser und eine VPN-Software zu installieren, damit du dich anonym im Netz bewegen kannst. Wenn du mich jetzt bitte entschuldigen würdest, ich bin mitten in einer Besprechung.« Er legte auf.

Auf dem Flur knisterte ein Funkgerät. Michael hörte abgehackte Sätze, dann Trapezius' Grunzen. Der Signalton des Aufzugs erklang. Schritte, Stimmen, schwere Stiefel auf Stein. Jemand polterte gegen seine Tür. Michael öffnete sie einen Spaltbreit, unsicher, ob Gefahr drohte. Trapezius bedeutete ihm mitzukommen.

Vor dem Eingang stand der weiße Transporter. War noch jemand ermordet worden? Am Steuer saß der gleiche Fahrer, der Radus Leiche abgeholt hatte. Er fuhr an, kaum dass Michael eingestiegen war, und folgte der Straße, die zum Bordell führte. Michael fürchtete schon, Xenia sei etwas zugestoßen, doch der Transporter bog auf die Autobahn ein. Im Rückspiegel sah Michael den Mercedes der Sicherheitsmänner.

»Wir holen einen Patienten ab«, erklärte der Fahrer. »Ein elfjähriges Löwchen.«

»Ein was?«

Der Fahrer warf ihm einen kurzen Blick von der Seite zu und deutete auf eine Mappe, die auf dem Armaturenbrett lag. Michael schlug sie auf. Sie enthielt einen Vertrag mit einem Kunden sowie ein Patientenblatt mit einem Foto von einem kleinen Hund mit langer Mähne.

»Ich soll einen Hund einfrieren?«, fragte Michael ungläubig.

»Nicht irgendeinen Hund«, antwortete der Fahrer. »Löwchen gehören zu den teuersten Hunderassen der Welt. Und zu den seltensten. Früher wurden sie von aristokratischen Damen gehalten, vor allem in Frankreich. Nach dem Ende der Monarchie waren sie so gut wie ausgestorben.«

Nun war Michael auch klar, dass es sich bei dem vermeintlichen Kind, auf das er in einer der Akten gestoßen war, um ein Tier handeln musste.

»Ich bin kein Veterinär!«

»Bogdan hat immer gesagt, es mache keinen Unterschied, ob man ein Tier oder einen Menschen einer Kryokonservierung unterziehe.«

»Die Anatomie eines Hundes ist völlig anders.« Michael blätterte in der Mappe. »Gibt es keine Unterlagen dazu?«

Der Fahrer gab ihm sein Handy. »Im Internet finden Sie bestimmt Informationen. Wir sind noch eine halbe Stunde unterwegs.«

Michael war, als halte er die sprichwörtliche verbotene Frucht in der Hand. Wusste der Fahrer denn nicht, dass er nicht kommunizieren durfte? War das ein Test? Michael traute Pawel zu, dass er ihn auf die Probe stellte. Sollte er seiner Mutter schreiben? Henry? Wenn Wolkow deren Posteingang überwachte, würde er die Mail zurückverfolgen können. Thomas Möhker? Bestimmt hatte Wolkow auch seinen Freund und Kollegen auf dem Schirm. Michael zögerte. Vielleicht sollte er darauf vertrauen, dass er bald einen verschlüsselten Zugang zum Internet besaß. Aber was, wenn dies seine einzige Gelegenheit war, Kontakt zur Außenwelt aufzunehmen? Da fiel ihm Margaret Freeman ein. Henry hielt große Stücke auf sie, und als Cyberspezialistin würde sie das Handy des Fahrers sofort orten können.

»Ich muss eine englische Seite aufrufen«, sagte er. »Die russischen verstehe ich nicht. Wie schalte ich die Tastatur um?«

Der Fahrer erklärte es ihm. Michael formulierte in Gedanken bereits die Mail, die er Margaret schreiben wollte.

Nachricht für Henry. Bin bei KrioZhit, Selenograd, RU. Verstecke mich vor Oleg Wolkow. Er ist verantwortlich für Jesses Tod. Die illegalen Bluttransfusionen. Siehe Medienberichte. DNR.

Sie fuhren durch ein Villenviertel. Hohe Mauern verdeckten die Sicht auf die Grundstücke, vielerorts standen Überwachungskameras. Michael rief eine Website auf und notierte sich die Informationen, die er für die Kryokonservierung brauchte, gleichzeitig tippte er die Nachricht an Margaret.

Der Fahrer hielt vor einem schmiedeeisernen Tor mit vergoldeten Ornamenten. Dahinter stand eine Frau in einem Pelzmantel, die unentwegt ihre Hände knetete. Als sie den Transporter sah, nahm sie eine Kühlbox hoch.

Michael drückte auf Senden.

16

Xenia schlüpfte in eine Jeans und holte ihre Winterstiefel hervor. Sie freute sich auf die freien Tage, die vor ihr lagen. Wenn sie es schaffte, rechtzeitig den Bus zu erwischen, könnte sie ihrer Tochter morgen zum Frühstück Tworoshniki auftischen. Aliska liebte die Quarkplinsen über alles. Xenias Mutter hätte sie ihr jeden Tag zubereiten können, doch sie weigerte sich standhaft. Sie behauptete, es bereite ihr Schmerzen, die Masse auszurollen, klagte über ihr Alter und das Rheuma, das von Winter zu Winter schlimmer wurde. In Tat und Wahrheit hielt sie sich nur zurück, damit Aliska einen weiteren Grund hatte, sich auf Xenia zu freuen. Die Tworoshniki waren mehr als ein leckeres Frühstück, sie waren eine Verbindung zwischen Mutter und Tochter, ein Ritual, das dafür sorgte, dass die beiden nach jeder Trennung rasch wieder zueinanderfanden.

Diesmal hatte Xenia zehn Tage am Stück gearbeitet. Eine Kollegin war ausgefallen, und sie hatte deren Kunden übernehmen müssen. Sie fühlte sich erschöpft, geistig und körperlich. Vor allem die Kunden der Kollegin hatten ihr viel abverlangt, da sie deren Bedürfnisse und Eigenheiten nicht kannte. Sie hatte es sich einfacher vorgestellt, als sie vor fünf Jahren die Provinz verließ, um in der Stadt schnelles Geld zu verdienen. Dennoch bereute sie den Schritt nicht. Hätte sie auf ihre Mutter gehört, wäre sie heute Krankenpflegerin und müsste mit einem mageren Lohn ums tägliche Überleben kämpfen. Stattdessen lag bald genug auf ihrem Sparkonto, um eine Zweizimmer-Wohnung am Stadtrand zu kaufen. Noch zwei, höchstens drei Jahre, schätzte sie. Dann würde sie Aliska zu sich holen und ihr eine richtige Mutter sein.

Bis dahin aber musste sie nach jeder Schicht den langen Weg in die Provinz antreten. Eine halbe Stunde bis an die Moskauer Stadtgrenze, weitere dreißig Minuten zum Bahnhof Trikotazhnaja. Umsteigen an der Haltestelle Strogino, danach eineinhalb Stunden am Stück, wenigstens das. Die letzte Etappe kam ihr immer am längsten vor. Eine Busfahrt über dunkle Straßen, vorbei an Dörfern, deren Häuser am Boden kauerten, als duckten sie sich vor den größer werdenden Vororten. Zum Schluss zwei Kilometer zu Fuß. Insgesamt fünf Stunden Reisezeit.

Xenia wickelte sich einen Kaschmirschal um den Hals, schlüpfte in ihren Mantel und griff nach ihrer Handtasche. Zu den Vorzügen eines edlen Etablissements gehörte der Wäscheservice. Wenn sie nach Hause fuhr, brauchte sie nur das Nötigste mitzunehmen. In letzter Sekunde fiel ihr die Fellmütze ein, die ein exzentrischer Kunde ihr geschenkt hatte. Sie sah darin aus wie ein Relikt aus Sowjetzeiten, ihrer Mutter aber würde sie gefallen. Sie dachte an den Amerikaner, der Russisch lernen wollte. Noch so ein komischer Vogel. Vielleicht stand er auf Männer, und ihre Treffen waren Teil einer Scharade, um seine Neigung zu verbergen. Sie hatte schon Seltsameres erlebt.

Im Aufzug machte sie ihr privates Handy an. Sie nahm es immer erst nach der Arbeit hervor, sie brauchte diese strikte Trennung zwischen Beruf und Privatleben. Verschiedene Töne erklangen, als Anrufe, Mails und Nachrichten synchronisiert wurden. Ihre Mutter hatte elf Mal versucht, sie zu erreichen. War Aliska etwas zugestoßen? Wie in Trance verließ Xenia den Aufzug und trat ins Freie. Mit zitternden Fingern tippte sie auf die Nummer.

»Endlich!«, schluchzte ihre Mutter.

»Was ist passiert? Ist es Aliska? Geht es ihr gut?«

»Sie ist weg!«

»Weg?«, fragte Xenia mit schriller Stimme. »Was meinst du?«

»Sie hat im Garten gespielt, und plötzlich war sie einfach nicht mehr da!«

»Sie ist weggelaufen?«

»Nein, es … da waren Schuhabdrücke im Schnee. Von einem Erwachsenen.«

»Hast du die Polizei angerufen?«

»Natürlich, aber …« Lautes Weinen. »Die Miliz war da. Ich weiß nicht, ob sie … ich wollte ihnen meinen Ring geben oder den Pelzmantel, den du mir geschenkt hast, aber sie haben nichts angenommen. Ich weiß nicht, was ich tun soll!«

»Was haben sie gesagt? Suchen sie nach ihr? Hast du die Nachbarn um Hilfe gebeten?«

»Alle suchen sie, schon seit Stunden.«

Seit Stunden? Xenia fiel auf die Knie, und das Telefon rutschte ihr aus der Hand. Nicht Aliska. Bitte, bitte, nicht ihr kleines Mädchen. Schreckensmeldungen von missbrauchten Kindern schossen ihr durch den Kopf, und für einen Augenblick fragte sie sich, ob jemand sie für ihre Berufswahl bestrafen wollte. Wladimir Putin mochte damit prahlen, dass es in Russland die schönsten Prostituierten der Welt gab, dennoch hielten viele Menschen Sexarbeit für verwerflich.

Xenia zuckte zusammen, als jemand sie an der Schulter berührte. Ein Mann hielt ihr ein Taschentuch hin. Xenia blinzelte und hob ihr Handy auf. Die Verbindung war unterbrochen worden. Unschlüssig blickte Xenia aufs Display. Sie musste etwas unternehmen. Jetzt gleich. Fieberhaft überlegte sie, ob es einen Kunden gab, an den sie sich wenden konnte.

Der Mann nahm ihr das Telefon aus der Hand und half ihr auf die Beine.

»Aliska geht es gut«, sagte er ruhig.

Xenia starrte ihn an.

»Ich kann dafür sorgen, dass deine Tochter gesund nach Hause kommt.«

Seine Worte lösten zuerst Hoffnung, dann Dankbarkeit in ihr aus. Bis sie deren Sinn begriff. Sie packte den Mann, hämmerte mit beiden Fäusten gegen seine Brust.

»Wo ist sie? Was hast du damit zu tun?«, schrie sie.

Stoisch ließ er die Schläge über sich ergehen. Als Xenia keine Kraft mehr hatte, zeigte er ihr ein Foto von Aliska. Sie saß an einem Tisch und zeichnete. Der Raum, in dem sie sich befand, sah wie eine gewöhnliche Wohnung aus. Nur, dass es keine Fenster gab.

»Möchtest du sie wiederhaben?«, fragte der Mann.

Tränen flossen Xenia übers Gesicht. »Was willst du von mir?«

17

Moskau, 1991

Es dauerte zwei Tage, bis Andrej sich meldete. Julias Nägel waren abgekaut, ihr Herz in tausend Stücke zerbrochen, die sich wie magisch zu einem Ganzen fügten, als er plötzlich vor der Tür stand und Juletschka sagte.

»Es tut mir leid«, sagte er. »Ich war einfach überrascht. Du warst wie eine Erscheinung aus einem Traum.«

»Einem guten oder einem bösen?«

Er lächelte verlegen. »Einem Wunschtraum.«

Julia fragte nicht, weshalb er zwei Tage gebraucht hatte, um sich von seinem Schock zu erholen. Er war hier, und nichts anderes zählte. Sie nahm seine Hand und führte sie an ihre Lippen. In dem hellen Grau seiner Augen sah sie alle Farben vereint. Die Rückseite des Regenbogens. Sie beugte sich vor und küsste ihn. Stocksteif stand er da, dann aber gab etwas in ihm nach, und er zog sie in seine Arme.

»Was machen wir heute Nachmittag?«, fragte Tanja, die zu ihnen getreten war.

Andrej sah Julia an. »Warst du schon auf dem Roten Platz?«

Sie schüttelte den Kopf.

»Lass uns dort ein Eis essen«, sagte Tanja. »Bei uns gibt es das beste Eis der Welt.«

»Eis?«, wiederholte Julia ungläubig. »Es hat minus zwanzig Grad!«

»Wenigstens schmilzt es nicht«, grinste Andrej.

Draußen wollte sich Julia bei ihm einhaken, doch er wich geschickt aus. Tanja schob sich zwischen sie und übernahm die Rolle der Stadtführerin. Sie ratterte die Namen der Sehenswürdigkeiten herunter, beschrieb die Baustile, machte Julia auf Denkmäler und historische Plätze aufmerksam.

Auf dem Roten Platz hatte sich trotz der Kälte eine lange Schlange vor dem Eisstand gebildet. Julia studierte das Angebot. Als sie an der Reihe war, bestellte sie eine Kugel Eis mit Erdbeergeschmack.

»Haben wir nicht.«

»Dann gerne Schokolade.«

»Ist ausgegangen.«

Andrej trat vor. »Drei Mal.«

Der Verkäufer reichte ihnen drei Waffelbecher mit Vanilleeis. Andrej bezahlte und steuerte eine windgeschützte Stelle hinter dem Warenhaus GUM an.

»Warum bietet er mehrere Sorten an, wenn es nur Vanille gibt?«, fragte Julia.

Andrej zuckte die Schultern. »Es gibt immer nur Vanille.«

»Dann braucht es doch keine Karte«, sagte Julia. »Sie verwirrt die Kunden nur.«

»Alle wissen, dass es nur Vanille gibt.«

»Dann ist die Karte erst recht überflüssig.«

Andrej und Tanja sahen sie verständnislos an.

»Wenn man keine Wahl hat, ergibt eine Karte doch keinen Sinn«, versuchte es Julia erneut.

»Magst du Vanille nicht?«, fragte Tanja.

»Doch.«

»Wo liegt dann das Problem?«

Andrej schlug vor, die Tretjakow-Galerie zu besuchen, und setzte der Diskussion damit ein Ende.

18

2021

»Wir sind gleich da«, sagte der Fahrer.

Julia wischte das Kondenswasser von der Scheibe und sah aus dem Fenster. Vor ihr lag die Industriestadt Archangelsk. Wie viele andere Städte im hohen Norden Russlands bestand sie aus Plattenbauten und einfachen Holzhäusern, die in der Dunkelheit fast verschwanden. Es waren kaum Menschen unterwegs, was Julia nicht wunderte. Die Anzeige am Armaturenbrett zeigte minus achtzehn Grad.

Der Fahrer hielt vor dem Flughafen Waskowo. Hinter dem niedrigen Betonbau standen mehrere Helikopter und Kleinflugzeuge. Als Julia das Eis an den Tragflächen sah, schauderte sie. Sie wäre lieber mit der Fähre auf die Solowezki-Inseln gefahren, um diese Jahreszeit war der Betrieb jedoch eingestellt.

»Was schulde ich Ihnen?«, fragte sie.

Der Fahrer winkte ab. »Ist bereits erledigt.«

Julia gab dem Fahrer ein Trinkgeld. Tanja hatte ihr nicht nur die achtstündige Autofahrt nach Archangelsk bezahlt, sondern auch ihre Beziehungen spielen lassen, um ihr einen Privatflug auf die Solowezki-Inseln zu organisieren. Julia war ihr dankbar. Noch lieber wäre ihr jedoch gewesen, Tanja hätte ihr alles erzählt, was sie wusste. Auf der langen Fahrt nach Norden hatte sich Julia ihr Gespräch Wort für Wort durch den Kopf gehen lassen, eine Fähigkeit, die sie sich im Dolmetscherstudium angeeignet hatte. Als Tanja über die Vergangenheit zu sprechen begann, war sie erstaunlich offen gewesen. Ihr

Verhalten änderte sich erst, als sie auf die Gegenwart zu reden kamen. Genauer, als Julia sie gefragt hatte, ob Andrej im vergangenen Juni ertrunken war. Von diesem Moment an war Tanja wieder wie früher gewesen. Scheu, ängstlich, ausweichend. Vor ihrer Abreise war Julia noch einmal in sie gedrungen, um mehr zu erfahren, doch wieder hatte Tanja abgeblockt. Hing ihre Angst mit den Ereignissen von 1991 zusammen? Wussten die Hintermänner von damals, dass sich Julia in Russland aufhielt? Das Risiko, dass Pawel von ihrer Einreise erfuhr, nahm sie in Kauf. Auch, dass Wolkow auf sie aufmerksam werden könnte. Sie hatte aber nicht damit gerechnet, dass die Ereignisse von früher sie wieder einholen und zu einer Bedrohung werden könnten.

Julia massierte sich die Schläfen. Sie konnte einfach nicht begreifen, warum das KGB sie verhaften ließ, um sie kurz darauf wieder freizulassen. Handelte es sich um einen Irrtum? Hatte jemand den Toten mit Andrej verwechselt? Der Geheimdienst gab Fehler nie zu, sie wurden vertuscht.

Die Abflughalle wirkte trostlos. Von den Betonträgern blätterte hellblaue Farbe, die Metallbänke waren kalt und unbequem. Julia platzierte sich so, dass sie den Eingang im Auge behalten konnte. Auf dem Monitor waren lediglich zwei Regionalflüge aufgeführt, beide verließen Archangelsk erst in einigen Stunden. Der Pilot, ein Verwandter von Tanjas Mann, traf eine Stunde nach ihr ein. Er sah zu jung aus, um im Besitz einer Fluglizenz zu sein. Er begrüßte Julia mit Handschlag und reichte ihr ein Sandwich.

»Bordverpflegung«, sagte er mit einem entwaffnenden Lächeln.

Julia bedankte sich, aber sie bezweifelte, dass sie auch nur einen Bissen herunterbringen würde. Ihre Angst vor dem Flug erwies sich als unbegründet. Der Pilot schien zu wissen, was er tat, und in dem Propellerflugzeug fühlte sich Julia erstaunlich sicher. Als die Dämmerung im Osten einsetzte, stellte sie zu ihrer Überraschung fest, wie sie sich ganz dem Farbspektakel hingab. Das Weiße Meer lag wie eine Pastellzeichnung unter ihnen, anfangs schimmerte das Eis auf der Oberfläche blassrosa und lila, nach und nach verfärbte es sich orange.

Der Pilot zeigte auf ein Archipel, das von einem Eisring umgeben war. Es bestand aus sechs bewohnten und über hundert kleineren unbewohnten Inseln. Das Kloster, in dem Andrej gelebt hatte, lag auf der Hauptinsel, direkt an der Küste der Prosperitätsbucht. Von Weitem sah es aus wie eine Festung. Julia fragte sich, was Andrej dazu bewogen hatte, in diesen abgelegenen Winkel der Welt zu ziehen.

»Ich kehre gleich aufs Festland zurück«, sagte der Pilot, nachdem sie gelandet waren. »Es sind stürmische Winde angesagt. Wissen Sie schon, wie lange Sie bleiben?«

»Vermutlich ein oder zwei Tage.«

Er reichte ihr seine Karte. »Rufen Sie an, wenn ich Sie abholen soll.«

Auch er lehnte eine Bezahlung ab.

»Wie komme ich zum Hotel?«, fragte sie.

»Ein Taxi wird bestimmt gleich hier sein. Die Landung eines Flugzeugs bleibt nicht lange unbemerkt.«

Kaum war Julia von Bord gegangen, bog auch schon ein Wagen um die Ecke und hielt neben dem kleinen, hölzernen Terminal. Trotz der Nähe zum Polarkreis war es weniger kalt, als sie erwartet hatte, doch die Feuchtigkeit war durchdringend.

Tanja hatte ein Zimmer in einer Privatunterkunft gebucht. Gegen einen kleinen Aufpreis war die Besitzerin bereit gewesen, Julia als Verwandte auszugeben, damit sie sich nicht registrieren lassen musste. Da sich im Winter selten Touristen auf die Inseln verirrten, würde der Schwindel nicht auffallen. Trotzdem war Julia nervös. Wenn jemand nach ihrem Pass verlangte, wüssten die Behörden bald, dass sie Moskau unerlaubterweise verlassen hatte. Der Taxifahrer setzte sie vor einem einstöckigen Häuschen mit Wellblechdach ab. Ein Zaun umgab das Grundstück, dahinter führten einige Stufen hinauf zum Eingang. An einem der Fenster war Bewegung, dann ging die Tür auf, und eine ältere Frau winkte sie herein. Kein Lächeln. Kein freundliches Wort. Julia fühlte sich in die Sowjetunion zurückversetzt. Das änderte sich, als sie ihr Zimmer betrat, das mit IKEA-Möbeln ausgestattet war.

Die Zeit hatte auch am Polarkreis nicht stillgestanden. Sie beschloss, die fünf Stunden Tageslicht zu nutzen, und machte sich gleich auf den Weg. Im Kloster gab es ein historisches sowie ein architektonisches Museum, vielleicht waren diese auch im Winter zugänglich.

Das Dorf lag in einer weißen Heidelandschaft. Krüppelbirken trotzten dem Wind, da und dort erhob sich ein Findling aus dem Schnee. Die meisten Inselbewohner verbrachten den Winter auf dem Festland, dennoch machte Julia einen großen Bogen um die Häuser. Von hier unten wirkte das Kloster noch imposanter als aus der Luft. Es war von einer massiven Mauer umgeben, auf der mehrere Wachttürme standen. Julia betrat die Anlage durch ein Tor auf der Nordseite. Nur sechs Monate zuvor war Andrej über die gleichen Wege gegangen. Sie versuchte, sich ihn hier vorzustellen, doch es gelang ihr nicht. Das Kloster gehörte zu den größten Heiligtümern der russisch-orthodoxen Kirche. Andrej war viel zu bescheiden, als dass er sich hier wohlgefühlt hätte. Andererseits hatten die letzten Wochen deutlich gezeigt, dass es den Andrej, in den sie sich verliebt hatte, nie gegeben hatte.

Sie kam an den Wohnquartieren vorbei. Auf einer überdachten Säulenpassage regte sich etwas. Julia entdeckte einen Mönch in einem schwarzen Gewand, der zu ihr hinuntersah. Sie fragte ihn nach dem Museum. Von Tanja wusste sie, dass die Geistlichen die Spuren der Vergangenheit am liebsten beseitigen würden. Schon zu Zarenzeiten waren hier Gegner der Obrigkeit eingesperrt worden, nach der Oktoberrevolution wurde aus dem Gefängnis ein Konzentrationslager. Zehntausende Kriegsgefangene, Geistliche und Oppositionelle starben im Gulag. Für Historiker war die Anlage ein Zeitzeugnis, das es zu erhalten galt. Die Kirche aber wollte die Epoche der Entweihung am liebsten vergessen und den Ort wieder zu einer heiligen Stätte machen. Darüber war ein heftiger Streit entbrannt, der auf höchster Ebene ausgetragen wurde.

Vielleicht lag es daran, dass im Winter kaum jemand die Ruhe störte, vielleicht war der Mönch auch nur außergewöhnlich offen. Er bat Julia, einen Augenblick zu warten, kurz darauf stand er mit einem Schlüssel in der Hand vor ihr. Sein Alter war schwer einzuschätzen. Seine vollen, geröteten Wangen ließen ihn jung erscheinen, dazu passten die Fältchen um seine Augen nicht.

»Zu dieser Jahreszeit verirren sich kaum Besucher hierher«, sagte er. »Aber ich kann das Museum für Sie aufschließen.«

»Ehrlich gesagt, möchte ich lieber mehr über die Zeit erfahren, in der das Kloster ein wichtiges religiöses Zentrum war, und kein Gefangenenlager. Aber soweit ich informiert bin, gibt es keine separate Ausstellung darüber?«

Das Interesse des Mönchs war geweckt. »Wir bieten Führungen an.«

»Ohne Voranmeldung?«

»Im Moment ist die Nachfrage gering.«

»Wissen Sie zufällig, ob die zuständige Person gerade abkömmlich ist?«

»Sie steht vor Ihnen.« Er stellte sich als Kyrill vor. »Die offiziellen Guides verbringen den Winter auf dem Festland. Während dieser Zeit übernehme ich die Führungen.«

Unter seinem langen Bart zeichnete sich ein Lächeln ab, was Julia fast so sehr überraschte wie sein spontanes Angebot, sie auf einen Rundgang mitzunehmen. Er holte aus einem Haushaltsgebäude einen Prospekt, den er ihr reichte, und begann, ausführlich von der Restaurierung und der Rekonstruktion des Klosters zu erzählen. Auf die kontroverse Interpretation der regionalen Geschichte ging er nicht ein.

»Inzwischen leben fünfzig Novizen hier«, sagte er. »Das Interesse an unserer Gemeinschaft steigt mit jedem Jahr.«

»Ich kenne jemanden, der hier Mönch war«, sagte Julia. »Soviel ich weiß, ist er aber wieder aus dem Kloster ausgetreten. Andrej Stanislawowitsch Danilow.«

Der Gesichtsausdruck des Mönchs veränderte sich. »Sie kennen Bruder Andrej?«

»Wir haben zusammen studiert, aber das ist lange her«, sagte Julia. »Ich erfuhr erst kürzlich, dass er ins Kloster eingetreten ist. Es hat mich überrascht. Wissen Sie zufällig, wo er jetzt ist?«

»Wie war noch mal Ihr Name?«, fragte der Mönch.

»Anna«, log Julia.

»Und Sie kommen aus …?«

»Ich bin nur zu Besuch hier«, wich sie aus.

Der Mönch ging schweigend weiter. Sie kamen zur Uspenski-Kathedrale, wo er stehen blieb und sie auf die architektonischen Besonderheiten aufmerksam machte.

»Wie sieht Ihr Alltag aus?«, fragte Julia, um das Gespräch wieder auf das Leben der Mönche zu lenken.

»Unser Tag beginnt um fünf mit dem Frühgebet. Nach dem Frühstück folgt die Zehn-Uhr-Messe. Anschließend arbeiten wir. Es gibt immer viel zu tun. Unterhaltsarbeiten, Renovationen, kochen, waschen, putzen. Den Abend verbringen wir in der Regel allein.« Sein Tonfall hatte sich verändert, er klang jetzt, als rezitiere er einen auswendig gelernten Text.

»Warum haben Sie dieses Leben gewählt?«

»Ich habe es nicht gewählt, ich wurde dazu berufen. Das Leben als Mönch ist eine Gabe des göttlichen Charismas.«

»Fühlen Sie sich nie einsam?«

»Gott ist bei mir.«

Er führte sie zur Preobraschenski-Kathedrale. »Die meisten Bauten stammen aus dem sechzehnten Jahrhundert. Nur die Wassermühle, der Glockenturm und die Nikolai-Kirche sind jüngeren Datums. Die Kirche wurde sogar erst um 1834 gebaut.«

Julia überlegte, wie sie das Gespräch auf Andrej lenken könnte, ohne dass es zu offensichtlich war. Kyrill kam ihr zuvor.

»Haben Sie Kontakt zu Bruder Andrejs Familie?«, fragte er.

Julia zögerte. »Wenig.«

Der Mönch musterte sie aufmerksam.

»Wie lange hat Bruder Andrej hier gelebt?«, fragte Julia.

»Sieben Jahre. Er wollte dieses Jahr sein Gelübde ablegen.«

»Er war Novize, nicht Mönch?«

»Rhasophor-Mönch.« Er sah, dass der Begriff ihr nichts sagte, und erklärte: »Das orthodoxe Mönchtum besteht aus drei Stufen. Am Anfang steht das Noviziat. Der Novize prüft seine Eignung zum asketisch-monastischen Leben. Sein Alltag in der Klostergemeinschaft unterscheidet sich jedoch nicht von dem eines Mönchs. Danach folgt die erste Stufe des Mönchtums. Er wird zum Rhasophor und trägt das Mönchsgewand, den Rhason.« Er deutete auf seinen Talar. »In dieser Phase hat man das weltliche Leben noch nicht endgültig verlassen. Nur die Kleidung hat sich verändert. Mit dem Mönchsgelübde wird der letzte Schritt vollzogen. Der Mönch stellt sich ganz in den Dienst Gottes und des Nächsten. Dazu gehört auch der Verzicht auf ein Familienleben.«

»Ich dachte, orthodoxe Priester dürfen heiraten?«, unterbrach Julia.

»Priester schon, aber für Mönche gilt das Zölibat. Der Mönch legt drei Gelübde ab. Das erste ist das der Keuschheit. Das zweite betrifft die Besitzlosigkeit. Die orthodoxe Freiheit ist ein von Gott geschenkter Handlungsspielraum, er befreit uns von der Sorge um irdische Güter. Das dritte und letzte ist der Gehorsam gegenüber dem geistlichen Vater und der Klostergemeinschaft.«

»Das ist ein großer Schritt«, stellte Julia fest.

Kyrill neigte den Kopf. »Der geistlich-asketische Weg birgt viele Schwierigkeiten und Gefahren. Ein junger Novize braucht die Führung durch einen erfahrenen Mönch, damit er sich nicht verirrt. Er muss lernen, sein Ego loszulassen, sich von Leidenschaft und Sünde zu befreien.«

War es dieser Gehorsam gewesen, der Andrej angezogen hatte? Es war ihm schon immer schwergefallen, Entscheidungen zu treffen. Hatte der Zerfall der Sowjetunion ihn noch orientierungsloser gemacht? Suchte er Halt?

»Nach dem Ablegen des Mönchsgelübdes gibt es zwei Möglichkeiten«, fuhr Kyrill fort. »Das kleine und das große Schima. Mönche des kleinen Schimas sind Teil einer Klostergemeinschaft, jene des großen leben als Einsiedler.«

»Hat Bruder Andrej erklärt, welchen Weg er einschlagen wollte?«

»Ein Leben als Einsiedler wählt man nicht. Wer sich durch eine besondere geistliche Hingabe auszeichnet, wird vom Abt dazu erkoren. Bruder Andrej wünschte sich, genügend spirituelle Fortschritte zu machen, um das große Schima zu erreichen.«

Julia fragte sich, ob er diesen letzten Schritt ohne den Abt vollzogen hatte. Lebte er irgendwo abgeschieden von der Welt? Als sie Kyrill danach fragte, schüttelte er den Kopf.

»Unmöglich.«

»Also hat er das Kloster doch verlassen?«

Der Mönch senkte den Blick. »Nein.«

Julia stellte sich naiv. »Aber er kann doch nicht einfach verschwunden sein. Oder ...« Sie schlug die Hand vor den Mund. »Sie glauben, es ist ihm etwas zugestoßen?«

Der Mönch schwieg.

Julia befeuchtete ihre Lippen. »Ich war nicht ganz ehrlich«, sagte sie. »Ich ... Andrej und ich waren mehr als Studienkollegen. Leider haben sich unsere Wege getrennt. Als ich hörte, dass er ins Kloster ging, wollte ich den Ort mit eigenen Augen sehen. Um endgültig von ihm Abschied zu nehmen.«

Der Mönch führte Julia zu den Wohnquartieren, die um diese Zeit leer standen, und öffnete eine Zelle. Darin befanden sich eine Liege, ein Waschbecken mit Krug und ein Regal voller Bücher. Julias Herz schlug schneller. Hier hatte Andrej die letzten Jahre verbracht.

»Möchten Sie eine Weile allein sein?«, fragte der Mönch.

»Gerne.«

Er schloss die Tür. Julia kniete sich neben die Liege und dachte daran, wie entsetzt Andrej war, als sie sich damals noch im Mantel auf sein Bett gesetzt hatte. In einem Land, in dem es an allem fehlte, auch an Medikamenten, fürchtete man sich vor Keimen. Das hatte sie damals nicht verstanden. Sie legte ihren Kopf auf das Kissen. Sie bildete sich ein, Andrej riechen zu können. Der Schmerz, den sie dabei empfand, überraschte sie. Er beinhaltete so vieles: den Verlust der Liebe und der Jugend, die Jahre der Angst und das Leben, das sie dadurch verpasst hatte. Sie sah zu dem achtspitzigen orthodoxen Kreuz an der Wand hoch. Noch nie hatte sie sich so sehr gewünscht, an Gott zu glauben.

Sie wusste nicht, wie lange sie dort kniete. Sie war gekommen, um Informationen zu sammeln, sie hatte nicht damit gerechnet, von der Vergangenheit verschluckt zu werden. Die Lüge, die sie Kyrill aufgetischt hatte, entpuppte sich als Wahrheit: Sie nahm Abschied. Als sie endlich aufstand, schmerzte ihr Körper, gleichzeitig fühlte sie sich leicht. Kyrill hatte im Flur geduldig auf sie gewartet. Julia sah noch einmal zurück. Ihr Blick blieb an dem Kreuz hängen.

»Warum ist der Querbalken schräg?«, fragte sie.

»Er symbolisiert den Übergang von der Hölle zum Himmel«, antwortete Kyrill.

Da verstand Julia, warum Andrej ausgerechnet hierhergekommen war. Nirgends lagen Himmel und Hölle so nahe beieinander wie auf den Solowezki-Inseln.

19

Henry hatte genug von der Rehaklinik. Von der Unterteilung in Angestellte und Patienten. Die Angestellten, das waren die sportlichen Physiotherapeuten, die vorbildlichen Ärztinnen, die schlanken Ernährungsberater. Die Patienten die Herz- und Kreislaufkranken, impulsgesteuert, ohne Disziplin. Er warf einen Blick auf den Früchte- und Gemüsekorb auf seinem Nachttisch, ein Geschenk des Department of Astronomy, und verzog das Gesicht. Stangensellerie, Äpfel, Gurken, Karotten. Der Infarkt hätte ihn das Leben kosten können. Sein Arzt warnte ihn seit Jahren davor, dass er irgendwann den Preis für seinen Lebensstil würde zahlen müssen.

Er hatte Julia versprochen, besser auf seine Gesundheit zu achten. Ihr versichert, dass er sich während ihrer Abwesenheit genau an die Anweisungen der Therapeuten halten würde. »Wenn du zurück bist, gehen wir zusammen laufen«, hatte er verkündet in einem Wahn von, ja, wovon? Selbstüberschätzung? Optimismus? Aus Dankbarkeit, dass er überlebt hatte? Missmutig holte er seine Schuhe aus dem abschließbaren Schrank. Zwei Runden um die Klinik. Das müsste doch zu schaffen sein. Er setzte sich auf die Bettkante, um die Schnürsenkel zu binden, und dachte über das Phänomen Trägheit nach. Er nannte es lieber Beharrungsvermögen. Wenn er mit seinen Studenten über die Rotation der Erde sprach, begann er jedes Mal mit der Bewegungstheorie von Aristoteles, nach der die Ruhe der natürliche Zustand eines Körpers war. »Schaut nur mich an«, sagte er dann, was ihm immer wieder aufs Neue ein paar Lacher einbrachte.

Im Fernseher lief eine Werbung für Tiefkühlprodukte. Henry starrte auf eine Lasagne, die in einem Mikrowellenherd auftaute. Er konnte die Bolognese beinahe riechen, den geschmolzenen Käse auf der Zunge spüren. Es folgte eine Nachrichtensendung. Russland hatte die Zusammenarbeit mit der NATO eingestellt. Nicht gut. Ein Migrantenstrom war von Honduras nach Guatemala unterwegs. Arme Teufel. In Virginia bangten die Demokraten um den Sieg bei der Gouverneurswahl. Wenig überraschend. Wolkow Industries hatte einen Vertrag mit China unterzeichnet. Henry drehte die Lautstärke auf. Die Sprecherin berichtete, dass China drei Raketentriebwerke vom Typ RD-181 von Wolkow Industries gekauft habe, der Exportvariante des Flüssigkeitsantriebs RD-193, die für den Start von Sojus-Raketen genutzt wurden.

Das ergibt keinen Sinn, dachte Henry. Erst kürzlich hatte Chinas staatlicher Satelliten- und Raketenhersteller CASC mitgeteilt, dass große Fortschritte bei der Herstellung eines Wasserstoff-Sauerstoff-Triebwerks erzielt worden waren und nun eine neue Reihe von Raketentriebwerken mit einem gestuften Verbrennungszyklus und hoher Schubkraft für die kommenden Weltraummissionen entwickelt wurde. Warum sollten die Chinesen jetzt minderwertige Triebwerke von Wolkow Industries kaufen? Die Mondmission Chang'e 5 hatte Chinas Status als Weltraummacht eindrücklich bewiesen. Im Gegensatz zu den Amerikanern hatten sie es sogar geschafft, ihre Flagge ohne Probleme in den Regolith zu rammen, dachte Henry. Ein ganzes Jahr hatten die Ingenieure an einem Flaggstock getüftelt, der sowohl mit den extremen Temperaturwechseln zwischen Tag und Nacht als auch der Weltraumstrahlung zurechtkam.

Es klopfte, und Margaret Freeman trat ein, das graue Haar vom Wind zerzaust.

Sie begrüßte ihn mit einem Wangenkuss. »Wie ich sehe, hast du das Geschenk erhalten.«

Henry murmelte etwas Unverständliches.

»Für dich.« Sie reichte ihm ein Päckchen.

»Danke.«

»Wie geht es dir?«

»Viel besser.« Er öffnete das Päckchen, ein Sparschäler kam zum Vorschein. »Bist du den weiten Weg gefahren, um mir ins Gewissen zu reden?«

Sie sah auf seine offenen Schnürsenkel. »Wollen wir einen Spaziergang machen? Ein bisschen frische Luft täte auch mir gut.«

Henry setzte zu einem Protest an, überlegte es sich dann aber anders. Zu zweit machte Bewegung zwar auch nicht mehr Spaß, doch sie fiel ihm weniger schwer.

Sie schlugen den Weg ein, der zum Strand führte. Am Himmel jagten sich die Wolken, auf den Wellen tanzten Schaumkronen. Henry füllte seine Lungen mit der salzigen Luft. Nicht weit von diesem Ort hatte er Julia kennengelernt. Sie hatte im Sand gesessen und mit Michael gespielt, ganz versunken in dessen Anblick. Auf Henry hatte sie wie ein Planet gewirkt, der um eine andere Umlaufbahn kreiste. Noch immer staunte er darüber, dass er den Mut aufgebracht hatte, sie anzusprechen.

Er vermisste sie. Dass sie sich allein auf die Suche nach Michael gemacht hatte, raubte ihm nachts den Schlaf. Julia hatte behauptet, sie sei in Sicherheit, solange Oleg Wolkow nicht wisse, dass sie Informationen über ihn besaß. Und sogar, wenn er davon erfuhr, würde er ihr nichts antun, da sie keine Beweise gegen ihn in der Hand hatte. Die Unterlagen, die belegten, dass Wolkow Blutplasma des vierjährigen Jesse gekauft hatte, um sich einer Verjüngungskur zu unterziehen, waren bei einem Hackerangriff verschwunden. Ausgelöscht, wie Jesses Leben.

Nachdem sie sich ein Stück von der Klinik entfernt hatten, holte Margaret ihr Handy hervor. »Ich habe eine Nachricht erhalten, die von Michael stammen könnte.«

Henry blieb stehen. »Wie kommst du darauf?«

Margaret reichte ihm das Telefon.

Bin bei KrioZhit, Selenograd, RU. Verstecke mich vor Oleg Wolkow. Er ist verantwortlich für Jesses Tod. Die illegalen Bluttransfusionen. Siehe Medienberichte. DNR.

Henry las die Nachricht noch einmal.

»Es könnte ein Fake sein«, warnte Margaret. »Eine Falle.«

Henry schüttelte aufgeregt den Kopf. »DNR. Do not respond. Wenn er als Kind mit seinen Freunden im Wald gespielt hat, haben sie sich immer in Teams aufgeteilt und sich versteckt. Sie hatten Funkgeräte dabei, doch dummerweise waren diese so laut, dass sie den Empfänger verrieten. DNR bedeutet, dass man nicht angefunkt werden will.« Atemlos blieb er stehen. »Du hast nicht geantwortet, oder?«

»Natürlich nicht. Aber es ist mir gelungen, das Handy zu orten. Selenograd, genau, wie Michael schreibt.«

»Dann ist er tatsächlich in Russland!« Henry atmete schwer. »Glaubt er etwa, er könne Oleg Wolkow im Alleingang zur Rechenschaft ziehen? Die Unterlagen sind weg, es gibt keine Beweise gegen den Mann! Abgesehen davon ist Russland kein Rechtsstaat. Wolkow wird dort bestimmt geschützt! Was –«

Margaret legte ihm eine Hand auf den Arm. »Ganz ruhig. Denk an dein Herz.«

Wie konnte er ruhig sein? Es war das erste Lebenszeichen von Michael seit drei Monaten!

»Pawel Danilow muss ihm seine Hilfe angeboten haben.« Henrys Gedanken überschlugen sich. »Also beschützt er Michael wirklich. Julia hatte ihre Zweifel gehabt, sie traut Danilow nicht, angesichts ihrer Vergangenheit ist das natürlich –«

»Henry!« Margaret sah ihn streng an. »Eins nach dem andern. Ich verstehe kein Wort.«

Henry atmete tief durch. Margaret wusste nur, dass Michael bei Recherchen auf die illegalen Machenschaften von Rejuvena und Oleg Wolkow gestoßen war. Durfte er ihr von Danilow erzählen? Er rief sich in Erinnerung, dass Julia Margaret genügend vertraut hatte, um bei ihr Hilfe zu suchen, als sie in Lebensgefahr war.

»Pawel Danilow ist Michaels Onkel«, sagte er.

Margaret sah ihn ungläubig an.

Henry nahm seine Brille ab, putzte die Gläser, die von einer feuchten Salzschicht bedeckt waren, und begann zu erzählen. Wie sich Julia in Andrej verliebt und ihn später in Moskau besucht hatte. Wie sie dort wegen des angeblichen Mordes an ihm verhaftet worden war. Dass sie sich achtundzwanzig Jahre versteckt und sowohl um ihr Leben als auch um das von Michael gefürchtet hatte.

»Sie musste davon ausgehen, dass ein Mörder frei herumlief, dem ihre Verhaftung sehr gelegen kam«, fasste er zusammen. »Sie hatte Angst, er könnte sie finden. Und natürlich dachte sie, dass sie zur Fahndung ausgeschrieben war.«

»Aber Andrej war gar nicht tot?«

»Nein.«

»Wie ist es ihr gelungen, aus einem russischen Gefängnis zu fliehen?«

»Sie hatte Hilfe. Die genauen Umstände kennt sie nicht. Das ist mit ein Grund dafür, dass sie nach Russland gereist ist. Sie ist überzeugt, dass die Ereignisse von damals mit Michaels Verschwinden zu tun haben.«

»Pawel Danilow hat ihr gegenüber behauptet, dass Michael bei ihm ist?«

»Ja, aber Julia traut ihm nicht. Warum hat sich Michael nie bei uns gemeldet? Danilow behauptet, er schütze ihn. Trotzdem müsste es möglich sein, einen Anruf zu tätigen oder eine Mail zu schreiben.«

»Wie interpretierst du die Nachricht, die Michael mir geschickt hat?«

»Für mich klingt es nicht so, als fürchte er sich vor Danilow. Andererseits macht es auch keinen Sinn, dass er sich vor Wolkow versteckt. Michael hat genauso wenig gegen ihn in der Hand wie Julia.«

»Weiß Wolkow das?«

»Gute Frage.«

Über ihnen kreiste eine Schar Möwen. Der Wind trug ihre Schreie hinaus aufs Meer. Am Horizont sah Henry einen Frachter, der darauf wartete, in den New Yorker Hafen einlaufen zu dürfen. Er musste Julia informieren. Sie hatten vereinbart, dass sie alle paar Tage die

Mailbox überprüfen würde, die sie ausschließlich dafür eingerichtet hatten. Statt sich Nachrichten zu senden, bearbeiteten sie einen gespeicherten Entwurf.

»Hast du deinen Laptop mitgenommen?«, fragte er.

»Natürlich«, antwortete Margaret.

Sie hatte sein Gerät verschlüsselt, noch lieber war es ihm jedoch, ihren Computer zu benutzen. Auf dem Rückweg sprachen sie über Pawel Danilow und sein Interesse an Michael.

»Wenn sie verwandt sind, will er ihm vielleicht wirklich helfen«, sagte Margaret.

»Ziemlich umständlich, ihn aus diesem Grund zu entführen.«

»Glaubst du, er hat etwas mit den Mordanschuldigungen gegen Julia zu tun?«

»Ich weiß es nicht.« Henry schüttelte resigniert den Kopf. »Ich fühle mich so machtlos.«

»Ich kann versuchen, an Hintergrundinformationen über Pawel Danilow zu kommen«, bot Margaret an.

»Das wäre eine große Hilfe.« Henry umarmte sie spontan. »Danke. Für alles. Ich weiß nicht, was wir ohne dich machen würden. Wie geht es deiner Tochter? Kommt sie mit ihren Hochzeitsvorbereitungen voran?«

Margarets Tochter arbeitete bei einer Bank in Hongkong, wo sie ihren zukünftigen Mann kennengelernt hatte.

»Eine Hochzeit zu organisieren ist anspruchsvoller, als ein Cyber-Security-Konzept zu erstellen!«, klagte Margaret. »Ursprünglich wollten Chelsea und Steven zweimal feiern, einmal in Hongkong und einmal in den USA. Dann änderten sie ihre Pläne und luden alle Gäste nach Hawaii ein, weil es genau zwischen Hongkong und New York liegt. Nun weigert sich Stevens Mutter, hinzufliegen. Sie sieht Hawaii nicht als Kompromiss, für sie ist es amerikanisches Territorium.«

»Gefällt es ihr nicht, dass ihr Sohn eine Amerikanerin heiratet?«

»Sie hat nichts gegen die Vereinigten Staaten, wenn du das meinst. Aber …« Margaret zögerte. »Steve ist kein unbeschriebenes Blatt. Er hat schon mehrmals an Protestmärschen teilgenommen, einmal wurde er sogar vorübergehend festgenommen. Seine Mutter fürchtet, dass eine Reise der gesamten Sippe in die USA Misstrauen erzeugen könnte.«

»Ist ihre Angst begründet?«

»Das weiß man nie. Mir ist auch nicht wohl dabei, dass Chelsea und Steve bis zu ihrer Hochzeit in Hongkong bleiben möchten.«

»Wie denkt Vince darüber?« Henry kannte Margarets Mann nicht gut, doch die wenigen Male, die er ihn getroffen hatte, wirkte er wie ein Mensch, den nichts erschüttern konnte.

»Er findet ihre Angst übertrieben, doch er verfolgt die Nachrichten aus Hongkong sehr aufmerksam.« Sie lächelte wehmütig. »Um seine Kinder macht man sich ein Leben lang Sorgen, nicht wahr?«

Henry stimmte aus vollem Herzen zu.

Sie gingen zurück. Als sie an dem Steg ankamen, der zur Straße führte, war Henry erschöpft. Er hatte gar nicht gemerkt, wie weit sie sich von der Rehaklinik entfernt hatten. Er blickte noch einmal zurück. Dort, wo er Julia zum ersten Mal gesehen hatte, ließ ein Junge gerade seinen Drachen steigen. Bunte Stoffbänder flatterten im Wind.

»Wenn ein Drachen steigen will, muss er gegen den Wind fliegen«, sagte er nachdenklich. »Ist das nicht ein chinesisches Sprichwort?«

20

Julia rannte durch den Zellentrakt. Das Stöhnen der Gefangenen hallte von den Wänden und schwoll zu einem einzigen Klagelaut an. Sie riss eine Tür nach der anderen auf, sah ausgemergelte Gestalten mit eingefallenen Wangen, hohläugig und verzweifelt. Ein Mönch hielt sich an einem Kreuz fest, rutschte auf dem schrägen Querbalken ab, fiel, löste sich auf. Zurück blieb ein leeres Gewand. Schluchzend wandte sich Julia ab. Sie hörte Schritte, die auf sie zukamen, schwere Stiefel auf hartem Stein. Julia wollte fliehen, da sah sie Andrej. Er krallte sich an einem Gitter fest, rüttelte daran, doch es gab nicht nach. Sie versuchte, ihm zu helfen, schlug gegen das Gitter, dann sah sie, wer ihr entgegenmarschierte, es war Josef Stalin, der plötzlich zu Oleg Wolkow wurde, und nun war sie die Gefangene, die schrie, Schmerzen im Kopf, in der Schulter, überall. Ein Hämmern.

Sie erwachte schweißgebadet. Sie lag in einem schmalen Bett, das Gesicht direkt an der Wand. Ihre Stirn pochte, sie musste sich gestoßen haben. Erst wusste sie nicht, wo sie sich befand, die Gardinen sahen nach IKEA aus, die Tapete nach Russland. Solowezki. Das Hämmern ging weiter. Julia wischte sich die Tränen aus dem Gesicht.

»Eine Nachricht für Sie«, rief eine Frauenstimme.

Julia tappte barfuß zur Tür und öffnete sie einen Spalt. Ein kalter Luftzug ließ sie frösteln.

Ihre Vermieterin reichte ihr einen Umschlag. »Wenn Sie frühstücken wollen, müssen Sie sich beeilen.«

Julia sah auf ihre Uhr und stellte fest, dass es schon nach neun war. Die Morgendämmerung hatte noch nicht eingesetzt.

Der Umschlag enthielt eine Notiz von Kyrill. Er teilte ihr mit, dass der Archimandrit sie sehen wolle, und bat sie, nach dem Gottesdienst ins Kloster zu kommen. Sie stellte sich kurz unter die Dusche, zwang sich, eine Schale Buchweizengrütze zu essen, und machte sich auf den Weg. Traumfetzen zogen vor ihrem inneren Auge vorbei. Statt die leuchtenden Zwiebeltürme sah Julia Gefangene, die in Birken-Sandalen und ohne Handschuhe in der Kälte Torf stachen. Am Vortag hatte sie das Kloster mit dem Verstand erfasst, heute mit dem Gefühl.

Kyrill erwartete sie am Eingang. Wortlos führte er sie durch die Gänge. Der Archimandrit empfing sie in einem Büro, das Julia erstaunlich kahl vorkam. Sie hatte Regale voller Bücher erwartet und Wände, an denen Ikonen hingen.

»Ein wahrer orthodoxer Theologe trägt das Ewige Wort Gottes in seinem Herzen«, sagte der Archimandrit, der ihr Erstaunen offenbar bemerkt hatte.

Wie Kyrill war auch er mit einer langen schwarzen Robe bekleidet, dagegen wirkte sein roter Bart fast frivol. Eine Nonne brachte ihnen Tee.

»Schwester Maria leitet das Pilger-Büro«, erklärte Kyrill. »Sie ist für die Unterkünfte zuständig, organisiert Exkursionen und kümmert sich darum, dass der Aufenthalt der Pilger reibungslos verläuft.«

»Wir sorgen für das Seelenheil«, ergänzte der Archimandrit. »Schwester Maria für alles andere.«

Er hatte sie bestimmt nicht hergebeten, um mit ihr über die Pilger zu sprechen, die das Kloster besuchten, dachte Julia und wartete, bis er zur Sache kam. Der Archimandrit ließ sich Zeit. Er trank einen Schluck Tee, lehnte sich zurück und faltete die Hände.

»Ich habe gehört, dass Sie Bruder Andrej suchen«, sagte er schließlich.

Julia warf Kyrill von der Seite einen Blick zu. Er hatte sich also nicht von ihren Lügen täuschen lassen.

»Wir sind in Sorge um ihn«, fuhr der Archimandrit fort und gab Kyrill ein Zeichen.

Der Mönch übernahm das Wort. »Im vergangenen Juni tauchten auf der Insel zwei Männer auf, die sich als Pilger ausgaben. Schwester Maria hat gleich erkannt, dass die Sünde in ihnen wohnte. Bruder Andrej fühlte sich von ihnen beobachtet. Schlimmer noch, bedroht. Wir haben uns der Angelegenheit angenommen, aber der Teufel war schneller.« Er bekreuzigte sich und erzählte, was Julia bereits aus den Medien kannte. Dass die Männer auf Andrej geschossen hatten und er ins Meer gestürzt war. »Aus sicherer Quelle wissen wir, dass er nicht ertrunken ist.« Kyrill sah den Archimandriten fragend an.

Dieser nickte kaum merklich.

»Zwei Fischer haben ihn aus dem Wasser gezogen.« Kyrill bekreuzigte sich erneut. »Bruder Andrej wurde auf eine Jacht gebracht. Dann verlor sich seine Spur.«

Julia wurde schwindlig. »Er wurde gerettet? Ist etwas über das Schiff bekannt?«

Kyrill verneinte bedauernd. »Im Juni tummeln sich Neureiche mit ihren Booten in unseren Gewässern, eine Jacht mehr oder weniger fällt nicht auf. Wir haben die umliegenden Inseln abgesucht, erfolglos. Ein Tourist behauptet, er habe am Belugawal-Kap beobachtet, wie eine Person an Bord einer Jacht gehievt wurde, es könnte sich aber auch um einen Taucher gehandelt haben.«

»Wo liegt das Belugawal-Kap?«

»Rund fünfzehn Kilometer nordwestlich von hier. Die kleine Insel ist nur bei Ebbe zu erreichen. Touristen suchen sie auf, um die Wale zu beobachten, die sich dort im Sommer einfinden. Bruder Andrej ist dem Sekirnaja-Berg entlang geflohen.« Kyrill breitete eine Karte aus und zeigte auf eine unbefestigte Straße. »Hier ist er auf einen Trampelpfad eingebogen, der in den Wald führt. Und da«, er zeigte auf die Küste, »hat er sich ins Wasser gestürzt.«

Die Stelle lag nur zwei Kilometer vom Belugawal-Kap entfernt.

»Haben die anderen Touristen nichts bemerkt?«, fragte Julia.

»Es hielten sich keine anderen Touristen in der Nähe auf. Die kleine Insel war zu diesem Zeitpunkt nicht erreichbar.«

»Was ist mit den beiden Männern geschehen, die sich als Pilger ausgaben?«

»Sie wurden verhaftet. Es handelt sich um Muslime.« Kyrill war anzusehen, dass er nicht viel von Andersgläubigen hielt.

»Haben sie ausgesagt? Warum wollten sie Andrej erschießen?«

Kyrill sah den Archimandriten fragend an.

Dieser lehnte sich vor. »In welcher Beziehung stehen Sie zu Bruder Andrej?«

Julia war klar, dass nun auch sie etwas bieten musste, wenn sie Antworten auf ihre Fragen wollte. Sie schilderte, wie sie mit Andrej studiert und sich in ihn verliebt hatte. Michael erwähnte sie nicht.

»Das Schicksal hat uns getrennt«, schloss sie. »Man hat mir erzählt, er sei tot. Später erfuhr ich, dass das gar nicht stimmte.«

»Die Wege des Herrn sind unergründlich«, stellte Kyrill fest.

Sollte eine höhere Macht sie getrennt haben, dann war es nicht Gott gewesen, dachte Julia, doch sie sagte nichts.

»Warum sind Sie hergekommen?«, fragte der Archimandrit.

»Um Andrej um Vergebung zu bitten. Er hat all die Jahre geglaubt, dass ich ihn verlassen habe.« Vielleicht ist er sogar deswegen ins Kloster gegangen, doch diesen Gedanken behielt Julia für sich.

Der Archimandrit nickte zufrieden und bedeutete Kyrill fortzufahren. Der Mönch berichtete, dass die verhafteten Muslime einem tadschikischen Verbrecherclan angehörten, der von Moskau aus operierte.

»Der Clan ist hauptsächlich im Drogengeschäft tätig, führt aber auch Auftragsmorde aus.« Kyrill sprach ein leises Gebet. »Wer die Tadschiken engagiert hat, ist nicht bekannt.«

Julia dachte an die Männer, die sie damals mitten in der Nacht verhaftet hatten. »Könnte es ein Geheimdienst gewesen sein? GRU oder FSB?«

»Ausgeschlossen«, sagte der Archimandrit bestimmt. »Der russische Staat ist uns wohlgesinnt. Das Volk braucht moralische und geistliche Orientierungspunkte, das hat uns die Geschichte gelehrt. Dieser

Meinung ist auch Wladimir Putin. Der Patriarch der russisch-orthodoxen Kirche betrachtet Putin als Geschenk Gottes.«

Der gleiche Patriarch hatte den Feminismus als Gefahr für Russland bezeichnet, dachte Julia. Die Ehe für Homosexuelle hielt er gar für ein Zeichen der nahenden Apokalypse. Sie war aber nicht hier, um über moralische Werte oder den russischen Zeitgeist zu reden. Ihr war klar, dass sowohl Wladimir Putin als auch der Patriarch Machtmenschen waren, die von einer Zusammenarbeit profitierten. Gerade deswegen erschien es ihr möglich, dass der Geheimdienst Außenstehende mit der Ermordung Andrejs beauftragt hatte, um die guten Beziehungen zur Kirche nicht zu gefährden. Die Frage war nur, weshalb Andrej sterben sollte. Stellte er eine Gefahr dar? Wusste er etwas? Ein neuer Gedanke schoss Julia durch den Kopf. Hatten sie gar nicht sie im Visier gehabt, sondern Andrej? Könnte ihre Verhaftung eine Botschaft an ihn gewesen sein? Aus diesem Blickwinkel hatte sie die Ereignisse noch nie betrachtet.

»Wenn es nicht der Geheimdienst war, wer könnte den Auftrag erteilt haben?«, fragte sie.

»Auf diese Frage suchen wir eine Antwort«, sagte der Archimandrit. »Deshalb habe ich Sie hergebeten.«

Julia versuchte, ihre Überraschung zu verbergen.

»Bruder Andrej war ein geschätztes Mitglied unserer Gemeinschaft. Wir sehen es als unsere Pflicht, einem Bruder in Not zu helfen.« Der Archimandrit strich sich über den Bart. »Auch Sie wollen wissen, was mit Bruder Andrej geschehen ist.«

Julia war sich nicht sicher, ob sie ihn richtig verstanden hatte. »Sie möchten, dass wir Andrej gemeinsam suchen?«

»Sie sind mit Bruder Andrejs weltlicher Vergangenheit vertraut. Sie können uns die nötigen Kontakte vermitteln, wir unsere schützende Hand über Sie halten.«

Mit der Unterstützung der Kirche käme sie an Informationen heran, zu denen sie unter normalen Umständen keinen Zugang hatte. Doch sie müsste zugeben, dass sie Amerikanerin war und Moskau nicht hätte verlassen dürfen. Konnte sie dem Archimandriten vertrauen? Wer sagte ihr, dass nicht die Kirche selbst hinter Andrejs Verschwinden steckte? Im Moment erschien Julia alles möglich.

Andererseits, hatte sie eine Wahl? Sie wusste nicht einmal, wie sie nach Moskau zurückkehren sollte, ohne dass die Behörden von ihrer illegalen Reise erfuhren.

»Was genau schlagen Sie vor?«, fragte sie.

»Sagen Sie uns, wohin Sie möchten, und wir organisieren den Transport und die Unterkunft«, antwortete der Archimandrit. »Unter einer Bedingung. Bruder Kyrill wird Sie begleiten.«

Julia zögerte. »Ich habe keinen russischen Pass.«

Weder der Archimandrit noch Kyrill wirkten überrascht. Hatte sie die Geistlichen unterschätzt? Was wussten sie noch über sie?

»Vor Gott sind alle Menschen gleich«, sagte der Archimandrit.

21

Vita mochte Gruppenunterricht nicht. Erst recht nicht, wenn die anderen Teilnehmerinnen jünger waren als sie. Und nun sollte sie auch noch den Kopfstand machen. Schon in der Schule hatte sie die Übung gehasst, sie wollte hoch hinaus, Gipfel bezwingen, nicht in den Staub beißen. Dass die Position im Yoga die Vollendung symbolisierte, fand sie lächerlich. Außerdem legte sie ihre Schwachstellen offen. Vita spürte genau, wo das Gewebe nachgab und die Schwerkraft neue Falten entstehen ließ.

»Weniger ist mehr«, sagte der Yogi und ging neben ihr in die Hocke. »Leg die Stirn auf den Boden und atme tief ein und aus. Spürst du, wie du bei jedem Ausatmen etwas mehr mit der Erde verbunden bist? Mutter Erde gibt dir Halt und Sicherheit. Vertraue darauf, dass sie dich trägt. Je mehr Gewicht du nach unten abgeben kannst, desto leichter fällt es dir, dich aufzurichten.«

Wenn das so ist, müsste der Kopfstand mit jedem Jahr einfacher werden, dachte Vita gereizt.

»Beginne mit Shalamba Sirsasana.« Der Yogi richtete ihre Unterarme so aus, dass sie von den Ellbogen bis zu den Händen einen Winkel bildeten. »Das ist deine Basis.«

Irina, die es nicht ertrug, wenn der Yogi seine Aufmerksamkeit auf andere richtete, nicht einmal, wenn es sich dabei um ihre engste Freundin handelte, schrie auf.

»Ich falle!«

Sofort eilte er ihr zu Hilfe.

Oleg Wolkow ist ein Idiot, dachte Vita. Ihm hatten sie es zu verdanken, dass sie an diesem Gruppenunterricht teilnehmen mussten.

Er erlaubte keine Privatstunden, nicht, wenn sie von einem Yogi geleitet wurden. Deshalb blieb der moderne Fitnessraum in der Villa der Wolkows ungenutzt, und Irina absolvierte ihr Programm hier im Studio zusammen mit sechs weiteren Frauen, die bereit waren, monatlich vierzigtausend Rubel auszugeben, um von einer angeblichen Koryphäe unterrichtet zu werden.

»Balanciere dich mithilfe deiner Rumpfmuskulatur aus.«

Vita schnaubte. Offenbar kannte der Yogi den Unterschied zwischen Rumpf und Gesäß nicht. Sie stand auf und rollte ihre Matte zusammen. Die anderen Frauen sahen erstaunt auf.

»Vikulja!«, rief Irina.

Doch Vita hatte den Raum bereits verlassen. Nebenan fand der Boxunterricht statt, vielleicht sollte sie sich dort einschreiben. Die Wortgefechte mit Pawel zermürbten sie, die Vorstellung, einmal richtig zuzuschlagen, war verlockend. Er hatte ihr noch nicht verziehen, immerhin hatte er aber dafür gesorgt, dass niemand von Bogdan Radus Tod erfuhr. Offiziell war der Arzt aus Russland abgereist. Diesmal war Tschurka tatsächlich zu weit gegangen, dachte sie. Pawel hatte KrioZhit zusammen mit Radu aufgebaut, und auch wenn er inzwischen mehrere Dutzend Wissenschaftler beschäftigte, hatte er niemandem so vertraut wie Radu.

Im Grunde war sie überrascht, dass Pawel sie so glimpflich hatte davonkommen lassen. Entweder, er liebte sie genug, um über ihre Einmischung hinwegzusehen, oder das Gegenteil war der Fall, und sie war ihm einfach egal. Sie wusste nicht, was zwischen Pawel und Tschurka vorgefallen war, allerdings stellte sie fest, dass sich das Gleichgewicht zu Tschurkas Gunsten verschoben hatte, was beide sie spüren ließen. Pawel, indem er sich keine Mühe gab, seine schlechte Laune zu verbergen, und Tschurka, indem er sie schnitt. Seit Tagen versuchte sie, ihn zu erreichen, doch er meldete sich nicht. Wenn es ihr nicht gelang, ihn unter Kontrolle zu bringen, würde die Situation eskalieren.

In der Garderobe versuchte sie es ein weiteres Mal. Der Anrufbeantworter schaltete sich ein. War es an der Zeit, sich einen neuen

Verbündeten zu suchen? Woher sollte sie wissen, wem sie vertrauen konnte? Tschurka war der Einzige, der ausschließlich ihre Interessen wahrte. Vielleicht müsste sie ihn dafür belohnen. Wenn Pawel allerdings davon erfuhr, wäre es mit ihrer Ehe endgültig vorbei.

Sie holte sich ein Elektrolytgetränk am Tresen und ging ins Café. Ihr Leibwächter platzierte sich so, dass er sowohl ihren Tisch als auch den Eingang im Blick hatte. Vita griff nach einem Modemagazin, ließ es aber wieder fallen, als sie das Model auf der Titelseite sah. Luba. Sie musste inzwischen auch über dreißig sein, doch man sah ihr die Jahre nicht an. Irina hatte erzählt, dass Luba ans Aussteigen dachte, es hieß, sie hätte sich einen chinesischen Investor geangelt. Sie hatten zu dritt essen gehen wollen, doch Vita hatte kurzfristig abgesagt. Im Moment ertrug sie das Glück anderer nicht.

Aus einem Fitnessraum drang das Wummern eines Basses, im Fernseher lief ein lautlos geschaltetes Interview mit einer Marathonläuferin, deren Brust so flach war wie die Tundra, die sich über den Norden Russlands erstreckte. Ein Schatten fiel auf den Tisch. Vita sah auf und zuckte zusammen. Tschurka stand vor ihr.

»Was machst du hier?«, zischte sie.

Der Leibwächter hatte sich schon in Bewegung gesetzt und schob sich zwischen Tschurka und sie.

»Wir sind alte Bekannte«, sagte Tschurka.

Der Leibwächter sah Vita fragend an. »Viktorija Sergejewna?«

Sie nickte kaum merklich, und er trat einen Schritt beiseite, ohne Tschurka aus den Augen zu lassen.

Tschurka nahm Platz.

Vita beugte sich vor. »Pascha wird davon erfahren!«

Tschurka zuckte mit den Schultern. »Ich muss mit dir reden.«

»Warum nimmst du meine Anrufe nicht entgegen?«

Er sah ihr in die Augen. »Ich habe Bogdan Radu nicht getötet.«

Seine Stimme war fest, sein Blick ruhig. Unwillkürlich dachte Vita daran, wie man ihn in der Schule einmal des Diebstahls bezichtigt hatte. Aus der Handtasche der Lehrerin war eine Packung Bonbons verschwunden, und der Klassenanführer hatte auf Tschurka gezeigt. Dieser hatte mit flehender Stimme und angsterfülltem Blick seine Unschuld beteuert. Es hatte nichts genützt. Drei Tage lang stand er vor der Tafel und schrieb eintausend Mal »Ich bin ein Dieb und ein Nichtsnutz«. In der Pause hatte der Klassenanführer die Tüte aus seinem Schulranzen geholt und die Bonbons verteilt. Auch Vita hatte eines erhalten. Sie hatte sich bedankt, es sich in den Mund gesteckt und dem Jungen ins Gesicht gespuckt.

Sie zweifelte keinen Augenblick daran, dass Tschurka auch diesmal die Wahrheit sagte. »Wer hat es getan?«

»Das interessiert mich nicht.«

»Aber Pascha macht dich dafür verantwortlich.«

»Gut so.«

Vita nickte. Tschurka war nicht mehr der hilflose Junge von damals. Heute verstand er es, Anschuldigungen so zu nutzen, dass sie ihm dienten. Wenn Pawel glaubte, dass er für Radus Tod verantwortlich war, brachte ihm das Respekt ein. Nicht nur von Pawel, auch von seinem Clan. Er suchte Achtung, nicht Liebe. Mit einer Ausnahme.

Vita nahm einen Schluck von ihrem Getränk. Sie hatte es Tschurka immer hoch angerechnet, dass er seine Gefühle für sie nicht zur Sprache brachte. Indem er sie hier aufsuchte, hatte er eine Grenze überschritten. Pawel würde es nicht hinnehmen, dass man sie mit einem Verbrecher in Verbindung brachte.

»Was willst du von mir?«, fragte sie.

Er sah sie schweigend an. Die Bedienung im Café war verschwunden, auch sonst war es plötzlich seltsam leer im Studio. Im Hintergrund telefonierte der Leibwächter, vermutlich mit Pawel.

Tschurka lehnte sich zurück. »Bericht erstatten.«

Vita wartete.

»Der Mann, der sich bei KrioZhit versteckt, heißt Dr. Michael Wilson. Ein amerikanischer Arzt, der kein Russisch spricht, aber eindeutig Ähnlichkeit mit Pawel hat. Er ist siebenundzwanzig Jahre alt.«

Die Information ließ Vita alles andere vergessen. Vor achtundzwanzig Jahren hatte Pawel an der Yale-Universität in den USA studiert. Hatte er ein Andenken hinterlassen? Sie spürte Eifersucht auf die unbekannte Frau, eine große Wut auf Pawel, weil er ihr nie etwas erzählt hatte, und gleichzeitig Erleichterung, weil sie die lästige Pflicht los war, ihm einen Erben schenken zu müssen. Hatte er von dem Kind gewusst? Oder war dieser Amerikaner erst jetzt in sein Leben getreten? War er womöglich ein Hochstapler, der hinter Pawels Vermögen her war? Es konnte kein Zufall sein, dass er ausgerechnet diesen Zeitpunkt gewählt hatte, um sein Erbe anzutreten, kurz nach dem Tod von Pawels Vater. Wegen Andrejs Verschwinden war die Nachlassabwicklung noch nicht abgeschlossen, obwohl das Vermögensverzeichnis längst erstellt worden war und Stanislaw Iwanowitsch schon zu Lebzeiten die Übertragung der Firma auf seine Söhne vorbereitet hatte.

Vita umklammerte ihr Getränk mit beiden Händen. »Ich muss mehr über ihn wissen!«

»Ich arbeite daran«, sagte Tschurka.

Die Tür zum Yogastudio ging auf, und die Teilnehmerinnen kamen heraus. Vita hörte die sanfte Stimme des Yogi und Irinas perlendes Lachen.

Tschurka stand auf. Er verabschiedete sich und ging an Vitas Leibwächter vorbei, ohne ihn eines Blickes zu würdigen.

Vita blieb noch einen Moment sitzen. Sie musste sich darüber klar werden, ob Tschurkas Informationen ein Rettungsring waren oder den Todesstoß bedeuteten. Wenn Pawel einen Erben hatte, brauchte er sie nicht mehr. War dieser Wilson hingegen ein Erbschleicher, würden Pawels geplatzte Hoffnungen eine Leere hinterlassen, die es zu füllen galt. Und wer könnte das besser als sie?

22

Zu Michaels Erstaunen hatte Pawel sein Versprechen gehalten. Mit dem verschlüsselten Laptop, den die IT-Abteilung eingerichtet hatte, konnte er sich frei im Internet bewegen. Solange er mit niemandem Kontakt aufnahm, blieb sein Aufenthaltsort geheim. Als Erstes hatte er sich mit dem Human-Brain-Projekt vertraut gemacht und erfahren, dass die Forschungseinrichtung, in der Katarzyna beschäftigt gewesen war, große Fortschritte bei der Entwicklung künstlicher neuronaler Netzwerke gemacht hatte. Katarzyna hatte die Schnittstellen an lebenden Ratten getestet, mit Erfolg. Dass sie die Einrichtung verlassen hatte, gab in Fachkreisen Gesprächsstoff. Ihre Kollegen waren enttäuscht, einige Journalisten spekulierten darüber, ob sie Ergebnisse gefälscht hatte. Wenn sie wirklich vor dem Durchbruch stand, so das Argument, ergab der Wechsel keinen Sinn. Andere wiederum vermuteten, dass das Angebot aus Russland finanziell schlicht zu verlockend war.

Seit Bogdan Radus Tod war Michael vollends damit beschäftigt, den Betrieb der Kryonikanlage aufrechtzuerhalten. Zwar arbeiteten und wohnten Katarzyna und er in unmittelbarer Nachbarschaft, dennoch hatten sie wenig miteinander zu tun. Das muss sich ändern, beschloss er und ging zu ihrem Büro. Sie saß am Computer und erfasste handgeschriebene Notizen.

Michael klopfte gegen den Türrahmen. »Ich bringe einige Blutproben zurück. Brauchen Sie etwas aus dem Kühlraum?«

»Nein, danke.« Sie sah nicht vom Bildschirm auf.

Er hatte sich bereits abgewandt, als sie ihm nachrief: »Oder doch. Können Sie mir die Hirnschnitte der Mäuse mitbringen, die wir mit Strom versetzt haben?«

Michael betrat den Seitenflur, der zum Lager führte. Kaltes Neonlicht beleuchtete die lindgrünen Wände. Im Kühlraum wurde hauptsächlich Blut von Patienten aufbewahrt, das für zukünftige Untersuchungen bestimmt war. Niemand wusste, in welche Richtung sich die Forschung weiterentwickeln würde, vielleicht wären Wissenschaftler irgendwann froh um die Proben. Katarzyna benutzte den Raum, um organisches Material zu lagern, da er von ihrem Arbeitsplatz aus schneller zugänglich war als die Gefrierschänke der Labors in den oberen Stockwerken.

Die Tür war mit einem Zugangscode gesichert. Michael gab die Ziffern ein und wartete, bis die Kontrolllampe grün leuchtete. Radu hatte die Blutproben der diversen Tiere separat aufbewahrt. Insgesamt warteten fünf Hunde, drei Katzen und ein Meerschweinchen darauf, wieder zum Leben erweckt zu werden. Michael reihte die Probe des Löwchens ein, er hatte den Hund am Vormittag mit Frostschutzmittel behandelt.

Das Material, das Katarzyna für ihre Versuche verwendete, lag auf dem untersten Regal. Michael nahm einen Behälter mit Objektträgern hervor, fand darin aber keine Hirnschnitte. Er suchte weiter und stieß auf eine Reihe von Präparaten, die mit »BR« beschriftet waren. Michael hatte inzwischen gelernt, dass das kyrillische B wie ein V ausgesprochen wurde, der Buchstabe R wie ein »Ja«. Es folgten drei Ziffern, die er schon einmal in anderem Zusammenhang gesehen hatte, er konnte sich aber nicht daran erinnern, wo. Auch die nächsten Präparate waren mit zwei Buchstaben und drei Ziffern gekennzeichnet. Bei allen fehlte das Datum, es handelte sich demnach nicht um die Hirnschnitte, nach denen Katarzyna gefragt hatte. Michael legte die Präparate zurück. Schließlich fand er, was er suchte. Fröstelnd schloss er die Tür und kehrte zurück.

Er erzählte Katarzyna von seiner Entdeckung. »Woran hat Radu vor seinem Tod gearbeitet?«

Sie hatte aufgehört zu tippen und sah ihn an. »Er hat die Auswirkungen des Frostschutzmittels auf das Gewebe untersucht.«

»Warum hat er die Präparate nicht so beschriftet, dass wir sie zuordnen können?«

»Vermutlich hat er nicht damit gerechnet, dass schon bald jemand anders seine Arbeit weiterführen würde.«

»Er hat peinlich genau darauf geachtet, seinen Unterlagen eine systematische Struktur zu geben. Die Akten sind alle gleich aufgebaut, Organ- und Blutproben wurden immer mit Patientennummern versehen.«

»Vielleicht hielt er die Präparate für unwichtig.«

»Oder sie stammen nicht von ihm.«

»Letzte Woche ist oben in einem der Labors ein Gefrierschrank ausgefallen, gut möglich, dass jemand Material bei uns zwischengelagert hat.« Sie streckte sich und gähnte. »Ich mache Schluss für heute. Wollen wir zusammen essen?«

»Gerne!«, sagte er überrascht.

Sie fuhr ihren Computer herunter und legte die Hirnschnitte in den kleinen Gefrierschrank, der unter ihrem Schreibtisch stand. Gemeinsam verließen sie das Untergeschoss. Michael bereute, dass er sich am Morgen nicht rasiert hatte. Ob die Zeit reichte, um zu duschen? Würde sie daraus ableiten, dass er sich mehr versprach als ein gemeinsames Abendessen?

»Wie gefällt es Ihnen bei uns?«, fragte sie, als sie auf den Aufzug warteten.

»Ich habe mich noch nicht daran gewöhnt, dass meine Patienten tot sind«, erwiderte er.

»Sie sind nicht tot«, widersprach sie und ahmte dabei Radus rumänischen Akzent nach. »Sie machen nur Pause.«

Michael grinste.

»Und abgesehen davon?«, fragte sie.

Er hatte darüber nachgedacht, war aber zu keinem Ergebnis gekommen. Vieles, was er in seinem Leben angestrebt hatte, war unerreichbar geworden. Trotz einiger Recherchen im Internet war es ihm noch nicht gelungen, herauszufinden, worunter er litt. Die Therapie hatte die Symptome zwar stark verringert, ein leichtes Zittern aber war geblieben. Michael ging davon aus, dass er nie wieder Operationen an lebenden Patienten würde durchführen können. Weitaus schlimmer aber war für ihn, dass er nicht mehr wusste, was er eigentlich wollte. Er hatte sein Leben lang davon geträumt, die Welt zu einem besseren Ort zu machen. Deshalb wollte er sich einer Organisation anschließen, die benachteiligten Menschen medizinische Hilfe zukommen ließ. Seine Recherchen über den Transhumanismus sowie die Gespräche mit Pawel hatten ihm vor Augen geführt, dass er den eingeschlagenen Weg nie infrage gestellt hatte. Genügte es, die Lebensqualität Einzelner zu verbessern? Müsste nicht vielmehr die Menschheit als Ganzes im Blickfeld stehen? Auch seine Vorstellung von der menschlichen Natur war ins Wanken geraten. Warum widerstrebte es ihm, das Alter als Krankheit zu betrachten, auch wenn es oft mit körperlichen Einschränkungen und Schmerzen einherging? Warum konnte er einen Herzschrittmacher als medizinischen Fortschritt akzeptieren, aber ethische Bedenken äußern, wenn es darum ging, an einer Gehirn-Computer-Schnittstelle zu arbeiten?

»Zweifeln Sie nie an dem, was Sie tun?«, fragte er Katarzyna.

»Nein.«

»Warum wollten Sie Ärztin werden?«

Sie zögerte kurz, bevor sie antwortete. »Weil ich es nicht ertrage, untätig zu sein, wenn … ein Mensch leidet.«

»Aber Sie sind in die Forschung gegangen.«

»So kann ich mehr erreichen.«

»Warum arbeiten Sie dann nicht an einer Therapie für eine unheilbare Krankheit?«

»Genau das tue ich.« Als Beispiel nannte sie elektronische Sehprothesen. »Da sind die Technik und die operativen Möglichkeiten, um sie einzusetzen, vorhanden, nur die Schnittstelle zwischen Gehirn und Maschine ist noch nicht so weit. Würde die Signalübertragung funktionieren, könnten Menschen mit Netzhauterkrankungen Kontraste und Umrisse wahrnehmen.«

Sie waren im obersten Stock angekommen. Keine Spur von Trapezius, dafür fielen Michael zwei Kameras an der Wand auf, die dort am Morgen noch nicht hingen. Sie waren auf den Aufzug sowie die beiden Studios gerichtet.

»Haben Sie Lust auf einen Apéro?« Katarzyna sah auf die Uhr. »Das Essen wird frühestens in einer Stunde geliefert.«

»Das wäre toll!«, sagte er ein wenig zu enthusiastisch.

Katarzyna schloss ihre Tür auf und bat ihn herein. Die beiden Studios besaßen den gleichen Grundriss, nur gespiegelt. Auch die Einrichtung war identisch.

»Tee oder Wasser?«

Michael erwog, sie auf die Probe zu stellen und nach einem Bier zu fragen, ließ es dann aber bleiben. Er wollte die Stimmung nicht trüben.

»Tee, bitte.«

Sie nahm eine Packung mit Teebeuteln aus dem Schrank. »Früchtetee ist das Einzige, was ich aus meiner Heimat mitnehme, egal, wo ich hinfahre.«

»Vermissen Sie Polen?«, fragte er.

»Nein, aber Deutschland.«

Michael hätte ihr gern erzählt, dass er nicht in den USA, sondern in Berlin studiert und bis vor Kurzem dort gearbeitet hatte.

Sie hielt ihre Tasse hoch. »Zum Wohl. Ich bin Katarzyna.«

»Michael«, sagte er und spürte, wie ihm warm wurde.

»Und du, Michael, vermisst du die Vereinigten Staaten?«

»Nein.«

»Was hat dich nach Russland geführt?«

»Das ist kompliziert.« Er hätte Pawel fragen sollen, wie viel Katarzyna über ihn wusste. »Die Arbeit«, sagte er schließlich, was der Wahrheit entsprach. »Ich möchte … muss mich neu orientieren. Und du?«

»Hier stehen mir mehr Möglichkeiten offen. Innerhalb der EU ist die Forschung streng reguliert.«

Nicht ohne Grund, dachte er, wollte Katarzyna aber nicht kritisieren, weshalb er das Thema wechselte. »Hast du schon gehört, dass Deep Mind das Problem der Proteinfaltung gelöst haben soll? Wenn es stimmt, ist das nicht nur der größte wissenschaftliche Durchbruch des Jahrhunderts, sondern auch ein Meilenstein für die künstliche Intelligenz. Hat das Auswirkungen auf deine Arbeit?«

»Ich habe das Projekt verfolgt.« Katarzynas Augen begannen zu leuchten. »Direkte Auswirkungen hat es keine, aber es beweist, dass wir die dringendsten medizinischen Probleme nicht ohne Computer lösen können, weil wir schlicht zu wenig Zeit haben. Die Zahl der Varianten, in die sich ein Protein falten kann, beträgt schätzungsweise zehn hoch dreihundert. Stell dir diese Zahl mal vor! Beim letzten Versuch hat der Algorithmus von Deep Mind sechs unbekannte Proteinstrukturen des SARS-CoV-2-Virus vorhergesagt. Inzwischen sind zwei empirisch belegt. Ich habe die Messpunkte studiert, um die Genauigkeit des Algorithmus einschätzen zu können.« Sie holte ihren Laptop und startete ihn. »Ich habe den Global Distance Test durchgeführt, das ist ein Maß für die Ähnlichkeit zwischen Proteinstrukturen. Ein hoher Wert bedeutet, dass sich die vorhergesagten Positionen der einzelnen Aminosäurereste auf die Breite eines Atoms nahe an den tatsächlichen Positionen befinden. Mit herkömmlichen Methoden, und das bedeutet mehrere Jahre Forschung, kommen wir auf 90 GDT. AlphaFold2 hingegen kommt auf 92,4.«

Auf dem Bildschirm erschienen verschiedene Ordner. Katarzyna schloss rasch das Fenster. Aber Michael hatte schon gesehen, dass diese mit dem gleichen Schriftzug versehen waren wie die Präparate, die sie in den Gefrierschränken aufbewahrte. »BR« und drei Ziffern.

Warum hatte sie ihn angelogen? Hatte sie vorgeschlagen, zusammen zu essen, um ihn von seiner Entdeckung abzulenken? Das würde ihre plötzliche Offenheit ihm gegenüber erklären. Er war enttäuscht und gleichzeitig verärgert. Über sie, vor allem jedoch über sich selbst. Wie einfach er doch zu manipulieren war! Er verhielt sich wie ein hormongesteuerter Teenager.

»AlphaFold2 setzt auf eine ganz neue KI-Architektur«, sagte Katarzyna. »Details wurden noch nicht veröffentlicht, ich weiß nur, dass die KI auf den Aufmerksamkeits-Mechanismus setzt, wie die für Sprachen auch. Dort wird er bereits seit einiger Zeit …« Sie verstummte, als sie merkte, dass er ihr nicht zuhörte. »Wenn ich dich langweile, sag es mir.«

»Überhaupt nicht«, antwortete er. »Mir ist nur gerade eingefallen, dass ich noch etwas erledigen muss.« Er lächelte entschuldigend und stand auf. »Verschieben wir unser Essen auf ein anderes Mal?«

Sie nickte unsicher. Das war nicht die Katarzyna, die er kannte. Fast bereute er seinen Entschluss zu gehen, doch er musste in Ruhe seine Gedanken sortieren. Und seine Gefühle für sie.

23

Xenia war blass, und unter ihren Augen lagen dunkle Schatten. Als Michael das Heft hervornahm, in dem er sich russische Wörter notierte, schob sie es resolut beiseite und machte die Knöpfe an ihrer Seidenbluse auf. Michael konnte sich ihren Sinneswandel nicht erklären. Hatte Pawel mitbekommen, dass sie ihm Russischunterricht erteilte? Störte es ihn? Jetzt, da Michael Zugang zum Internet hatte, konnte er auch online die Sprache lernen, wo lag also das Problem?

Xenia zog ihre Bluse aus. Michael sah ihr zu, als spiele sich die Szene auf einer Leinwand ab. Ihr Körper war makellos, die roten Dessous, die sie trug, zeigten mehr, als sie verhüllten. Sie lächelte verführerisch, doch während des Russischunterrichts war sie ihm lebendiger vorgekommen.

Er schüttelte den Kopf. »Lass uns lieber –«

Sie beugte sich vor, um ihn zu küssen.

Irgendetwas hielt ihn davon ab, zurückzuweichen. In ihren Augen lag eine Verzweiflung, die er noch nie bei ihr gesehen hatte. Sie strich ihm über die Hüfte, knöpfte seine Jeans auf. Wie ein Unbeteiligter nahm Michael die Reaktion seines Körpers wahr. Seine Passivität schien Xenia nicht zu stören. Als er nackt auf dem Bett lag, zauberte sie ein Präservativ hervor und zog es ihm über. Bei dem Geräusch musste Michael an Latexhandschuhe denken. Er fragte sich, was mit dem Sexualtrieb eines Menschen passierte, dessen Gehirn in einen Avatar hochgeladen wurde.

Xenia zeichnete mit dem Finger Kreise auf seinen Bauch, dann glitt ihre Hand weiter nach unten.

Jetzt sah er das ventrale Tegmentum vor sich, jenen Teil des Gehirns, der zum Belohnungssystem gehörte.

»Gefällt dir das nicht?«, flüsterte Xenia.

»Doch«, erwiderte Michael und schloss die Augen.

Leise stöhnend fuhr sie mit der Zunge über sein Ohrläppchen. Michael versuchte, die Lust heraufzubeschwören, indem er an Katarzyna dachte, doch der hormongesteuerte Teenager in ihm war verschwunden.

Er rollte sich auf die Seite. »Es tut mir leid. Lass uns lieber wieder zum Russischunterricht zurückkehren.«

Er stand auf und griff nach seiner Jeans. Das Präservativ fiel auf den Boden. Xenia ging vor ihm auf die Knie und legte die Hände an seine Hüften.

»Ich will das nicht!«, sagte er schärfer als beabsichtigt.

Xenia blieb vor ihm knien. Ihr Gesicht war kreidebleich, und sie zitterte am ganzen Körper. »Ich muss ... einen Beweis mitbringen«, stammelte sie und suchte nach dem englischen Wort.

»Einen was?«

»Kontrolle für die Qualität. Für meine Chefin.« Sie hob das leere Präservativ auf und hielt es hoch.

Michael sah sie fassungslos an, dann brach er in Gelächter aus. Sie stürzte sich schreiend auf ihn und zerkratzte mit ihren langen Fingernägeln seine Brust.

Die Tür flog auf, und Trapezius stürmte herein. Er packte Xenia, zog sie von Michael weg und schleppte sie aus dem Zimmer. Hastig suchte Michael ihre Kleider zusammen und reichte sie dem Sicherheitsangestellten, bevor er die Tür zuschlug und sich mit dem Rücken dagegen lehnte. Er hörte, wie Xenia den Lift betrat. Ihr Weinen wurde leiser, schließlich verstummte es ganz. Michael nahm nur noch seine eigenen schweren Atemzüge wahr.

Kontrolle für die Qualität? Fast hätte er wieder zu lachen begonnen, doch dann sah er aufs Neue die Verzweiflung in ihren Augen. War er für sie mehr als ein Kunde? Hatte sie seinen Wunsch, Russisch zu lernen, falsch interpretiert? Vielleicht glaubte sie, dass er an einer Beziehung interessiert war. Dann fiel ihm Pawels Warnung ein. Michael dürfe keine Gewohnheiten aufkommen lassen, denn das würde ihn angreifbar machen.

Hatte Oleg Wolkow mitbekommen, dass Xenia ihn regelmäßig besuchte? Ihr den Auftrag erteilt, ihn zu … ja, was eigentlich? Zu töten? Dazu hätte sie ihn nicht erst verführen müssen. Oder hatte sie gehofft, dass er nach dem Sex einschlafen und ein leichtes Ziel abgeben würde?

Der Mond hing wie eine satte Kugel am Himmel. Als Kind hatte Michael einmal gefragt, weshalb er nicht herunterfiel, und Henry hatte ihm erklärt, dass die Geschwindigkeit und der Abstand zur Erde den Trabanten in einem Gleichgewicht halten würden. Julia hingegen hatte die Beziehung zwischen Mond und Erde mit der zwischen zwei Menschen verglichen. Auf die richtige Mischung von Nähe und Distanz komme es an, hatte sie gesagt und Michael umarmt. Wie nahe sie sich früher gestanden hatten, dachte er jetzt. In dem abgelegenen Haus in Upstate New York hatte es nur sie beide gegeben, außer an den Wochenenden, wenn Henry zu ihnen gestoßen war.

Der Wind erfasste sein Haar. Langsam ging er auf den Mercedes zu, der vor dem Eingang von KrioZhit parkte. Er wollte den Moment auskosten, die Luft auf dem Gesicht spüren, den Schnee unter den Schuhen. Dass er das Gebäude nicht verlassen konnte, ohne sich in Gefahr zu begeben, setzte ihm zu. Manchmal blieb er tagelang drinnen, was auf seine Stimmung drückte.

Der Fahrer hielt ihm die Tür auf. Pawel saß bereits auf der Rückbank.

»Wohin fahren wir?«, fragte Michael.

»An einen Ort, an dem wir ungestört reden können.«

Sie verließen Selenograd und fuhren durch die nächtliche Landschaft, vorbei an pittoresken Holzhäusern, wie Michael sie nur aus Freilichtmuseen kannte. Sie kamen zu einem Fluss, der stellenweise zugefroren war. Eine unbefestigte Straße führte dem Ufer entlang. Vor ihnen tauchte eine schlichte Hütte aus Holzstämmen auf. Hinter einem Fenster glomm ein schwaches Licht. Pawel wechselte mit dem Sicherheitsmann, der vor der Tür Wache hielt, ein paar Worte. Als dieser nickte, betraten sie die Hütte.

Michael sah sich um. »Wo sind wir?«

»Komm mit.« Pawel führte ihn in einen Umkleideraum.

»Ist das eine Sauna?«, fragte Michael.

»Eine Banja.«

»Ist das nicht dasselbe?«

Pawel lächelte. »Ganz und gar nicht.«

Auf einer Holzbank lagen Bademäntel und Filzhüte für sie bereit. Sie zogen sich aus. Michael bewunderte Pawels Körper. Kein Gramm Fett zu viel, nicht die Spur eines Bauchansatzes.

Als Pawel die Kratzer auf Michaels Brust entdeckte, wurde seine Miene ernst. »Ich will alles über diesen Vorfall wissen.«

Sie wuschen sich ausgiebig, setzten die Filzhüte auf und gingen in den Schwitzraum. Michael rang nach Luft. Es war bestimmt über hundert Grad warm. Auf einer Holzbank lagen mehrere Birkenbüschel.

»Das Quästen regt die Durchblutung an«, erklärte Pawel.

Michael beäugte die Büschel misstrauisch.

»Es ist nicht schmerzhaft«, versicherte Pawel. »Das Reisig wird zuvor in Wasser eingeweicht. Darf ich?«

Er begann, Michaels Fußsohlen zu quästen, und arbeitete sich langsam seine Beine hoch. Michael wurde heiß, Schweiß rann ihm über den Körper.

Pawel legte das Reisig zurück. »Man muss sich langsam daran gewöhnen.«

Sie gingen ins Freie. Auf Michaels Haut klebten Birkenblätter, sein Kopf glühte. Er sah sich nach einem Wasserbecken um, aber es gab keines. Pawel spazierte entspannt durch den Schnee. Ohne zu zögern, sprang er in das eisige Wasser des Flusses.

»Es ist wunderbar!«, rief er.

Unschlüssig stand Michael mit nackten Füßen im Schnee.

»Komm schon«, drängte Pawel.

Michael biss die Zähne zusammen und sprang. Sein Herz schien im eiskalten Wasser zu explodieren.

»Sieben Mal auf und ab«, instruierte ihn Pawel.

Nach fünf Mal gab Michael auf. Ohne Pawels Hilfe hätte er es nicht aus dem Fluss geschafft. Er kam erst im Erholungsraum wieder richtig zu sich.

Pawel reichte ihm eine Tasse heißen Tee. »Nun erzähl. Was ist geschehen?«

Michael musste erst zu Atem kommen. Er nahm einige Schlucke Tee, dann erzählte er von seiner Begegnung mit Xenia. Pawel hörte zu, ohne ihn zu unterbrechen.

»Ich habe mich gefragt, ob ich ihr falsche Hoffnungen gemacht habe«, schloss Michael. »Immerhin hatte ich ausdrücklich nach ihr verlangt. Vielleicht hat sie geglaubt, dass ich an einer Beziehung interessiert bin.«

»Kaum.«

»Sie wurde bestimmt nicht so wütend, weil ich mich geweigert habe, mit ihr zu schlafen. Sie wird trotzdem bezahlt. Oder?«, fügte Michael unsicher hinzu.

»Natürlich.«

»Du glaubst doch nicht ernsthaft, dass ihr der Sex Spaß macht?«

»Nein.«

»Was wollte sie dann?«

Pawel betrachtete die Kratzer auf Michaels Brust. »Vielleicht deine DNA.«

»Meine … wozu braucht sie meine DNA?«, fragte Michael verblüfft.

Pawel stand auf, um Tee nachzuschenken. Er blieb vor dem Samowar stehen, tief in Gedanken versunken. Michael überlegte, ob er ihm von Katarzynas Ausflüchten erzählen sollte. Konnte es zwischen den beiden merkwürdigen Ereignissen einen Zusammenhang geben? Er beschloss, zuerst zu überprüfen, ob er sich die Ziffern auch richtig gemerkt hatte. Seit Ausbruch seiner Krankheit spielten ihm die Sinne häufig einen Streich.

Pawel drehte sich um. »Ich vermute, jemand hat Xenia damit beauftragt, deine Identität zu klären.«

»Oleg Wolkow?«

»Möglich.«

Pawels Tonfall ließ Michael aufhorchen. Er hielt das offensichtlich für nicht sehr wahrscheinlich. Wer kam sonst infrage?

»Bist du bereit für die nächste Runde?«, fragte Pawel.

Inzwischen wusste Michael, dass es nichts brachte, Pawel zu drängen. Er würde ihn dann ins Vertrauen ziehen, wenn er es für richtig hielt. Resigniert stand er auf und legte seinen Bademantel ab. Diesmal kam sein Kreislauf besser mit der Hitze zurecht. Pawel erklärte, worauf es beim Quästen ankam, und sie tauschten die Rollen. Das Ritual schaffte eine Verbindung zwischen ihnen, die vorher noch nicht da war. Sie sprachen über KrioZhit, und Michael erzählte von der Konservierung des Löwchens. Mit jedem Saunagang wurden die Gespräche persönlicher.

»Belastet es dich nicht, immer mit Sicherheitsangestellten unterwegs zu sein?«, fragte Michael.

»Wenn ich mich nach Einfachheit sehne, ziehe ich mich an Orte wie diesen zurück.«

»Wem gehört die Sauna … Banja?«

»Mir.« Pawel legte Holzscheite nach. »Banjas haben bei uns eine lange Tradition. Manchmal finden sogar geschäftliche Besprechungen hier statt.«

Michael hätte sich nicht vorstellen können, mit Arbeitskollegen oder gar Vorgesetzten eine Sauna zu besuchen.

Pawel lächelte. »Du wirst dich daran gewöhnen.«

»Falls ich hierbleibe«, stellte Michael klar.

»Wie gefällt es dir bei uns?«

»Ich habe noch nicht viel vom Land gesehen.«

»Das ist bedauerlich, aber im Moment leider nicht zu ändern.«

»Hast du schon einen Nachfolger für Dr. Radu gefunden?«

»Nein.«

Hatte er überhaupt gesucht? Oder spekulierte er darauf, dass Michael die Stelle dauerhaft besetzen würde?

»Es dürfte nicht schwierig sein, jemanden zu finden, der die entsprechenden Fähigkeiten mitbringt«, sagte Michael. »Eine Kryokonservierung läuft immer nach dem gleichen Muster ab.«

»An den Fähigkeiten liegt es nicht. Ich möchte sicher sein, dass Bogdans Nachfolger das Vertrauen, das die Patienten und ihre Angehörigen in ihn setzen, auch verdient.«

»Hat Dr. Radu eigentlich noch andere Projekte betreut?«

Pawel richtete sich kaum merklich auf. »Nein, er hat sich ganz der Kryonik verschrieben. Warum?«

Michael zuckte scheinbar gleichgültig die Schultern und wechselte das Thema. »Hast du Kinder?«

Bildete er es sich nur ein, oder wurde Pawel noch wachsamer? Michael hatte versucht, im Internet mehr über ihn zu erfahren, doch die meisten Beiträge waren auf Russisch.

»Nein.«

»Aber du bist verheiratet?«

»Ja.«

»Wie heißt deine Frau?«

»Viktorija.«

»Möchte sich Viktorija auch kryokonservieren lassen?«

»Sie hat einen Vertrag unterschrieben, ganz wohl ist ihr dabei aber nicht. Sie fürchtet sich davor, in einer Art Zwischenwelt gefangen zu sein. Ihr habt einiges gemeinsam.«

Anfangs hatte Michael die Kryonikanlage mit dem Limbus der Katholiken verglichen. Seit er selbst Patienten konservierte, war die Vorstellung von eingesperrten Seelen in ihm verblasst. Solange dem Patienten Sauerstoff zugeführt wurde und er an eine Herzkompressionsmaschine angeschlossen war, haftete ihm noch etwas Lebendiges an. Sobald das Blut aber durch Frostschutzmittel ersetzt wurde, sah Michael nur noch totes Fleisch vor sich.

Pawel stand auf. »Wollen wir?«

Sie sprangen ein letztes Mal in den Fluss, bevor sie sich auf den Weg zurück nach Selenograd machten. Michael hatte sich schon lange nicht mehr so gut gefühlt. Sein ganzer Körper kribbelte, und obwohl die Uhr am Armaturenbrett halb eins zeigte, war er hellwach. Ein Sicherheitsangestellter brachte ihn zu seinem Studio, wo er einen kurzen Kontrollgang absolvierte. Michael wartete, bis er gegangen war, dann fuhr er ins Untergeschoss hinunter.

Der Ort war ihm vertraut geworden, ohne dass er es gemerkt hätte. Die mit Stickstoff gefüllten Stahlbehälter, der leicht veraltete Operationssaal, sogar die russische Beschriftung. Michael bog in den lindgrünen Flur ein, der zum Kühlraum führte. Hinter sich hörte er ein leises Klicken. Er drehte sich um. Da war niemand. Trotzdem wurde er das Gefühl nicht los, dass er beobachtet wurde. Vielleicht waren seine Sinne nach dem Saunabesuch überaktiv. Er gab den Code ein und öffnete den Kühlraum.

Die Stelle, an der die Präparate gelegen hatten, war leer.

Hatte jemand sie woanders hingelegt? Michael durchsuchte alle Regale, fand sie aber nicht. Ihm fiel ein Datum auf einer Blutprobe auf: 16. Янв. – 16. Jan. Schlagartig wurde ihm klar, dass er einen Denkfehler gemacht hatte. Den russischen Buchstaben »Ja« schrieb man nicht mit einem »R«, sondern mit einem »Я«. Das verschwundene Präparat war nicht mit kyrillischen Buchstaben beschriftet gewesen, sondern mit lateinischen.

Also doch »BR«. Nun wusste Michael auch, warum ihm die Ziffern bekannt vorgekommen waren. Er eilte zu seinem Büro. Erst kürzlich hatte er eine Akte angelegt, die er nun aufrief. Die ersten fünf Ziffern stellten einen Code dar, der Informationen über die Kryokonservierung und die Lagerung enthielt. Die letzten drei dienten zur Identifikation der Patienten.

Er fand die Akte. Die Ziffern waren identisch. Das verschwundene Präparat trug Bogdan Radus Initialen sowie seine Patientennummer, genau wie der Ordner auf Katarzynas Laptop. Michael lehnte sich im Stuhl zurück. Enthielt Katarzynas Ordner zusätzliche Informationen über Radu? Michael hatte Organproben konserviert, sie allerdings nicht für eine mikroskopische Analyse aufbereitet, weil er es nicht für nötig erachtet hatte. Traute Katarzyna ihm nicht? Wollte sie sichergehen, dass zukünftigen Wissenschaftlern möglichst viele Daten über Radu zur Verfügung standen? Vielleicht hatte sogar Pawel sie damit beauftragt. Radu war ein Kryoniker der ersten Stunde, wegen seiner Erfahrung praktisch unersetzbar. Michael hatte sich schnell eingearbeitet, um Radus Erfahrungsschatz zu erreichen, würde es aber noch einige Jahre dauern. Bis jetzt hatte er bloß einfache Fälle behandelt, weder hatte er heikle Entscheidungen treffen noch Schäden reparieren müssen, wie sie etwa bei einem Unfall entstanden.

Michael spürte einen Luftzug. Er schaltete das Licht aus und lauschte. Die Kühlanlage summte, ein Gerät tickte leise. Michael schlich zu den Dewars. In der Dunkelheit wirkten sie gespenstisch, die Kontrolllämpchen kamen ihm wie Augen vor. Ein schwacher Essiggeruch hing in der Luft, er erinnerte Michael an die Pufferlösung, die Katarzyna verwendet hatte, als sie die Hirnschnitte der Mäuse präparierte. Er ging zu ihrem Labor. Die Geräte waren ausgeschaltet, ihr Kittel hing dort, wo er immer hing, hinter der Tür. Auf der Arbeitsfläche lag die Hohlmeißelzange, mit der sie die Schädelplatten von Mäusen entfernte. Offenbar hatte sie weitere Hippocampi seziert. Er berührte das Vibratom, mit dem sie schwierige Schnitte durchführte. Es war noch warm. Er musste sie um wenige Minuten verpasst haben. Oder hatte sie sich davongeschlichen, als sie ihn hörte?

Er wollte das Labor gerade verlassen, als sein Blick auf den Behälter mit Bioabfall fiel. Einem Impuls folgend, öffnete er ihn.

Leer. Wo waren die Überreste der Mäuse?

24

Der Gottesdienst dauerte bereits über zwei Stunden. Zu Beginn hatte sich Julia noch in die vergoldeten Ikonen vertieft und die Holzornamente bewundert. Inzwischen sehnte sie sich nur noch nach einer Sitzgelegenheit. Die Gläubigen standen dicht an dicht, bekreuzigten sich, beteten inbrünstig. Immer wieder spürte Julia einen Anflug von Panik. Sie mochte Menschenansammlungen nicht, sie fühlte sich eingeengt und bedroht. Da half es auch nicht, dass Kyrill neben ihr stand. Und jetzt nicht mehr, stellte sie fest und sah sich nach ihm um. Sie entdeckte ihn vor einer Ikone, wo er in die Knie gegangen war und die Hände der abgebildeten Gottesmutter küsste. Julia wusste, dass sich ein orthodoxer Gottesdienst in die Länge ziehen konnte, nicht aber, dass er auch heute noch auf Altkirchenslawisch abgehalten wurde. Die Gläubigen störte es nicht, für sie war die Feier der Göttlichen Liturgie wichtiger als das Wort, Julia aber kam das Ganze endlos vor.

Sie musste raus. Schritt für Schritt bahnte sie sich einen Weg zur Tür. Vor der Kirche legte sie den Kopf in den Nacken und atmete tief ein. Sie befand sich in einem Vorort von Moskau, der hauptsächlich aus heruntergekommenen Plattenbauten bestand. Ein trostloser Anblick, bis auf die frisch renovierte Kirche. Wie schon das Kloster auf Solowezki hob sich auch dieser prunkvolle Bau von der Umgebung ab. Ob der Reichtum der Kirche hier ebenfalls für Unmut sorgte? Vor ihrer Abreise hatte sich Julia im Dorf umgehört und mit einigen Inselbewohnern gesprochen. Ein Fischer hatte das Solowezki-Kloster als Tourismus-Unternehmen für Pilger bezeichnet. Früher hatte er regelmäßig Besucher zu den kleineren Inseln gebracht, inzwischen besaß das Kloster nicht nur eigene Ausflugsboote, es unterhielt sogar ein

Selbstbedienungs-Restaurant und bot Unterkünfte an. Auch der Betreiber einer Fahrradvermietung hielt den wachsenden Einfluss des Klosters für bedenklich. Vor einigen Jahren hatte Präsident Wladimir Putin den »Fonds zur Entwicklung des Solowezki-Archipels« ins Leben gerufen. Über hundert Millionen Dollar flossen allein in die Renovierung der Bauten. Im Beirat saßen Minister der russischen Regierung sowie Unternehmer aus der Rüstungsindustrie und dem Energiesektor. Vorsitzender war der ehemalige Chef des russischen Auslandsgeheimdienstes. Für die Inselbewohner war die Kirche ein Machtinstrument der Regierung, sie fühlten sich von ihr bedroht.

Seither betrachtete Julia Andrejs Klostereintritt in einem neuen Licht. Hatte er sich wirklich dem einfachen Leben verschrieben? Oder hatte er die Machtposition seiner Familie festigen wollen? Pawel hatte seinen Bruder als naiven Idealisten bezeichnet und kein gutes Wort über die Kirche verloren. War das alles nur gespielt? Wenn die Kirche tatsächlich so mächtig war, konnte sie Pawel gefährlich werden. Immerhin widersprach der Transhumanismus dem orthodoxen Glauben. Was lag näher, als für eine enge Bindung zu sorgen?

Julia rieb sich die Hände. Es war deutlich kälter geworden. Endlich ging der Gottesdienst zu Ende, und die Gläubigen strömten ins Freie. Julia hielt nach der Frau mit dem geblümten Kopftuch Ausschau, auf die Kyrill sie während des Gottesdienstes aufmerksam gemacht hatte.

Galina Petrowna. Vitas Mutter.

Nie wäre Julia auf die Idee gekommen, sie aufzusuchen. Sie war ganz selbstverständlich davon ausgegangen, dass Galina Petrowna wie Vita in einem Nobelstadtteil von Moskau wohnte und ständig von Sicherheitsangestellten umgeben war. Kyrill war es, der ihr den Vorschlag gemacht hatte. Andrej hatte ihm von Vitas Mutter erzählt, er war von ihr beeindruckt gewesen. Galina Petrowna weigerte sich standhaft, wie die Neureichen zu leben, und lehnte sogar die Unterstützung, die Vita ihr zukommen lassen wollte, entschieden ab. Eine Frau mit Prinzipien.

Und eine regelmäßige Kirchgängerin. Ein Anruf hatte genügt, und schon war der Besuch geregelt. Julia und Kyrill wohnten bei dem Priester, der ihnen alle nötigen Informationen beschafft hatte.

Die Macht der Kirche. Julia verstand, dass sich die Inselbewohner unbehaglich fühlten, für sie aber war eine mächtige Verbündete unter diesen Umständen ein Segen. Allein hätte sie es bestenfalls geschafft, die Insel zu verlassen, spätestens im Zug nach Moskau wäre ihre illegale Reise aufgeflogen. Sie machte sich nichts vor. Die Kirche half ihr nicht aus Großzügigkeit oder weil sie sich Sorgen um Andrej machte. Kyrill wollte etwas von ihr. Noch wusste Julia nicht, was, aber sie würde es herausfinden.

Er kam in Begleitung von Galina Petrowna auf sie zu. »Da ist sie ja«, sagte er, als er Julia entdeckte.

Galina Petrowna musterte sie neugierig. »Bruder Kyrill sagt, Sie haben meine Vikulja unterrichtet. Dafür sehen Sie etwas jung aus, wenn ich das so direkt sagen darf. Ich kann mich gar nicht an Sie erinnern.«

Galina Petrowna war stämmig, und der bittere Zug um ihren Mund ließ ahnen, dass das Leben ihr nichts geschenkt hatte. Julia suchte nach Ähnlichkeiten mit Vita, fand aber keine.

Sie stellte sich vor. »Ich war noch Studentin«, erklärte sie und hoffte, dass Praktika auch in Russland Bestandteil der Ausbildung waren. »Vitas Klasse war meine allererste. Ich habe Vita nie vergessen. Sie war schon damals wunderschön.«

»Und sie wusste es, das können Sie mir glauben!« Galina Petrowna schnalzte missbilligend mit der Zunge, gleichzeitig schien sie stolz zu sein auf ihre Tochter.

»Wie geht es ihr?«, fragte Julia.

»Sie hat erreicht, was sie wollte. Sie ist reich und berühmt.«

»Ist sie glücklich?«

»Wer ist das schon?«

»Kürzlich habe ich ihr Foto auf einer Werbung für Lippenstift gesehen.«

Galina Petrowna winkte ab. »So etwas macht sie nicht mehr. Dafür ist sie zu alt.«

Julia lächelte. »Sie hat es wohl auch nicht nötig, mit einem Mann wie Pawel Danilow.«

Die Frau schnaubte. »Jetzt vielleicht nicht. Aber welcher Mann heiratet schon aus Liebe? Irgendwann wird Pascha feststellen, dass ihre Schönheit verblasst ist. Und dann?«

»In der Schönheit der Schöpfung erkennen wir die von dem dreieinigen Gott gegebene Ordnung«, sagte Kyrill. »Was wir schön finden, lieben wir. Und was wir lieben, erhalten und schützen wir.«

Galina Petrowna sah ihn skeptisch an, wollte einem Mönch aber wohl nicht widersprechen.

»Haben Vita und Pawel Kinder?«, fragte Julia.

»Nein«, seufzte die alte Frau.

Wollten sie keine, oder hat es einfach nicht geklappt? Vita ging auf die vierzig zu, viel Zeit blieb ihr nicht. Julia dachte an das Imperium, das Stanislaw Iwanowitsch Danilow mit Pawel aufgebaut hatte. An Pawels Herzensprojekt KrioZhit. Der Gedanke, der ihr dabei kam, war so ungeheuerlich, dass er alles andere verdrängte.

Pawel hatte keinen Nachkommen. Wer würde die Firmen übernehmen? Und wer dafür sorgen, dass KrioZhit weiterhin Forschung betrieb? Pawel wollte sich kryokonservieren lassen. Damit lieferte er sich seinem Nachfolger aus. Seine Existenz hing davon ab, dass KrioZhit erfolgreich weitergeführt wurde. Dem Staat traute in Russland kaum jemand. Freunde konnten schnell zu Feinden werden. Blieb die Familie.

Michael.

»Ist alles in Ordnung?«, fragte Kyrill besorgt.

Julia merkte, dass sie sich an sein Gewand klammerte. Sie ließ los und schob die Hände in die Taschen. Auf einmal ergab so vieles einen Sinn. In Gedanken ging sie die letzten Monate durch.

Im Sommer hatte Michael Pawel um ein Interview gebeten, ohne zu wissen, dass es sich bei dem Interviewpartner um seinen Onkel handelte. Damit hatte er eine Kettenreaktion ausgelöst. Pawel hatte Erkundigungen über ihn eingezogen und die Verwandtschaft festgestellt. Er begann, hinter Michael herzuspionieren. Julia meinte, ihn sogar vor Henrys Wohnung in Manhattan gesehen zu haben. Auf diese Weise hatte Pawel von der Gefahr erfahren, in der sich Michael befand. Er holte ihn nach Russland. So konnte er Michael vor Oleg Wolkow schützen und gleichzeitig besser kennenlernen. Blut mochte dicker sein als Wasser, doch das bedeutete nicht, dass man immer der gleichen Meinung war. Pawel musste sicherstellen, dass sie dasselbe wollten. Dass Michael die Unternehmen, allen voran KrioZhit, in seinem Sinne weiterführen würde.

Was, wenn sich Michael nicht als würdiger Nachkomme erweisen würde? Er war der gesetzliche Erbe. War das der eigentliche Grund für die Entführung? Gar nicht Wolkow? Wollte Pawel verhindern, dass Michael sein Recht einforderte und die Finema damit dem Untergang weihte?

Julia lief ein Schauer über den Rücken. Sie musste mit Henry reden. Sie hatte sich ohnehin vorgenommen, heute den Posteingang zu überprüfen, den Margaret ihnen eingerichtet hatte. Julia rieb sich die Stirn.

»Geht es Ihnen nicht gut?«, fragte Kyrill.

»Nur eine leichte Migräne«, erklärte sie mit einem entschuldigenden Lächeln.

Galina Petrowna nickte verständnisvoll. »Dagegen habe ich das perfekte Mittel. Meine Nachbarin bringt mir jedes Jahr Mutterkraut aus ihrem Garten mit. Wenn Sie Zeit haben, lade ich Sie zu einer Tasse Tee ein. Ich könnte Ihnen Bilder von Vikulja zeigen.« Sie klang fast hoffnungsvoll.

»Das ist sehr freundlich von Ihnen.« Kyrill faltete die Hände vor der Brust. »Leider haben wir eine Verabredung.«

Er hatte am Morgen angekündigt, dass er sich nach dem Gottesdienst einer kirchlichen Angelegenheit widmen müsse. Es war aber nicht davon die Rede, dass Julia ihn begleiten sollte. Fürchtete er, etwas zu verpassen, wenn sie allein mit Galina Petrowna sprach?

Sie nahm die Einladung dankend an. »Eine Tasse Tee wäre jetzt genau das Richtige.«

Sie wandte sich ab, bevor Kyrill etwas dagegen einwenden konnte. Wenig später saß sie in einer vollgestopften Wohnung und trank bitteren Tee. Kaum vorstellbar, dass Galina Petrownas Schwiegersohn schwerreich war. An den Wänden hingen Kinderfotos von Vita, doch keine zeigten sie als Model. Galina Petrowna holte mehrere Alben hervor und schlug das erste auf. Sie erzählte von ihrer schwierigen Schwangerschaft und der Geburt, als habe sie Vita erst gestern zur Welt gebracht. Es hatte ihr wohl schon lange niemand mehr zugehört. Vita war ein außergewöhnlich schönes Kind gewesen, stellte Julia fest, gleichzeitig lag in ihrem Blick eine gewisse Kompromisslosigkeit.

Galina Petrowna zeigte auf ein Foto von Vita in einem Ballettkleid. »Vikulja hatte immer schon einen starken Willen. Wenn sie etwas wollte, sorgte sie dafür, dass sie es auch bekam.« Sie schilderte, wie Vita als Kind Gefallen an dem Ballettkleid von Mascha, einer ihrer Mitschülerinnen, gefunden hatte. »Vikulja wusste, dass diese Mascha in den Schwarm der Klasse verliebt war. Und so behauptete sie einfach, sie würde den Jungen dazu bringen, Mascha zu küssen. Und wenn sie es schaffte, müsste Mascha ihr das Kleid schenken. Und wenn nicht, bekäme Mascha stattdessen Vikuljas Schlittschuhe.« Sie schüttelte den Kopf. »Ich weiß nicht, wie sie es geschafft hat, aber zwei Tage später kam sie mit dem Ballettkleid nach Hause. Sie ist eine Meisterin im Manipulieren anderer.«

Auf einem anderen Foto war eine Gruppe Kinder zu sehen, darunter ein dunkelhaariger Junge mit grimmigem Gesichtsausdruck, der sich wie ein Leibwächter neben Vita aufgebaut hatte.

»Das ist Dschachongir.« Julia sah an Galina Petrownas Blick, wie wenig sie von ihm hielt. »Sie hat ihn um den Finger gewickelt wie die Wolle beim Stricken. Noch heute braucht sie bloß zu schnippen, und Tschurka steht ihr zu Diensten.«

Das nächste Album enthielt Fotos von Vita als Teenager. Schon früh hatte sie es verstanden, ihre Weiblichkeit auf eine diskrete Art zur Schau zu stellen. Auf den ersten Blick wirkte sie angepasst. Sie trug die gleichen Kleider wie ihre Freundinnen, die Haare hatte sie zu einem schlichten Pferdeschwanz zusammengebunden. Trotzdem stach sie aus der Gruppe heraus. Bei genauerem Hinsehen fiel auf, dass sie immer etwas weiter im Vordergrund stand und ihre Haltung ein wenig aufrechter war als die der anderen.

Galina Petrowna öffnete ein neues Album. Julia hielt den Atem an, als sie in die vertrauten Augen blickte.

»Das ist Pascha«, sagte die alte Frau fast ehrfürchtig. »Was für ein hübscher Kerl er doch war! Immer noch ist«, fügte sie hinzu.

Julia konnte den Blick nicht von dem Foto lösen. Pawel musste in Michaels Alter gewesen sein. Julia hatte immer geglaubt, dass Michael seinem Vater glich, nun stellte sie fest, dass er mehr nach seinem Onkel kam. Andrejs Züge waren weicher gewesen, sein Blick verträumter. Pawel strahlte Überzeugung aus. Julia ahnte, dass er schon damals nicht leicht von seiner Meinung abzubringen war. Sie fragte sich, wie Vita und er miteinander zurechtkamen. Solange sie am selben Strang zogen, vermutlich gut. Einen Streit zwischen den beiden wollte sie sich aber lieber nicht vorstellen.

»Mögen Sie Ihren Schwiegersohn?«, fragte sie.

Galina Petrowna sah sie überrascht an. »Pascha ist … Vikulja und er waren wie füreinander geschaffen.«

Sie klang, als spreche sie über zwei Zahnräder, die ineinandergriffen, und nicht über die Liebe.

»Waren?«, wiederholte Julia vorsichtig.

»Ein Mann wie Pascha will Nachkommen. Ich habe Vikulja davor gewarnt, zu lange zu warten, doch sie hat natürlich nicht auf mich gehört. Das hat sie nun davon.«

»Wie meinen Sie das?«

»Wie schon?« Die Frau verschränkte die Arme vor der Brust. »Jetzt, wo sie endlich einsicht, dass ich recht hatte, klappt es nicht. Sie ist schlicht zu alt.«

»Leidet sie darunter?«

Galina Petrowna schnaubte. »Vikulja weiß gar nicht, was das Wort bedeutet. Aber sie wird es noch erfahren. Es ist nur eine Frage der Zeit, bis sich Pascha eine Jüngere sucht, darauf können Sie wetten. Vikulja wird allein alt werden, genau wie ich.«

»Aber Sie haben doch Ihre Tochter«, wandte Julia ein.

»Vita ist mir keine Tochter, sie war es nie. Ich bin ihr nicht gut genug.« Sie presste die Lippen zusammen. »Aber seiner Herkunft kann man nicht entfliehen, egal, wie sehr man es versucht. Das wird auch sie irgendwann einsehen.«

»Kommt sie denn nicht zu Besuch?«

»Sie beehrt mich jeden Montag mit ihrer Anwesenheit, meistens setzt sie sich aber nicht einmal hin. Das sind keine Besuche, sondern Auftritte.«

Kein Wunder, dachte Julia. Wer wollte schon ständig mit dieser Bitterkeit und diesem Neid konfrontiert werden?

»Ich habe von der Sache mit Pawels Bruder gelesen«, wechselte sie das Thema. »Eine furchtbare Geschichte. Hat man seine … Leiche immer noch nicht gefunden?«

Galina Petrowna schüttelte den Kopf und bekreuzigte sich.

»Er soll ertrunken sein«, sagte Julia.

»Vielleicht.«

»Glauben Sie denn, dass er noch lebt?«

»Ich glaube nur, was ich mit eigenen Augen sehe.«

»Wer könnte ihm den Tod gewünscht haben?«, bohrte Julia nach.

»Das müssen Sie nicht mich fragen. Ich bin nur eine alte Frau.«

»Hatte er Feinde?«

»Wollen Sie die Hochzeitsbilder sehen?« Galina Petrowna blätterte weiter, dabei mied sie Julias Blick. »Schauen Sie nur, wie schön meine Vikulja war! Das Brautkleid hat über zwanzigtausend Dollar gekostet. Sogar Vogue Paris hat einen Fotografen geschickt.«

Das Hochzeitsfoto füllte eine ganze Seite des Albums. Vita trug ein Kleid aus feinster Spitze, Pawel einen maßgeschneiderten Anzug, der genau auf seine Augenfarbe abgestimmt war. Doch nicht dieses

Bild war es, das Julia in Bann zog, sondern das Foto auf der gegenüberliegenden Seite, wo neben dem Brautpaar Galina Petrowna und Pawels Eltern standen. Andrejs Eltern.

25

Moskau, 1991

Endlich war es so weit. Julia würde Andrejs Eltern kennenlernen. Ihre zukünftigen Schwiegereltern. Vor Aufregung konnte sie kaum still sitzen. Sie ging in Tanjas Wohnung auf und ab, bis Larissa Jurjewna ihr vorschlug, sie solle doch schon einmal einen Blumenstrauß besorgen gehen. Tanja führte Julia zur Metrostation, wo eine Bäuerin Blumen auf einem Klapptisch feilbot.

»Nelken«, empfahl sie.

»Gehören die nicht auf ein Grab?« Julia kicherte. »So schlimm finden sie mich hoffentlich nicht, dass sie gleich sterben wollen.«

»Nelken passen immer.«

»Soll ich noch eine Torte mitbringen?«

»Das ist zu viel.«

»Schade.«

Julia liebte die kunstvoll verzierten Torten, die es in jeder Konditorei zu kaufen gab. Die Verpackung bestand aus grauem Karton, der leicht säuerlich roch und Julia russischer erschien als der Kaviar, der Moskau überschwemmte. Sie staunte darüber, was erhältlich war und was nicht. Waschmittel suchte man vergeblich, und auch Äpfel waren Mangelware. Der amerikanische Supermarkt verkaufte Bananen, für Russen waren sie jedoch unerschwinglich. Aus Neugier war Julia hingefahren, sie hatte mit eigenen Augen sehen wollen, wie sich Ausländer in Moskau versorgten. Der Türsteher hatte sie ohne Aufsehen hineingelassen, nicht aber Tanja. Julia hatte sich für sie einsetzen wollen, doch Tanja hatte ihr eindringlich zugeflüstert, es sein zu lassen.

»Warum durfte ich dem Türsteher vor dem amerikanischen Supermarkt eigentlich nicht die Meinung sagen?«, fragte sie jetzt.

»Das hätte die Sache nur schlimmer gemacht«, erklärte Tanja.

»Wenn man sich nicht wehrt, verändert sich nie etwas.«

»Du verstehst das nicht.«

»Was gibt es da zu verstehen?«

Tanja lächelte vage und sah weg.

Manchmal verspürte Julia das Bedürfnis, sie zu schütteln. Warum ließ sie sich alles gefallen? Wo blieb ihre Selbstachtung?

»Wir sollten zurück«, sagte Tanja leise. »Sonst kommst du zu spät.«

Julia dachte wieder an den bevorstehenden Besuch. Was sollte sie anziehen? Andrej hatte ihr wenig über seine Eltern verraten, sie wusste nur, dass sein Vater für die Regierung arbeitete. Tanja schlug ihr vor, einen einfachen Rock zu tragen, damit könne sie sicher nichts falsch machen. Hauptsache, sie sah nicht allzu westlich aus. Mit dem Blumenstrauß in der Hand machte sich Julia auf den Weg. Andrej hatte angeboten, sie abzuholen, doch sie wollte allein hinfahren, nicht wie eine Touristin behandelt werden. In der Metro versuchte sie, sich ihren zukünftigen Alltag vorzustellen. Sie hatten nie darüber gesprochen, wo sie leben würden, für Julia aber war klar, dass Moskau ihr Zuhause würde. Vor lauter Glück strahlte sie die Fahrgäste an. Die meisten sahen weg.

Die Lautsprecherstimme kündigte die Haltestelle Kolomenskaja an. Keine prachtvollen Verzierungen, kein Stuck an der Decke. Schmutzige Fliesen, müde Fahrgäste, die mit gesenkten Köpfen auf die Ausgänge zusteuerten. Draußen der Geruch von Abgas. Eine Reihe Busse warteten mit laufendem Motor. Nichts konnte Julias Stimmung trüben. Dass Andrej nicht so privilegiert wohnte, wie sie geglaubt hatte, gefiel ihr sogar. Ihr Vater hatte prophezeit, dass sie sich in Russland »wie ein Schluck Wasser in der Kurve« fühlen würde, doch das

Gegenteil war der Fall, stellte sie nicht ohne Stolz fest, als sie sich in den vollen Bus quetschte.

Andrej wartete vor dem Eingang zu seinem Wohnblock. Julia fiel auf, wie geduckt er dastand. Seine Wangen waren gerötet von der Kälte, seine Nase tropfte. Er tätschelte ihr unbeholfen den Arm, kaum vorstellbar, dass sie sich noch am Vortag geliebt hatten.

»Ich bin so aufgeregt!«, sagte sie.

In dem Gebäude roch es nach Kohlsuppe und Urin. Eine Kakerlake rannte über eine geborstene Fliese. Julia hakte sich bei Andrej ein. Er zog seinen Arm zurück und kramte umständlich ein Taschentuch hervor. Es machte fast den Anschein, als versuche er, sie auf Distanz zu halten. Sie fuhren ganz nach oben.

»Du wohnst in einem Penthouse!«, grinste Julia.

Andrej murmelte etwas Unverständliches.

Julia musterte die gepolsterte Stahltür mit den zahlreichen Sicherheitsschlössern. »Ist es hier so gefährlich?«

Die Tür ging auf, noch bevor Andrej seinen Schlüssel hervorholen konnte. Die Frau, die Julia begrüßte, war groß und schlank. Sie trug einen engen Rollkragenpullover, dazu eine dunkle Hose. Ihre braunen Haare waren perfekt frisiert, ihre Lippen dezent geschminkt. Andrej stellte sie als seine Mutter vor.

Sweta Iljinitschna nahm Julias Hand und hielt sie lange fest. »Ich freue mich, Sie endlich kennenzulernen. Bitte, kommen Sie herein.«

Ein Mann trat aus einem Zimmer, auch er eine imposante Erscheinung. In seinem Gesicht erkannte Julia Andrejs Züge, doch damit hörte die Ähnlichkeit auf. Stanislaw Iwanowitsch strahlte weder Sinnlichkeit noch Wärme aus. Er musterte Julia mit höflicher Zurückhaltung, dann reichte er ihr ohne die Andeutung eines Lächelns die Hand.

»Sie sind also das Mädchen, das meinem Sohn den Kopf verdreht hat.«

Julia mochte es nicht, als Mädchen bezeichnet zu werden, schwieg aber wohlweislich. Sie warf Andrej einen Blick zu, der starrte auf seine Füße.

Sweta Iljinitschna reichte Julia ein Paar Hausschuhe und führte sie ins Wohnzimmer. Wie bei Tanjas Eltern war der Raum mit dunklen, schweren Möbeln ausgestattet. In der Schrankwand standen jedoch keine Nippes, sondern ein moderner Fernseher und eine Musikanlage, und viele der Bücher auf den Regalen waren in deutscher Sprache.

»Andrjuscha hat mir erzählt, dass Sie in der DDR gelebt haben«, sagte Julia. »Hat es Ihnen dort gefallen?«

Andrej war leicht zusammengezuckt, als er seinen Kosenamen hörte.

»Ja.« Stanislaw Iwanowitsch setzte sich in einen Ledersessel und schlug die Beine übereinander.

»Die Ostsee ist wunderschön«, fügte Sweta Iljinitschna hinzu. »Wir sind oft hingefahren. Was möchten Sie trinken? Ein Glas Saft? Oder lieber Mineralwasser? Bitte bedienen Sie sich.« Sie deutete auf einen Beistelltisch, auf dem eine Käseplatte stand.

»Saft, bitte.«

»Woher rührt Ihr Interesse an unserem Land?«, fragte Stanislaw Iwanowitsch.

Julia erzählte, dass sie sich schon immer zu Russland hingezogen gefühlt hatte. Sie beschrieb ihr Zimmer, das mit sowjetischen Propaganda-Postern geschmückt war, und erzählte, wie sie im Selbststudium die Sprache gelernt hatte. Stanislaw Iwanowitsch hörte mit ausdrucksloser Miene zu. Als sie mit der Bemerkung schloss, dass sie sich hier wie zu Hause fühle, räusperte sich Sweta Iljinitschna und drückte ihr ein Glas Preiselbeersaft in die Hand.

»Erzählen Sie doch von Ihrer Familie«, bat sie. »Sie stammen aus dem Ruhrgebiet?«

»Da gibt es nicht viel zu erzählen«, antwortete Julia. »Ich bin ein Einzelkind, meine Mutter ist Hausfrau, mein Vater arbeitet in einem Stahlwerk.«

»Sie müssen eine gute Schülerin sein.«

»Ich wollte schon immer von zu Hause weg und die Welt entdecken.« Julia steckte sich ein Stück Käse in den Mund. »Mir war klar, dass Sprachen der Schlüssel dazu waren. Also habe ich gepaukt!«

»Was halten Ihre Eltern davon, dass Sie in Russland leben möchten?«, fragte Stanislaw Iwanowitsch.

Andrej rutschte auf dem Sofa hin und her.

Julia nahm seine Hand. »Meine Eltern möchten, dass ich glücklich werde, wo, ist ihnen egal. Ist es nicht das, was sich alle Eltern für ihre Kinder wünschen?«

26

2021

Julias Wangen brannten, als sie an den Besuch zurückdachte. Wie arrogant sie in ihrer jugendlichen Naivität war! Sie hatte geglaubt, alles zu wissen, dabei hatte sie nicht einmal ansatzweise erkannt, was sich in Andrejs Familie abspielte. Sie dachte an den Käse, den sie verschlungen hatte. Sie hatte die Danilows für bodenständig gehalten, weil sie keinen Kaviar servierten. Dass der Käse importiert war und zehn Mal mehr kostete als Kaviar, erfuhr sie erst später von Tanja. Die Kakerlaken im Eingang hatte sie als Zeichen von Armut interpretiert, doch sie waren nur deshalb so zahlreich, weil es einen Müllschlucker im Treppenhaus gab. Julia erinnerte sich an Dinge, die sie damals für normal gehalten hatte. Der Wasserkocher war elektrisch, die Seife im Bad kam aus dem Westen. Die Handtücher rochen nach Persil, die Lichtschalter waren ihr vertraut, weil sie aus Deutschland stammten. Die Danilows gehörten der privilegierten Oberschicht an.

»Geht es Ihnen besser?«, fragte Galina Petrowna.

»Der Tee hat mir gutgetan.« Julia stand auf. »Ich muss leider gehen. Vielen Dank, dass Sie mir die Fotos gezeigt haben.«

»Sie können jederzeit wieder vorbeischauen«, bot die alte Frau an.

Das werde ich, dachte Julia, aber erst am Montag, wenn Vita ihre Mutter besuchte. Sie verabschiedete sich und machte sich zu Fuß auf den Weg zum Haus des Priesters. Kyrill war noch nicht von seiner Besprechung zurück. Julia wollte die Gelegenheit nutzen, um ihren Posteingang zu überprüfen.

»Fühlen Sie sich wie zu Hause«, sagte die Frau des Priesters, als Julia darum bat, den Computer benutzen zu dürfen.

»Sie sind sehr großzügig.«

»Der Herr hat uns reich beschenkt.«

»Beherbergen Sie oft Kirchengäste?«

»Viel zu selten. Manchmal besuchen uns Kleriker der Geistlichen Akademie, unsere Gemeinde gilt in kirchlichen Kreisen als Vorzeigegemeinde. Wir haben sogar unseren eigenen, orthodoxen Kindergarten«, ergänzte sie stolz.

Sie führte Julia in das Büro ihres Mannes und schaltete den Computer ein. Margaret hatte ihr einen Account bei einem deutschen Provider eingerichtet, eine Verschleierungstaktik, die zwar nicht viel nützte, wenn jemand gezielt nach ihr suchte, doch jede einzelne Vorsichtsmaßnahme verschaffte ihr ein bisschen mehr Sicherheit. In den Entwürfen entdeckte Julia eine Nachricht von Henry. Ihr wurde warm ums Herz. Sie las, dass sich Michael gemeldet hatte.

O-Ton: »Bin bei KrioZhit, Selenograd, RU. Verstecke mich vor Oleg Wolkow. Er ist verantwortlich für Jesses Tod. Die illegalen Bluttransfusionen. Siehe Medienberichte. DNR.«

Vor Erleichterung sackte Julia in sich zusammen. Michael ging es gut! Egal, ob er sich bei KrioZhit vor Wolkow versteckte oder, was Julia für wahrscheinlicher hielt, sich deshalb dort aufhielt, weil Pawel das so wollte, er lebte, und er befand sich in Sicherheit. Zum ersten Mal seit vielen Monaten fühlte sie pures Glück. Wäre sie gläubig, hätte sie die Ikone an der Wand geküsst. So aber begnügte sie sich damit, die Nachricht wieder und wieder zu lesen, bis sie jedes Wort auswendig kannte. Dann erst löschte sie den Text und schrieb Henry eine Antwort, die sie ebenfalls abspeicherte. Sie war versucht, ihm von ihrer Vermutung zu erzählen, dass Pawel einen Nachfolger suchte, entschied sich aber dagegen. Erst musste sie wissen, für wen Michael eine Bedrohung sein könnte.

Sie suchte im Internet nach Informationen über Verwandte der Danilows, ohne Erfolg. Sie fand viele Beiträge über Vita und Pawel, und noch mehr über Andrej und den Vorfall auf Solowezki. Damit aber hatte es sich. Dabei kam ihr jedoch ein neuer Gedanke: Was, wenn Pawel hinter Andrejs Verschwinden steckte? Wenn Pawel seinen Bruder beseitigt hatte, würde er auch vor Michael nicht haltmachen.

Sie dachte an das Interview, das sie über KrioZhit gelesen hatte, und gab den Begriff »Gehirn-Computer-Verbindung« in die Suchmaschine ein. Zahlreiche Beiträge erschienen, der letzte berichtete von einem Durchbruch, den chinesische Forscher möglicherweise erzielt hatten. Offenbar war es ihnen gelungen, einen Chip im Hirn eines Menschen zu implantieren, der die Aktivität der Nervenzellen stimulierte. Julia suchte nach weiteren Informationen, fand aber keine. Eine Informationssperre der Russen? Bestimmt sahen sie den Fortschritt der Chinesen nicht gern.

Auf der Zugfahrt nach Norden hatte sie sich gefragt, ob das russische Verteidigungsministerium Pawels Forschung finanzierte. Wenn das der Fall war, hätte die Regierung vielleicht ein Interesse daran, Michael zu beseitigen. Er war Amerikaner. Wer sagte, dass er nicht für seine Heimat spionierte? Über die Vorstellung, dass Russland in ihm einen Gefährder der nationalen Sicherheit sah, hätte Julia lachen können, wäre da nicht ihre eigene Geschichte. Sie dachte daran, wie verändert Andrej nach seiner Rückkehr aus Kalifornien war. Woher wollte sie eigentlich wissen, dass er nicht für die USA spioniert hatte? Vielleicht hatte jemand ihn in Kalifornien angeworben. Oder es war genau umgekehrt. War Julias Interesse an Russland dem KGB aufgefallen? Hatte man Andrej damit beauftragt, sie zu verführen, damit sie sich ihm anvertraute?

Woher kommt Ihr Interesse an unserem Land?

Julia fühlte sich wie in dem schwarzen Loch, von dem Henry so fasziniert war. Die Informationen, Mutmaßungen und Implikationen waren so konzentriert, dass kein Licht mehr durchdrang.

Sie löschte den Browserverlauf und ging in die Küche, wo die Frau des Priesters eine Mahlzeit zubereitete.

»Kann ich Ihnen helfen?«, fragte sie.

»Wenn Sie mögen, können Sie die Pelmeni füllen.«

»Machen Sie die Teigtaschen selbst?«

»Manchmal, wenn ich Zeit dafür finde. Bruder Kyrill liebt sie, letztes Mal konnte er nicht genug davon kriegen.« Sie schmunzelte und rührte in einem Topf. »In mancher Hinsicht ist er sehr weltlich.«

Julia nahm die Schüssel mit der Füllung und setzte sich an den Tisch. »Haben Sie Bruder Andrej auch gekannt?«

»Ich habe ihn nur einmal getroffen, an Ostern.« Sie legte den Kochlöffel auf den Herd und drehte sich zu Julia um. »Mein Mann hat mir gesagt, warum Sie herausfinden möchten, was mit Bruder Sergius geschehen ist.«

»Sergius?«, wiederholte Julia.

»Andrej«, korrigierte die Frau. »Nach der Mönchsweihe hätte er den Namen Sergius getragen.«

Julia hatte nicht gewusst, dass ein orthodoxer Mönch einen neuen Namen erhielt.

»Es war bestimmt schmerzhaft, ihn an Gott zu verlieren«, fuhr die Frau fort. »Aber Ihre Großzügigkeit wird belohnt werden.«

Die Suppe auf dem Herd köchelte leise. Julia rollte den Teig aus, dann stach sie mithilfe eines Trinkglases Kreise aus. Die Frau des Priesters reichte ihr verquirltes Eiweiß, um die Ränder zu bestreichen. Julia war, als hätte sie gerade erst bei Tanja in der Küche gesessen und dasselbe gemacht.

»Haben Sie damals mit Andrej gesprochen?«, brach sie das Schweigen.

»Er hat bei uns übernachtet, weil er nicht bei seinem Bruder wohnen wollte. Ich nehme an, Sie wissen, dass Pawel Stanislawowitsch eine Kryonikanlage betreibt?« Ihr Tonfall drückte ihre Ablehnung deutlich aus.

Julia nickte. »Das widerspricht Ihrem Glauben.«

»Wir dürfen nicht Gott spielen!« Sie sah Julia an. »Bruder Andrej hat sehr unter den Ansichten seiner Familie gelitten. Sie haben seine

Meinung nicht akzeptiert und ihn mit den üblichen Argumenten bedrängt.«

»Zum Beispiel?«

»Dass Gläubige nichts gegen die Errungenschaften der modernen Medizin einzuwenden haben, wenn es darum gehe, Menschen zu retten.« Sie schüttelte verständnislos den Kopf. »Als wäre eine medizinische Behandlung vergleichbar mit dem Einfrieren von Toten! Nur Gott kann uns erlösen. Genau das will Pawel Stanislawowitsch aber nicht einsehen. Er hat weder Respekt vor der Unantastbarkeit der menschlichen Natur noch vor dem Schöpfer.« An ihrem Hals hatten sich rote Flecken gebildet.

Julia gab einen Löffel Hackmasse auf einen Teigkreis. »War Andrej wütend auf ihn?«

»Bruder Andrej hat den Glauben daran, dass Pawel Stanislawowitsch eines Tages den Weg zu Gott finden wird, nie aufgegeben. An jenem Abend hat er uns erzählt, dass sein Bruder als Kind schwer krank war. Statt dankbar dafür zu sein, dass Gott ihn gerettet hat, gab Pawel Stanislawowitsch ihm jedoch die Schuld für seine Krankheit.«

Julia hielt mitten in der Bewegung inne. »Worunter litt er?«

»Das weiß ich nicht.«

Pawels Obsession für das Thema der Unsterblichkeit und für die Verbesserung des Menschen erschien Julia in einem neuen Licht. Sie dachte daran, wie peinlich genau er auf seine Gesundheit achtete. Er trank nicht, rauchte nicht und trieb regelmäßig Sport. Weil er erfahren hatte, wie verwundbar sein Körper war? Wie fragil das Leben?

»Ein solches Erlebnis prägt den Menschen«, sagte die Frau des Priesters. »Dafür hatte Bruder Andrej Verständnis. Dennoch musste er sich von seiner Familie und der Firma distanzieren.«

»Warum ist er nach Moskau gekommen?«

»Um geschäftliche Angelegenheiten zu regeln.«

Julia konnte sich nicht vorstellen, dass sich Pawel gegen Andrejs Entscheidung gesperrt hatte. Warum sollte er? Kam es ihm nicht sogar entgegen, dass Andrej nichts mit seinen Firmen zu tun haben wollte?

Nun konnte er eine klare strategische Ausrichtung festlegen, ohne dass er Widerstand befürchten musste.

»Glauben Sie, dass Andrej ertrunken ist?«, fragte Julia geradeheraus.

Die Frau zögerte ein bisschen zu lange.

»Bitte, sagen Sie mir, was Sie denken«, bat Julia.

»Der Mensch ist nicht frei von Sünde.«

»Meinen Sie damit Andrej?«, drang Julia weiter in sie.

»Und es begab sich, als sie auf dem Felde waren, erhob sich Kain wider seinen Bruder Abel und schlug ihn tot.«

Julia sah ihr in die Augen. Auch wenn sich die Frau nicht traute, ihre Gedanken direkt zu formulieren, war die Andeutung klar. Auch sie hielt es für möglich, dass Pawel seine Finger bei Andrejs Tod im Spiel gehabt hatte.

»Warum hätte Pawel ihm etwas antun sollen?«, fragte Julia. »Ich verstehe den Grund nicht.«

»Und der Herr sah gnädig an Abel und sein Opfer, aber Kain und sein Opfer sah er nicht gnädig an. Da ergrimmte Kain sehr und senkte finster seinen Blick.«

Julia begann, die Kreise zu einem Halbmond zusammenzufalten. Wenn Pawel seinen Bruder getötet hat, dachte sie, dann bestimmt nicht aus Eifersucht.

27

Tschurka zündete eine Zigarette an und lehnte sich gegen die Mauer. Sein Plan war schiefgelaufen. Früher hätte er sich als Versager gefühlt, heute wusste er, dass Rückschläge zum Leben dazugehörten. Entscheidend war, wie gut man sie wegsteckte, und darin hatte er Übung. Als sein Stiefvater von einem Baugerüst gestürzt war, hatte Tschurka heimlich einen Freudentanz aufgeführt. Nur wenige Wochen später hatte seine Mutter einen neuen Tyrannen angeschleppt. Tschurka hatte die Ohrfeigen zunächst schweigend ertragen, aber dann dafür gesorgt, dass der Mann schneller aus seinem Leben verschwand als der vorherige. Nie würde er den Ausdruck auf dessen Gesicht vergessen, als die Miliz die Uhr des Chefs in seiner Jacke fand.

Tschurka war kein Sadist. Wer sich anständig verhielt und sich ehrlich bemühte, seine Anweisungen zu befolgen, hatte von ihm nichts zu befürchten. Xenia hatte getan, was sie konnte, wenn auch ohne Erfolg. Deshalb hatte er das kleine Mädchen zu ihrer Großmutter zurückgebracht, selbstverständlich unversehrt. Schade nur, dass Xenia die künstlichen Fingernägel entsorgt hatte, mit denen sie dem Amerikaner ein paar Kratzer verpasst hatte. Vielleicht hätte er ihr sagen müssen, wozu er das Sperma brauchte.

Er warf die Kippe auf den Boden. Damit hinterließ er seine DNA, doch es war ihm egal. Pawel sollte ruhig wissen, von wem er beobachtet wurde. Das würde ihn nervös machen. Und wer nervös war, machte Fehler. Tschurka hatte damit gerechnet, dass Pawel nach Xenias Ausbruch sofort nach Selenograd kommen würde. Pawel regelte wichtige Dinge selbst, in dieser Beziehung waren sie sich ähnlich. Der anschließende Saunabesuch jedoch hatte Tschurka überrascht.

Seit dem Mord an Bogdan Radu hatte der Amerikaner das Gebäude nicht mehr verlassen. Für Tschurka war der Ausflug ein Glücksfall gewesen. Er hatte sich in Stellung gebracht und gewartet, bis sich Pawel und der Amerikaner auf den Rückweg machten. Aber noch bevor er sich in die Hütte schleichen konnte, war eine Reinigungsmannschaft eingetroffen. Sechs Personen, um eine einzige Sauna zu säubern! Nur ein Profi hätte danach DNA finden können. Auch diesen Rückschlag hatte Tschurka verkraftet und sich dem nächsten Plan zugewandt. Moskau war schließlich auch nicht in einem Tag erbaut worden. Wenn er es nicht mit List schaffte, an die DNA des Amerikaners zu kommen, musste er eben Gewalt anwenden.

Die meisten Angestellten hatten KrioZhit bereits verlassen. Katarzyna Szewińska war nicht unter ihnen gewesen. Er dachte daran, wie der Amerikaner sie in dem georgischen Restaurant angestarrt hatte. Hungrig, begierig. Genau deshalb war es so wichtig, Menschen zu beobachten. Zwar verstand Tschurka nicht, was der Amerikaner an dieser Wissenschaftlerin so faszinierend fand, aber das musste er auch nicht. Es reichte, dass er eine Schwäche von ihm erkannt hatte.

Die Tür öffnete sich erneut, und Tschurkas Geduld wurde belohnt. Katarzyna Szewińska kam heraus und ging mit zügigen Schritten über den Parkplatz. Tschurka folgte ihr in sicherem Abstand. Die Scheinwerfer der entgegenkommenden Autos blendeten ihn, sodass er nur ihre Umrisse sah. Sie eilte an einer Bushaltestelle vorbei, überquerte die Straße und marschierte weiter geradeaus, bis sie zu einem Einkaufszentrum kam. Dort nahm sie ihr Telefon hervor und schaute auf das Display. Tschurka sah sich um. Niemand schien sich für sie zu interessieren. Sie steckte das Handy wieder weg und verschwand durch die Schiebetür. Tschurka schloss näher auf. Im Einkaufszentrum war es unübersichtlich, er durfte Katarzyna Szewińska nicht aus den Augen verlieren. Sie ging an einem Bekleidungsgeschäft vorbei, ohne die Auslagen eines Blickes zu würdigen. Auch der Supermarkt interessierte sie nicht. Stattdessen steuerte sie auf die Tiefgarage zu. Abgasgeschwängerte Luft schlug ihm entgegen. Er stellte sich so vor die Kasse, dass er Katarzyna Szewińska im Auge behalten konnte. Sie schlängelte sich zwischen den geparkten Autos hindurch, bis sie zu einem Aurus Senat kam. Die Tür ging auf, und sie stieg ein. Tschurka stieß einen leisen Pfiff aus. Er konnte nicht erkennen, wer in der Luxuslimousine saß, er wusste nur, dass der Besitzer wohlhabend oder mächtig sein musste. Vermutlich beides. Fünf Minuten später stieg Katarzyna Szewińska wieder aus und ging zum Einkaufszentrum zurück.

Tschurka musste seinen Plan ändern. Auch das gehörte dazu. Er ging an den parkenden Fahrzeugen vorbei und stieß auf eine Frau, die, ihr quengelndes Kind auf dem Arm, gerade ihren Geländewagen abgeschlossen hatte. Ohne dass sie es bemerkte, zog er ihr den Autoschlüssel aus der Tasche. Als der Aurus Senat die Tiefgarage verließ, befand sich Tschurka zwei Wagen hinter ihm. Der Verkehr war dicht, doch dank des hoch liegenden Geländewagens konnte Tschurka die Limousine im Blick behalten. Eine knappe Stunde später erreichten sie Moskau. Der Aurus verließ die Autobahn und fuhr nach Westen. Sie kamen an schicken Boutiquen und teuren Restaurants vorbei. Die Gebäude entlang der Straße waren frisch renoviert und mit Sicherheitszäunen umgeben. Als die Limousine in die Rubljowsker Chaussee einbog, schlug Tschurkas Herz ein wenig schneller. Vita wohnte an der Rubljowka. Er war erst einmal bei ihr zu Hause gewesen, verkleidet als Handwerker. Sie hatte nicht mit der Wimper gezuckt, als sie ihn erkannte. Eine beeindruckende Villa. Weniger protzig, als er erwartet hatte. Tschurka verstand nicht viel von Inneneinrichtungen, dennoch ahnte er, dass die schlichten Möbel und die Kunstgegenstände ein Vermögen gekostet haben mussten. Irgendwann würde er sich auch in so einem Haus niederlassen. Wenn er im Ruhestand war. Bis dahin aber würde er weiterhin von Unterkunft zu Unterkunft ziehen. Das hatte den Vorteil, dass er schwer zu finden war.

Der Aurus fuhr an der Villa der Danilows vorbei, ohne die Geschwindigkeit zu drosseln. Eine Patrouille einer privaten Sicherheitsfirma kam ihnen entgegen, und Tschurka ließ sich etwas weiter zurückfallen. Er spürte den Blick des Fahrers auf sich, wachsam und misstrauisch. Der Aurus hielt vor einer hohen Mauer, ein Tor ging auf, und die Limousine verschwand. An der nächsten Abzweigung wendete Tschurka und kehrte ohne Licht zurück. Die Villa hinter der Mauer glich einem Schloss. Er sah Säulen wie im antiken Griechenland und Balkone, auf denen Statuen prangten. Darüber ragten zwei Türme in die Höhe. Auf einem wehte eine Flagge mit dem Logo von Wolkow Industries.

28

Michael saß in seinem Zimmer und wartete auf das Abendessen. Seine Gedanken kreisten unentwegt um Katarzyna. Er hatte sie noch nicht auf die verschwundenen Präparate angesprochen. Am Morgen hatte Pawel kurzfristig eine Besprechung anberaumt, zu Michaels Erstaunen war auch er eingeladen gewesen. Viele der Wissenschaftler kannte er nicht, einigen war er zumindest schon einmal begegnet. Pawel stellte ihn als Bogdan Radus Nachfolger vor, was Michael freute, aber auch beunruhigte. Hatte Pawel Radus Stelle überhaupt ausgeschrieben? Michael fühlte sich zu etwas gedrängt, dem er nicht zugestimmt hatte. Er wollte Pawel zur Rede stellen, jetzt war aber nicht der richtige Zeitpunkt. Den Chinesen war es gelungen, einen wichtigen Fortschritt bei der Entwicklung einer Gehirn-Computer-Schnittstelle zu erzielen. Den ernsten Mienen der Wissenschaftler nach zu urteilen, bedeutete das einen schweren Rückschlag für Pawel. Nach der Sitzung war er in Begleitung zweier Männer in dunklen Anzügen verschwunden. »Минобороны«, hatte ein junger Chemiker erklärt, als Michael ihn gefragt hatte, wer die Männer seien. Michael hatte den Begriff nachgeschlagen und erfahren, dass »Minoborony« die umgangssprachliche Form von »Ministerstwo Obrony Rossijskoj Federazii« war, dem Verteidigungsministerium der Russischen Föderation.

Diese Information beunruhigte ihn. Als er von Katarzyna wissen wollte, ob ihre Forschung für militärische Zwecke genutzt würde, hatte sie mit den Schultern gezuckt und erklärt, das interessiere sie nicht.

»Könntest du es mit deinem Gewissen vereinbaren?«, hatte er sie gefragt.

»Es ist nicht meine Aufgabe, mir darüber Gedanken zu machen.«

»Wäre es dir wirklich egal, wenn deine Arbeit dazu führen würde, dass wir es in Zukunft mit ferngesteuerten Soldaten zu tun haben? Wenn sich autonome Waffen dank maschinellem Lernen verselbstständigten?«

»Jede technologische Errungenschaft kann missbraucht werden. Als Wissenschaftler sind wir nicht in der Lage, zu kontrollieren, wie sie andernorts eingesetzt werden. Abgesehen davon ist mein Beitrag winzig klein.«

»Das ändert nichts an der Grundsatzfrage.«

»Was glaubst du, wie Forschung finanziert wird?«, hatte sie gekontert. »Durch Sonntagskollekten?«

Michael sehnte sich nach den Gesprächen mit Henry. Stundenlang konnten sie über Gott und die Welt diskutieren. Henry war zwar Astrophysiker, doch die Welt hatte für ihn nie ihren Zauber verloren. Er konnte sie berechnen und gleichzeitig bestaunen. Ethische Aspekte spielten bei seinen Überlegungen eine wichtige Rolle.

Michael hörte das vertraute Rattern des Servierwagens. Er öffnete die Tür, und Trapezius reichte ihm das Tablett mit seiner Mahlzeit. Es gab Fisch mit Kartoffeln, dazu eine Gemüsebrühe und Salat. Trapezius nahm ein weiteres Tablett vom Wagen und klopfte bei Katarzyna.

»Sie ist nicht da«, sagte Michael, obwohl er immer noch nicht wusste, ob Trapezius ihn überhaupt verstand.

Als Antwort erhielt er ein Grunzen.

Trapezius schloss Katarzynas Tür auf und stellte die Mahlzeit auf den Tisch.

Michael folgte ihm. »Sie sollten Ihren Kiefer bewegen«, riet er. »Um eine Versteifung des Gelenks zu verhindern.« Er machte es vor.

Trapezius reagierte nicht.

»Darf ich?« Michael tastete vorsichtig den Knochen ab. »Eigentlich sollten Sie gar nicht arbeiten. Nehmen Sie Antibiotika?«

Zu seiner Überraschung nickte Trapezius. Also verstand er ihn doch. Michael zeigte ihm ein paar schonende Übungen, und Trapezius machte sie nach. Michael reckte den Daumen in die Höhe. Trapezius erwiderte die Geste und verließ das Zimmer.

Michael war allein in Katarzynas Studio. Sein Blick fiel auf ihren Laptop, der auf dem Tisch lag. Er klappte ihn auf, doch er war passwortgeschützt. Er versuchte gar nicht erst, ihn zu entsperren. Eine Neuroinformatikerin würde wohl kaum ihr Geburtsdatum als Passwort verwenden. Stattdessen begann er, das Zimmer zu durchsuchen. Er wusste nicht, was er sich davon erhoffte. Dass sie Unterlagen über Bogdan Radu oder über ihre Forschung hier aufbewahrte? Er zog eine Schublade auf, und ein Foto kam zum Vorschein. Es zeigte eine jüngere Katarzyna zusammen mit einem Mann. Sie lagen auf einem Bett, nur ihre Oberkörper waren zu sehen. Beide trugen Europapark-T-Shirts. Katarzyna musste das Foto gemacht haben, denn ihr Arm ragte aus dem Bild. Wie entspannt sie aussah! Ihr Haar war offen, es lag wie ein Fächer auf dem Kissen. Der Mann blickte nicht in die Kamera, sondern zu ihr. Seine Nase berührte ihre Wange, eine Geste, die zärtlich und zugleich vertraut wirkte.

Michael legte das Foto zurück. Das hatte er nun von seiner Neugier. Warum bekam Katarzyna nie Besuch von diesem Mann? Hatten sie sich getrennt? Hatte sie seinetwegen beim Human-Brain-Projekt aufgehört? Michael schloss die Schublade wieder und machte sich an ihrem Schreibtisch zu schaffen. Er stieß auf eine ganze Reihe Weihnachtskarten. Manche steckten bereits in Umschlägen, andere warteten noch darauf, beschrieben zu werden. Alle Umschläge waren adressiert. Michael holte seinen Laptop aus seinem Zimmer und fotografierte sie.

Der Aufzug setzte sich in Bewegung. Rasch verließ Michael das Zimmer und kehrte in sein Studio zurück. Kurz darauf hörte er nebenan das Klappern von Besteck. Er wünschte, Katarzyna hätte vorgeschlagen, gemeinsam zu essen. Er setzte sich mit seinem Teller an den Schreibtisch und öffnete ein Patientendossier. Während er aß, begann er, es zu übersetzen. Nachdem er einige Wörter nachgeschlagen hatte, wurde ihm klar, dass es sich bei dem Patienten um eine Katze handelte. Das Konservieren von Tieren interessierte ihn nicht. Er nahm die Akte eines fünfzigjährigen Mannes hervor, der an den Folgen eines Unfalls gestorben war. Bogdan Radu hatte unmittelbar nach dessen Tod mit der Kryokonservierung begonnen. Eine ideale Ausgangslage. Kaum Zellschäden, frisches Gewebe. Michael studierte die Blutwerte. Der Mann war gesund gewesen, alle Organe funktionsfähig. Mit größter Wahrscheinlichkeit hätte er noch ein langes Leben vor sich gehabt. Über den Unfallhergang erfuhr er nichts. Fehlte vielleicht eine Seite? Michael blätterte die Akte noch einmal durch. Auch die Todesursache hatte Radu nicht erwähnt. Dafür hatte er Eingriffe und Untersuchungen vorgenommen, die nicht zum Standardvorgehen gehörten. Weil sich der Körper aufgrund seiner guten Verfassung als Studienobjekt eignete? Radu hatte sogar den Samenleiter des Toten geöffnet und gespeicherte Spermien aus den Nebenhoden geholt. Sie waren kräftig genug, um zur Fortpflanzung eingesetzt werden zu können. Vielleicht hatte der Patient eine Frau hinterlassen, die sich von ihm ein Kind wünschte. Michael blätterte zu den persönlichen Angaben. Bezugspersonen waren nicht vermerkt. Er las, dass eine Genanalyse durchgeführt worden war. Radu hatte eine H1069Q-Mutation im ATP7B-Gen des Patienten festgestellt.

Michael legte die Gabel neben seinen Teller und stand auf. Mit der Akte in der Hand klopfte er bei Katarzyna.

Sie kam zur Tür. »Ja?«

»Darf ich kurz hereinkommen?« Er deutete auf die Unterlagen.

Sie trat beiseite. Ihr Teller war leer, aus dem Teekocher dampfte es.

»Ich versuche, Dr. Radus Vorgehensweise zu verstehen«, erklärte er. »Bei diesem Patienten hat er eine Genanalyse in Auftrag gegeben und Sperma konserviert. Weißt du zufällig, auf wessen Wunsch hin?«

Sie sah ihn mit einem seltsamen Gesichtsausdruck an. »Möchtest du eine Tasse Tee?«

»Gerne!«

Sie stellte zwei Tassen auf den Tisch und öffnete eine Packung Kekse. »Ich war einkaufen.«

Er schaute sie überrascht an.

»Ich weiß, wir dürfen das Gebäude nicht verlassen. Aber ich lasse mich nicht einsperren.« Sie lächelte fast kokett. »Ich hoffe, du verrätst mich nicht.«

»Natürlich nicht!«, stammelte er.

»Zeig her«, sagte sie.

Er wusste nicht, wovon sie sprach.

»Die Akte.«

An ihrem Kinn entdeckte er die Andeutung eines Grübchens, das ihm bisher noch nicht aufgefallen war.

Katarzyna griff nach der Akte. »Soviel ich weiß, hat Dr. Radu laufend versucht, das Verfahren zu verfeinern. Ich kann mir vorstellen, dass er die Genanalyse hat durchführen lassen, damit er einen aussagekräftigen Vergleich ziehen konnte«, sagte sie, nachdem sie die Seiten überflogen hatte.

Michael räusperte sich. »Und das Sperma?«

»Muss auf Anweisung eines Verwandten oder eines Bevollmächtigten entnommen worden sein. Der Vorgang ist nicht üblich.«

»Also würde man es mir mitteilen, wenn ich Sperma einfrieren sollte? Ich muss das nicht selbst abklären?«

»Davon gehe ich aus.«

»Was ist mit der Genanalyse? Gibt es Kriterien, die erfüllt sein müssen, damit ich sie in Auftrag geben kann?«

»Ich kann dir nicht weiterhelfen. Wir haben zwar beide im Untergeschoss gearbeitet, inhaltlich aber gab es zwischen Dr. Radu und mir wenig Berührungspunkte.«

Sie war jetzt wieder ganz die Alte. Sachlich, distanziert, professionell.

»Warum befindet sich auf deinem Laptop eine Datei mit Radus Patientennummer?«, platzte es aus ihm heraus.

Katarzyna lehnte sich ein wenig zurück. Dann stand sie auf, nahm seine Tasse und stellte sie in die Spüle. Ein unmissverständliches Zeichen, dass er gehen sollte.

»Entschuldige, ich wollte nicht … ich bin nur etwas überwältigt. Ein neues Fachgebiet, eine fremde Sprache, niemand, der mich in die Arbeit einführt. Ich versuche, so viel wie möglich zu verstehen, das ist alles.«

Sie verzog keine Miene. »Warum bist du hier?«

Er zeigte auf die Patientenakte. »Weil ich dich …«

»Bei KrioZhit«, unterbrach sie.

Er lachte etwas verlegen. »Ehrlich gesagt, weiß ich das selbst nicht so genau. Ursprünglich wollte ich Pawel interviewen, doch alles kam anders.«

Er sah ihr an, dass sie ihm nicht glaubte. Sie hatte miterlebt, wie Pawel ihn wochenlang gegen seinen Willen eingesperrt hatte.

»Pawel schützt mich«, erklärte er.

»Wovor?«

Er überlegte, ob er seine Reportage erwähnen durfte. Pawel hatte es ihm nicht verboten. Wenn er von Katarzyna ehrliche Antworten erwartete, musste auch er mit offenen Karten spielen. Also erzählte er ihr von den Gesprächen, die er geführt hatte, und wie er dabei auf die illegalen Machenschaften der Firma Rejuvena gestoßen war.

»Der Kunde, der für den Tod des vierjährigen Jungen verantwortlich war, ist ein russischer Oligarch«, schloss er.

»Und dieser Mann will verhindern, dass die Wahrheit ans Licht kommt?«, fragte Katarzyna.

»Ja.«

»Warum sollte ein Oligarch Angst vor dir haben?«

»Niemand will mit dem Tod eines Kindes in Verbindung gebracht werden.«

»Hast du Beweise?«

»Nein.«

»Dann wird er es einfach abstreiten.«

Selbst für ihn klang die Geschichte plötzlich unglaubhaft. Schlagartig kehrten seine Zweifel zurück. Was hatte Pawel tatsächlich mit ihm vor?

»Dr. Radu ist gefoltert worden«, sagte er mit Nachdruck. »Offensichtlich wollte jemand Informationen von ihm.«

»Über dich?«

»Davon gehe ich aus.«

Katarzyna schwieg lange. Sie rührte sich nicht, sie stand einfach nur da und betrachtete ihn, als studiere sie ein Präparat unter einem Mikroskop. Als sie schließlich sprach, klang sie nachdenklich.

»Wer bist du wirklich, Michael Wilson?«

29

Xenia stopfte ihre Kleider in die Reisetasche, packte die wenigen persönlichen Gegenstände ein, die sie in Selenograd aufbewahrte, und warf sich die Tasche über die Schulter. Sie stürzte aus dem Zimmer, vorbei an dem verblüfften Türsteher und hinaus in die Nacht. Schluchzend vor Erleichterung rannte sie die Straße hinunter. Ihr kleines Mädchen war wieder da! Aliska hatte einfach im Garten gestanden, nur wenige Schritte von der Stelle entfernt, wo sie verschwunden war. Am Telefon hatte ihre Mutter abwechselnd geweint und gelacht.

Die letzten Tage waren ein Albtraum gewesen. Xenia hatte alles getan, um Aliska zurückzubekommen. Doch wie sollte sie Sperma beschaffen, wenn der Kunde keinen Sex wollte? Es gab viele seltsame Typen, eines aber hatten alle gemeinsam: Sie bezahlten, um befriedigt zu werden. Der Amerikaner jedoch wollte nur Russisch lernen. Vielleicht turnte es ihn an. Xenia hatte vor langer Zeit aufgehört, sich über die Wünsche ihrer Kunden zu wundern.

Trotzdem hatte man Aliska freigelassen. Dabei war sich Xenia sicher gewesen, ihren Engel nie wieder in die Arme nehmen zu können. Danke, danke, danke! Sie würde keine Fragen stellen. Das Glück nicht herausfordern. Hauptsache, ihre Tochter war wohlbehalten nach Hause gekommen. Auch hierher zurückkehren würde sie nicht mehr. Ihre Mutter hatte sie gewarnt. Als Prostituierte war man leichte Beute. Um sich selbst machte Xenia sich keine Sorgen, sie konnte sich wehren. Wie aber hätte sie ahnen sollen, dass sie Aliska einmal in Gefahr bringen könnte?

Sie musste sich beeilen, in fünf Minuten fuhr der Bus. Sie wählte eine Abkürzung und ging zwischen den Häusern durch. Sie stolperte auf dem unebenen Weg, ignorierte das Stechen in der Seite, weiter, weiter. Hinter sich hörte sie ein Rascheln, irgendwo klirrte eine Glasflasche. In der Ferne sah sie bereits die Bushaltestelle. Außer Atem verlangsamte sie ihre Schritte. Wieder raschelte es, diesmal näher. Xenia blickte zurück. Auf der Autobahn brausten die Fahrzeuge vorbei, am Himmel entfernte sich ein Flugzeug. Weit und breit kein Mensch. Sie kam zu einem verlassenen Spielplatz, auf dem leere Getränkedosen lagen. Die Tasche rutschte ihr von der Schulter, und Xenia nahm sie in die Arme wie ein Kind. Sie dachte an die Wärme, die Aliskas kleiner Körper ausstrahlte, wie gerne sie ihre Tochter trug, auch heute noch!

Plötzlich wurde sie nach hinten gerissen. Die Tasche fiel zu Boden, Xenia stolperte und griff nach ihrem Hals. Sie spürte ein Seil.

»Schsch«, flüsterte ihr jemand ins Ohr.

Panisch riss Xenia an dem Seil und versuchte, ihre Finger darunterzuschieben.

»Schsch.«

Sie roch nasse Wolle und Knoblauch. Punkte tanzten vor ihren Augen. Dann ließ der Druck nach, und sie schnappte gierig nach Luft. Ihr einziger Gedanke: Aliska. War sie wirklich zu Hause? Hatte man ihre Mutter zu einer Lüge gezwungen?

»Bitte«, krächzte sie. »Tun Sie ihr nichts! Ich habe es versucht, ich wollte es wirklich, er konnte nicht, er ist …« Das Seil würgte ihre Worte ab.

Auf der Hauptstraße fuhr der Bus vorbei, während sie über den Spielplatz gezerrt wurde. Wie hatte sie glauben können, der Entführer würde sie ungestraft davonkommen lassen? Jeder wusste, wozu ein Tschurka fähig war. Durch einen Tränenschleier betrachtete Xenia die Lichter, die hinter den Fenstern brannten. Sah sie denn niemand? Sie versuchte zu schreien, sofort wurde die Schlinge um ihren Hals enger.

Sie kamen zu einem Wagen, der etwas abseits parkte. Der Kofferraum sprang auf. Eine Hand packte ihren Kopf, drückte ihn nach unten. Xenia bäumte sich auf, trat mit dem Fuß nach hinten, schlug und kratzte mit ihren Fingernägeln um sich. Keine Luft. Sie kämpfte weiter, hörte ein Keuchen, spürte, wie es ihr warm über die Schläfe lief. In ihren Ohren rauschte es, sie verlor das Gleichgewicht und stürzte nach vorne in die Dunkelheit. Der Deckel des Kofferraums schlug zu, der Druck am Hals war weg. Kein Seil. Luft, endlich. Ein Brennen im Rachen, Schmerzen. Der Motor sprang an, Abgasgeruch.

Xenia stöhnte. Sie hätte sich gern zusammengerollt und sich ausgemalt, wie sie schon morgen Tworoshniki für Aliska zubereitete. Aber wenn sie jetzt aufgab, würde sie nie mehr mit ihrer Tochter frühstücken. Sie tastete den Kofferraum ab. Kein Wagenheber, nichts, das ihr als Waffe dienen könnte. Der Wagen fuhr schneller, eine scharfe Kurve. Xenia wurde gegen die Seitenwand geschleudert, fiel zurück. Ihr war speiübel. Sie zwang sich nachzudenken. Warum hatte man sie nicht auf der Stelle getötet? War es nicht viel riskanter, sie zu dem Wagen zu schleppen? Nasse Wolle und Knoblauch. Der Tadschike hatte nach Zigaretten gerochen. Handelte es sich überhaupt um dieselbe Person? Der Wagen bremste ab. Es ruckelte, als sie über eine unebene Straße fuhren. Ein Feldweg? Xenia zog einen ihrer Stiefel aus.

Als der Kofferraum aufging, schlug sie mit dem Stiefel um sich. Die Person, die über ihr stand, wich überrascht zurück. Xenia sprang aus dem Wagen, sah Bäume, floh in den Wald. Sie merkte kaum, dass sie nur einen Stiefel trug. Die Fußsohle betäubt von dem kalten Schnee, der Rachen in Flammen. Weit und breit kein Mensch. Die Straße lag hinter ihr, hier im Wald gab es niemanden, der ihr helfen konnte. Sie fiel hin, stand wieder auf. Traute sich nicht zurückzublicken, preschte durchs Unterholz. Eine Senke, darüber lag ein Nadelbaum mit dichten Ästen über einem auseinandergebrochenen Stamm. Xenia ließ sich fallen, rollte unter den Stamm und presste die Hand über den Mund, um ihre Atemgeräusche zu dämpfen. Sie hörte ein Knirschen im Schnee. Jemand kam näher.

Der Mond trat hinter den Wolken hervor. Der Schnee glänzte weiß im silbrigen Licht. Xenia bewegte sich nicht, verschmolz mit dem Baum. Da sah sie die blutrote Spur. Sie führte direkt zu ihrem Versteck.

30

Vielleicht ging es Xenia gar nicht um eine DNA-Probe«, sagte Michael.

»Sondern?«, fragte Pawel abwesend.

Sie saßen in seinem Büro, einem lichtdurchfluteten Raum, der geschmackvoll eingerichtet war. Qualitätsmöbel, Hightechgeräte, an der Wand zwei moderne Grafiken von russischen Künstlern. Teuer, aber nicht protzig. Michael konnte sich gut vorstellen, hier zu arbeiten. Er legte die Akte des fünfzigjährigen Patienten auf den Schreibtisch.

Pawel überflog die erste Seite, dann setzte er sich aufrechter hin. »Warum ist diese Akte bei dir?«

»Dr. Radu hat dem Mann Sperma entnommen«, sagte Michael.

»Woher weißt du das?«, fragte Pawel scharf.

»Es steht in dem Bericht.«

»Die Unterlagen sind auf Russisch.«

»Katarzyna hat sie mir übersetzt.«

Pawel sah ihn schweigend an. Michael zwang sich, seinem Blick standzuhalten. Er wollte ihm nicht verraten, dass er ein wenig Russisch verstand. Es war der einzige Trumpf, den er Pawel gegenüber besaß. Das Telefon klingelte, doch Pawel nahm nicht ab. Er lehnte sich zurück und presste die Fingerkuppen aneinander.

»Das gehört zum Standardvorgehen«, sagte er. »Bei Patienten im zeugungsfähigen Alter konservieren wir immer Sperma. Noch wissen wir wenig über die Langzeitfolgen der Kryokonservierung. Möglicherweise werden die Wissenschaftler, die unsere Arbeit weiterführen, einmal dankbar sein für die Proben.«

Michael hatte die Akten aller Patienten studiert, die unter sechzig waren, keinem von ihnen war Sperma entnommen worden.

Pawel schloss die Mappe und schob sie beiseite. »Was hältst du von einer Führung? Einige unserer Wissenschaftler hast du auf der gestrigen Sitzung kennengelernt, bestimmt interessiert dich, woran sie arbeiten.«

Ohne auf eine Antwort zu warten, wählte er eine Nummer. Michael verstand die Begriffe »Neuer Mitarbeiter« und »Rundgang«. Kurz darauf klopfte es, und der Chemiker, mit dem er am Vortag gesprochen hatte, kam herein. Michael wollte nach der Akte auf dem Schreibtisch greifen, doch Pawel legte seine Hand darüber.

»Ich sorge dafür, dass sie zurückgebracht wird.« Er sah auf die Uhr. »Ich schätze, ihr braucht etwa eine Stunde. Danach würde ich dir gern etwas zeigen. Hast du Zeit für einen Ausflug?«

Es war eine rhetorische Frage.

»Ich wollte mich mit Dr. Radus Versuchsreihen beschäftigen, aber das kann warten«, antwortete Michael.

»Gut.«

Der Chemiker führte Michael zum Aufzug. Die Labors waren über drei Etagen verteilt. Es herrschte ein angenehmes Arbeitsklima, die Räume waren hell und die Arbeitsplätze großzügig. Auf jeder Etage gab es eine Teeküche und einen Erholungsraum.

»Da Sie viel Zeit mit Dr. Szewińska verbringen, wissen Sie vermutlich, woran wir forschen?« Der Chemiker sah ihn fragend an.

»Ich weiß, woran Dr. Szewińska forscht«, antwortete Michael. »Nicht aber, inwiefern die Arbeit hier oben damit zusammenhängt.«

»Wir arbeiten alle am selben Projekt«, sagte er. »Dem Auslesen des Gehirns. Die räumliche Distanz hat nichts zu bedeuten. Dr. Szewińska hat ihren Arbeitsplatz im Untergeschoss eingerichtet, weil sie sich dort besser konzentrieren kann. Sie ist etwas … eigen.« Er grinste. »Aber eine hervorragende Wissenschaftlerin. Wir untersuchen die Kommunikation zwischen den Nervenzellen, um zu verstehen, wie das Gehirn funktioniert. Zu meinen Aufgaben gehört es, Neuronen auf Ebene der Moleküle nachzubauen.«

»Glauben Sie, dass ein Gehirn-Upload irgendwann möglich sein wird?«

»Irgendwann, ja.« Sie kamen zu einem Raum, in dem Versuchstiere gehalten wurden. »Das größte Problem besteht darin, dass wir keine Untersuchungen an Menschen durchführen können, weil wir dabei das Gehirn zerstören würden. Die räumliche Auflösung eines Kernspintomografen oder eines Computertomografen reicht leider noch nicht aus, um einzelne Nervenzellen zu erkennen. Doch die Technik macht große Fortschritte, ich bin zuversichtlich, dass sich bald neue Möglichkeiten auftun werden. Die Speicherkapazität von Computern verdoppelt sich alle achtzehn Monate.«

Michael dachte an die Ordner auf Katarzynas Laptop. Erst jetzt fiel ihm auf, wie geschickt sie seinen Fragen ausgewichen war.

»Hat Dr. Radu auch an der Auslesung des Gehirns mitgearbeitet?«

»Nein, er hat sich ausschließlich mit der Langzeiterhaltung von Zellen beschäftigt. Werden Sie seine Arbeit fortsetzen?«

»Darüber haben wir noch nicht gesprochen. Ich habe mich ganz auf die Versorgung der Patienten konzentriert. Vieles ist neu für mich.«

»Wir waren alle überrascht, dass Dr. Radu so plötzlich abgereist ist.« Der Chemiker sah ihn erwartungsvoll an.

»Ich kannte ihn kaum«, wich Michael aus und wechselte das Thema. »Dr. Szewińska hat mir empfohlen, das OpenWorm-Projekt zu studieren. Sind Sie auch daran beteiligt?«

»Dafür habe ich leider keine Zeit. Aber Sie werden nirgends eine bessere Einführung in unsere Arbeit finden.«

Sie kamen zu einem Großlabor, in dem rund zwei Dutzend Wissenschaftler beschäftigt waren. Der Chemiker erläuterte kurz, wer woran arbeitete.

»Funktioniert der defekte Gefrierschrank wieder?«, fragte Michael und warf einen Blick auf den Kühlraum.

Der Chemiker runzelte die Stirn. »War einer defekt?«

»Letzte Woche. Ich wollte etwas hochbringen, doch es hieß, wegen des defekten Geräts herrsche Platzmangel«, log er.

»Das müssen Sie falsch verstanden haben. Hier oben war nichts defekt. Das ist übrigens einer der größten Vorzüge bei KrioZhit. Alles funktioniert. In staatlichen Einrichtungen wartet man wochenlang darauf, bis ein defektes Gerät repariert oder ersetzt wird. Manchmal sogar Monate.«

Michael überlegte, ob er nach den verschwundenen Präparaten fragen sollte, doch ihm war klar, dass sie sich nicht hier oben befanden. Was hatte Katarzyna damit gemacht?

Der Chemiker nahm sein Handy hervor. »Die Stunde ist beinahe um. Besser, Sie lassen den Boss nicht warten.«

»Wie ist Pawel Danilow als Vorgesetzter?«, fragte Michael, während sie zum Aufzug zurückgingen.

Der Chemiker ließ sich Zeit mit der Antwort. »Streng, aber fair. Er stellt genauso hohe Ansprüche an sich selbst wie an uns. Manche werfen ihm vor, dass er zu viel erwartet. Ich finde, solange auch er viel leistet, ist das in Ordnung. Seien wir ehrlich, wie viele Unternehmer seines Kalibers interessieren sich für die tägliche Arbeit ihrer Mitarbeiter? Der Boss kennt den Betrieb in- und auswendig. Nicht nur KrioZhit, sondern alle seine Unternehmen. Und das sind ganz schön viele.« Die Lifttür ging auf. »Schade, dass uns die Chinesen bei der Einsetzung des Chips zuvorgekommen sind. Aber so ist es nun mal in der Forschung. Vielleicht stimmt es auch gar nicht. Es wäre nicht das erste Mal, dass sie einen Fortschritt melden, den sie gar nicht erzielt haben.«

»Meinen Sie mit Chip die Mikroelektronik, die Signale der Elektroden im Gehirn auswertet?«

»Ja.« Sie fuhren nach oben. »Die Chinesen haben es geschafft, die flexiblen Elektroden in das Gehirn eines Menschen einzusetzen. Angeblich können sie die Aktivität von über tausend Nervenzellen gleichzeitig aufzeichnen.«

»Eines lebenden Menschen?«

»Ja.«

»Wie?«

»Dr. Szewińska hat einen Roboter entwickelt, der die feinen Drähte wie eine Nähmaschine unter der Schädeldecke verlegt. Er ist sogar in der Lage, Blutgefäße zu erkennen. Wir haben die Versuche aber erst an Ratten durchgeführt.«

Sie waren in der Chefetage angekommen. Michael bedankte sich für die Führung und verabschiedete sich. Er klopfte bei Pawel, der ihn bereits erwartete. Kurz darauf saßen sie in Pawels Mercedes.

»Wohin fahren wir?«, fragte Michael.

»Moskau.« Pawel reichte ihm seine Medikamente. »Ich habe sie aus deinem Zimmer holen lassen. Wir sind erst nach Mittag wieder zurück.«

Michael steckte die Dose ein. Die Medikamente einzunehmen, war zu einer Gewohnheit geworden, die er nicht mehr hinterfragte.

»Wie lange muss ich mich noch verstecken?«, fragte er.

»Bis Radus Mörder gefasst ist.«

»Du hast gesagt, du kümmerst dich darum.«

»Ich arbeite daran.«

»Warum hast du den Mitarbeitern bei KrioZhit eröffnet, dass ich Dr. Radus Nachfolge angetreten habe? Sie könnten es weitererzählen.«

»Du kannst dich nicht ewig verstecken.«

Michael begriff. »Du setzt mich als Köder ein.«

»Manchmal muss man den Feind in Zugzwang bringen.«

»Hast du eine Vermutung, wer es ist?«

Pawel sah aus dem Fenster. »Ich hatte eine.«

Der Tonfall in seiner Stimme war Michael neu. Er klang beinahe resigniert. Das war nicht der Pawel Danilow, den er kannte.

»Ich habe vom Durchbruch der Chinesen gehört«, sagte er. »Was bedeutet das für dich?«

Pawel überlegte lange, dann schien er einen Entschluss gefasst zu haben. Er drehte sich zu Michael. »Dass die Chinesen Fortschritte auf dem Gebiet der Gehirn-Computer-Schnittstelle erzielen, halte ich für unumgänglich. Nicht aber, dass sie ausgerechnet die Methode anwenden, die wir entwickelt haben.«

Wollte er damit sagen, dass jemand bei KrioZhit Informationen weitergab? Michael dachte an Katarzynas Ausflüchte, und sein Mund wurde trocken.

Er befeuchtete seine Lippen. »Es gibt einen Spion?«

Pawel beobachtete ihn schweigend.

Michael mied seinen Blick. Sollte er von den Dateien auf Katarzynas Laptop erzählen? Von den verschwundenen Präparaten? *Ich würde dich nie verraten.* War er zu voreilig gewesen? Katarzyna widmete ihr Leben der Forschung. Nach allem, was er wusste, verbrachte sie sogar ihre Freizeit im Labor oder am PC. Er hatte den Eindruck, dass sie nicht an Geld oder Macht interessiert war, sondern an Resultaten. Warum sollte sie also Informationen weitergeben? Übersah er etwas?

»Du hast gesagt, du hattest«, er betonte das Wort, »eine Vermutung, wer hinter dem Mord an Dr. Radu steckt. Hast du deine Meinung geändert?«

»Ich bin immer davon ausgegangen, dass Radus Mörder von ihm etwas über dich erfahren wollte. Nun bin ich mir nicht mehr sicher.«

Michael ahnte, was Pawel beschäftigte. »Du fragst dich, ob Dr. Radu der Spion war?«

»Ja. Vielleicht hat er aber einfach etwas gesehen, was er nicht hätte sehen sollen.«

Michael erinnerte ihn daran, dass man Bogdan Radu die Finger gebrochen hatte. »Warum die Folter, wenn er die Informationen freiwillig weitergab?«

»Ich weiß es nicht.« Wieder dieser resignierte Tonfall.

»Könnte es sein, dass jemand ihn für den Verrat bestrafen wollte?«

»Dann hätte man mich ins Bild gesetzt.«

»Es sei denn, man hält dich für den Spion und es ging um Informationen über dich.« Michael staunte selbst über seine Worte. »Vielleicht …« Er zögerte. »Die Regierung? Der Geheimdienst?«

Auf Pawels Gesicht zeigte sich die Andeutung eines Lächelns. »Du denkst schon wie ein Russe.«

Zwischen ihnen hatte sich etwas verändert. Pawel hatte ihn nicht nur ins Vertrauen gezogen, sie sprachen jetzt auf Augenhöhe miteinander.

»Findest du es nicht langsam an der Zeit, mir die Antworten zu liefern, die du mir schuldest?«, fragte Michael.

»Sobald ich weiß, wie alles zusammenhängt.«

Michael war enttäuscht. »Warum hast du mir von deinem Verdacht erzählt? Woher weißt du, dass nicht ich der Spion bin?«

»Du bist noch nicht lange genug hier.«

»Trotzdem«, beharrte Michael. »Woher kommt dein Vertrauen zu mir?«

»Ich habe keine andere Wahl.«

Sie hatten die Autobahn verlassen und fuhren einen breiten Boulevard entlang, der von imposanten Bauten gesäumt wurde. Michael war beeindruckt von der Stadt, sie strahlte etwas Solides und gleichzeitig Verspieltes aus. In der Ferne sah er die roten Mauern des Kreml, eine Festung mitten im Herzen Moskaus. Sie bogen nach Westen ab. Vor ihnen erhoben sich Wolkenkratzer.

»Moskau City«, sagte Pawel.

Der Unterschied zu dem alten Moskau, durch das sie soeben gefahren waren, hätte nicht größer sein können. Michael fühlte sich nach New York zurückversetzt. Riesige Glasflächen, Beton und Stahl, wie zusammengedrängt auf einen Quadratkilometer. Nur dass die futuristische Architektur hier um einiges moderner wirkte als in seiner Heimatstadt. Im Süden wurde das Geschäftszentrum von der Moskwa begrenzt, stadtauswärts ragten Baukräne in die Höhe. Michael sah einen Einkaufspalast, internationale Firmen, bekannte Hotelketten und Restaurants.

Sie hielten vor einem Gebäude mit vorgehängter Glasfassade.

»Willkommen im Imperia Tower«, sagte Pawel. »Dem Hauptsitz der Finema.«

31

Julia saß seit zwei Stunden mit Kyrill im Lada des Priesters und schaute auf den Wohnblock von Galina Petrowna. Diese hatte nicht erwähnt, um welche Zeit Vita sie normalerweise besuchte, deshalb hatten sie sich bereits um neun Uhr hier eingerichtet und Verpflegung samt einer Thermoskanne Tee mitgebracht. Die Nähe zu dem Mönch war Julia unangenehm, sie wäre lieber allein gewesen.

»Kennt man im orthodoxen Mönchtum auch verschiedene Ordensgemeinschaften, so wie bei den Katholiken?«, fragte sie, um die Stille zu unterbrechen.

»Nein«, antwortete Kyrill. »Solche Unterteilungen gibt es bei uns nicht. Unser Leben unterscheidet sich zwar von Kloster zu Kloster, aber die Regeln orientieren sich nicht am Gedankengut einer geistlichen Größe. Unser Ziel ist immer die Einheit mit Gott.«

»Sie können also frei entscheiden, wie Sie dieses Ziel erreichen?«

»Nicht ganz«, widersprach er. »Sich Gott anzunähern bedeutet, sich immerwährend anzustrengen, sowohl körperlich als auch geistig. Der Feind des geistlichen Lebens ist das Nichtstun. Nur die Einheit von Herz und Geist kann seinen Anfechtungen widerstehen.«

Eine alte Frau mit Einkaufstasche ging an ihnen vorbei und blickte durch das Fenster. Als sie Kyrill sah, bekreuzigte sie sich.

»Die Frau des Priesters hat erwähnt, dass Andrej nach der Mönchsweihe den Namen Sergius bekommen hätte«, sagte Julia. »Warum bekommt ein Mönch einen neuen Namen?«

»Weil wir unser altes Leben hinter uns lassen. Wir gehen gewissermaßen aus der Welt«, erklärte Kyrill. »Deshalb tragen wir auch Schwarz, das Symbol des Todes.«

Julia dachte an Pawel, dessen Lebensziel es war, dem Tod zu entrinnen. Der Tod hatte bei ihm nicht einmal einen Namen, die Leichen, die er aufbewahrte, waren Patienten, keine Toten. Und Andrej hatte dem Leben freiwillig den Rücken gekehrt und den symbolischen Tod gewählt.

»Wie hießen Sie früher?«

Kyrill wirkte überrumpelt. »Ich ... Jewgeni.«

»Was haben Sie gemacht, bevor Sie Mönch wurden?«

Er zögerte. »Ich war Anwalt.«

Julia sah ihn überrascht an. »Anwalt?«

Kyrill war die Wende, die das Gespräch genommen hatte, sichtlich unangenehm. Er strich sich über den Bart, griff nach der Thermoskanne und schraubte sie auf.

Im Seitenspiegel sah Julia eine Limousine, die näher kam. Der Wagen fuhr an ihnen vorbei und bog auf den Parkplatz vor Galina Petrownas Wohnblock ein. Ein kräftiger Mann kontrollierte die unmittelbare Umgebung. Als er sicher sein konnte, dass keine Gefahr drohte, öffnete er die Fondtür. Die Frau, die ausstieg, trug einen taillierten, karminroten Mantel und hohe Lederstiefel.

Viktorija Sergejewna Danilowa.

Julia kam es seltsam vor, Vita so plötzlich vor sich zu sehen. Das Bild, das sie sich von ihr gemacht hatte, entsprach nicht ganz der Wirklichkeit. Vita bewegte sich resoluter, als Julia erwartet hatte. Sie strahlte Entschlossenheit und Zielgerichtetheit, ja sogar Intelligenz aus. Pawel hatte sich keine Trophäe geangelt, sondern eine Partnerin. Julia wandte sich Kyrill zu und stellte fest, dass er völlig in den Anblick der Frau vertieft war. Seine Wangen waren gerötet, sein Atem ging schnell. Ganz aus der Welt war er also noch nicht gegangen.

»Ich denke, es ist besser, Sie warten hier«, sagte Julia.

Ertappt senkte Kyrill den Blick.

»Wenn Vita einen Mönch sieht, wird sie diesen sofort mit Andrej in Verbindung bringen«, erklärte Julia.

Sie hatten nicht besprochen, wie sie vorgehen wollten, für Julia aber war klar, dass Vita keinen Verdacht schöpfen durfte. Sie wartete zehn Minuten, dann machte sie sich auf den Weg. Galina Petrowna hatte sich bei ihr darüber beschwert, dass Vita nie lange zu Besuch blieb.

Vor dem Eingang des Wohnblocks blickte Julia zurück. Sie fühlte sich beobachtet, konnte aber niemanden entdecken. Sie klingelte.

»Ich wollte mich für den Tee von neulich bedanken«, sagte sie, als Galina Petrowna fragte, wer da sei. »Meine Migräne ist danach tatsächlich verschwunden. Ich habe Ihnen etwas mitgebracht.«

Der Türöffner summte, und sie trat ein. Im Aufzug holte sie das Konfekt hervor, das sie gekauft hatte. »Mischka kosolapij« war ein Relikt aus Sowjetzeiten und bestand aus gefüllten, mit Schokolade überzogenen Waffeln. Der Geschmack von Galina Petrownas Kindheit. Das bekannte Gemälde »Morgen im Kiefernwald« zierte die Verpackung. Nostalgie pur.

Oben angekommen, versperrte ihr ein Sicherheitsmann den Weg. Julia gab sich überrascht. Sie hörte Galina Petrownas Stimme in der Wohnung, hoch und schrill. Die Tür ging auf.

»Die Lehrerin meiner Tochter darf wohl noch zu Besuch kommen!«, schnauzte Galina Petrowna den Mann an.

Hinter ihr tauchte Vita auf.

»Viktorija Sergejewna!«, rief Julia. »Wie schön, Sie wiederzusehen. Sie haben sich kein bisschen verändert.«

Vita sah sie misstrauisch an.

Julia lächelte. »Sie erinnern sich vermutlich nicht an mich. Ich war damals noch Studentin.«

Der Sicherheitsmann beobachtete sie aufmerksam.

»Kommen Sie doch herein.« Galina Petrowna griff nach ihrem Arm.

»Ich muss los«, sagte Vita.

»Du gehst schon?« Galina Petrowna hob entrüstet den Zeigefinger. »Du bist gerade erst gekommen!«

Julia wandte sich an Vita. »Was ist eigentlich aus diesem Jungen geworden? Sie wissen schon, der Junge, der von allen ausgeschlossen wurde. Er tat mir so leid. Dschachongir, hieß er, glaube ich.«

»Tschurka«, sagte Vita langsam und sah Julia dabei fest in die Augen. »So nennt er sich heute. Für ihn ist das kein Schimpfwort, sondern eine Auszeichnung.«

»Eine Auszeichnung?«, wiederholte Julia verblüfft. »Warum denn?«

»Setzt euch ins Wohnzimmer«, sagte Galina Petrowna. »Darf ich Ihnen auch eine Tasse Tee bringen?«

»Gern.« Julia reichte ihr das Konfekt.

Galina Petrowna legte die Hand aufs Herz und stieß ein »Oi!« aus.

»Du solltest weniger Zucker essen«, mahnte Vita.

»Sonst sagst du doch immer, ich solle mir den Alltag mehr versüßen.«

»Damit meine ich nicht, mehr Süßes zu essen, sondern, dir etwas gönnen!« Vita blickte zu Julia. »Ich versuche sie seit Jahren davon zu überzeugen, in eine moderne Wohnung im Stadtzentrum zu ziehen, doch sie weigert sich standhaft.«

»Soll ich weg, bloß weil du dir zu fein bist, um mich hier zu besuchen? Das ist mein Zuhause!« Mit einem Schnauben verschwand Galina Petrowna in der Küche.

»Es ist schön, dass Sie sich um Ihre Mutter kümmern«, sagte Julia.

Vita presste die Lippen zusammen.

Julia ging ins Wohnzimmer und nahm unaufgefordert auf dem Sofa Platz. »Was macht Tschurka heute?«, versuchte sie, den Faden wieder aufzugreifen.

Vita zögerte, dann setzte sie sich ebenfalls. »Dieses und jenes.«

Diebstahl? Drogen? Schlimmer?

Julia nickte verständnisvoll. »Das Leben ließ ihm wohl keine andere Wahl.«

»Man hat immer eine Wahl«, entgegnete Vita. »Tschurka macht das, was er am besten kann.«

»Und Dascha?« In jeder Klasse gab es eine Dascha.

»Ich habe sonst zu niemandem mehr Kontakt.«

»Natürlich«, sagte Julia rasch. »Warum auch? Sie haben es weit gebracht im Leben. Ich kann mir gut vorstellen, dass Sie nicht zurückblicken wollen. Ich habe übrigens auch Ihren Schwager gekannt.«

»Andrej?«

»Ja, wir haben uns zu Studienzeiten in denselben Kreisen bewegt.«

Vitas Interesse war geweckt. »Waren Sie eng mit ihm befreundet?«

»Wir haben uns beide für russische Literatur interessiert«, wich Julia aus.

»Er ist ins Kloster gegangen.« Vita beobachtete sie genau.

Julia erwiderte ihren Blick. »Ich weiß.«

Nun wollte Vita mehr von Julia erfahren. Sie sprachen über Andrej und seine Liebe zur Literatur.

»Es hat mich immer erstaunt, dass er in die Firma seines Vaters eingestiegen ist«, gab Julia zu.

Vita zuckte betont gleichgültig die Schultern. »Schriftsteller ist ein brotloser Job.«

»Geld hat ihn aber nie interessiert.«

Vita kniff kaum merklich die Augen zusammen. Sie weiß etwas, dachte Julia. Über Andrej? Schweigend musterten sie einander und versuchten zu verstehen, was sich in der jeweils anderen abspielte.

Galina Petrowna kam mit einer Kanne Tee herein.

Vita stand auf. »Ich muss jetzt wirklich gehen.«

»Aber wir haben Besuch!«, protestierte Galina Petrowna.

Unbeeindruckt verabschiedete sich Vita. Sie hinterließ ein Vakuum, das sich langsam mit Galina Petrownas Seufzern füllte.

»Sie müssen meine Tochter entschuldigen. An der Erziehung liegt es nicht, das kann ich Ihnen versichern! Dieses Kind bringt mich noch ins Grab.«

Julia tätschelte ihr den Arm. »Machen Sie sich deswegen keine Vorwürfe. Als Lehrerin habe ich immer wieder festgestellt, dass Kinder schon mit einem eigenen Charakter zur Welt kommen. Unser Einfluss ist geringer, als wir glauben.«

»Warum bürdet mir der Herr nur so schwere Lasten auf?«

»Das Leben ist nicht gerecht«, pflichtete Julia ihr bei. »Vita hat mir vorhin erzählt, dass Pascha als Kind sehr krank war. Seine Eltern haben sich bestimmt auch gefragt, warum das Schicksal bei ihnen so hart zugeschlagen hat.«

»Krank war meine Vikulja zum Glück nie.«

»Woran litt Pascha?«

»An einer Stoffwechselkrankheit.« Galina Petrowna dachte angestrengt nach. »An den Namen kann ich mich nicht erinnern. Ich weiß nur, dass er bis an sein Lebensende Medikamente einnehmen muss.«

»Eine Erbkrankheit?« Julias Herz schlug schneller.

»Ich glaube, ja«, antwortete die Frau zögerlich.

»Wie hat sie sich geäußert? Was gab es für Symptome?«

Galina Petrowna lehnte sich zurück. Sie kniff die Augen genauso zusammen, wie ihre Tochter es vorhin getan hatte.

Julia entschuldigte sich. »Es geht mich natürlich nichts an. Ich musste nur gerade daran denken, wie Sie mir erzählt haben, dass sich Pascha einen Nachkommen wünscht.«

Galina Petrowna erschrak. »Sie denken, sein Kind könnte dieselbe Krankheit haben?«

»Die Wahrscheinlichkeit besteht, sofern es sich wirklich um eine Erbkrankheit handelt. Ist sie auch bei Pawels Bruder festgestellt worden?«

»Nein, Andrjuscha war immer gesund.«

Also musste es sich um eine autosomal-rezessive Krankheit handeln. Und Pawels Nachkommen wären dann auf jeden Fall Träger. Es bestand aber auch das Risiko, dass sie selbst daran erkrankten.

Galina Petrowna fächerte sich Luft zu. »Dann kann Pascha also gar keine Kinder zeugen? Meine arme Vikulja! Ich muss ihr sagen, dass es nicht an ihr liegt!«

Sie wollte schon zum Telefon greifen, doch Julia hielt sie auf. »Es ist nicht gesagt, dass sich eine Stoffwechselkrankheit auf die Zeugungsfähigkeit auswirkt. Vielleicht möchte er einfach keine Kinder, weil er nicht riskieren will, dass auch sie erkranken.«

Das würde sein Interesse an Michael erklären. Noch etwas wurde Julia klar. Pawel hatte behauptet, er könne Michael heilen. Wenn er an derselben Krankheit litt, hatte er die Symptome womöglich erkannt.

Julia stand auf. »Danke für den Tee.«

Galina Petrowna begleitete sie hinaus. »Kommen Sie wieder?«

»Vielleicht sollten Sie das Angebot Ihrer Tochter annehmen. Lassen Sie sich von ihr ein bisschen verwöhnen. Sie haben es verdient.« Julia betrat den Aufzug.

Die Türen gingen zu, und sie lehnte sich gegen die Wand. Eine plötzliche Müdigkeit erfasste sie. Sie konnte sich nicht erinnern, wann sie das letzte Mal mehrere Stunden am Stück geschlafen hatte. Draußen steckte sie die Hände in den Schnee. Die Kälte wirkte belebend.

Kyrill trommelte ungeduldig mit den Fingern auf das Lenkrad. Auf einmal fiel es Julia nicht mehr schwer, ihn sich als Anwalt vorzustellen.

»Und?«, fragte er, nachdem Julia eingestiegen war. »Weiß sie etwas?«

»Ich glaube, ja.« Julia legte den Sicherheitsgurt an. »Aber sie redet nicht.«

»Ich hätte mitkommen sollen.«

»Als ich Andrej erwähnt habe, wurde sie gleich misstrauisch.«

»Weiß sie, wo er ist?«

»Wenn sie etwas weiß, lässt sie es sich zumindest nicht anmerken.«

Auf der Fahrt zurück zum Haus des Priesters ließ sich Julia das Gespräch mit Vita noch einmal durch den Kopf gehen. Vita hatte sich für sie zu interessieren begonnen, als sie merkte, dass Julia über Andrejs Klostereintritt Bescheid wusste. Weil sie glaubte, dass sie noch in Kontakt standen? Noch wachsamer war sie geworden, als Julia erklärte, Geld habe Andrej nie interessiert.

Wer profitierte von Andrejs Klostereintritt? Er war ein Millionenerbe. Stanislaw Iwanowitsch war noch nicht lange tot. War es Zufall, dass Andrej so kurz darauf verschwand?

Die orthodoxe Freiheit ist ein von Gott geschenkter Handlungsspielraum, er befreit uns von der Sorge um irdische Güter.

»Hat Andrej eigentlich ein Testament hinterlassen?«, fragte sie.

Kyrill hielt vor einer roten Ampel. »Das weiß ich nicht.«

»Wurde er offiziell für tot erklärt?«

»Ja.«

Seine Gelassenheit weckte Julias Misstrauen. Wenn Andrej seinen weltlichen Besitz hatte loswerden wollen, hätte er ihn dann nicht der Kirche vermacht? Doch bestimmt nicht der Firma seines Bruders. Die Kryokonservierung musste für ihn gleichbedeutend mit Ketzerei sein. War er nach Moskau gefahren, um Erbschaftsangelegenheiten zu regeln? Vielleicht wollte er seinen Besitz noch zu Lebzeiten verschenken. Damit wäre er zu einer ernsthaften Gefahr für Pawel geworden. Das hätte das Ende von KrioZhit bedeutet.

Kyrill fuhr wortlos an. Wer könnte ein Testament besser aufsetzen als ein Anwalt? Aus dieser Sicht ergab Kyrills Unterstützung plötzlich einen Sinn. Sorgte er sich gar nicht um einen verschwundenen Bruder, sondern um ein verschwundenes Vermögen? Oder ging die Kirche davon aus, dass Andrej noch lebte?

»Ich habe Ihre Sachen aus dem Hotel holen lassen«, sagte Kyrill. »Niemand hat nach Ihnen gefragt.«

»Wird das Hotel den Behörden melden, dass ich ausgezogen bin?«

»Das ist geregelt.«

»Also muss ich mich nirgends registrieren?«

»Sie sind jetzt Gast der Russisch-Orthodoxen Kirche.«

32

Vita stand vor der Marmorskulptur des Nautilus und zeichnete mit dem Finger dessen Spirale nach. Für Pawel war das angebliche Meisterwerk ein Symbol der Unendlichkeit. Vita sah darin bloß eine Schnecke, auch wenn Pawel ihr überdeutlich erklärt hatte, dass es sich um einen Kopffüßler handelte. Im Haus war es still. Sogar das Hausmädchen klapperte ausnahmsweise nicht mit irgendetwas herum. Wo war die Philippina überhaupt? Hätte sie nicht längst das Mittagessen auftischen sollen? Vita würde sich später um sie kümmern. Sie hatte ohnehin keinen Appetit. Nicht nach dem, was ihr ihre Mutter soeben am Telefon erzählt hatte.

Wie hatte sie nur so blind sein können? Ausgerechnet sie, die stets darauf bedacht war, sich nicht an der Nase herumführen zu lassen. Pawels Krankheit war nie ein Thema zwischen ihnen. Manchmal vergaß sie sogar, dass er regelmäßig Medikamente einnahm. Kurz vor der Heirat hatte er ihr erklärt, warum seine Niere – oder war es die Leber? – nicht richtig funktionierte, dass diese Einschränkung für ihn jedoch keine Behinderung darstellte. Zwar achtete er auf seinen Speiseplan, und auch Wasser trank er nur aus der Flasche, das hätte er vermutlich aber auch getan, wenn er ganz gesund wäre, immerhin würde er seinen Körper noch lange brauchen.

Wut brodelte in ihr. Noch wusste sie nicht, wie damit umgehen. Sollte sie Pawel mit ihrem Verdacht konfrontieren? Ihn verlassen? Sich von Tschurka schwängern lassen und Pawel das Kind anhängen? Sie war neugierig, ob er die Vaterschaft anerkennen würde. Vor allem, wie er seine Zweifel begründen würde. Mit weiteren Lügen? Unterlassungen, äffte sie ihn in Gedanken nach. Sie kannte Pawel. Seine Ausreden, seine

Erklärungen. Er hatte nicht gelogen, er hatte es nur unterlassen, ihr zu sagen, dass er sich hatte sterilisieren lassen. Wenn es stimmte. Wenn es nicht ein weiterer Versuch ihrer Mutter war, sie zu demütigen. Tief in ihrem Inneren aber wusste Vita, dass es so war. Eine andere Erklärung gab es nicht. Ihr Arzt hatte ihr bestätigt, dass sie physisch in der Lage war, schwanger zu werden. Als sie Pawel vorschlug, es mit künstlicher Befruchtung zu versuchen, hatte er vehement abgelehnt.

Was hatte sie nur alles für ihn getan! Für sie beide. Für ihr zukünftiges, für ihr unendliches Leben. Genoss er die Macht, die er durch sein Geheimnis über sie besaß? Oder konnte er einfach nicht damit umgehen, dass er unvollkommen war? Ihre Stärken hatten sie immer offengelegt, ihre Schwächen nie. Vita betrachtete den Nautilus. In Pawels Augen war die symmetrische Spirale perfekt proportioniert. Er sah darin ein Beispiel vollkommener Harmonie. Auch ihre Ehe war früher harmonisch gewesen. Nicht konfliktlos, aber ausgewogen. Zusammen waren sie mehr als die Summe ihrer Teile, hatte Pawel einmal gesagt. Vita gefiel die Vorstellung. Eins und eins gab manchmal mehr als zwei. All das hatte er zerstört.

Sie fasste einen Entschluss und marschierte in den Keller, wo sie aus einer verstaubten Werkzeugkiste einen Hammer holte. Zurück im Wohnzimmer, baute sie sich vor dem Nautilus auf. Sie war erstaunt, wie hart die Skulptur war. Als sie endlich in Trümmern lag, lief Vita der Schweiß über den Rücken. Mit ein paar exaltierten Bewegungen schlug sie noch einmal zu.

»Madame?« Die ängstliche Stimme der Philippina drang kaum bis zu Vita durch.

»Du bist ja doch da.« Vita ließ den Hammer fallen. »Warum trägst du keine Uniform?«

»Ich hatte Termin«, stammelte das Hausmädchen. »Zahnarzt, Sie vergessen? Soll ich putzen?«

Die Marmorsplitter waren bis in die hintersten Ecken des Wohnzimmers geflogen. Die Fensterscheibe hatte einen langen Kratzer abbekommen. Vita betrachtete ihr Werk mit tiefer Zufriedenheit.

»Nein, ich glaube, mir gefällt das Wohnzimmer so.«

»Putzen?«

»Nein, habe ich gesagt! Was ist daran so schwer zu verstehen?«

Die Philippina huschte davon.

Vita bat ihren Chauffeur, in einer halben Stunde vorzufahren. Sie duschte, zog das blaue Mini-Etuikleid aus Kamelhaar von Saint Laurent an, dazu die neuen Overknee-Stiefel von Jimmy Choo. Sie hatte sie schon beim Kauf als nuttig empfunden und noch nie getragen, obwohl sie über tausend Dollar gekostet hatten.

»Nach Selenograd«, befahl sie dem Chauffeur, nachdem sie eingestiegen war.

Unterwegs sagte sie ihre Nachmittagstermine ab. Eine Maniküre und eine Wohltätigkeitsveranstaltung für ein Tierheim, zu der Irina sie wegen der »armen Hündchen« überredet hatte. Vita mochte Hunde nicht, sie waren ihr zu unterwürfig.

Der Wagen hielt vor dem Firmengebäude von KrioZhit. Vita stieg aus, noch bevor der Chauffeur den Motor ausgeschaltet hatte. Sie fuhr in die Chefetage.

»Du kannst unten auf mich warten«, sagte sie dem Leibwächter, als sie den Aufzug verließ.

Er nickte kurz. Wenigstens in Pawels Büro durfte sie sich frei bewegen. Die Empfangsdame war neu. Wann hatte Pawel aufgehört, ihr von den Mitarbeitenden, die er neu einstellte, zu erzählen? Vita musterte sie. Die Mittvierzigerin war elegant, aber keine Konkurrenz.

»Viktorija Sergejewna! Es ist mir eine Ehre.« Die Empfangsdame lächelte höflich. »Womit kann ich Ihnen dienen? Ich fürchte, Ihr Mann ist nicht da.«

»Ich möchte zu Dr. Wilson«, sagte Vita.

»Dr. … Wilson?« Die Empfangsdame blinzelte.

»Ja.«

»Er empfängt keinen Besuch.«

»Bezeichnen Sie mich etwa als Besuch?«, fragte Vita mit schneidender Stimme.

»Natürlich nicht, entschuldigen Sie, Viktorija Sergejewna. Selbstverständlich. Ich melde Sie gleich an.« Sie griff nach dem Telefon.

»Das ist nicht nötig«, sagte Vita kühl. »Sagen Sie mir einfach, wo ich ihn finde.«

Die Empfangsdame zögerte. »Er müsste an seinem Arbeitsplatz sein. Im Untergeschoss«, fügte sie rasch hinzu, als sie Vitas verärgerten Gesichtsausdruck sah.

Wortlos wandte sich Vita ab.

»Warten Sie!«, rief die Empfangsdame. »Sie brauchen einen Zugangscode.«

Sie schrieb die Ziffern auf einen Zettel. Aus dem Augenwinkel sah Vita, dass einige Mitarbeitende aus ihren Büros gekommen waren, die die Szene neugierig beobachteten.

Im Aufzug bereitete sich Vita mental auf das vor, was sie unten erwarten würde. Es gab einen Grund, weshalb sie sich hier nie blicken ließ. Sie fürchtete sich vor Geistern. Diese Angst saß so tief, dass sie nachts, wenn Pawel nicht da war, das Licht im Bad brennen ließ, damit ihr Schlafzimmer nicht ganz im Dunkeln lag. Schuld daran war ihre Mutter, die behauptet hatte, ihr toter Vater wache über sie. Wenn Vita als Kind ein ungewöhnliches Geräusch hörte oder etwas vermisste, hatte ihre Mutter immer seinen Geist dafür verantwortlich gemacht. In jedem Luftzug hatte Vita ihn gespürt.

Die Lifttüren öffneten sich, und kühle Luft schlug ihr entgegen. Geisterfinger. Vitas Puls raste. Erst als sich die Türen wieder zu schließen begannen, verließ sie den Aufzug. Links der Aufbahrungsraum. Geradeaus der Eingang in die Leichenhalle, wie Vita den Raum mit den Dewars nannte. Die Betonwände links und rechts schienen näher zu kommen. Vita schloss die Augen. Sie rief sich in Erinnerung, warum sie hier war, riss sich zusammen und gab mit zitternder Hand den Code auf dem Zettel ein.

Es roch nach Putzmittel, Formaldehyd und Zahnpasta. Die Lüftung surrte leise, aus einem Büro hörte sie das Klacken einer Tastatur. Vita ging mit sturem Blick weiter. Sie durfte nicht daran denken, dass in den Bottichen Leichen hingen. Kopfüber. Sie betrat das Zimmer, aus dem das Klacken kam, und schlug die Tür hinter sich zu.

Am Schreibtisch saß ein junger Mann mit mittellangem, sandblondem Haar. Er drehte sich überrascht zu ihr um. Die breite Stirn. Die Form seiner Lippen. Zweifellos ein Danilow. Nur sein Kinn war spitzer. Er stand auf. Größer als Pawel und Andrej, schlaksiger. Auf einmal wurde ihr klar, dass nicht Pawel sein Vater sein konnte. Es sei denn, er hatte sich erst später sterilisieren lassen.

Michael Wilson begrüßte sie auf Englisch. »Ist alles in Ordnung?«

Vita richtete sich auf, trotzdem musste sie den Kopf in den Nacken legen, um ihm in die Augen schauen zu können. Sie streckte ihm die Hand entgegen, und er nahm sie zögerlich.

»Viktorija Danilowa«, stellte sie sich vor. »Sie können mich Vita nennen. Es freut mich, Sie endlich kennenzulernen.«

»Pawels Frau?«

Sein Händedruck war angenehm, fest, aber nicht schmerzhaft.

»Ich habe schon viel über Sie gehört«, sagte Vita. »Wie gefällt es Ihnen bei uns?«

»Gut, danke. Noch ist vieles neu, aber langsam entwickle ich eine gewisse Routine.«

»Sehr schön.« Vita setzte sich auf einen Bürostuhl und schlug die Beine übereinander. »Was tun Sie gerade?«

Michael Wilson setzte sich ebenfalls. »Ich erfasse Gewebeproben, die einem Patienten entnommen wurden. Dr. Radu hat die Langzeitfolgen von extremer Kälte auf die Zellen untersucht.«

»Sie führen seine Arbeit fort.« Vita nickte anerkennend. »Wie kommen Sie dazu, sich mit Toten zu beschäftigen?«

Michael Wilson legte den Kopf schräg. »Für Pawel sind die Patienten nicht tot, sie machen nur eine Pause.«

Vita schauderte.

»Ich verstehe, was Sie meinen«, fuhr Michael Wilson fort. »Mir ist bei der Vorstellung auch etwas seltsam zumute.«

»Dann ist das neu für Sie? Ich weiß wenig über Ihren Werdegang«, fügte sie rasch hinzu.

»Ich wollte Chirurg werden, bevor ich … herkam.« Er zögerte. »Ich muss mich aus gesundheitlichen Gründen neu orientieren.«

Doch Pawels Sohn? Oder hatte auch Andrej unter dieser Krankheit gelitten, und sie wusste nichts davon?

Vita nickte verständnisvoll.

»Ich hatte Glück im Unglück. Ohne Pawel stünde ich vor einem Scherbenhaufen.«

Als Michael Wilson lächelte, wurde Vita blass. Sie sah Pawel vor sich, wie er ihr kurz vor ihrer Hochzeit die Hand an die Wange gelegt hatte und sich mit einem Lächeln bei ihr dafür bedankte, dass sie in Zukunft ihr Leben mit ihm teilen wollte. War auch das eine Lüge gewesen? Redete sie sich nur ein, dass sie gemeinsam für das gekämpft hatten, was sie heute besaßen? War sie in Wirklichkeit von Anfang an eine Marionette gewesen? Es war Zeit, die Fäden selbst in die Hand zu nehmen.

Ihr Handy vibrierte. Sie sah, dass es Tschurka war, und verließ das Büro. Sie hatte ihn gebeten, der Frau zu folgen, die sich als ihre Lehrerin ausgegeben hatte.

»Sie ist zu einem Mönch ins Auto gestiegen«, sagte er ohne Umschweife. »Sie wohnen bei einem Priester.«

»Wie sah der Mönch aus?«, fragte sie scharf.

»Es ist nicht Andrej.«

Vita stieß die angehaltene Luft aus. Die Ereignisse führten ihr vor Augen, dass die Kirche immer noch eine Bedrohung darstellte. Sie bat Tschurka, die Frau weiterhin zu beobachten.

»Ich will wissen, wer sie ist.«

Sie kehrte in Michael Wilsons Büro zurück, der sich wieder in seine Arbeit vertieft hatte.

»Ich habe vor, heute Nachmittag Andrejs Grab zu besuchen«, sagte sie. »Hätten Sie Lust, mich zu begleiten?«

»Wer ist das?«, fragte er.

33

Michael sah immer wieder zu Vita hin. Nicht ihre Schönheit faszinierte ihn, sondern ihre Ausstrahlung. Sie kam ihm vor wie ein Brillant mit zahlreichen Facetten. Er war sich sicher, dass sie ihm nur diejenigen zeigte, die für seine Augen bestimmt waren. In dieser Beziehung war ihre Ähnlichkeit mit Pawel geradezu unheimlich.

Sie fuhren die gleiche Strecke, die er tags zuvor mit Pawel genommen hatte. Diesmal hatte Michael nicht die Muße, die Umgebung zu bewundern. Zu viel ging ihm durch den Kopf. Pawel hatte ihm gestern die einzelnen Unternehmen vorgestellt, die unter dem Dach der Finema zusammengefasst waren. Er hatte ihm Berichte gezeigt, ihm die Firmenstrukturen geschildert und seine Strategie erläutert. Wozu? Was wollte er in Wirklichkeit von ihm? Noch mehr als Pawels Verhalten beschäftigte Michael die Reaktion der Angestellten. Viele hatten ihn mit unverhohlener Neugier gemustert. Schon bei KrioZhit hatte er das Interesse der Mitarbeitenden geweckt, er hatte es jedoch auf sein überraschendes Auftauchen und Radus Tod zurückgeführt. Als er dann auf der Toilette vor dem Spiegel stand, war ihm mit einem Schlag klar geworden, weswegen man ihn anstarrte. Er sah Pawel ähnlich. Warum hatte er das nicht früher bemerkt? Weil ihm die nötige Distanz fehlte? Pawel hatte stets bestritten, sein Vater zu sein. Nun befielen Michael Zweifel. Pawel hatte ihn auch angelogen, als er versprach, die Akte des Patienten, dem man Sperma entnommen hatte, zurückbringen zu lassen. Michael hatte sie heute Morgen gesucht, sie war nicht mehr da. Damit könnte allerdings auch Katarzyna etwas zu tun haben. Michael traute niemandem mehr.

»Erzählen Sie mir von Ihrer Mutter«, bat Vita.

»Julia?«, fragte er überrumpelt.

»Ja. Wie geht es ihr?«

»Kennen Sie sie?«

»Nicht persönlich, aber ich habe schon viel von ihr gehört.«

»Von wem?«

»Pascha natürlich.«

»Was möchten Sie wissen?«

»Wie es ihr geht, wo sie heute lebt.« Vita zuckte die Schultern. »Sie müssen nicht über sie reden, wenn es Ihnen schwerfällt.«

»Warum sollte es mir schwerfallen?«

»Ich dachte mir nur …« Vita sah ihn voller Mitgefühl an. »Es ist nicht einfach, ohne Vater aufzuwachsen.«

»Henry ist mein Vater«, sagte Michael. »In jeder Beziehung, auch wenn wir nicht blutsverwandt sind.«

»Mein Vater hat meine Mutter auch verlassen«, fuhr Vita unbeirrt fort. »Mir hat sie gesagt, er sei gestorben, ich habe die Wahrheit erst viel später erfahren.«

Auch verlassen? Wie wenig er doch über seine Mutter wusste. Wenn Pawel wirklich sein Vater war, wo hatte sie ihn kennengelernt? Warum hatte sie ein Geheimnis daraus gemacht? Sie hatte immer behauptet, die Wahrheit sei gefährlich. Michael war die vielen Versteckspiele leid. Er sehnte sich nach seinem Leben in Deutschland. Die geregelten Abläufe im Krankenhaus. Seine Wohnung im Wedding. Er dachte daran, wie er nach der Arbeit immer joggen ging. Häufig war er an den Tischtennisplatten im Volkspark Rehberge vorbeigekommen, manchmal hatte er mit den Jugendlichen, die sich dort aufhielten, eine Runde gespielt. Ab und zu hatte er mit Thomas ein Feierabendbier getrunken, über die neusten wissenschaftlichen Entwicklungen diskutiert oder einfach nur Fußball geschaut. Wie einfach sein Leben war. Er hatte die Welt in Gut und Böse eingeteilt und wusste immer genau, wer auf welcher Seite stand.

Der Wagen glitt geräuschlos der Moskwa entlang. Auf der anderen

Seite des Flusses erhoben sich die Wolkenkratzer von Moskau City. Michael betrachtete den Imperia Tower, der direkt am Ufer lag. Er wurde das Gefühl nicht los, dass Pawel ihn beobachtete.

Der Fahrer hielt vor einer hohen Mauer, hinter der Zwiebeltürme und Kuppeln mit Kreuzen zu sehen waren.

»Das Nowodewitschi-Kloster.« Vita holte eine Münze hervor, auf der ein Klosterkomplex im russischen Barockstil abgebildet war. »Die Fünfzig-Rubel-Münze zeigt dieses Kloster. Der Friedhof liegt gleich daneben. Es ist eine Ehre, dort begraben zu sein.«

»Womit hat Andrej sie verdient?«

»Was weißt du über ihn?«

»Nichts.«

»Auch nicht, dass er im Kloster gelebt hat?«

»In diesem Kloster?«

Vita schmunzelte. »Das hätte ihm wohl gefallen. Es ist ein Frauenkloster.«

Sie stiegen aus. Ein Sicherheitsangestellter folgte ihnen mit zwei Metern Abstand. Vita zeigte auf eine Karte, die sich am Eingang des Friedhofs befand.

»Wenn du wissen willst, welche Berühmtheiten hier liegen, kannst du dort nachsehen. Mich interessiert nur Andrjuscha.«

Sie gingen an der Außenmauer entlang, die zugleich als Kolumbarium diente. Hohe Bäume und dichte Sträucher trennten die Grabreihen voneinander. Auf vielen Gräbern gab es Skulpturen, Büsten oder Fotos zu Ehren der Toten. Auf einem Grab lag ein aus Stein gemeißelter Hund in voller Größe, auf einem anderen der Propeller eines Flugzeugs. Kerzen und Blumen zeugten davon, dass der Friedhof mehr war als ein Freilichtmuseum. Hier wurde um Menschen getrauert.

An einem Mausoleum bogen sie in einen Seitenpfad ein, und Vita verlangsamte ihre Schritte.

»Was macht Julia heute?«, fragte Vita.

»Sie arbeitet immer noch als Übersetzerin.«

Michael sah sie vor sich, wie sie an ihrem Schreibtisch am Fenster saß, von wo sie die Zufahrtsstraße und den Pfad in den Wald im Blick hatte. Die Stirn vor Konzentration gerunzelt, neben sich eine Kanne Tee oder eine Schale mit Apfelschnitzen, die sie immer zu essen vergaß. Sie hatte ihm nie erzählt, wie sie ihren Geruchs- und Geschmackssinn verloren hatte.

»Wo hat meine Mutter Pawel kennengelernt?«, fragte er.

Vita schwieg.

Michael blieb stehen und wandte sich ihr zu. »Ich will endlich Antworten.«

»Wo hat sie studiert?«, fragte Vita.

»Warum wollen Sie das wissen?«

Sie kam einen Schritt näher. »Warum sind Sie nach Moskau gekommen?«

Michael lachte ungläubig. »Gekommen? Ich wurde hergebracht! Hat Pawel vergessen, Ihnen zu erzählen, dass er mich betäubt hat, um mich anschließend zu entführen?«

Vita sah ihn lange an. Schließlich drehte sie sich um und ging den gleichen Weg, auf dem sie gekommen waren, zurück.

»Ich habe es mir anders überlegt«, sagte sie in einem Tonfall, der weder Fragen noch Widerrede duldete. »Wir werden Andrejs Grab nicht besuchen.«

34

Es roch nach Verwesung. Xenia drückte die Augen fest zu. Lächerlich, denn sie sah ohnehin nichts. Sie stöhnte. Sie musste sich befreien, lange konnte sie in dieser Kälte nicht überleben. Ihre Glieder waren steif, jede Stelle ihres Körpers schmerzte von den Schlägen. Zwei Finger standen in einem unnatürlichen Winkel von ihrer Hand ab. Man hatte angedroht, ihr alle Finger zu brechen, wenn sie die Fragen, die ihr gestellt wurden, nicht beantwortete. Einen nach dem anderen. Doch Xenia war nicht dumm. Sie wusste, zu reden bedeutete ihr Todesurteil.

Ihre Hände und Füße waren mit Kabelbinder gefesselt. Sie versuchte aufzusitzen, brauchte dafür mehrere Anläufe. Endlich schaffte sie es auf die Knie. Sie wartete, bis sich der Schwindel legte und sie zu Atem kam. Wie still es war. Kein Verkehrslärm, keine Stimmen, keine Schritte. Man hatte sie lebendig begraben.

Sie rutschte seitwärts, bis sie gegen eine Wand stieß. Die Oberfläche war uneben, die Wölbungen größtenteils glatt. Einige der Steine wiesen scharfe Kanten auf, damit konnte sie sich vielleicht von dem Kabelbinder befreien. Aber sie steckten zu tief im Mauerwerk. Sie kroch weiter, bis sie mit dem Knie gegen ein Hindernis stieß. Holz, stellte sie fest. Eine Treppe. Sie beugte sich nach hinten, schob die Arme unter die Stufen und fuhr mit den Händen über die Bretter. Ein Splitter bohrte sich in ihre Haut. Dann ertastete sie etwas Scharfes. Die Spitze eines Nagels, der aus einer der Stufen ragte. Sie hakte den Kabelbinder ein und zog daran, setzte ihr ganzes Gewicht ein. Auf einmal stürzte sie nach vorne und fiel aufs Gesicht. Sie zwang sich wieder auf die Knie. Schabte mit dem Kabelbinder weiter über den Nagel. Blut lief ihr über die Wangen und vermischte sich mit ihren Tränen. Am liebsten hätte sie sich zu einer Kugel zusammengerollt, wie Aliska es tat, wenn sie Angst hatte. Da spürte sie die Hand ihrer Mutter auf ihrem Haar, hörte ihre weiche Stimme.

»Mama?«, sagte Xenia. »Hilf mir!«

Die anschließende Stille klang fast vorwurfsvoll. Xenia rappelte sich auf und tastete die Treppe ab. Es machte keinen Sinn, mit gefesselten Händen und Füßen hinaufzukriechen, sie würde die Tür oben nicht öffnen können.

Ihre Zehen streiften einen Gegenstand. Sie robbte zurück und streckte die Arme aus. Ein Backstein! Diesmal gelang es ihr, die Hände zu befreien. Sie schluchzte vor Erleichterung, riss am Klebeband, das über ihrem Mund klebte, und entfernte den Knebel. Dann befreite sie ihre Füße. Dieser kleine Sieg verlieh ihr neue Energie. Sobald das Blut in ihren Händen und Füßen wieder zu zirkulieren begann, richtete sie sich auf. Sie humpelte zur Treppe, spürte weder die Kälte noch Schmerz. Zwölf Stufen. Darüber die Decke. Eine Falltür. Xenia versuchte, sie aufzustoßen, doch die Tür bewegte sich nicht.

35

Marmorsplitter knirschten unter Pawels Schuhen. Selten hatte Vita ihn so wütend erlebt. Seine hellen Augen waren eisig, seine Hand zitterte leicht, als er ein Stück von der Nautilus-Statue aufhob. Noch immer trug er Anzug und Krawatte, nicht einmal die Schuhe hatte er ausgezogen, als er das Haus betrat.

Er blieb vor ihr stehen. »Misch dich nie wieder in meine Angelegenheiten ein!«

Vita verpasste ihm eine Ohrfeige. Sie wartete auf eine Reaktion, doch Pawel zeigte keine.

»All die Jahre hast du mich belogen!«, zischte sie. »Mich glauben lassen, ich sei schuld daran, dass wir kein Kind bekommen!«

Pawel starrte sie an. »Darum geht es dir?«

Die Art, wie er es sagte, ließ sie innehalten. Seine Überraschung war nicht gespielt, echte Verwunderung zeichnete sich auf seinem Gesicht ab. Sogar seine Wut schien verflogen.

Vita kniff die Augen zusammen. »Du hast dich sterilisieren lassen, gib es zu!«

Pawel setzte sich schwerfällig. Zum ersten Mal sah Vita ihm seine dreiundfünfzig Jahre an. Er rieb sich mit beiden Händen das Gesicht.

»Wir hatten es doch gut«, sagte er mit tonloser Stimme. »Auch ohne Kinder.«

Vita lachte ungläubig. »Der Wunsch nach einem Nachkommen kommt nicht von mir!«

»Seit wir uns kennen, redest du von nichts anderem!«

»Deinetwegen!«

Pawel schüttelte den Kopf. »Ich wollte nie Kinder.«

Vita war fassungslos.

»Mir gefällt unser Leben, wie es ist. Wie es war«, fügte er hinzu.

Vita schaute auf die Überreste des Nautilus. Ein Scherbenhaufen, genau wie ihre Ehe.

»Unser Kind hätte dieselbe Mutation im ATP7B-Gen wie ich«, erklärte Pawel. »Es ist zwar nicht gesagt, dass die Krankheit bei ihm ausbrechen würde, aber das Kind wäre mit Sicherheit Träger.«

Ein Kind mit einem Gendefekt zu zeugen, widersprach allem, wonach er strebte. Nach einem Körper, der zuverlässig funktionierte, nach einem Leben ohne Leid und Schmerz, nach der Überwindung des Todes. Warum nur hatte Vita es nicht gesehen?

»Michael ist Andrejs Sohn«, sagte sie. »Seine Mutter hat an der Dolmetscherschule in Kalifornien studiert.«

»Ja.«

»Wusste Andrej von ihm?«

»Nein.«

»Wie hast du es erfahren?«

Pawel erzählte ihr, dass Michael ihn angeschrieben hatte.

»Also stimmt es, dass du ihn entführt hast«, sagte Vita.

Pawel lockerte seine Krawatte. »Ich habe ihn hierhergeholt, um ihn näher kennenzulernen. Er ist Arzt, er interessiert sich für Transhumanismus, und er ist mit uns verwandt. Ich brauche einen Nachfolger, dem ich vertrauen kann.«

»Warum hast du mir nicht von ihm erzählt?« Vita gefiel der weinerliche Ton in ihrer Stimme nicht. Sie holte Luft und sprach ruhig weiter. »Warum hast du ein Geheimnis daraus gemacht?«

Pawel ließ sich Zeit mit der Antwort. Als er schließlich zu einer Erklärung ansetzte, klang er resigniert. »Ich war mir nicht sicher, wie weit du gehen würdest, um dein Erbe zu verteidigen. Immerhin hast du versucht, Andrej zu ermorden.«

»Weil er dein Lebenswerk zerstören wollte! Versuch mir nicht weiszumachen, dass du nicht auch mit dem Gedanken gespielt hast! Oder hast du sogar …?«

»Ich habe Andrej nicht getötet, wie oft muss ich dir das noch sagen? Aber darum geht es jetzt nicht.« Er sah ihr in die Augen. »Irgendwann werde ich Michael erzählen müssen, dass er mein Neffe ist. Was, wenn er kein Interesse an der Firma hat? Er könnte trotzdem Ansprüche geltend machen.«

»Du traust mir nicht.«

»Bogdan ist tot«, sagte er mit vielsagendem Blick. »Woher weiß ich, dass dein Holzkopf nicht auch Michael töten wird?«

»Tschurka hat Radu nicht getötet!« Vita setzte sich aufrecht hin. »Ich habe ihn nur damit beauftragt, herauszufinden, wer Michael ist.«

»Jemand wollte von Bogdan Informationen. Man hat ihm sieben Finger gebrochen.«

»Tschurka ist kein Sadist!«

»Aber ein Profi.«

»An deiner Stelle würde ich mir lieber Dr. Kat etwas genauer anschauen.«

»Was willst du damit sagen?«, fragte er scharf.

»Sie trifft sich heimlich mit Oleg.«

Pawel starrte sie überrascht an.

»Du hast es nicht gewusst?« Diese Tatsache erfüllte Vita mit Genugtuung. »Tschurka ist ihr gefolgt. Er hat beobachtet, wie sie zu Oleg ins Auto gestiegen ist.«

Pawel lehnte sich zurück. Vita konnte förmlich sehen, wie ihm die Gedanken durch den Kopf rasten. Sein Telefon klingelte, doch er blickte nicht einmal auf das Display.

»Was will sie von ihm?«, fragte Vita.

Endlich begann Pawel zu reden. Er erzählte ihr von einer Reportage, die Michael über den Transhumanismus schreiben wollte, und wie er bei seinen Recherchen auf die illegalen Machenschaften einer Firma in Kalifornien gestoßen war. Vita fiel ein, dass Oleg in den USA eine Verjüngungskur gemacht hatte. Er hatte Irina zum Geburtstag dieselbe Behandlung versprochen, ihr dann aber stattdessen ein

Collier mit 197 Diamanten geschenkt. Irina hatte ihre Enttäuschung bis heute nicht überwunden.

»Oleg hat sich Kinderblut zuführen lassen?«, fragte Vita bestürzt.

Pawel nickte kurz. »Der Junge ist daran gestorben.«

Das erklärte einiges. Oleg hatte erstaunlich wenig über die Behandlung erzählt. Normalerweise prahlte er mit seinen Errungenschaften.

»Du glaubst, dass Dr. Kat davon erfahren hat und ihn jetzt erpresst?«, mutmaßte Vita.

»Gut möglich, vielleicht ahnt Oleg, dass ich Michael bei KrioZhit versteckt habe, und versucht, an mehr Informationen zu kommen.«

»Hast du Michael eingesperrt, damit er vor Oleg in Sicherheit ist?«

»Nicht nur vor Oleg«, stellte Pawel klar. »Auch vor dir.«

Vita ging nicht darauf ein. »Ich verstehe nicht, warum sich Oleg vor Michael fürchten sollte. Hat Michael irgendwelche Beweise?«

»Nein.«

»Diese Firma in Kalifornien hat bestimmt Patientenakten, die Oleg belasten könnten.«

»Sie wurden bei einem Cyberangriff auf das amerikanische Gesundheitssystem vernichtet.«

Das war wohl kaum ein Zufall, dachte Vita. »Erklär mir bitte, warum sich Oleg vor einem jungen Ausländer fürchten sollte, der nichts gegen ihn in der Hand hat.«

»Ich vermute, wegen des Raketendeals. Die Amerikaner sind empfindlich, wenn Kinder im Spiel sind. Der Vertrag ist zwar unterzeichnet, das wird das Pentagon aber kaum davon abhalten, einen Rückzieher zu machen, wenn herauskommt, dass Oleg für den Tod eines Kindes verantwortlich ist. Schon das Gerücht dürfte reichen.«

»Das kann Oleg doch egal sein. Irina sagt, er brauche die Amerikaner nicht mehr, jetzt, wo die Chinesen seine Triebwerke bestellt haben. Abgesehen davon haben die Amerikaner nun SpaceX. Weitere Verträge wird es also ohnehin nicht geben.«

Pawel stand auf und ging zum Fenster. »Das ergibt keinen Sinn«, sagte er mehr zu sich als zu Vita.

»Genau.«

»Ich meine den Deal mit den Chinesen.«

Das Hausmädchen erschien in der Tür und fragte vorsichtig, wo sie das Abendbrot servieren dürfe.

»In der Küche«, antwortete Vita. »Während wir essen, kannst du hier sauber machen.«

Sie dachte an die Gespräche zurück, die Pawel und sie am Küchentisch ihrer Wohnung geführt hatten, bevor sie in dieses Haus eingezogen waren. Sie mit einem Glas Wein vor sich, er mit einer Flasche Mineralwasser. Damals hatten sie über alles geredet, oft hatte Pawel sie um Rat gefragt. Wie hatten sie sich so auseinanderleben können? Was war der Auslöser? Ihre Kinderlosigkeit? Andrej? KrioZhit? Als Pawel noch von seinen Chemiewerken oder von gelungenen Finanztransaktionen erzählte, hatte Vita interessiert zugehört und ihre Meinung zu seinen Entscheidungen geäußert. Dann aber hatte er KrioZhit gegründet. Obwohl er mit diesem Unternehmen den Menschen zu ewigem Leben verhelfen wollte, sprach er seither nur noch über den Tod.

Das Hausmädchen brachte Pawel einen Gemüseteller und für Vita einen Salat mit gebratener Hähnchenbrust.

Vita spießte ein Blatt auf. »Eine Frau, die behauptete, früher einmal meine Lehrerin gewesen zu sein, hat heute Morgen meine Mutter besucht.«

Pawel hörte auf zu kauen. »Was wollte sie?«

»Sie hat Fragen über Andrej gestellt.«

»Sie war nicht deine Lehrerin? Bist du dir ganz sicher?«

»Natürlich.« Vita erzählte, dass die Frau später mit einem Mönch weggefahren sei.

Pawel legte die Gabel zurück. »Wann werden sie endlich aufgeben?«

»Sie können uns nichts anhaben.«

»Hast du Michael erwähnt?«

»Was denkst du bloß von mir?«, fragte sie empört.

Er aß weiter.

»Heißt er wirklich Wilson?«, fragte Vita.

Pawel zögerte kurz. »Nein, Wild.«

Michael Wild, wiederholte Vita in Gedanken. »Erzähl mir von ihm.«

Pawel dachte nach. »In manchen Beziehungen erinnert er mich an Andrejka. Er ist auch ein Idealist. Im Gegensatz zu Andrejka verwirklicht Mischa seine Träume aber, oder zumindest versucht er es. Manchmal geht er dabei etwas naiv vor. Er ist ungewöhnlich ernst für sein Alter. Und stur«, fügte er mit der Andeutung eines Lächelns hinzu. »Wenigstens verschließt er sich nicht den Argumenten anderer, wenn sie ihm logisch erscheinen.«

Er klang beinahe stolz, dachte Vita. Sie hatte sich oft ausgemalt, wie ihr gemeinsames Kind wäre. Sie hatte gehofft, dass es von Pawel den scharfen Verstand und von ihr das Durchsetzungsvermögen erben würde.

»Warum hast du mir nie gesagt, dass du keine Kinder möchtest?«, fragte sie.

Pawel schaute Vita lange an. »Was hätte es geändert?«

»Die ganze Zeit über habe ich den Fehler bei mir gesucht.« Vita spürte einen Druck auf der Brust. »Ich habe mich als Versagerin gefühlt.«

»Es tut mir leid.«

Vita kämpfte gegen die Tränen an.

»Das war nicht meine Absicht«, sagte Pawel.

»Aber warum, Pascha? Warum hast du mir die Wahrheit verschwiegen?«

Eine Weile war nur das Klirren der Scherben zu hören, die das Hausmädchen im Wohnzimmer zusammenkehrte. Dann tat Pawel etwas, was er schon lange nicht mehr getan hatte. Er umarmte Vita.

»Weil ich befürchtet habe, dass du mich unter diesen Umständen nicht heiraten würdest«, sagte er.

36

Julia wurde das Gefühl nicht los, dass sie beschattet wurde. Hatte sie Vita unterschätzt? Sie blickte zurück. Der schneebedeckte Weg glitzerte in der Sonne, weit und breit war niemand zu sehen. Sie blieb stehen und lauschte. In den Baumkronen knackte es, von fern drang das Rauschen von Fahrzeugen zu ihr. Sie war zu einem Spaziergang aufgebrochen, um ihre Eindrücke zu sortieren. Im Haus des Priesters war es ihr zu eng, sie sehnte sich danach, allein zu sein. Sie hatte sogar erwogen, sich davonzuschleichen, doch ohne Kyrills Hilfe würde sich die Suche nach der Wahrheit viel schwieriger gestalten. Je weiter sie sich von der Kirche und den umliegenden Häusern entfernte, desto freier konnte sie atmen. Sie dachte an ihre Streifzüge mit Sam. Wie oft war sie mit ihm losgezogen, wenn sie bei einer Übersetzung nicht weiterwusste! Sie hatte laut nachgedacht, während er im Wald hinter Blättern herjagte. Die Bewegung half ihr, ihre Gedanken in Schwung zu bringen. Häufig präsentierte sich die Lösung dann wie von selbst.

Sie bezweifelte, dass es diesmal so einfach war. Jede Information veränderte die Ausgangslage, jedes Gespräch brachte sie auf neue Ideen. Klar war nur, dass sie KrioZhit noch nicht aufsuchen durfte. Wenn Pawel erfuhr, dass sie sich nicht an ihre Abmachung gehalten hatte und nach Russland gereist war, würde er dafür sorgen, dass sie das Land unverzüglich verlassen musste. Bevor sie dieses Risiko einging, wollte sie so viele Informationen wie möglich sammeln. Sie ging die Gespräche durch, die sie geführt hatte, und beschloss, zu der Datscha der Danilows zu fahren. Kyrill war in kirchlichen Angelegenheiten unterwegs, worüber Julia froh war. Sie nahm die Elektritschka bis zur Stadtgrenze, wo sie in ein Taxi umstieg. Immer wieder blickte sie aus dem Rückfenster. In Kirtasch fragte sie nach der Datscha der Danilows. Wie erwartet kannte man die Familie und beschrieb ihr den Weg zu dem Grundstück. Aus einigen Schornsteinen stieg Rauch, vermutlich zog das schöne Wetter die Stadtbewohner auch im Winter hinaus aufs Land.

Julia hatte ein luxuriöses Haus erwartet, doch die Datscha der Danilows unterschied sich nicht von den umliegenden Häusern. Die zwei Stockwerke waren mit einem steilen Blechdach bedeckt, ein hoher Bretterzaun umgab das Grundstück. Der Garten musste früher idyllisch gewesen sein. Jetzt hatte die Hecke einen Teil der verwilderten Beete erobert, und mehrere Sträucher waren unter dem Gewicht des Schnees geknickt. Hinter einem Baum stand ein Häuschen mit eingestürztem Dach, vermutlich das WC. Auch die Feuerstelle war zusammengefallen.

Hier hatte Andrej einen Teil seiner Kindheit verbracht. Julia stellte sich vor, wie er Beeren und Pilze sammelte, in der Erde wühlte und mit Nachbarskindern herumtollte. Unter anderen Umständen hätten vielleicht auch ihre Kinder hier gespielt.

Die Eingangstür war mit einem modernen Schloss gesichert, die Fenster aber stammten aus Sowjetzeiten und ließen sich problemlos öffnen. Leise stieg Julia durch eines der Fenster in das Haus und fand sich in einem mit Holzschindeln verkleideten Wohnzimmer wieder. Das Sofa war mit einem Laken bedeckt, auf dem Tisch lag eine Staubschicht. In einer Ecke stand ein Schubladenschrank, der längst aus der Mode gekommen war. Julia blieb vor einem ausgeblichenen Foto an der Wand stehen. Es zeigte einen Jungen vor einem Baum. Er trug eine gestrickte Weste über einem braunen Hemd und blickte unsicher in die Kamera. Die Ähnlichkeit mit Michael traf Julia unvorbereitet. Die gleichen Lippen, die gleiche Nase. Das musste Andrej sein. Auf einem anderen Foto präsentierte ein älterer Junge stolz einen Korb mit Pilzen. Eindeutig Pawel. Trotz seiner Krankheit wirkte er robuster, er strahlte eine Selbstsicherheit aus, die Andrej fehlte.

Julia streifte durch das Haus. Es gab eine Küche, eine Abstellkammer und drei Schlafzimmer. Die Küchenschränke enthielten Gläser mit eingemachten Früchten, Konservendosen sowie mehrere Packungen Buchweizengrütze, die von Mäusen angeknabbert worden waren. In einer Schublade entdeckte sie ein Handy und ein Ladekabel. Ob es noch funktionierte? Sie machte sich auf die Suche nach dem Hauptschalter, er war im Flur. In der Küche ging das Licht an. Julia steckte das Ladekabel ein, und ein Kontrolllämpchen leuchtete auf. Sie lächelte.

In den Zimmern befanden sich Relikte aus vergangenen Zeiten. Ein platter Ball, zerfledderte Bücher, Kinderkleidung. Julia fand eine Schatzkarte, von Kinderhand gezeichnet, die durch die Datschasiedlung führte. Der Schubladenschrank enthielt kleine Tüten mit Gemüsesamen, Zwirn, Steckschilder sowie Werkzeugzubehör. Als Letztes nahm sich Julia die Abstellkammer vor. Sie war bis unter die Decke mit Umzugskisten gefüllt. Julia zog die oberste der Kisten vom Stapel herunter und öffnete sie. Ein vertrautes Bild kam zum Vorschein. Ein Foto, das Andrej und sie an einem Picknicktisch zeigte. Behutsam nahm Julia das Foto heraus. Sie konnte sich noch genau daran erinnern, wo es aufgenommen worden war. Der Tisch stand vor dem Institut, häufig hatten Andrej und sie dort ihre Mittagspausen verbracht. In der Kiste befand sich auch eine englische Grammatik, aus der ein Blatt herausschaute. Die lateinischen Buchstaben wiesen einen ungewöhnlichen Schwung auf, als hätte der Schreiber den Stift am falschen Ende angesetzt. Andrejs Schrift. Julia schlug das Buch auf und blätterte darin, auf der Suche nach einer bestimmten Seite. Wie entsetzt Andrej gewesen war, als sie einfach in das Buch hineingeschrieben hatte! Er hatte den Text sofort ausradiert, doch die Spuren waren immer noch zu sehen.

Love you.

Julia presste das Buch gegen die Brust. Was mochte sich noch alles in den Kisten befinden? Dass Andrej hier sein Testament deponiert hatte, hielt sie für unwahrscheinlich, vielleicht würde sie aber einen

Hinweis darauf finden, wo er es hinterlegt hatte. Sie nahm weitere Gegenstände heraus. Eine Postkarte von Monterey, eine Tasse mit dem Logo des Instituts, ein Strohhalm von McDonald's. Sie legte die Sachen zurück und wollte gerade zur nächsten Kiste übergehen, als es an der Tür klopfte. Jemand musste sie bemerkt haben.

Julia ging in den Flur und spähte durch einen Spalt in der Gardine. Eine ältere Frau stand dort. Julia schloss auf.

»Guten Tag«, sagte sie mit einem freundlichen Lächeln. »Sie wollen bestimmt zu den Danilows. Leider sind sie nicht hier.«

Die Frau sah sie misstrauisch an. »Und wer sind Sie?«

»Mein Name ist Anna«, sagte Julia. »Ich bin eine Studienkollegin von Andrjuscha. Wir organisieren ein Klassentreffen, und da er …«, sie bekreuzigte sich, »nicht dabei sein kann, habe ich die Erlaubnis, zur Erinnerung ein paar Sachen von ihm zu holen. Er hat alles hierhergebracht, bevor er ins Kloster ging.«

Die Frau entspannte sich. »Ich habe das Licht gesehen. Meine Datscha befindet sich gleich nebenan.«

»Schön, dass Sie das Haus der Danilows im Auge behalten. Ich habe gehört, dass es im Winter öfters zu Einbrüchen in der Siedlung kommt.« Julia zögerte. »Ich würde Ihnen gern eine Tasse Tee anbieten, aber ich fürchte, die Schränke sind leer. Es sieht nicht danach aus, als würden Pascha und Vita häufig hierherkommen.«

»Ich habe noch ein wenig Kuchen übrig. Möchten Sie ein Stück?«

Kurz darauf saß Julia auf der verglasten Veranda der Nachbarin, die sich über Julias Gesellschaft zu freuen schien. Die Frau erzählte Anekdoten von früher, sie hatte nicht nur Andrej und Pawel gekannt, sondern auch deren Großmutter.

»Als die Familie noch in der DDR lebte, verbrachten die Jungs jeden Sommer hier. Zumindest, bis Paschka krank wurde.«

»Das muss eine schlimme Zeit gewesen sein«, sagte Julia mitfühlend.

»Furchtbar! Der arme Junge, er konnte kaum noch sprechen. Und gezittert hat er! Einmal fiel ihm ein Glas aus der Hand, nie werde ich den Ausdruck seiner Augen vergessen. Herzzerreißend! Zu Beginn dachten alle, er leide an Epilepsie, aber einer der Neurologen zweifelte daran. Die vielen Untersuchungen! Sweta ist fast verzweifelt. Sie haben dem armen Kind sogar mit einer Nadel in die Wirbel gestochen, um ihm Rückenmarksflüssigkeit zu entnehmen. Ich glaube, Sweta hat fast mehr geweint als Paschka. Es brach ihr das Herz, ihn so leiden zu sehen.«

Julia dachte daran, wie Michaels Hand gezittert hatte, als er ihr bei ihrem letzten gemeinsamen Essen den Teller entgegenhielt.

»Aber schließlich haben sie die Ursache gefunden? Pawel sieht heute gesund aus.«

»Ja, aber es hat lange gedauert. Die Krankheit hatte bereits die Leber angegriffen. Sie haben sogar eine Lebendspende erwogen, Stanislaw oder Sweta hätten nur zu gern einen Leberlappen geopfert, das war dann aber doch nicht nötig. Offenbar erholt sich die Leber besser als andere Organe, und als endlich die richtige Diagnose vorlag und Pascha mit der Therapie beginnen konnte, machte er große Fortschritte.«

»Um welche Krankheit handelt es sich?«

»An den Namen kann ich mich nicht erinnern, ich weiß nur, dass Pascha kein Kupfer abbauen kann. Ich stelle mir vor, dass sich das wie eine Vergiftung auswirkt. Jedenfalls verschwanden die Symptome, als er mit der Therapie begann. Er durfte nichts mehr essen, das Kupfer enthielt, und bekam Medikamente, die ihm halfen, es auszuscheiden. Seither geht es ihm gut.«

»Muss er die Medikamente immer noch einnehmen?«

»Ja, bis an sein Lebensende, hat Sweta gesagt.«

Julia führte sich noch einmal Michaels Symptome vor Augen. Sie hatte die Arztberichte und Laboranalysen gelesen, lange war man von einer Parkinsonerkrankung oder von Multipler Sklerose ausgegangen. Dass sich Pawel so gut erholt hatte, machte ihr Mut. Zum ersten Mal war sie froh, dass sich Michael in Pawels Obhut befand. Er würde dafür sorgen, dass Michael die nötige Hilfe bekam.

»Nehmen Sie noch ein Stück Kuchen?«

»Gerne«, sagte Julia, die den ganzen Kuchen gegessen hätte, um die Frau am Reden zu halten. »Ich war überrascht, als ich erfuhr, dass Andrjuscha ins Kloster gegangen ist.«

Die Frau reichte ihr ein Kuchenstück. »Tatsächlich? Mich hat es überhaupt nicht verwundert. Er war nie glücklich in der Firma. Er hat ständig nach einem höheren Sinn im Leben gesucht. Dann hat er sich auch noch in eine Frau verliebt, die seine Gefühle nicht erwiderte. Das hat er nie überwunden. Danach hat er sich eben Gott zugewandt.« Sie zuckte die Schultern. »Hauptsache, man findet irgendwo Halt, sage ich immer.«

»Diese Frau …«, begann Julia und suchte nach Worten. »Wer war sie?«

»Ich glaube, er hat sie im Ausland kennengelernt. Er hat ein Austauschsemester in den USA gemacht, danach war er nicht mehr derselbe. Einen ganzen Sommer lang hat er sich hier auf dem Land verkrochen und ein Gedicht nach dem anderen geschrieben. Sweta hat sich solche Sorgen gemacht. Sie hatte es nicht leicht, beide Kinder haben ihr Kummer bereitet.«

Julia fühlte sich bleischwer. Andrej hatte tatsächlich geglaubt, dass sie ihn ohne ein Wort sitzen gelassen hatte. Wie musste er gelitten haben! Auch sie hatte ihn verloren, doch wenigstens seine Liebe war ihr geblieben. Keine Sekunde hatte Julia an seinen Gefühlen gezweifelt. Er aber hatte vermutlich immer wieder an ihre letzte Begegnung zurückgedacht und sich gefragt, ob sie geblieben wäre, wenn er sich anders verhalten hätte.

37

Moskau, 1991

Die Kantine der Moskauer Staatlichen Linguistischen Universität lag im Untergeschoss. Mittags wurde immer nur ein Gericht serviert, an diesem Tag bestand es aus Siedfleisch mit Kartoffeln. Zu trinken gab es eine gelbliche Flüssigkeit in einem klebrigen Glas. Dass Julia das Institut besuchen durfte, hatte sie Tanja zu verdanken, die einen entsprechenden Antrag für sie gestellt hatte. Ausländische Studenten hatte es an russischen Universitäten zwar immer schon gegeben, allerdings kamen sie in der Regel aus kommunistischen Ländern, nicht aus dem Westen. Die verstohlenen Blicke der Kommilitonen machten Julia deutlich, dass sie ihre Neugier geweckt hatte.

Andrej hingegen war bemüht, sie so wenig wie möglich zu beachten. Julia wurde das Gefühl nicht los, dass er sich davor fürchtete, mit ihr in Verbindung gebracht zu werden. Als er sein Tablett wegräumte, folgte sie ihm.

»Schämst du dich für mich?«, fragte sie geradeheraus.

Er lachte verlegen. »Natürlich nicht.«

»Du tust so, als würdest du mich nicht kennen.«

»Hier mit dir zusammen zu sein, ist nicht dasselbe wie in Kalifornien.«

»Die anderen scheinen auch kein Problem damit zu haben. Bei Tanja wohne ich sogar.«

»Ihr Vater ist nur ein Beamter.«

»Soll ich dir aus dem Weg gehen?«

Er senkte den Blick. »Hier am Institut bist du Tanjas Gast.«

Schon wieder wich er aus! Langsam ärgerte sich Julia über sein Verhalten. Wie stellte er sich ihre Zukunft vor? Wollte er sie verstecken?

Als der Unterricht weiterging, vergaß sie ihre Wut. Gebannt folgte sie den Ausführungen der Dozentin. Nicht der Inhalt faszinierte sie, sondern die Art und Weise, wie er präsentiert wurde. Der Frontalunterricht führte ihr vor Augen, wie anders das System hier war. In Kalifornien lernten die Studenten selbstständig, der Unterricht diente lediglich dem Meinungsaustausch. Während in Monterey kontrovers diskutiert wurde, schrieben die Studierenden hier schweigend mit und meldeten sich nur, wenn sie Fragen hatten. Vielleicht lag es an dem imposanten Bau, vielleicht an der Dozentin, die nicht ein einziges Mal lächelte, doch als Julia gebeten wurde, ein wenig von ihrer Heimat, dem Ruhrgebiet, zu erzählen, brachte sie kaum ein Wort heraus.

Nach der letzten Vorlesung wartete Andrjuscha draußen auf sie. »Und?«

Sie atmete hörbar aus. »Streng!«

Wieder dieses verlegene Lachen. »Mitdenken ist auch nicht immer einfach.«

»Aber konstruktiver.«

»Vielleicht.«

»Bist du lieber ein Schaf in einer Herde?«, fragte Julia gereizt.

»Hauptsache, man lernt etwas«, brachte sich Tanja ein. »Dazu studieren wir doch, oder?«

Andrej nickte, offenbar erleichtert, dass sie den Streit, der sich anbahnte, beizulegen versuchte.

Tanja hakte sich bei Julia unter. »Meine Mutter braucht Mayonnaise. Kommst du mit?«

Julia, die es liebte, sich den Herausforderungen eines simplen Einkaufs hier zu stellen, sagte begeistert zu. Andrej schlug vor, am nächsten Tag das Dreifaltigkeitskloster von Sergijew Possad zu besuchen, das rund siebzig Kilometer nördlich von Moskau lag. Julia freute sich darauf, einen ganzen Tag mit ihm zu verbringen.

Sie umarmte ihn. »Das wäre super!«

Er stand so steif da wie das Kriegsdenkmal vor dem Institut.

»Wir müssen los«, drängte Tanja.

Von zu Hause hatten sie Gläser mit Schraubverschlüssen mitgebracht und reihten sich nun vor der Kasse einer Molkerei ein, die Milch, Joghurt, Butter, Sauerrahm und Mayonnaise verkaufte. Julia begriff nicht, warum man zuerst bezahlen musste, um danach vor jeder einzelnen Theke erneut anzustehen, um die Gläser abfüllen zu lassen. Vor allem staunte sie darüber, dass die Kunden im Voraus wussten, wie viel das gefüllte Glas wog.

»Wäre es nicht logischer, zuerst das leere Glas zu wiegen, dann die Mayonnaise einzufüllen und sie gleich im Anschluss zu bezahlen?«

Tanja runzelte die Stirn. »Warum?«

»Weil wir dann nur einmal anstehen müssten, anstatt bei jedem Produkt von vorne zu beginnen.«

»Es gibt sowieso meistens nur ein Produkt.«

Die Erklärung ergab für Julia keinen Sinn, wie so vieles in Russland. Zum ersten Mal überkamen sie Zweifel. Würde sie sich hier wirklich wohlfühlen? Eine Stunde später hatte sie ihr Unbehagen vergessen. Wie einen Pokal trug sie stolz das Glas mit der Mayonnaise nach Hause, wo Tanjas Mutter ihr zeigte, wie man einen Oliviersalat zubereitete, dazu gab es Schtschi. Julia liebte die Kohlsuppe nur schon des Namens wegen.

Am Abend holte Tanja einen Bildband von Sergijew Possad hervor. Julia, die sich mehr für Politik und Gesellschaft als für Religion interessierte, bemühte sich, Tanjas Ausführungen zu folgen. Immer wieder schweiften ihre Gedanken ab. In zehn Tagen lief ihr Visum ab. Sie musste mit Andrej über die Zukunft reden. Er hatte sich noch nicht dazu geäußert, wo er nach dem Abschluss arbeiten wollte und wie er sich ihr gemeinsames Leben vorstellte.

Als sie abends im Bett lag, malte sie sich aus, wie sie ihm vor der Kulisse des Dreifaltigkeitsklosters einen Heiratsantrag machte. Wie würde er reagieren? Sie erwachte vom Klang der Kirchenglocken, stellte dann aber fest, dass jemand an der Haustür klingelte. Sie hörte hastige Schritte, einen entsetzten Aufschrei. Die Tür zu ihrem Zimmer ging auf, Licht durchflutete den Raum, und Spezialeinheiten stürmten herein. Sie trugen schwarze Uniformen, die mit einem gelben Schriftzug versehen waren. Man zerrte sie aus dem Bett und hielt ihr ein offiziell aussehendes Dokument vors Gesicht. Julia las das Wort »Haftbefehl«, mehr konnte sie nicht erkennen. Tanja hatte sich gegen die Wand gedrückt, sie hielt sich mit beiden Händen die Ohren zu und presste die Augen zusammen. Einer der Männer riss Julia die Arme nach hinten, sie hörte Handschellen, die einrasteten, die Stimme von Tanjas Vater, der Fragen stellte, das Weinen von Tanjas Mutter. Dann wurde Julia hinausgebracht, über die Türschwelle geschleift und die Treppe hinuntergeschleppt. Eisige Kälte schlug ihr vor der Tür entgegen, als ein Windstoß ihr Nachthemd erfasste. Auf dem Gehsteig stand ein gepanzerter Wagen, jemand stülpte ihr eine Haube über den Kopf. Dunkelheit.

Vor Kälte zitternd, saß sie auf einer harten Bank. In jeder Kurve wurde sie durch den Wagen geschleudert. Sie hatte nichts getan, es musste sich um ein Missverständnis handeln. Tanjas Vater würde die deutsche Botschaft verständigen. Julia versuchte, mit den Spezialeinheiten zu reden, aber saß überhaupt jemand hinten mit ihr im Wagen? Die Fahrt erschien ihr unendlich lang, gleichzeitig fürchtete sie sich vor der Ankunft. Stanislaw Iwanowitsch arbeitete für die Regierung, sagte sie sich, er würde dafür sorgen, dass man sie schnell wieder freiließ. Sie musste nur so lange durchhalten, bis er von ihrer Verhaftung erfuhr.

Der Wagen hielt, die Türen wurden aufgezogen. Julia war so steif gefroren, dass sie sich kaum auf den Beinen halten konnte. Sie wurde über den Asphalt gezogen, in ein Gebäude hinein. Betonboden, Feuchtigkeit. Das Quietschen einer Tür, das Klicken eines Schlüssels. Die Handschellen wurden entfernt. Ein Schloss rastete ein. Stille. Schritte, die sich entfernten. Julia traute sich kaum, sich zu bewegen. Erst als die Schritte ganz verstummten, tastete sie nach der Haube, die man ihr über den Kopf gestülpt und mit Klebeband um den Hals befestigt hatte. Ihre Finger zitterten so sehr, dass sie es fast nicht schaffte, das Klebeband zu lösen. Endlich gab es nach, und sie konnte sich befreien. Grelles Licht blendete sie. Durch zusammengekniffene Augen betrachtete sie den Raum. In einer Ecke stand ein Kessel, daneben lag eine muffige Wolldecke. In der Tür befand sich eine Klappe, gerade groß genug, um die Hände durchschieben zu können. Keine Klinke. Kein Lichtschalter.

Sie wickelte sich in die Decke ein und rollte sich zusammen. Aus den anderen Zellen drang kein Laut. Gab es überhaupt andere Gefangene? Sie hatte von Bunkern gelesen, in denen der Geheimdienst Menschen versteckte, ohne dass ihnen der Prozess gemacht worden war. Politische Gefangene, dachte sie, und plötzlich fiel ihr ein, wie Stanislaw Iwanowitsch sie gefragt hatte, woher ihr Interesse an Russland komme. Ein schrecklicher Gedanke kam ihr. Hielt man sie für eine Spionin?

Julia wusste nicht, wie lange sie schon hier lag. Das Licht brannte konstant, Fenster gab es keine. Der einzige Anhaltspunkt dafür, dass die Zeit verstrich, war ihr Durst. Ihre Zunge fühlte sich wie Karton an, ihr Rachen brannte. Irgendwann begann sie zu husten und konnte nicht mehr aufhören. Endlich hörte sie Schritte. Diesmal war es die Miliz, die sie holte. Ein Mann mit Sturmhaube bedeutete ihr aufzustehen. Julia mühte sich auf die Beine. Er riss ihr die Wolldecke von den Schultern und schob sie in den Flur hinaus. Sie ging an sieben Zellen vorbei, aus keiner drang ein Geräusch. Aus einem Raum am Ende des Flurs, dessen Tür leicht offen stand, hörte sie ein Scharren. Der Mann drückte ihr die Mündung seiner Waffe gegen den Rücken und befahl ihr, schneller zu gehen. Sie wurde in einen Raum geführt, in dem ein weiterer Milizionär saß. Auch er trug eine Sturmhaube, die nur Augen und Mund freigab. Er rauchte eine billige, russische Zigarette.

»Setz dich!«, befahl er.

Julia setzte sich auf den einzigen Stuhl, der mitten im Raum stand.

»Warum hast du es getan?«, fragte er.

»W-Was?« Ihre Stimme war kaum mehr als ein Flüstern.

»Warum?«

Der Mann wiederholte seine Frage. Immer und immer wieder. Julia versuchte zu erklären, dass sie keine Ahnung hatte, wovon er sprach, doch er fuhr unbeeindruckt fort. Der Raum verschwamm vor ihren Augen, sie roch ihre Angst, scharf und beißend, hörte Laute und begriff, dass sie von ihr selbst kamen. Sie wurde in ihre Zelle zurückgebracht. Endlich gab man ihr Wasser. Julia weinte vor Dankbarkeit. Sie schöpfte neue Hoffnung, nahm sich vor durchzuhalten, bis man den Fehler bemerkte. Es war nur eine Frage der Zeit, schließlich hatte sie nichts getan.

Wieder wurde sie in den Raum geführt. Diesmal stand kein Stuhl mehr dort, die Fragen aber waren dieselben.

»Warum hast du es getan?«

»Für wen arbeitest du?«

Sie schwankte. Der Mann packte sie. Sie bäumte sich auf, stolperte, prallte gegen die Wand, fiel hin. Blut im Mund. Das Essen, das man ihr später gab, schmeckte nach nichts.

»Schau es dir an!«, befahl ein Mann.

Was sollte sie sich anschauen? Ein Foto?

»Nimm es in die Hand!«

Sie sah einen Körper, der am Boden lag, das Gesicht ein blutiger Brei.

»Du hast ihn getötet!«

Hatte sie das? Wer war er?

»Gib es zu!«

»Wer ist …?«, stammelte sie.

Das Foto war weg.

»Erkennst du ihn nicht mehr? Du warst es, die ihn so zugerichtet hat.«

Das Foto war wieder da. Blut in blondem Haar, ein unversehrtes Ohr.

»Hat er dir den Laufpass gegeben? Wolltest du dich rächen?« Die Stimme jetzt ganz nah. »Warum hast du Andrej Danilow getötet?«

Andrej war tot? Das konnte nicht sein. Sie wollten doch nach Sergijew Possad fahren. Den morgigen Tag und das restliche Leben miteinander verbringen. Sie sah Andrjuschas Gesicht vor sich, das helle Grau seiner Augen. Gebündelte Strahlen, die Rückseite des Regenbogens. Haselnussbraune Augenbrauen, sinnliche Lippen, zu einem verlegenen Lächeln geformt. Ein Abgrund tat sich vor ihr auf. Nichts als Schmerz. Sie krümmte sich und stürzte hinein.

38

2021

Schmeckt Ihnen der Kuchen nicht?«

Julia führte mechanisch die Gabel zum Mund. Lächelte. Sie musterte die Frau, die ihr gegenübersaß. Nahm bewusst ihre Umgebung wahr. Das Hier und Jetzt. Holzdielen unter ihren Füßen, die Sonne, die durch die Scheibe der verglasten Veranda schien, das Klappern der Porzellantassen auf den Untertellern.

Ihr Vater ist nur ein Beamter. Hatte sie Andrejs Erklärung zu wenig Bedeutung beigemessen? Hatte Stanislaw Iwanowitsch tatsächlich geglaubt, Julia wolle ihn ausspionieren? Oder fürchtete er sich bloß davor, mit ihr in Verbindung gebracht zu werden? Andrej hatte einst erzählt, dass heikle Themen bei ihm zu Hause nicht angesprochen wurden. Kritische Gedanken gehörten nach draußen, dorthin, wo niemand mithörte.

Spürst du die Augen? Ein Sturm hat ein Auge, ein Seehund zwei, ein Krebs sechs. Russen sind wie Kartoffeln. Sie haben überall Augen.

»Was hat Stanislaw Iwanowitsch eigentlich gemacht, als er noch im Ministerium für chemische Industrie gearbeitet hat?«, fragte sie wie beiläufig.

Die Nachbarin wich kaum merklich zurück, ihre Körpersprache signalisierte deutlich, dass sie nicht darüber reden wollte. Julia dachte daran, wie Tanja sich die Ohren zuhielt und die Augen zusammenpresste, als die Spezialeinheiten gekommen waren. Ohne dass sie ein Wort zu sagen brauchte, bestätigte die Nachbarin, was Julia schon lange vermutete: Stanislaw Iwanowitsch war entweder selbst beim Geheimdienst tätig gewesen, oder er war aufgrund seiner Tätigkeit genau beobachtet worden. Hatte er gar von ihrer Verhaftung gewusst und nichts unternommen?

Die Nachbarin stapelte die leeren Teller aufeinander und erklärte, dass sie nach Moskau zurückmüsse. Mit ihrer Frage hatte Julia eine Grenze überschritten. Über Privatangelegenheiten zu sprechen, war eine Sache. Politik hingegen war tabu. Julia kehrte in die Datscha der Danilows zurück und widmete sich wieder den Kisten in der Abstellkammer. Andrej schien alle seine Sachen hier deponiert zu haben. Hatte er an seinem Entschluss, ins Kloster zu gehen, gezweifelt? In einer Kiste befanden sich seine Kleider. Julia erkannte zwei T-Shirts, die er in Kalifornien getragen hatte. Sie zog eine altmodische Badehose hervor und erinnerte sich wieder, wie peinlich ihm der hohe Beinausschnitt war. Erst am Strand war ihm aufgefallen, dass alle, bis auf die Russen, Badeshorts trugen.

Sie stieß auf eine Kiste mit Dokumenten, die sie sich genauer ansehen wollte, und trug sie in die Küche, wo sie den Inhalt auf dem Tisch ausbreitete. Darunter war eine Mappe mit Korrespondenz zwischen Andrej und dem Kloster. Die ausgedruckten E-Mails stammten aus den Monaten vor seinem Klostereintritt. Sie waren kurzgefasst, der Inhalt bezog sich auf Gespräche, die er mit dem Archimandriten geführt hatte. Daraus ging hervor, dass sich Andrej gründlich mit theologischen Fragen beschäftigt hatte. Er schien unsicher zu sein, ob er den richtigen Weg einschlug, und äußerte sogar die Befürchtung, dass er auf der Flucht vor dem Leben sei, was für ihn offenbar kein ausreichender Grund war, ins Kloster einzutreten. Eine weitere Mappe enthielt Briefe, vermutlich hatte Andrej zu diesem Zeitpunkt keinen Computer mehr benutzt. Mehrere stammten von Pawel. In einem bat er Andrej inständig, seine Entscheidung zu überdenken. Julia fragte sich, warum es Pawel so störte, dass Andrej als Mönch leben wollte. Dann fiel ihr das Datum auf. Den ersten Brief hatte Pawel vier Wochen nach Stanislaws Tod geschrieben, den letzten im vergangenen April. Sie suchte alle heraus und las sie in der richtigen Reihenfolge. Anfangs bat Pawel Andrej mit freundlichen Worten darum, seine Entscheidung zu überdenken. Schon im nächsten Brief änderte sich sein Tonfall. Er warf Andrej vor, dass dieser sein Lebenswerk zerstören wolle, und nannte ihn einen Idealisten. Nur wenige Tage später folgte ein weiterer Brief, der sich wie ein Werbeprospekt für Transhumanismus las. Pawel zählte alle Vorteile auf, die die Verbesserung des Menschen mit sich brachte, und untermauerte sie mit theologischen Argumenten. Andrej musste sich auf die Diskussion eingelassen haben, denn einige Wochen später nahm Pawel Stellung zu zwei Punkten, die nicht er selbst angesprochen hatte. Einer betraf die Forschungsergebnisse eines Genetikers, die 2004 veröffentlicht worden waren. Er hatte einen Zusammenhang zwischen dem Gen VMAT2 und der Erblichkeit von Spiritualität festgestellt. Es schien ganz so, als hätte der Wissenschaftler damit zu beweisen versucht, dass der Glaube an Gott vererbbar sei. Pawel schrieb, die Existenz eines »Gottes-Gens« spreche nicht gegen die Existenz Gottes, ganz im Gegenteil, denn es zeige, dass gewisse Menschen die Fähigkeit entwickelt hätten, Gott zu erkennen. Julia, die wusste, dass Pawel nicht an Gott glaubte, sah in seiner Antwort einen Beschwichtigungsversuch.

Der zweite Punkt betraf »die größte Sünde, die der Mensch begehen könne«. Anscheinend hatte Andrej behauptet, Transhumanisten setzten sich selbst an die Stelle von Gott. Pawel schrieb, auch in einer nahezu perfekten Welt werde der Mensch durch seine Fähigkeiten und Möglichkeiten begrenzt bleiben. Von »Gott spielen« könne deshalb nicht die Rede sein. Zusammenfassend hielt er fest, dass der Transhumanismus den Menschen verbessere, nicht aber verändere, was mit dem Christentum vereinbar sei. Seine Argumente hatten Andrej nicht überzeugt. Im folgenden Brief warf Pawel der Kirche Korruption und Machtmissbrauch vor und behauptete, das Kloster habe Andrej nur deshalb mit offenen Armen empfangen und spirituell so eng begleitet, weil sie an sein Vermögen kommen wollten.

»Wenn Du Deinen Firmenanteil verschenkst«, schrieb Pawel, »zerstörst Du alles, was Vater aufgebaut hat.«

Der letzte Brief war kurz und sachlich. Pawel ließ Andrej wissen, dass die weitere Korrespondenz über seinen Anwalt erfolgen werde.

Julia lehnte sich zurück. Sie hatte richtiggelegen mit ihrer Vermutung. Andrej wollte sein Vermögen der Kirche schenken. Pawel hätte dann einen Teil seiner Unternehmen verkaufen müssen, um die Kirche auszubezahlen, ansonsten hätte diese ein Mitspracherecht gehabt. Das erklärte, warum die Korrespondenz erst nach Stanislaws Tod begonnen hatte. Nun verstand sie auch, warum Andrej verschwinden musste. Jemand hatte ihn daran hindern wollen, diesen Schritt zu tun. Hatte Andrej gewusst, dass er in Gefahr war? Hatte er deshalb ein Testament aufgesetzt? War es Pawel gelungen, ihn an seinem Vorhaben zu hindern? Dass die Kirche nach Andrej suchte, konnte zweierlei bedeuten. Entweder, er lebte noch, oder aber, er hatte das Testament noch vor seinem Tod aufsetzen können und es irgendwo versteckt.

Welche Rolle spielte Michael? Gehörte ihm automatisch Andrejs Anteil am Konzern? Kannte Russland pflichtteilsberechtigte Erben? Wie froh Julia war, dass sie Kyrill oder dem Archimandriten gegenüber Michael nicht erwähnt hatte! Julia wusste nicht, von welcher Seite Gefahr drohte, nur, dass sehr viel Geld im Spiel war.

Ein Piepton riss sie aus ihren Gedanken. Julia sah, dass das Handy geladen war. Auf dem Display stand der Name eines Telekomunternehmens. Julia setzte sich mit dem Gerät an den Tisch und suchte im Internet nach Informationen über das russische Erbrecht. Sie erfuhr, dass in Russland die Testierfreiheit galt, Andrej hätte also problemlos die Kirche als Erbin einsetzen können. Der Pflichtteilsanspruch betrug die Hälfte des Erbteils, Anspruch hatten aber nur Personen, die von dem Erblasser Unterhaltsleistungen bezogen hatten oder ihm gegenüber unterhaltsberechtigt waren. Sollte Andrej kein Testament hinterlassen haben, galt die gesetzliche Erbfolge. An erster Stelle standen der überlebende Ehegatte, die Kinder sowie die Eltern des Verstorbenen. Erst danach kamen die Geschwister.

Julia versuchte, sich in Pawel und Vitas Lage zu versetzen. Fand man ein Testament, wäre mit ziemlicher Sicherheit die Kirche Haupterbin. Anderenfalls würde Andrejs Vermögen an Michael gehen. Die Kirche war mächtig, gegen sie anzukämpfen aussichtslos. Auch beeinflussen konnte Pawel sie kaum. Unter dem Deckmantel der Moral würde sie KrioZhit ruinieren, denn auf den Geist erhob sie ein Monopol. Michael hingegen war formbar. Alles, was er angestrebt hatte, war seit dem Ausbruch seiner Krankheit obsolet geworden. Er war auf der Suche nach einem neuen Lebensinhalt. Außerdem hatte Pawel keine eigenen Kinder. Wenn es ihm gelang, Michael zu seinem Nachfolger aufzubauen, wären alle seine Probleme gelöst. Wenn nicht, wäre es ein Leichtes, ihn aus dem Weg zu räumen. Schon deshalb, weil niemand wusste, dass sich Michael in Russland aufhielt.

Julia lehnte sich zurück. Die Danilows hatten ihr nur Unglück gebracht. Wiederholte sich die Geschichte? Würde es Michael ähnlich ergehen wie ihr? Genau davor hatte sie ihn mit ihrem Schweigen schützen wollen. Sie gab die Begriffe »Kupfer«, »Ausscheiden« und »Krankheit« ein und stieß auf die Kupferspeicherkrankheit Morbus Wilson, die von einem Gendefekt ausgelöst wurde. Dieser führte dazu, dass die Leber das überschüssige Kupfer nicht über die Galle ausscheiden konnte. Dadurch reicherte sich Kupfer im Körper an, vor allem im Gehirn, in den Augen und in den Nieren. Der Betroffene litt unter Müdigkeit, Appetitlosigkeit oder Bauchschmerzen, später kämen Leberschäden, neurologische Beschwerden, Nierenprobleme und eine Verfärbung der Hornhaut dazu. Unbehandelt führte Morbus Wilson zum Tod.

Julia las, dass sich die Krankheit häufig zwischen dem dreizehnten und vierundzwanzigsten Lebensjahr bemerkbar machte. Die Diagnose war schwierig, weil Morbus Wilson selten auftrat und die Symptome sehr unterschiedlich waren. Lag der Befund aber vor, ließ sich die Krankheit gut behandeln. In der Regel reichten Medikamente, allerdings mussten sie ein Leben lang eingenommen werden. Julia stand auf. Sie brauchte frische Luft.

Die Sonne war schon fast hinter den Dächern der Datschen verschwunden. Julia ging zügig, um sich aufzuwärmen. Sie folgte einer unbefestigten Straße, tief in Gedanken versunken. Die meisten Häuser waren eingezäunt, sodass sie nicht sah, ob sich jemand darin aufhielt. Dennoch hatte sie das Gefühl, beobachtet zu werden. Unmöglich, dass Kyrill wusste, wo sie war. Ließ Pawel sie beschatten? Vita? Julia traute es beiden zu. Sie bog auf einen Fußweg ein, der in den Wald führte. Sie dachte an das Foto, das Pawel mit einem Korb mit Pilzen zeigte. Enthielten Pilze nicht große Mengen von Mineralstoffen und Spurenelementen, also auch Kupfer? Julia hatte Pawels Essgewohnheiten auf seinen Wunsch, ewig zu leben, zurückgeführt. Jetzt erkannte sie, dass mehr dahinterlag. Er mied Lebensmittel, die für ihn toxisch waren.

Schnee rieselte von den Bäumen, irgendwo bellte ein Hund. Die kalte Luft kitzelte sie in der Nase, und Julia zog ihren Schal höher. Sie dachte an Andrejs Reise nach Moskau. Um Familienangelegenheiten zu regeln, hatte die Frau des Priesters gesagt.

Da ergrimmte Kain sehr und senkte finster seinen Blick.

Hatte Andrej sein Testament in Moskau aufgesetzt? Damit es anerkannt wurde, musste es den gesetzlichen Vorschriften entsprechen und von einem Notar beglaubigt werden. Wen hätte er aufgesucht? Wo hätte er das Testament anschließend deponiert? Andrej war ein Kind der Sowjetunion gewesen, er hatte den Behörden misstraut. Hatte er es der Kirche übergeben? Oder sich aus Angst, das Kloster damit in Gefahr zu bringen, anders entschieden? Julia ging zur Datscha zurück. In Andrejs Kisten befanden sich bestimmt auch Klassenfotos.

Als sie das Haus betrat, merkte sie sofort, dass etwas nicht stimmte. Kühle Luft wehte ihr entgegen. Ein Fenster stand offen. Die Unterlagen auf dem Tisch lagen kreuz und quer, der Stuhl war zurückgeschoben. Julia blieb reglos stehen und lauschte. Das Holz knackte, eine Krähe schrie. Weit entfernt heulte eine Motorsäge auf. Sie blickte aus dem Fenster und entdeckte Fußspuren im Schnee. Größer als ihre, tiefer. Ein Mann. Die Spur führte von der Datscha weg. Er musste aus dem Fenster gesprungen sein, vermutlich hatte sie ihn mit ihrer Rückkehr überrascht. Julia verließ das Haus durch die Vordertür und schlich in den Garten. Sie folgte der Spur im Schnee, die an der Bretterwand endete.

Zurück im Haus, steckte sie Andrejs Schulunterlagen und das Handy in ihre Tasche. Sie verließ die Datscha durch die vordere Tür. Als sie die Hauptstraße erreichte, rief sie ein Taxi. Niemand war ihr gefolgt. Sie bat den Fahrer, sie am anderen Ende der Datschen-Siedlung abzusetzen, und kehrte zu Fuß zurück. Alles war ruhig. Julia betrat die verglaste Veranda der Nachbarin, von hier konnte sie das Haus der Danilows im Auge behalten. Bei Einbruch der Dunkelheit kletterte eine Gestalt über den Zaun. Nicht Kyrill. Der Mann war größer und schwerer. Es dauerte einen Moment, bis sie ihn erkannte: Dschachongir. Galina Petrowna hatte gesagt, dass er alles für Vita tun würde. Ein weiteres Puzzleteil fand seinen Platz. Die Männer, die auf Andrej geschossen hatten, stammten aus Tadschikistan. Dschachongir war ein tadschikischer Name.

39

Michael konnte nicht schlafen. Immer wieder sah er Vita vor sich. Elegant, selbstbewusst und unglaublich schön. Trotzdem fühlte er sich von ihr nicht angezogen. Sie war wie ein Kunstwerk, das in einem Museum hing, geschützt durch eine Absperrkordel aus rotem Samt. Man durfte sie bewundern, ihr aber nicht zu nahe kommen. Er wurde das Gefühl nicht los, dass sie etwas von ihm erwartete. Weshalb hatte sie ihn gebeten, mit ihm ein Grab zu besuchen, nur um im letzten Moment umzukehren? Wer war dieser Andrej?

Es war kurz vor Mitternacht. Vita war nicht der einzige Grund, weshalb er wach lag. Noch mehr als die Begegnung mit ihr beschäftigte ihn das Gespräch, das er mit Pawel über Katarzyna geführt hatte. Gewissensbisse plagten ihn. Er hätte Pawel von den verschwundenen Präparaten und von den Dateien erzählen sollen, die er auf Katarzynas Laptop entdeckt hatte, doch alles in ihm sträubte sich gegen die Vorstellung, dass sie Informationen weitergegeben haben könnte. Er schlug die Decke zurück und stand auf.

Im Untergeschoss setzte er sich an ihren Computer. Er hatte sie mehrmals beobachtet, als sie ihr Passwort eingab, nun versuchte er, die Bewegungen ihrer Finger nachzuahmen. Der erste Versuch schlug fehl, beim zweiten klappte es. Er gab Bogdan Radus Patientennummer ein. Keine Dateien. Enttäuscht lehnte er sich zurück. Was hatte er erwartet? Dass sie ihre Geheimnisse auf dem Firmencomputer abspeicherte? Er rief die letzten Dokumente auf, an denen sie gearbeitet hatte. Berechnungen, Tabellen, eingescannte Proben, die Simulation eines Netzwerks aus Neuronen. Nichts davon fand er überraschend. Schließlich stieß er auf eine Reihe von Daten, die sie offensichtlich erst vor wenigen Tagen erfasst hatte. Es handelte sich um ein Aktivitätsmuster von verdrahteten Nervenzellen. Er dachte daran, wie sie ihn instruiert hatte, als er die Hirnschnitte der Mäuse eintrug. Ein einzelnes Neuron besaß rund zehntausend Kontaktstellen von Nervenzellen. Jede Verbindung war mit einer Speicherfunktion ausgestattet. In ihrem Modell hatte Katarzyna dabei einen Wert hinterlegt, der der Stärke dieser Signalübertragung entsprach, und ihn dann mit Quellenangaben verknüpft, damit sie ihn einfach überprüfen konnte. Als Michael jetzt einen Wert anwählte, um zu erfahren, woher die Daten stammten, blieb der Bildschirm dunkel. Er versuchte es mit einem anderen, doch auch dort fehlte die Quelle. Michael klickte sich durch alle Kontaktstellen. Fehlanzeige. Katarzyna hatte nichts hinterlegt.

Er hörte einen Piepton, und die Eingangstür ging auf. Rasch fuhr er den Computer herunter. Plötzlich standen zwei Sicherheitsangestellte hinter ihm. Sie packten ihn, stießen ihn gegen die Wand und legten ihm Handschellen an. Michael protestierte laut.

»Ich arbeite hier!«, erklärte er.

Sie führten ihn aus dem Raum.

»Ich will mit Pawel sprechen!«, verlangte er.

Er erhielt keine Antwort und versuchte es auf gebrochenem Russisch, vergeblich. Die Sicherheitsleute brachten ihn zu einem Notausgang, wo ein Transporter wartete. Michael wurde von nackter Angst gepackt. Waren das überhaupt Pawels Angestellte? Woher hatten sie den Zugangscode? Seit Neustem ließ Pawel ihn täglich ändern. Er erinnerte sich, wie er damals bei Xenia abgeholt worden war. Die leise Hoffnung, dass er auch diesmal zu einer Kryokonservierung gerufen wurde, zerschlug sich, als die Sicherheitskräfte die Tür des Transporters öffneten. Der Laderaum enthielt keine medizinischen Geräte.

Eine halbe Stunde später hielt der Wagen, und die Schiebetür wurde aufgezogen. Michael sah eine verlassene Straße und Villen hinter hohen Mauern. Sie befanden sich vor einem kubistischen Bau aus schiefergrauen Platten und Glas. Pawel stand in der Tür.

»Bringt ihn hinein«, befahl er.

Michael wurde in ein geräumiges Wohnzimmer geführt. Auf dem Sofa saß Vita.

»Was …«, stammelte Michael.

Pawel gab den Sicherheitsangestellten ein Zeichen, und sie zogen sich zurück.

»Was soll das?«, brachte Michael heraus.

Pawel baute sich vor ihm auf.

»Ich verstehe nicht, was los ist!«, sagte Michael.

Pawel sah ihn mit ausdrucksloser Miene an.

»Kannst du bitte die Handschellen entfernen?«, bat Michael verärgert.

»Sobald du mir erklärst, was du um Mitternacht an Dr. Szewińskas Computer machst.«

Michael blinzelte verwirrt.

»Ja, ich habe auch in ihrem Büro Überwachungskameras installieren lassen«, sagte Pawel. »Das dürfte dich angesichts der Ereignisse der letzten Wochen kaum erstaunen.«

Endlich begriff Michael. Pawel hielt ihn für den Spion.

Michael atmete erleichtert aus. »Das ist ein Missverständnis.«

»Klär mich auf.«

Michael sah ein, dass ihm keine Wahl blieb. Er konnte Katarzyna nicht schützen, sosehr er es wollte. Also begann er zu erzählen. Wie er auf die Präparate gestoßen war, die mit Bogdan Radus Patientennummer versehen waren. Dass er Katarzyna mit seinem Wissen konfrontiert, sie jedoch alles abgestritten hatte. Von ihrer Geschichte mit dem defekten Kühlschrank und ihren nächtlichen Besuchen im Untergeschoss.

»Ich wollte nachsehen, woran sie arbeitet«, schloss er. »Ich brauchte Beweise für meine Vermutungen, bevor ich Anschuldigungen gegen sie erhob.«

Pawel nickte langsam, dann rief er nach einem der Sicherheitsleute, der Michael von seinen Handschellen befreite. Michael rieb sich die

Handgelenke. Pawel forderte ihn auf, sich zu setzen, und nahm dann auf dem Sofa neben Vita Platz.

»Warum wolltest du dich unbedingt mit Xenia treffen, wenn du nicht an Sex interessiert warst?«, fragte Pawel.

Michael zögerte. »Sie hat mir Russischunterricht gegeben.«

Vita lachte auf.

»Warum lernst du die Sprache heimlich?«, fragte Pawel.

Michael errötete. »Weil ich dir nicht traue.«

Pawel verzog keine Miene.

»Das dürfte dich kaum erstaunen«, sagte Michael. »Immerhin hast du mich entführt, eingesperrt und belogen.«

Pawel beugte sich vor. »Xenia ist verschwunden.«

»Also arbeitet sie doch für Oleg Wolkow?«, fragte Michael überrascht.

Pawel und Vita tauschten Blicke. Pawel nickte kurz, und Vita richtete sich auf. Sie erzählte, dass sich Katarzyna mit Oleg Wolkow getroffen hatte. Michael spürte ein flaues Gefühl im Magen. Obwohl alles darauf hindeutete, dass Katarzyna etwas verbarg, hatte er bis jetzt gehofft, dass nicht sie es war, die Informationen weitergegeben hatte. Was war er doch nur für ein jämmerlicher Idiot.

»Warum?«, fragte er kleinlaut.

»Das weiß ich nicht«, sagte Pawel.

»Hast du eine Vermutung?«

»Nein.«

Michael glaubte ihm nicht. »Was ist mit Dr. Radus Mörder? Du hast gesagt, dass er wahrscheinlich Informationen über mich aus ihm herauspressen wollte.«

»Ich habe auch gesagt, dass ich meine Meinung geändert habe.«

»Warum?«

Vita ergriff das Wort. »Der Mann, den wir für Radus Mörder hielten, ist unschuldig. Das war nur eine …« Sie blickte zu Pawel. »Kommunikationspanne.«

Jetzt war es Michael, der auflachte. Eine absurdere Erklärung konnte er sich nicht vorstellen. Er hatte genug von all den Andeutungen und

Ausreden. Offenbar spürte Vita, dass er sich mit dieser Antwort nicht zufriedengeben würde, denn sie sah erneut zu Pawel, der ihr bedeutete fortzufahren.

»Ich habe einen Bekannten gebeten, Informationen über dich zu beschaffen. Mir war nicht wohl bei der Vorstellung, dass ein ...« Sie suchte nach einem passenden Wort. »Dass ein Unbekannter Zugang zu Forschungsergebnissen von KrioZhit hatte. Weil ich Pascha nicht beunruhigen wollte, habe ich ihm nichts davon erzählt. Das war ein Fehler. Pascha hat natürlich erfahren, dass jemand dich beschattet, und hat seine eigenen Schlüsse daraus gezogen.«

Sie griff nach Pawels Hand, ihre Finger verschränkten sich ineinander.

»Der Mann vor dem georgischen Restaurant«, erinnerte sich Michael.

Deshalb hatte Pawel gesagt, er würde sich selbst darum kümmern. Er hatte ihn erkannt, und er wusste, dass Vita dahintersteckte.

»Dann war dir also klar, dass von dem Mann keine Gefahr ausging«, sagte Michael mehr zu sich selbst als zu Pawel.

»Natürlich war ihm das klar«, antwortete Vita an seiner Stelle. »Mein Mann traut mir vieles zu, nicht aber, dass ich über Leichen gehe.«

Michael konnte förmlich spüren, wie es zwischen den beiden knisterte. Er sah von Vita zu Pawel und versuchte zu ergründen, was sie ihm verschwiegen. Stellte er eine Bedrohung für Vita dar? Hatte sie sich auch einer Verjüngungskur mit Kinderblut unterzogen? Ihr Name war nirgends aufgetaucht. Er dachte daran, wie sie ihn über seine Mutter ausgefragt hatte. Dahinter steckte mehr als bloße Neugier. War Vita eifersüchtig?

»Wenn nicht dein Bekannter Dr. Radu getötet hat, wer dann?« Michael bemühte sich um einen scherzhaften Tonfall, damit Vita nicht auf die Idee kam, dass er ihr tatsächlich zutraute, einen Mord in Auftrag zu geben.

»Das ist kompliziert«, antwortete Pawel.

»Dann erklär es mir!«, sagte Michael.

Pawel ließ Vitas Hand los und ging zu einem leeren Sockel vor dem Fenster. Nachdenklich strich er über eine Stange aus Edelstahl, die vermutlich für die Befestigung einer Skulptur gedacht war. Vita betätigte eine Klingel, kurz darauf kam eine verschlafene Frau ins Wohnzimmer. Vita erteilte ihr Anweisungen, und die Angestellte verschwand wieder.

»Du hast mich gefragt, ob Bogdan noch andere Projekte hatte«, sagte Pawel. »Weswegen?«

»Weil er das Sperma eines Patienten konserviert hat.«

»Ich habe dir erklärt, dass das Standard ist.«

»Das war gelogen«, sagte Michael kühl. »Nicht allen Patienten im zeugungsfähigen Alter wird Sperma entnommen. Außerdem hast du versprochen, die Akte des entsprechenden Patienten zurückzubringen. Ich habe sie bis jetzt nicht erhalten.«

Pawel wirkte verärgert. »Dafür, dass du erst seit drei Monaten hier bist, stellst du eine Menge Fragen.«

»Weil du mir Antworten versprochen hast!«, erwiderte Michael aufgebracht.

Seit man ihn in den fensterlosen Raum bei KrioZhit gebracht hatte, war er immer wieder abgespeist worden. Er fühlte sich wie ein Kind, das man mit Süßigkeiten beruhigte.

»Ich will endlich die Wahrheit wissen! Warum hat Dr. Radu das Sperma des Patienten konserviert?«

»Weil die Familie des Patienten es wollte«, sagte Pawel beherrscht.

»Und warum durfte ich das nicht wissen?«

»Unsere Kunden haben ein Recht auf Privatsphäre.«

Michael schnaubte. »Erwartest du tatsächlich, dass ich dir glaube?« Angewidert wandte er sich ab. Er hätte längst mit der Botschaft oder mit dem *Wissenschaftsjournal* Kontakt aufnehmen sollen.

»Du leidest unter Morbus Wilson«, sagte Pawel.

Michael drehte sich um.

»Morbus Wilson ist eine Stoffwechselerkrankung«, fuhr Pawel fort. »Der genetische Defekt beeinträchtigt den Kupfertransport. Die

Kupfersekretion in die Galle wird verringert, als Folge entsteht ein Kupferüberhang und eine Akkumulation in der Leber. Der Prozess setzt schon mit der Geburt ein. Mit der Zeit entwickelt sich eine Leberfibrose. Von der Leber diffundiert das Kupfer ins Blut und in anderes Gewebe. Es schädigt das Gehirn, greift die Nieren sowie reproduktive Organe an und führt zu einer hämalytischen Anämie.«

Michael starrte ihn an. »Wilson?«, war alles, was er sagen konnte.

40

Julia hämmerte mit den Fäusten gegen die Wand und schrie. Ihre nackten Füße waren taub, ihre Knochen schmerzten. Die Kälte hatte sich wie Zähne in ihren Körper gegraben, und es fühlte sich an, als würde sie bei lebendigem Leib zerfleischt. Sie konnte nicht mehr. Sie wollte nicht mehr. Andrej war tot. Welchen Sinn hatte das Leben noch?

Sie schlug die Augen auf. Schweißgebadet lag sie im Bett. Noch immer hatte sie ihre Schreie und das laute Hämmern ihrer Fäuste gegen die Tür im Ohr. Sie rollte sich zu einer Kugel zusammen und wartete, bis sich ihr Herzschlag beruhigte. An Schlaf war nicht mehr zu denken. Sie griff nach dem Handy, das sie aus der Datscha mitgenommen hatte. Viertel vor fünf. Im Haus war es still. Der Priester und seine Frau hatten schon geschlafen, als sie zurückkam, nur Kyrill hatte auf sie gewartet. Den Unmut darüber, dass sie ohne ihn weggefahren war, hatte sie ihm deutlich angemerkt. Er hatte sich dennoch um Gelassenheit bemüht und sie höflich gefragt, ob sie etwas erfahren hätte. Kurz erwog sie sogar, ihm zu erzählen, was sie in den Kisten von Andrej gefunden hatte, berichtete ihm aber dann nur von Tschurka.

»Auf meinem Spaziergang hatte ich das Gefühl, dass mir jemand folgt«, erklärte sie. »Deshalb bin ich zu einem Ausflug aufgebrochen. Ich bin in die Stadt gefahren und habe ihm dort eine Falle gestellt.«

»Sind Sie sicher, dass er Tadschike ist?«

»Sicher nicht, aber es könnte sein. Waren es nicht auch Tadschiken, die auf Andrej geschossen haben?«

»Ja, sie sind tagelang um das Kloster geschlichen. Wir haben gespürt, dass sie Unheil über uns bringen, und zu Gott gebetet, er möge uns schützen.«

»Ich habe gelesen, dass die verhafteten Männer einem Verbrecher-Clan aus Moskau angehörten. Wissen Sie mehr darüber?«

»Nur, dass es in der Unterwelt viele ethnische Clans gibt.« Sein Gesichtsausdruck zeigte ihr, dass er nichts mit diesen Sündern zu tun haben wollte.

Julia schüttelte Laken und Bettdecke aus und setzte sich aufs Bett. Sie suchte im Internet nach Beiträgen über tadschikische Clans, fand aber erstaunlich wenig. Es gab einen Ableger der tadschikischen Mafia in Moskau, doch über die Drahtzieher war kaum etwas bekannt. Gehörte Tschurka dazu? Im Grunde war es egal. Die eigentliche Gefahr ging ohnehin von Vita aus, Tschurka befolgte nur ihre Anweisungen. Julia nahm das Foto von Andrejs Abschlussklasse hervor und gab die Namen ein, an die sie sich erinnerte. Die Treffer waren so zahlreich, dass Julia ihren Versuch, mehr über die ehemaligen Studenten zu erfahren, aufgab. Tanja wüsste, ob Andrej nach dem Studium noch mit dem einen oder anderen in Kontakt geblieben war. Auch wenn sich Larissa Jurjewna über einen weiteren Besuch nicht freuen würde, diesmal wollte sich Julia nicht abwimmeln lassen.

Nach dem Frühstück erklärte sie Kyrill, dass sie Andrejs ehemalige Kommilitonen ausfindig machen wolle. Sie fuhren zur Linguistischen Universität, wo sie vorgab, ein Klassentreffen zu organisieren. Gegen eine Gebühr druckte man ihr eine Namensliste aus. Sie hatte Kyrill gebeten, im Wagen zu warten, um nach ihrem Beschatter Ausschau zu halten. Nun verließ sie das Gebäude durch den Hinterausgang und schlich sich, von Kyrill unbemerkt, durch den Park davon.

Wie erwartet öffnete Larissa Jurjewna Julia nicht die Tür, als sie klingelte und ihren Namen sagte.

»Wenn Sie mich nicht hereinlassen, werde ich wieder nach Kargopol fahren«, drohte Julia. »Das könnte Tanja in Gefahr bringen.«

Ein Summton erklang.

Larissa Jurjewna hatte seit 1991 mindestens zwanzig Kilo zugenommen. Tiefe Falten hatten sich zu beiden Seiten ihres Mundes eingegraben. Sie sah sich ängstlich um und schlug die Tür hinter sich zu, kaum dass Julia in der Wohnung war.

»Ich muss Ihnen ein paar Fragen stellen«, sagte Julia.

»Ich weiß nichts«, sagte die Frau hastig.

»Gehörten die Spezialeinheiten, die mich damals hier in der Wohnung verhaftet haben, dem KGB an?«

»Ich weiß es nicht.«

»Haben Sie eine Vermutung?«

»Ich weiß gar nichts.« Unentwegt knetete Larissa Jurjewna ihre Hände.

Julia begriff, dass sie mit ihren Fragen nicht weiterkommen würde. Seit bald dreißig Jahren schien Larissa Jurjewna mit eingezogenem Kopf durchs Leben zu schleichen. Ihre Furcht war zu einem Teil von ihr geworden.

Julia schlug einen sanfteren Tonfall an. »Was damals geschehen ist, tut mir furchtbar leid. Ich wollte Sie und Ihre Familie nicht gefährden. Wenn ich gewusst hätte, was hier auf mich zukommt, wäre ich niemals hergereist. All die Jahre habe ich mich in meinem Haus versteckt, so wie Sie. Aber es hat nichts genützt. Die Vergangenheit hat mich eingeholt.« Sie griff nach den Händen der Frau. »Wenn wir nicht handeln, wird es nie ein Ende nehmen.«

»Sie … werden immer stärker sein«, flüsterte Larissa Jurjewna.

»Wer sind sie? Das KGB?«

»Welchen Unterschied macht es? KGB, FSB, GRU, FSO, SWR … die Buchstaben ändern sich, die Menschen dahinter nicht.« Die alte Frau sah sie mit Tränen in den Augen an. »Bitte, meine Tanjetschka hat sich ein schönes Leben aufgebaut. Zerstören Sie ihr Glück nicht!«

»Deshalb ist es wichtig, dass wir etwas unternehmen!«, sagte Julia eindringlich. »Es reicht nicht, die Augen vor der Gefahr zu verschließen. Glauben Sie mir, ich habe es versucht.«

»Die Danilows geben nie auf!«, platzte es aus Larissa Jurjewna heraus.

Julia schaute sie erschrocken an. »Die Danilows?«

Larissa Jurjewna vergrub das Gesicht in den Händen und wiegte sich hin und her. »Gehen Sie! Bitte!«

Julia führte sie ins Wohnzimmer und half ihr in einen Sessel. Staub tanzte in dem spärlichen Licht, das durch einen Spalt in der Gardine fiel.

»Was haben die Danilows damit zu tun?«

Larissa Jurjewna schwieg.

»Ich werde nicht gehen, bis ich die Wahrheit kenne«, drohte Julia.

Larissa Jurjewna sackte noch mehr in sich zusammen, schließlich gab sie ihren Widerstand auf.

»Ich kenne die Wahrheit nicht«, sagte sie so leise, dass sich Julia vorbeugen musste, um sie zu verstehen. »Ich habe nur Vermutungen.«

Julia wartete.

»Schon als man dich abführte, hat mein Mann behauptet, dass Stanislaw Iwanowitsch dahintersteckt.« Sie schien nicht zu bemerken, dass sie Julia wieder wie früher duzte. »Erst wollte ich es nicht glauben, doch dann kamen sie für Tanjetschka.« Ein Klagelaut entfuhr ihr. »Diesmal waren es zwei gewöhnliche Milizionäre. Mein Mann fand es seltsam, dass sie mit der gleichen Methode vorgingen wie die Spezialeinheiten. Sie benutzten dieselben Phrasen, als folgten sie einem … Drehbuch. Als uns Tanja später berichtete, welche Lügen sie dir auftischen musste, stand für meinen Mann fest, dass deine Verhaftung inszeniert war.«

Julia hörte ein Pfeifen in ihrem Ohr. »Inszeniert?«

Larissa Jurjewna putzte sich die Nase. »Du weißt nicht viel über die Danilows?«

»Nur, dass Andrejs Vater in der Chemiebranche tätig war«, wich Julia aus.

»Stanislaw Iwanowitsch unterhielt enge Beziehungen zur Stasi in der DDR. Ob er aktiver KGB-Agent war, weiß ich nicht, aber sicher arbeitete er mit dem Geheimdienst zusammen. Er war an der Entwicklung eines hochgiftigen Nervengases für das Militär beteiligt.

Sein Wissen und seine Fähigkeiten machten ihn zu einem gefragten Mann. Das bedeutete aber auch, dass die Regierung ihm genau auf die Finger schaute.« Die alte Frau atmete hektisch. »Ausgerechnet sein Sohn musste eine Ausländerin anschleppen.«

Julia dachte daran, dass Andrej sich davor gefürchtet hatte, sie seinen Eltern vorzustellen. »Haben sie mich für eine Spionin gehalten?«

Larissa Jurjewna zuckte müde mit den Schultern. »Jeder Ausländer war ein potenzieller Spion. Besser, den Kontakt mit ihnen ganz zu meiden. Stanislaw Iwanowitsch hat vermutlich befürchtet, Andrej müsste als Sündenbock herhalten, sollten je Informationen über seine Arbeit nach außen dringen. Schon der Verdacht, du könntest an sensible Daten gelangen, hätte gereicht. Beweise lassen sich im Nachhinein immer finden. Das ist heute nicht anders.«

Irgendwo im Haus klingelte ein Telefon. Dumpfe Schritte ertönten, und der Klingelton hörte auf.

Julia schaute auf die tanzenden Staubpartikel. »Dann war es Andrejs Vater, der mich verhaften ließ?«

»Alles andere ergibt keinen Sinn.«

Julia wurde schwer ums Herz. Wie viele Formen die Trauer doch hatte. Manchmal war sie scharfkantig wie ein Messer oder spitz wie ein Spieß. Ein anderes Mal dumpf und lähmend. Jetzt nahm sie die Gestalt von Steinen an, von denen Julia in die Tiefe gezogen wurde. Sie wollte die Augen schließen, sich der Dunkelheit hingeben und sich am liebsten in nichts auflösen. Larissa Jurjewna griff nach ihrer Hand.

»Es tut mir leid, Julenka. Ich weiß, wie sehr du ihn geliebt hast.«

»Sie haben mir gesagt, er sei tot«, flüsterte Julia.

»Stanislaw Iwanowitsch hat gewusst, dass du nie aufgeben würdest, solange Andrej lebte. Du warst … bist eine Kämpferin.«

»Warum hat sich Andrej nicht gemeldet? Er kannte meine Adresse.«

Larissa Jurjewna seufzte tief. »Es sind nicht alle so stark wie du. Er hat geglaubt, dass du ihn verlassen hast. Wahrscheinlich haben seine Eltern ihm diese Lügengeschichte erzählt. Tanja meint, er sei nie darüber hinweggekommen. Sogar im Kloster habe er dir noch nachgetrauert.«

Julia wischte sich eine Träne aus dem Augenwinkel. »Arbeitet Pawel Danilow auch mit dem Verteidigungsministerium zusammen?«

»Ich weiß nur, dass er gut vernetzt ist.«

»Sie haben gesagt, die Danilows geben nie auf. Die Geschichte mit Andrej liegt fast dreißig Jahre zurück. Was würde es heute für eine Rolle spielen, wenn ich die Wahrheit erfahre? Was könnte ich schon machen? Sogar wenn Beweise für die inszenierte Verhaftung vorlägen, Stanislaw Iwanowitsch ist tot.«

Larissa Jurjewna zog ihre Hand zurück. »Lass die Vergangenheit ruhen.«

»Was verschweigst du mir? Lebt Andrej noch?«

»Julia ...«

»Sag es mir!«

»Ich habe dir alles gesagt, was ich weiß. Bitte, geh jetzt!«

»Wovor hast du Angst?« Julia stand auf. »Du schützt Tanja, nicht wahr? Versteckt sie ihn?«

»Nein!«, sagte Larissa Jurjewna erschrocken. »Sie weiß auch nicht, wo er ist. Es gab immer wieder Spekulationen darüber, ob er wirklich ertrunken ist, schließlich aber wurde er für tot erklärt. Du kannst sein Grab besuchen, es befindet sich auf dem Nowodewitschi-Friedhof.«

Sie war ebenfalls aufgestanden und drängte Julia in den Flur.

»Eine Frage noch, dann gehe ich.« Julia zeigte ihr das Klassenfoto und die Namensliste. »Wissen Sie, was aus diesen Studenten geworden ist?«

»Nein. Jetzt geh.«

»Schauen Sie sich die Namen wenigstens an, bitte.«

Larissa Jurjewna öffnete die Tür und schob Julia hinaus. »Tanja hat Moskau direkt nach dem Abschluss verlassen. Sie wollte alles vergessen und von vorne anfangen. Sie hat zu niemandem aus ihrem Jahrgang Kontakt.«

Sie schlug Julia die Tür vor der Nase zu.

41

Julia fror. Sie kniete seit Stunden vor Andrejs Grab. Lag Andrej wirklich hier? Sie hatte nie begriffen, weshalb man Verstorbene auf dem Friedhof besuchte, hatte sich nicht vorstellen können, dass ein Fleck Erde Trost spenden könnte. Jetzt erst verstand sie, dass auch die Trauer eine Bleibe brauchte, einen Ort, an dem sie sein durfte, damit sie den Alltag nicht durchdrang.

Sie begann, Andrej alles zu erzählen. Schilderte ihm die inszenierte Verhaftung, die zehn Tage im Gefängnis, das vermutlich keines war. Stanislaw hatte sie irgendwohin bringen lassen, wo niemand nach ihr suchte. Er hatte sie so lange terrorisiert, bis ihr Wille gebrochen war, und sie dann über die Grenze gefahren, wo ihr Vater sie abholte. Drei Jahrzehnte hatte Julia geglaubt, die Polizei suche sie wegen eines Mordes, den sie nicht begangen hatte. Dass ihr die Flucht gelungen war, hatte sie Tanja zugeschrieben, dabei war ihre Freundin auch nur eine Marionette gewesen.

Für Stanislaw schienen die Probleme mit Julias Verschwinden gelöst zu sein. Andrej beugte sich dem Willen des Vaters, trat in das Unternehmen ein und verhielt sich so, wie es von ihm erwartet wurde. Dass er dabei tief unglücklich war, hatte Stanislaw nicht gekümmert. Pawel baute das Unternehmen aus, kaufte weitere Firmen dazu und sicherte damit die Macht und den Einfluss seiner Familie. Andrejs Klostereintritt hatte Stanislaw vermutlich keine Sorgen bereitet. Zum Erfolg des Unternehmens hatte Andrej ohnehin nichts beigetragen. Hauptsache, er fügte der Familie keinen Schaden zu.

Als Pawel KrioZhit aufbaute, änderte sich die Situation. Gott zu spielen, widersprach allem, woran Andrej glaubte. Zum ersten Mal stand er für eine Sache ein, die ihm wichtig war. Und diesmal hatte er eine mächtige Verbündete. Die Kirche. Solange Stanislaw lebte, war Andrej für seinen Bruder keine Gefahr gewesen. Aber jetzt, nach seinem Tod, hätte Andrej die Firma zerstören können. Pawel und Vita mussten handeln. Hatte Pawel den Mord in Auftrag gegeben? Vita? Beide?

Julia strich mit ihrer Hand über den Grabstein. »Du hast es kommen sehen, nicht wahr? Deshalb hast du ein Testament aufgesetzt. Warum hast du das Dokument nicht Kyrill zur Aufbewahrung gegeben? Hätte das Kloster deine Interessen nicht am besten gewahrt?«

Ein Windstoß erfasste Julias Haar und blies ihr einige Strähnen ins Gesicht.

»Und dann kam Michael ins Spiel. Er stellte alles auf den Kopf. Plötzlich gab es einen Erben. Ach, Andrjuschka. Ich wünschte, du hättest ihn kennengelernt! Du wärst stolz auf ihn. Er folgt seinen Idealen, genau wie du es am Schluss getan hast, gleichzeitig ist er sehr nüchtern. Ein Wissenschaftler eben.«

Sie blieb noch eine Weile am Grab sitzen, dann stand sie auf und verließ den Friedhof. Sie wusste nicht, wie viel Guthaben sich auf dem Handy aus der Datscha befand, deshalb suchte sie nach einem Internetcafé. Den Nachmittag verbrachte sie damit, die Personen auf der Klassenliste ausfindig zu machen. Dabei konzentrierte sie sich auf die ehemaligen Austauschstudenten. Drei von ihnen spürte sie mithilfe der sozialen Medien auf, einer war gerade online. Als sie ihm schrieb, antwortete er sofort. Sie erfuhr, dass er in Australien lebte, wo er ein Schwimmteam trainierte.

»Schreckliche Sache mit Andrej«, schrieb er.

»Du hast davon gehört?«

»Sicher.«

»Hast du noch mit vielen Kommilitonen von früher Kontakt?«

»Ich fahre einmal im Jahr nach Moskau, um meine Eltern zu besuchen.« Er zählte auf, mit wem er sich bei dieser Gelegenheit traf. »Du kennst sie vermutlich nicht, sie waren nicht in Kalifornien.«

»Und Andrej?«

»Seit dem Abschluss nicht mehr gesehen.«

Sie wollte schon antworten, da sah sie, dass er weitertippte.

»Frag Tanja. Die beiden waren ja fast Nachbarn.« Ein Smiley.

»Nachbarn?«

»Für russische Verhältnisse.«

Da begriff Julia. Kargopol lag näher am Weißen Meer als an Moskau.

»Ist vielleicht einer aus eurem Jahrgang später Notar geworden?«

»Nicht, dass ich wüsste.«

»Keiner hat Jura studiert?«

»Ich glaube nicht. Warum?«

»Einen Juristen geheiratet?«

»Nur Tanja.«

»Tanjas Mann arbeitet doch bei einem Forstunternehmen.«

»Ja, als Jurist. Einer der größten Forstkonzerne im Norden.«

Auf einmal sah Julia Tanjas Küche vor sich. Das Frühstück auf dem Tisch. Die Tasse mit dem Bild des Solowezki-Klosters. Sie hatte Larissa Jurjewnas Sätze wieder im Ohr. Sogar im Kloster habe Andrej ihr nachgetrauert. Woher wusste Tanjas Mutter, wie es Andrej im Kloster ergangen war?

»Bist du noch da?«

»Ja, sorry. Muss leider los.«

»Schau mal vorbei, wenn du in der Nähe bist.«

»Mach ich.«

Julia bezahlte und fuhr zum Haus des Priesters zurück. Niemand war da. In der Küche lag eine Notiz. Julia solle sich bedienen, wenn sie hungrig sei. Sie schnitt sich eine Scheibe Brot ab und bestrich sie mit Butter. Dazu aß sie eine rohe Zwiebel. Das Ticken der Wanduhr klang ungewöhnlich laut. Julia dachte an ihren Traum. Wieder hörte sie ihre Schreie, das Hämmern ihrer Fäuste gegen die Tür. Sie musste weg von hier. Irgendwohin, wo sie allein war und in Ruhe nachdenken konnte.

Vor der Tür ihres Zimmers blieb sie abrupt stehen. Der Schrank stand offen, ihre Sachen lagen auf dem Boden. Sogar die Laken waren vom Bett gerissen worden. Jemand hatte nach etwas gesucht. Auch in Kyrills Zimmer hatte jemand gewütet. Seine Kleider lagen auf dem Boden verstreut. Julia sah eine dunkle Hose und einen Pullover, zivile Kleidung, die so wenig zu Kyrill passten wie die Sportwäsche, die auf seinem Bett lag. Etwas Goldenes blitzte auf. Julia hob einen kleinen Anhänger in Form eines Kompasses auf. Sie konnte sich nicht vorstellen, dass Kyrill unter seinem Mönchsgewand Schmuck trug.

Sie wollte sich aufrichten, als plötzlich jemand hinter ihr stand. Noch bevor sie sich umdrehen konnte, wurde sie von einem harten Gegenstand am Kopf getroffen. Das Letzte, was sie sah, war das Kreuz, das über dem Bett hing.

42

Michael klopfte an Katarzynas Tür. Sie öffnete nicht. Er hämmerte dagegen. Keine Reaktion. Entweder hatte sie einen tiefen Schlaf, oder sie wollte einfach um drei Uhr morgens nicht gestört werden. Er kehrte in sein Zimmer zurück und setzte sich an seinen Laptop. Er wollte alles über die Symptome seiner Krankheit erfahren. Es erstaunte ihn nicht, dass es so schwierig war, die richtige Diagnose zu stellen. Häufig zeigten sich die Kupferablagerungen in einem auffälligen grünbraunen Ring im Auge. Seine Symptome aber schienen neurologischer Art zu sein. Und neuropsychiatrisch, stellte er mit Unbehagen fest, als er weiterlas. Schnelle Stimmungswechsel, Reizbarkeit und sogar paranoid-halluzinatorische Symptome. Letzteres beunruhigte ihn am meisten. Hatte er sich Katarzynas seltsames Verhalten womöglich nur eingebildet?

Der Bioabfalleimer. War er wirklich leer? Die Präparate. Hatte auf ihnen wirklich Bogdan Radus Patientennummer gestanden? Der Behälter, der Radus Cephalon enthielt. Hatte er es sich vielleicht nur eingebildet, dass die zylindrische Sicherheitshülse leicht verschoben war? Michael machte sich eine Liste aller Vorkommnisse, die ihm seltsam erschienen waren. Am Schluss hatte er das Gefühl, Einbildung und Realität nicht mehr auseinanderhalten zu können. Vielleicht war er von Oleg Wolkow gar nicht verfolgt worden.

Michaels Sichtfeld wurde schmal, und er bekam nicht genügend Luft. Er wollte die Fenster aufreißen, doch sie ließen sich nicht öffnen. Er griff nach seiner Jacke und verließ rasch das Zimmer. Dass er leichtsinnig handelte, war ihm egal. Er dachte an Pawel, der ihn wie einen Roboter steuerte. An Katarzyna, die ihn durch ihre bloße

Anwesenheit durcheinanderbrachte. Seine Medikamente. Er ging noch einmal zurück. Steckte sie ein. Dann nahm er die Treppe nach unten. Steuerte den Notausgang an. Luft, endlich. Gierig sog er sie ein. Langsam beruhigte sich sein Herzschlag. Michael begann zu laufen. Er litt nicht unter Halluzinationen. Pawel war es, der mit seinem Kopf spielte, als sei er ein Flipperkasten. Irgendwann blieb er stehen. Wie lange würde es dauern, bis man nach ihm suchte? Er musste so viel Geld wie möglich abheben, danach seine Kreditkarte nicht mehr benützen. Und telefonieren.

Im Zentrum von Selenograd fand er einen Geldautomaten. Rubelscheine. Keine Ahnung, wie viele. Er nahm ein Taxi nach Moskau und suchte nach einem Internetcafé, das rund um die Uhr geöffnet hatte. Von dort rief er Julia an, doch sie nahm nicht ab. Henry hingegen ging sofort ans Telefon.

»Dad?«, sagte Michael und bemerkte nicht einmal, dass er Henry schon lange nicht mehr so genannt hatte.

»Michael?«, rief Henry. »Wo bist du?«

»In Moskau.«

»Bei KrioZhit?«

»Nein, ich bin …« Geflohen? »Unterwegs. Du hast meine Nachricht also erhalten.«

»Ja, es war schlau, sie an Margaret zu schicken. Kannst du reden? Ist es sicher?«

Michael sah sich um. Er war der einzige Kunde. Der Mann hinter der Theke schaute fern. Wurden die Gespräche aufgezeichnet? Wurde Henrys Telefon überwacht? Wenn ja, könnte der Anruf hierher zurückverfolgt werden.

»Später«, sagte er. »Ich möchte nicht zu lange hierbleiben. Ich komme nach Hause.«

»Michael …« Henry zögerte. »Deine Mutter hat sich auf die Suche nach dir gemacht. Sie ist auch in Russland.«

»In Russland?«, wiederholte Michael ungläubig.

»Hör zu, Margaret hat uns einen Mailaccount eingerichtet, über den wir kommunizieren können.« Er nannte ihm eine Internetadresse, Username und Passwort. »Speichere deine Nachrichten bei den Entwürfen. Sie wird sie dort finden. Versuche, sie zu treffen!«

»Hat sie kein Handy?«

»Nein, sie glaubt, dass sie verfolgt wird. Schlage ihr einen Treffpunkt vor. Sie wird kommen.« Er klang atemlos. »Wie geht es dir gesundheitlich?«

»Besser«, sagte Michael. »Viel besser.«

»Ich vermisse dich, Sohn.«

»Ich dich auch, Dad.«

»Kann ich dir irgendwie helfen?«

»Im Moment nicht. Ich melde mich wieder.«

»Warte!« Henry erklärte Michael, dass er das Passwort zu seinem E-Mail-Account zurückgesetzt hatte, und gab ihm die neuen Zugangsdaten.

Sie verabschiedeten sich, und Michael rief den neuen Account auf. Der einzige Treffpunkt, der ihm einfiel, war der Nowodewitschi-Friedhof. Er schlug zwölf Uhr mittags vor. Das gäbe Julia genug Zeit, um dort hinzufahren.

Es war fünf Uhr in der Früh, als er wieder auf die Straße hinaustrat. Aus einem Klub wummerte ein Bass. Eine Weile spazierte er ziellos umher. Schon lange hatte er sich nicht mehr so frei bewegt. In der Filiale einer Kaffeehaus-Kette bestellte er ein Frühstück. Keine Nüsse oder Trockenfrüchte, rief er sich in Erinnerung. Keinen Kakao. An die neue Diät musste er sich erst noch gewöhnen. Er dachte an das Essen in dem georgischen Restaurant zurück. Katarzyna hatte ihm davon abgeraten, Bohnen zu bestellen. Und seine Auberginen wurden auf ihren Wunsch hin ohne Pfeffer zubereitet. Sie wusste, worunter er litt.

Das Café begann sich zu füllen. Michael beschloss, zu Fuß zum Friedhof zu gehen. Er orientierte sich an den Wolkenkratzern von Moskau City. Der Friedhof lag direkt gegenüber, er musste nur dem Fluss bis zur nächsten Brücke folgen. Er dachte an die langen Spazier gänge, die seine Mutter unternommen hatte, wenn sie ihre Gedanken sortierte. War sie wirklich seinetwegen nach Moskau gereist? Sie, die das Haus nur verließ, wenn es unbedingt sein musste. Abgesehen von den Spaziergängen auf ihrem Grundstück, fuhr sie vielleicht noch in den nächsten Laden, um einzukaufen. Als Kind hatte er ihre Eigenarten einfach akzeptiert. Erst später hatte er realisiert, dass sie unter Agoraphobie litt. Er hatte alles darüber gelesen, auch, dass diese Krankheit behandelbar war, doch seine Mutter hatte sich geweigert, einen Arzt oder Psychologen aufzusuchen. Das hatte ihn zunehmend geärgert. Als sie anfing, ihn zu belügen, wollte er nichts mehr mit ihr zu tun haben. Zu seiner Überraschung war seine Wut auf sie inzwischen verflogen. Er verstand ihre Entscheidungen immer noch nicht, konnte sie aber akzeptieren. Seit sein eigenes Leben auf den Kopf gestellt wurde, begriff er, dass das, was er für die Realität gehalten hatte, nur die sprichwörtliche Spitze eines Eisbergs darstellte. Vielleicht lag der Sinn des Lebens darin, das Verborgene zu ergründen.

Vor ihm tauchte der Fluss auf. Lange stand Michael am Ufer und beobachtete das Wasser, das sich laufend veränderte. Er dachte an eines seiner Gespräche mit Pawel zurück.

Denken Sie an einen Fluss. Trifft Wasser auf ein Hindernis, entstehen Wellen. Das Wasser fließt weiter, das heißt, die Wellen, die Sie eine Stunde später sehen, bestehen nicht mehr aus denselben Wassermolekülen. Doch das Muster ist das gleiche. Genau so wird es sich mit unseren Körpern verhalten. Wir werden zwar bestimmte Körperteile im Laufe der Zeit durch künstliche ersetzen, doch unsere Identität bleibt erhalten.

Michaels Atem hing als feine Wolke in der Luft. Wer war er? Was bliebe von ihm erhalten?

Er kam viel zu früh beim Friedhof an. Am Eingang studierte er die Karte, auf der die berühmten Gräber eingezeichnet waren. Er versuchte, sich die Standorte zu merken, bald aber verlor er die Orientierung und schlenderte ziellos umher, bis er sich auf dem Weg befand, den er mit Vita gegangen war. Er las die Namen auf den Grabsteinen, keiner kam ihm bekannt vor. Erneut fragte er sich, warum Vita mit ihm hierhergekommen war. Vor einem Stein aus dunklem Marmor blieb er stehen und betrachtete die Inschrift.

Andrej Stanislawowitsch Danilow.

Zur Sicherheit buchstabierte Michael jeden einzelnen der kyrillischen Buchstaben. Lautete Pawels Patronym nicht auch Stanislawowitsch? Dann könnte dieser Andrej sein Bruder sein. Auch das Porträt auf dem Grabstein sah nach Pawel aus. Michael blickte auf das Geburtsdatum des Toten. Das kam ihm bekannt vor. Irgendwo hatte er diese Ziffern doch schon einmal gesehen. Auf der später verschwundenen Patientenakte! Sogar das Todesdatum war das gleiche!

Wenn er rechtzeitig beim Eingang des Friedhofs sein wollte, musste er sich beeilen. Zügig folgte er der Mauer. Schon von Weitem hielt er nach Julia Ausschau. In der Nähe des Eingangs saß jedoch nur eine alte Frau, die Grabkerzen verkaufte. Eine Reisegruppe stieg aus einem Bus und versammelte sich vor der Karte des Friedhofs. Die Reiseleiterin sprach Französisch, sie unterstrich ihre Worte mit ausladenden Gesten. Die Gruppe entfernte sich, Michael und die Kerzenverkäuferin waren wieder allein. Ob Julia etwas zugestoßen war? Hatte sie die Nachricht nicht gesehen? Michael wartete noch eine Weile, dann ging er.

Er setzte sich wieder in ein Internetcafé und loggte sich in den neuen E-Mail-Account ein. Keine Nachricht. Er schrieb ihr abermals und schlug vor, sie um achtzehn Uhr am gleichen Ort zu treffen. Anschließend gab er den Namen Andrej Stanislawowitsch Danilow in die Suchmaschine ein. Michael war erstaunt, wie viele Treffer er fand. Die meisten Beiträge waren auf Russisch, doch auch in einigen europäischen und amerikanischen Nachrichtenportalen fand er Informationen. Michael klickte auf einen Link und las, dass Andrej Stanislawowitsch Danilow, ein Millionenerbe aus Moskau, vor einem halben Jahr im Weißen Meer ertrunken war. Eine Leiche hatte man allerdings nie gefunden. Michael dachte an die verschwundene Akte. Bogdan Radu hatte dem Patienten Sperma entnommen und eine Genanalyse durchgeführt.

Michael begann heftig zu zittern, und diesmal hatte es nichts mit seiner Krankheit zu tun. Radu hatte eine H1069Q-Mutation im ATP7B-Gen festgestellt. Michael gab die Daten in die Suchmaschine ein. Er ahnte, was er finden würde, und tatsächlich, das ATP7B-Gen wurde auch als Morbus-Wilson-Gen bezeichnet.

War Andrej Stanislawowitsch Danilow sein Vater?

43

Xenia hatte es erneut geschafft, den Knebel zu entfernen. Sie schrie, so laut sie konnte. Ihre Stimme war heiser, ihr Mund trocken, als hätte sie Staub geschluckt. Doch alles war besser, als untätig darauf zu warten, dass man ihr weitere Finger brach.

Die vielen Fragen. Wer ist Michael Wilson? Was macht er bei KrioZhit? Warum verlässt er das Gebäude nie? Woher kommt er?

Sie war kurz davor gewesen auszupacken, irgendetwas zu antworten, Hauptsache, die Qual hatte ein Ende. Fünf Finger waren noch unversehrt. Fünf Finger lang bestand noch Hoffnung, dass man sie fand. Xenia schlug mit dem Kopf gegen die Falltür. Diesmal war es ihr nicht gelungen, die Fesseln zu lösen. Stufe für Stufe war sie nach oben gerobbt, wenigstens war ihr jetzt warm. Sie öffnete den Mund, wollte noch einmal schreien, über ihre Lippen kam lediglich ein Flüstern. Ihr war schwindlig. Sie brauchte einen Plan. Warum nur fiel ihr das Denken so schwer?

Aliskas Wangen waren rosig vom Schlaf, das Haar an den Schläfen leicht feucht. Xenia schlüpfte zu ihr unter die Decke und schmiegte sich an ihren kleinen Körper. Sie roch den süßlichen Duft von Kinderhaut, spürte den sanften Atem an ihrem Hals. Behutsam strich sie ihrer Tochter eine Haarsträhne aus dem Gesicht, um sie nicht zu wecken. Wie warm Aliska war, wie stark ihr Herzschlag! Pures Glück erfasste sie.

Xenia schreckte auf. Sie musste eingenickt sein. Ihre Zähne klapperten, ihr war kalt und heiß zugleich. Aliska saß neben ihr.

»Mama muss jetzt zur Arbeit fahren«, erklärte Xenia.

»Wann kommst du wieder?«, fragte das Mädchen.

»Bald.«

»Darf ich mitkommen?«

»Das geht leider nicht. Außerdem würdest du dich nur langweilen.«

»Marinas Papa ist auch arbeiten gegangen, aber er ist nicht zurückgekommen.«

»Ich komme ganz sicher zurück, mein Schatz.«

»Versprochen?«

»Versprochen.«

Aliska stand auf und hüpfte davon. Xenia versuchte, die Hand nach ihr auszustrecken, doch die war hinter ihrem Rücken gefesselt. Aliska verschwand, und Xenia befand sich wieder allein in der Dunkelheit.

Sie fühlte sich seltsam ruhig. Was sie tun musste, war sonnenklar. Warum nur hatte sie so lange gebraucht, um es zu sehen? Sie kniete sich auf die Treppe und legte die Stirn auf die oberste Stufe.

44

Tschurka stand vor Vitas Haus. Dass sie ihn zu sich einlud, konnte nur eines bedeuten. Pawel wusste, dass sie sich trafen. Tschurka machte sich keine Illusionen. Vita würde Pawel nie verlassen. Die Villa, in der sie wohnte, unterstrich diese Tatsache auf eindrückliche Weise. Sie war teuer, aber geschmackvoll. Geld allein könnte Vita nicht zufriedenstellen, sie brauchte gesellschaftliche Anerkennung und Bewunderung. Das konnte Tschurka ihr nicht bieten. Vita war nicht gemacht für ein Leben im Untergrund. Doch er war geduldig. Irgendwann würde Pawel ihrer überdrüssig werden und sich eine Jüngere suchen. Dann wäre er zur Stelle. Es störte ihn nicht, zweite Wahl zu sein.

Was ihn hingegen störte, war, dass Pawel ihr nicht die Achtung entgegenbrachte, die sie verdiente. Vita sprach nie über ihre Ehe, ihre Mutter aber hatte ab und zu eine Bemerkung fallen gelassen. Über Vitas Kinderlosigkeit oder darüber, dass Schönheit verblasste. In Tschurkas Augen war Vita so schön wie an dem Tag, als er sie zum ersten Mal sah. Wie aufrecht sie im Klassenzimmer gesessen hatte! Während die anderen Schüler auf ihren Stühlen lümmelten und immer wieder gähnten, hatte sie aufmerksam zugehört und alles um sich herum aufgenommen, um es irgendwann, wenn es ihr diente, hervorzuholen. Tschurka hatte viel von ihr gelernt.

Er drückte auf die Klingel. Ein Summton erklang, und das Tor ging auf. Der Garten dahinter war naturnah gestaltet und bildete einen starken Kontrast zu den geometrischen Formen des Hauses. Tschurka verstand nicht viel von Kunst, doch er erkannte guten Geschmack. Vita stand in der Tür und wartete auf ihn.

»Wo ist sie?«, fragte sie.

Tschurka schwieg.

Sie presste die Lippen zusammen und trat beiseite. »Komm herein.«

Hinter ihr erschien Pawel. Tschurka ließ sich seine Überraschung nicht anmerken. Er streifte die Schuhe ab und stellte erst dann fest, dass Vita und Pawel Straßenschuhe trugen. Ein spöttisches Lächeln umspielte Pawels Mundwinkel, und er legte den Arm um Vitas Schultern. In Strümpfen folgte Tschurka den beiden ins Wohnzimmer, wo eine Angestellte ihm einen Kaffee anbot. Er lehnte ab.

Pawel ergriff das Wort. »Also dann. Erzähl.«

Sein Tonfall gefiel Tschurka nicht. Als wolle er Tschurka eine Gunst erweisen, indem er ihm zuhörte. Tschurka schwieg.

Vita rückte etwas von Pawel ab und machte einen Schritt auf Tschurka zu. »Danke, dass du dich der Sache angenommen hast. Wo ist die Frau jetzt?«

»An einem sicheren Ort.«

»Redet sie?«

»Ja.«

»Hat sie gesagt, wer sie ist?«

Tschurka wandte sich an Pawel. »Ich will in die Sicherheitsbranche wechseln. Ich will Vitas Bodyguard werden.«

Pawel verzog keine Miene. »Darüber entscheide nicht ich.«

Mit dieser Antwort hatte Tschurka nicht gerechnet. Vita offensichtlich auch nicht, sie wirkte verunsichert. Sie bat ihn, Pawel und sie einen Moment allein zu lassen. Als Tschurka kurz nickte, rief sie einen Sicherheitsangestellten, der ihn zu einer Terrasse hinter dem Haus führte. Tschurka erkannte den Mann wieder, seine Nase war noch immer geschwollen, was Tschurka ein Lächeln entlockte. Ob dieser ihn auch erkannte? Tschurka nahm eine Zigarette hervor, rauchend studierte er die Überwachungskameras, Bewegungsmelder, die Alarmanlage. Über der Gartenfassade, die komplett aus Glas bestand, war ein Rollladen aus Metall angebracht. Er nahm an, dass man ihn wie ein Garagentor herunterlassen konnte.

Nach einer halben Stunde wurde er wieder hereingebeten. Pawel war nirgends zu sehen. Vita bat ihn, Platz zu nehmen. Tschurka setzte sich auf die Sofakante.

»Ich mag es nicht, erpresst zu werden«, sagte Vita.

Tschurka ahnte, dass das Gespräch nicht so verlaufen würde, wie er es sich vorgestellt hatte. Sie stellte keine weiteren Fragen zu der Frau, die er beschattet hatte, und machte damit deutlich, dass sie ihn nicht brauchte.

»Einem Bodyguard muss ich hundertprozentig vertrauen können«, fuhr sie fort. »Ich muss sicher sein, dass er nie eine Notlage ausnützen wird. Das ist mir wichtiger als seine Gefühle für mich.«

Sie sah ihm in die Augen, und etwas in ihm starb.

Er stand auf. »Ich finde selbst hinaus.«

Sofort war der Sicherheitsmann zur Stelle. Wortlos brachte er Tschurka zur Tür.

45

Sie kam auch um achtzehn Uhr nicht. Wieder ging Michael in ein Internetcafé. Wieder keine Nachricht. Michael lehnte sich im Stuhl zurück. Werbung flimmerte über den Bildschirm, Pop-ups gingen auf, ein ständiges Flackern, das ihn ärgerte. Er wollte das Mailprogramm gerade schließen, als ihm eine Schlagzeile ins Auge sprang. Der Proband, dem die Chinesen flexible Elektroden ins Gehirn eingesetzt hatten, war gestorben. Michael suchte nach weiteren Informationen. Viel mehr war über den Misserfolg jedoch nicht nach außen gedrungen. Auf einem Wissenschaftsportal wurde darüber spekuliert, dass der Roboter, der die Drähte unter der Schädeldecke verlegt hatte, nicht in der Lage war, Blutgefäße zu erkennen.

Hatte Katarzyna doch keine Informationen weitergegeben? Auf einmal konnte er es nicht erwarten, nach Selenograd zurückzukehren. Dass er zurückmusste, stand fest. Er würde Russland nicht verlassen, ehe er herausgefunden hatte, ob Andrej sein Vater war.

Er schrieb Henry eine Nachricht, fasste darin die Geschehnisse zusammen und bat ihn, Thomas Möhker vom *Wissenschaftsjournal* zu informieren. Dann rief er ein Taxi. Auf der Fahrt ließ er die Ereignisse der letzten Monate noch einmal Revue passieren und betrachtete sie im Licht dessen, was er in den vergangenen Stunden erfahren hatte. Pawel war mit größter Wahrscheinlichkeit sein Onkel. Michael hatte sich von Anfang an gefragt, warum er so an ihm interessiert war. Pawel hatte behauptet, Michael bringe genau die Qualifikationen mit, nach denen er suche. Nun war Michael klar, was ihn von allen anderen Ärzten abhob. Der Verwandtschaftsgrad. Die Gespräche, die sie geführt hatten, waren tatsächlich eine Eignungsabklärung. Pawel hatte ihn auf Herz und Nieren geprüft. Er konnte keinen Nachfolger brauchen, der dem Transhumanismus oder der Kryonik skeptisch gegenüberstand.

Michael wusste wenig über die Vergangenheit seiner Mutter. Sie hatte immer behauptet, dass sie ihn mit ihrem Schweigen schützen wolle. Vor Pawel? Vor Andrej? Wo lauerte die Gefahr? Wovor fürchtete sie sich?

Sie waren jetzt kurz vor Selenograd. Was, wenn er Pawel erklären würde, dass er nicht vorhätte, bei KrioZhit zu bleiben? Würde Pawel ihn gehen lassen? Das Taxi fuhr an der Straße vorbei, die zu Pawels Sauna führte. Michael hatte den Abend dort in guter Erinnerung. Auch wenn er Pawels Meinung nicht immer teilte, imponierte ihm die Hingabe, mit der sein … Onkel? Eine seltsame Vorstellung. Michael dachte an die verstohlenen Blicke, die ihm einige der Mitarbeiter während der Sitzung zugeworfen hatten. Ahnten sie, dass Pawel und er verwandt waren? Warum war der Kellner im georgischen Restaurant so erstaunt, als Michael kein Russisch verstand? Weil er annahm, dass er Russe sei?

Vor ihnen tauchte KrioZhit auf. Michael warf einen Blick auf den Zähler und holte die passenden Rubelscheine hervor. Es war inzwischen fast zweiundzwanzig Uhr, dennoch waren viele Fenster hell erleuchtet. Kaum war Michael aus dem Taxi ausgestiegen, rannte ihm ein Sicherheitsangestellter entgegen. Sein Funkgerät knisterte, er machte Meldung, kurz darauf eilte Trapezius aus dem Gebäude. Der Leibwächter schirmte Michael ab, als stünde er im Kugelhagel.

»Alles okay!«, sagte Michael.

Trapezius schob ihn durch die Tür. Der Lift ging auf, und Michael prallte beinahe mit Pawel zusammen. Er sah angespannt aus, seine Wangenknochen traten deutlich hervor, seine Lippen waren schmal.

»Was ist passiert?«, wollte er wissen.

Michael hob die Hände und wich zurück. »Nichts! Ich brauchte einfach etwas Luft.«

Pawel sah ihn verständnislos an.

»Ich musste mal raus, meine Gedanken sortieren«, erklärte Michael.

»Du bist freiwillig gegangen?«

»Ich wurde nicht entführt, wenn du das meinst«, scherzte Michael, merkte dann aber, dass Pawel tatsächlich von einer Entführung ausgegangen war.

»Wo ist Dr. Szewińska?«, fragte Pawel.

Michael runzelte die Stirn.

»Ihr seid nicht zusammen weg?«, fragte Pawel scharf.

»Nein, warum?«

»Sie ist verschwunden.« Pawel wirkte auf einmal erschöpft. »Ich dachte … vergiss es.«

»Ich habe Katarzyna seit gestern Nachmittag nicht mehr gesehen«, sagte Michael. »Sie war weder in ihrem Zimmer noch an ihrem Arbeitsplatz.«

»Ihre Sachen sind weg.«

»Hast du von dem Fehlschlag der Chinesen gehört?«, fragte Michael. »Sie hat keine Informationen weitergegeben!«

Pawel gab ihm ein Zeichen zu schweigen, er wandte sich an die Sicherheitsangestellten und wechselte ein paar Sätze auf Russisch mit ihnen. Dann deutete er auf den Lift, und sie fuhren nach oben in sein Büro, wo er die Tür hinter sich schloss.

»Der fehlgeschlagene Versuch der Chinesen? Ja, ich habe davon erfahren. Tatsache bleibt aber, sie haben eine Methode angewandt, die Dr. Szewińska mitentwickelt hat. Dass sie fehlschlug, entlastet sie nicht.«

Michael sackte in sich zusammen. »Vielleicht braucht sie auch nur etwas Luft.«

»Und hat deshalb alle ihre Sachen mitgenommen?« Pawels Stimme war voller Sarkasmus.

Michael studierte seine Gesten, seine Mimik, seine Bewegungen. Wann hatte Pawel vor, ihm von ihrer Verwandtschaft zu erzählen? Am liebsten hätte Michael ihn mit seinem Wissen konfrontiert, zuerst aber musste er sich Gewissheit verschaffen.

»Hat man Xenia gefunden?«, fragte er schließlich.

Pawel schüttelte den Kopf.

Michael wandte sich ab und ging zur Tür. »Ich bin müde.«

Pawel stellte sich ihm in den Weg.

»Mach das nie wieder«, sagte er. »Außer, du willst in einem Dewar hängen.«

Wie mein Vater?, hätte Michael am liebsten gefragt.

Noch bevor Michael am nächsten Morgen ins Untergeschoss fuhr, machte er sich auf die Suche nach dem Chemiker, der im Labor arbeitete, und gab einen DNA-Vergleich in Auftrag. Er erklärte, er habe möglicherweise einen Fehler gemacht und wolle sicher sein, dass er die richtigen Proben erfasst habe.

Katarzynas Büro war leer geräumt. Michael startete ihren Computer und stellte fest, dass sie alle Dateien gelöscht hatte. Mit Sicherheit würde kein IT-Spezialist sie wiederherstellen können. Langsam begriff Michael, dass Katarzyna wahrhaftig weg war. Ohne Abschiedsworte, nicht einmal einen Gruß hatte sie hinterlassen. Es war, als hätte es sie nie gegeben. Michaels Blick fiel auf den Bioabfalleimer, und er nahm die Liste, die er tags zuvor erstellt hatte, aus der Tasche. Der leere Eimer. Die Schritte in der Nacht. Der zylindrische Verschluss. Die Präparate. Die fehlenden Quellen.

Er rief sich das Gespräch in Erinnerung, das er mit Katarzyna geführt hatte, nachdem er sie mit den Präparaten im Kühlraum konfrontiert hatte. Auf seine Frage, weshalb sie nach Russland gekommen sei, hatte sie geantwortet, ihr stünden hier mehr Möglichkeiten offen, weil die Forschung innerhalb der EU stark reguliert sei. Er hatte sich über ihre Freundlichkeit gewundert, ebenso über die Einladung zum Tee. Sie hatte ihn ablenken wollen, das war ihm jetzt klar.

Er bereitete ein Bad aus flüssigem Stickstoff vor. Es war das erste Mal, dass er einen kryokonservierten Körperteil untersuchte. Radu hatte eine Anleitung dazu verfasst. Michael befolgte sie Schritt für Schritt, schließlich öffnete er den Behälter und nahm die Hülle heraus, die Radus Cephalon enthielt. Ihn schauderte, als er Radus Gesicht sah. Er untersuchte den Schädel und entdeckte zwei Narben. Er hatte sich nicht getäuscht. Katarzyna hatte Bogdan Radu Hirnproben entnommen und damit dem Organ irreversiblen Schaden zugefügt.

Michael atmete tief durch. Er würde später eine Computertomografie durchführen, jetzt aber begnügte er sich damit, die Narben zu fotografieren, bevor er den Cephalon in das Stickstoffbad legte. Dann fuhr er mit dem Lift in die Chefetage.

Pawel sah übernächtigt aus, und Michael fragte sich, ob er überhaupt nach Hause gegangen war.

»Ja?«, fragte er, ohne den Blick vom Bildschirm zu nehmen.

Michael schloss die Tür hinter sich und setzte sich in den Besuchersessel. Als Pawel endlich aufsah, reichte Michael ihm seine Digitalkamera.

»Was ist das?«, fragte Pawel.

»Bogdan Radu.«

Jetzt hatte er Pawels Interesse geweckt. Michael erzählte ihm von seinem Verdacht, dass Katarzyna heimlich an Patientenhirnen geforscht hatte.

»Die Proben, die ich im Kühlraum gefunden habe, waren nicht zufällig mit Dr. Radus Patientennummer beschriftet.«

Pawel hörte aufmerksam zu.

»Ich habe mich immer gefragt, warum sie im Untergeschoss arbeitet«, fuhr Michael fort. Als Pawel schwieg, fragte er: »Wusstest du etwa davon?«

Pawel sah ihm in die Augen. »Unsere Kunden investieren große Summen in die Zukunft ihrer Angehörigen. Stell dir vor, wie sie reagieren würden, wenn sie erfahren, dass wir deren Gehirn nie werden auslesen können.«

»Du weichst der Frage aus.«

»Ich wusste, dass Dr. Szewińska ehrgeizig ist. Ich habe ihr viel Freiraum gelassen. Dass sie mein Vertrauen missbrauchen würde …« Pawel blickte aus dem Fenster.

Michael beobachtete ihn. Er hatte mit vielem gerechnet, Entrüstung, Betroffenheit, Entsetzen. Nicht aber mit dieser Ruhe.

Innerhalb der EU ist die Forschung stark reguliert.

Auf einmal wurde ihm klar, dass Pawel Katarzyna nicht nur ihrer Erfolge wegen angeworben hatte, sondern weil er geahnt hatte, dass sie die Grenzen des Erlaubten überschreiten würde. Auf diese Weise konnte er seine Forschung beschleunigen, ohne sich selbst die Hände schmutzig zu machen. Wenn er von den Resultaten profitieren wollte, musste er schließlich dafür sorgen, dass sie zu seinen Lebzeiten vorlagen. Sollte die Wahrheit ans Licht kommen, würde er einfach behaupten, Katarzyna habe ohne sein Wissen gehandelt.

In Michael tobte ein Kampf. Unter anderen Umständen hätte er Pawel mit seinem Verdacht konfrontiert. Die Rechte der Patienten verteidigt und eine Diskussion über Ethik vom Zaun gebrochen. Doch hier ging es um Katarzyna. Er konnte Pawel nicht beschuldigen, ohne gleichzeitig auch sie anzugreifen. Tief in seinem Inneren hoffte er, dass er sich täuschte.

Er räusperte sich. »Was hat Oleg Wolkow mit Katarzyna zu tun?«

»Ich weiß es nicht.«

»Glaubst du immer noch, dass Katarzyna Forschungsergebnisse weitergegeben hat?«

Pawel stand auf und stellte sich ans Fenster. Michael konnte sehen, wie es in seinem Kopf arbeitete.

»Was denkst du?«, fragte Michael.

Pawel drehte sich um. »Dieses Gespräch bleibt bis auf Weiteres unter uns.«

Es war keine Bitte.

46

Julias Kopf schmerzte, und sie hatte Durst. Zum wiederholten Mal näherte sie sich dem Tisch, auf dem neben einer Packung Müsliriegel eine Flasche Wasser stand. Bis jetzt hatte sie nicht den Mut aufgebracht, sich zu bedienen. Sie hielt die Flasche gegen das Licht und versuchte zu erkennen, ob dem Wasser etwas beigemischt worden war. Der Verschluss wirkte unversehrt, doch das musste nichts bedeuten. Sie öffnete ihn und ließ ein wenig Wasser auf ihre Zunge tropfen. Keine Reaktion. Sie zwang sich, einen Schluck zu nehmen, stand reglos im Raum und wartete. Es schien sich tatsächlich um Wasser zu handeln.

Kein Geräusch drang durch die Wände des fensterlosen Raums. Julia fühlte sich wie in einer Kapsel, sie hätte genauso gut im Weltraum oder unter Wasser sein können. Immer wieder kam Panik in ihr auf, wenn Gegenwart und Vergangenheit verschmolzen. Wiederholte sich die Geschichte? Wollte Pawel zu Ende führen, was sein Vater begonnen hatte?

Sie hatte den Raum mehrmals nach Gegenständen abgesucht, die sie als Waffe hätte einsetzen können. Abgesehen von dem Tisch gab es zwei Stühle, ein Bett, einen Fernseher, Plastikgeschirr und Malsachen. Unter dem Bett hatte sie eine Kinderzeichnung mit einem kleinen Haus gefunden. Wohnte ein Kind hier?

Julia nahm den Anhänger mit dem goldenen Kompass hervor, den sie in Kyrills Zimmer gefunden hatte. Sie versuchte, sich daran zu erinnern, ob die Frau des Priesters ihn getragen hatte, sah aber nur den hellbraunen Pullover vor sich, den diese bei ihrer letzten Begegnung angehabt hatte.

Die Türklinke bewegte sich. Es waren keine Schritte zu hören, doch das war in dem isolierten Raum kaum verwunderlich. Julia packte einen Stuhl. Damit konnte sie zumindest einen Angriff abwehren. Die Tür schwang geräuschlos auf. Julia erkannte den Mann, der eintrat, augenblicklich.

Tschurka.

Er schloss die Tür hinter sich und betrachtete sie lange. Dann setzte er sich an den Tisch.

»Was willst du von Vita?«, fragte er.

Seine Züge waren hart, doch in seinen Augen lag Resignation. Eine seltsame Mischung, dachte Julia, sie ließ ihn zugleich bedrohlich und verletzlich erscheinen. Sie stellte den Stuhl wieder ab.

»Hat Vita dir aufgetragen, mich zu beschatten?«, fragte sie.

»Ich arbeite für niemanden!«

»Pawel?«

Er verzog den Mund. »Hier stelle ich die Fragen.«

Julia wartete, doch Tschurka schwieg. Dann stand er auf und sagte, sie könne gehen.

Er zog eine Sturmhaube aus einer Tasche und reichte sie ihr. »Setz sie auf. Augenlöcher nach hinten. Sobald wir draußen sind, kannst du sie …« Er hatte den Anhänger entdeckt, der nun auf dem Boden lag. Er musste ihr aus der Hand gefallen sein, als sie nach dem Stuhl gegriffen hatte.

Tschurka hob ihn auf. »Was ist das?«

»Nur ein Anhänger.«

»Woher hast du ihn?« Auf einmal wirkte er nicht mehr resigniert, sondern nur noch bedrohlich.

Julia wich zurück. »Gefunden.«

»Wo?«

»Das sage ich dir, wenn du mir verrätst, warum ich hier bin.«

Einen Moment fürchtete Julia, dass sie zu hoch gepokert hatte, dann aber setzte sich Tschurka wieder und deutete auf den freien Stuhl. Julia schob ihn etwas weiter von ihm weg und nahm vorsichtig

Platz, bereit, sofort aufzuspringen, sollte Tschurka ihr zu nahe kommen.

»Du hast Vitas Mutter besucht und Fragen über Andrej gestellt«, sagte er. »Vita möchte wissen, warum.«

Vita oder Tschurka selbst? Fürchtete er, dass sie zu viel über ihn wusste?

»Jemand hat mein Zimmer durchsucht. Warst du das?«, fragte sie.

»Ja.«

»Auch Kyrills Zimmer?«

»Ja.«

»Der Anhänger lag auf dem Boden unter Kyrills Kleidern. Was hat es damit auf sich?«

»Warum stellst du Fragen über Andrej?«

Julia zögerte. »Ich habe ihn früher gekannt.«

»Er ist tot.«

»Man hat seine Leiche nie gefunden.«

»Du glaubst, dass er noch lebt?«

»Ich weiß es nicht.«

»Was will dieser Mönch von dir?«

»Er war ebenfalls mit Andrej befreundet.«

Tschurka lehnte sich zurück und verschränkte die Arme vor der Brust. Er dachte nach, dann fragte er Julia, was sie über Andrej erfahren hatte.

»Was hat es mit dem Anhänger auf sich?«, beharrte sie.

Diesmal ließ sich Tschurka Zeit mit der Antwort. »Er gehört jemandem, den ich kenne.«

»Vita?«

»Nein.«

»Sondern?«

»Was weißt du über Andrej?«

Julia schenkte sich Wasser ein, trank aber nichts. »Ich weiß, dass er mit seiner Familie zerstritten war.«

»Weswegen?«

»Das weiß ich nicht.« Als Tschurka Anstalten machte aufzustehen, schob sie rasch nach: »Ich kann nur Vermutungen anstellen.«

»Ich höre.«

»Ich nehme an, es ging um Erbschaftsfragen. Die Details interessieren mich nicht, ich wollte, wie gesagt, bloß erfahren, was mit Andrej geschehen ist. Wir standen uns früher nahe.«

Tschurka wirkte nachdenklich. Er schien von dem Erbschaftsstreit nichts zu wissen. Führte er Vitas Befehle ohne Erklärungen, ohne Hintergrundinformationen aus? Das passte nicht zu dem Eindruck, den Julia von ihm hatte. Sie fasste Mut.

»Ich glaube, die Kirche könnte für Vita und Pawel gefährlich werden«, sagte sie.

Tschurka richtete sich kaum merklich auf. »Warum?«

»Wem gehört der Anhänger?«

»Einer Prostituierten.«

Julia sah ihn überrascht an. Eine Prostituierte im Haus des Priesters? Hatte sie Kyrill besucht?

»Sie ist spurlos verschwunden«, fuhr Tschurka fort. »Nachdem sie einen Auftrag für mich erledigt hat.«

»Hatte der Auftrag etwas mit Andrej zu tun?«

»Nein.«

Sie merkte ihm an, dass er log. Als er Genaueres über die Kirche wissen wollte, schwieg sie. Sie fragte sich, warum er keine Gewalt anwandte, um Antworten zu bekommen. Bestimmt würde er davor nicht zurückschrecken. Fast kam es ihr vor, als wäre er sich nicht sicher, ob er eine Verbündete oder eine Feindin vor sich hatte.

»Sie hatte den Auftrag, mehr über einen Mitarbeiter von KrioZhit herauszufinden«, erklärte er.

Julias Puls schoss in die Höhe. »Über wen?«

»Einen Amerikaner.« Tschurka beobachtete sie genau. »Dr. Wilson.«

Julia ballte die Hände. Dr. Wilson? Der Galgenhumor passte zu Pawel.

»Kennst du ihn?«, wollte Tschurka wissen.

»Weiß Vita, dass dieser Mr Wilson dort ist?«, fiel Julia ihm ins Wort.

Sie starrten einander an, und jeder wartete darauf, dass der andere fortfuhr. Auf einmal ahnte Julia, was Tschurka antrieb. Er wollte Vita schützen, Pawel aber schaden. Ein Widerspruch, der sich schwer auflösen ließ.

»Michael Wilson war ein Bekannter von Andrej«, sagte sie.

»Gab es einen Konflikt mit Bogdan Radu?«

»Wer ist das?«

»Der Arzt, der ermordet wurde.«

Von einem Mord wusste Julia nichts. Sie schüttelte den Kopf.

»Ich glaube, man hat dem Arzt Fragen über Dr. Wilson gestellt«, sagte Tschurka, der sie genau beobachtete. »Ich glaube auch, dass die Person, die Radu getötet hat, Xenia entführt hat.«

»Die Prostituierte?«

Er zündete sich eine Zigarette an. »Was hat diese Person bei dir gesucht?«

»Du glaubst, dass dieselbe Person mein Zimmer durchsucht hat?«

»Ja.«

»Vermutlich Informationen über Andrej.«

»Lebt er noch?«

»Ich habe sein Grab besucht.«

Tschurka schnaubte. »Leer, so viel ist klar.«

Julia trank einen Schluck Wasser, um Zeit zu gewinnen. Sie musste ihre Gedanken sortieren. Dass sie gleich von zwei Personen observiert wurde, machte viele ihrer Vermutungen zunichte. Tschurka hatte in Vitas Auftrag gehandelt. Vita wiederum wollte sicherstellen, dass die Firma und somit ihr Vermögen nicht bedroht war. Es gab aber noch jemanden, der Julia folgte. Diese Person hatte von Michael erfahren und war bereit zu töten, um an Informationen über ihn heranzukommen.

»Glaubst du, jemand hat Dr. Wilson für Andrej gehalten?«, fragte sie nachdenklich, ohne zu realisieren, dass sie in Tschurka immer weniger eine Gefahr sah.

Er schien abzuwägen, wie viel er ihr sagen wollte. »Oder für seinen Sohn.«

Julia hielt die Luft an.

»Die Ähnlichkeit ist nicht zu übersehen.« Tschurka zog an seiner Zigarette.

»Dann ist er in Gefahr!« Julia stand auf.

Tschurka kniff die Augen zusammen.

Julia ließ sich auf den Stuhl zurückfallen. Ihr war schwindlig. Neben Pawel profitierte auch die Kirche von Andrejs Kinderlosigkeit. Julia hatte von Anfang an daran gezweifelt, dass Kyrill sie begleitete, weil er es als seine Pflicht sah, Andrej zu helfen. Die Kirche musste nicht nur Andrej finden. Sie musste auch sicherstellen, dass kein anderer Anspruch auf sein Vermögen erhob.

»Sag mir, wen du verdächtigst!«, forderte Tschurka sie auf.

Bruder Kyrill liebt sie, letztes Mal konnte er nicht genug davon kriegen. Das hatte die Frau des Priesters gesagt, als sie zusammen Pelmeni zubereitet hatten. *Letztes Mal.* Kyrill war schon einmal bei ihr zu Gast gewesen. Es kam nicht häufig vor, dass ein Mönch das Kloster verließ. War er Andrej gefolgt, als dieser nach Moskau reiste? Oder hatte er sich auf die Suche nach ihm gemacht, nachdem er verschwunden war? Oder … Julia schaffte es fast nicht, den Gedanken zu Ende zu denken. Ein Mönch als Mörder? Auf einmal hörte Julia die Schreie wieder. Das Klopfen. War das gar kein Traum? Waren die Geräusche womöglich echt?

»Ich glaube, ich weiß, wo Xenia ist«, sagte sie.

47

Xenia kauerte auf der obersten Treppenstufe. Sie spürte weder das raue Holz an der Stirn noch die Kälte. Fast kam es ihr vor, als stehe sie neben ihrem Körper und betrachte ihn von außen. Wenn sie bei der Arbeit einmal abschalten wollte, richtete sie in Gedanken ihre zukünftige Wohnung ein. Als sie jetzt versuchte, das Kinderzimmer zu gestalten, fiel ihr nichts ein. Schlimmer noch, es war ihr egal, wie es aussah. Welche Rolle spielten Möbel oder die Farbe der Wände? Es störte sie auch nicht mehr, dass die Teppiche im Haus ihrer Mutter abgenutzt, die Küchengeräte veraltet und die Tapeten fleckig waren. Hauptsache, Aliska hatte ein Zuhause, in dem sie sicher war und geliebt wurde.

Bei jedem Geräusch schreckte Xenia auf. Sie durfte nicht einschlafen, sie musste bereit sein, wenn die Falltür aufging. Sie hatte jegliches Zeitgefühl verloren. In regelmäßigen Abständen vernahm sie das Läuten von Kirchenglocken, bis jetzt hatte sie es aber nicht geschafft, von Anfang an mitzuzählen. Einmal hatte sie Stimmen gehört, sie war aber zu heiser gewesen, um auf sich aufmerksam zu machen. Sie driftete an einen Ort, an dem sie keine Schmerzen spürte. Aliska sprang auf dem Bett auf und ab, bis Xenia ihr entnervt befahl, damit aufzuhören. Da merkte sie, dass die Geräusche echt waren. Sie schlug die Augen auf. Hörte Schritte über sich, lauter diesmal. Er war zurück! Halb benommen brachte sie sich in Stellung. Kaum war sie auf den Knien, wurde die Falltür geöffnet, und ein schwacher Lichtstrahl drang zu ihr.

Xenia stürzte nach vorn, und ihr Kopf schlug auf dem Boden auf. Sie spürte eine Bewegung. Ein Fußtritt, heftige Schmerzen im Gesicht.

Sie öffnete den Mund, schloss ihn. Ihre Zähne drangen in Gewebe ein, sie schmeckte Blut. Ihr Angreifer torkelte, Xenia hörte ein Krachen. Weg, sie musste weg. Sie kroch vorwärts, schaffte es auf die Beine, stolperte, weg, weg. Da war noch eine Treppe, diesmal aus Stein. Zu steil, das würde sie nicht schaffen. Sie hörte die Schritte wieder. Sie sah eine Vertiefung in der Mauer, davor eine Kiste, die mit Büchern gefüllt war, ein zusammengerollter Teppich, ein Karton voller Kerzen. Xenia presste sich in eine Lücke, zog die Knie an und schloss die Augen. Sie hörte schwere Atemzüge, schon wieder Schritte, die sich entfernten, leiser wurden. Etwas Warmes lief ihr übers Gesicht.

Aliska schlüpfte zu ihr unter die Decke und schmiegte sich an sie. Xenia legte den Arm um ihren Körper, vergrub das Gesicht in ihrem Haar. Sie hörte eine Melodie, die sie längst vergessen hatte, und begriff, dass sie von ihr kam. Leise sang sie die Strophen, an die sie seit ihrer Kindheit nicht mehr gedacht hatte.

Baju-baj, alle Menschen müssen nachts schlafen,
Baju-baj, morgen ist wieder ein neuer Tag.
Nach diesem Tag sind wir sehr müde geworden,
Wir sagen allen: gute Nacht.
Mach die Augen zu,
Baju-baj.

48

Es dämmerte, als Tschurka hinter der Kirche parkte. Julia sah zum Haus des Priesters. In der Küche brannte Licht. Hinter Kyrills Fenster und im Büro des Priesters war es dunkel. Eine Gruppe Jugendlicher ging mit Hockeyschlägern an ihnen vorbei, sie lachten über etwas und verschwanden hinter einer Ecke. Julia vergrub das Kinn im Kragen ihres Mantels. Tschurka nickte ihr zu, und sie folgten dem Weg, der von der Kirche zum Haus führte. Julia klopfte kurz an und griff nach der Türklinke, doch ausnahmsweise war abgeschlossen. Die Frau des Priesters öffnete ihnen, auf ihrem Gesicht lag ein sorgenvoller Ausdruck.

»Bei uns ist eingebrochen worden!«, sagte sie. »Zum Glück waren Sie weg, Ihr Zimmer ist …« Sie verstummte, als sie Tschurka bemerkte.

»Das ist ein Freund«, sagte Julia.

Die Frau sprach weiter, ohne Tschurka aus den Augen zu lassen. »Können Sie bitte nachsehen, ob etwas gestohlen wurde? Mein Mann wollte die Polizei nicht rufen, er glaubt, dass der Einbrecher aus Not gehandelt hat.«

Julia ging zu ihrem Zimmer und betrachtete das Durcheinander. Es sah immer noch so aus, wie sie es vorgefunden hatte, nachdem sie aus dem Internetcafé zurückgekommen war.

Die Frau des Priesters entschuldigte sich erneut. »Auch bei Bruder Kyrill ist alles durchwühlt worden. Vermutlich ist der Einbrecher überrascht worden, bevor er weiteren Schaden anrichten konnte.«

Julia warf Tschurka einen verstohlenen Blick zu. Er ließ sich nichts anmerken. Sie wandte sich wieder an die Frau des Priesters.

»Wo ist Bruder Kyrill jetzt?«

»Er hat sich zurückgezogen. Er will mit dem Herrn allein sein.«

»Wohin?«

»In die Kirche, aber er möchte nicht gestört werden.«

»Gibt es im Haus einen Keller?«, fragte Julia.

»Nein, warum?«

»Es ist also nicht möglich, dass sich der Einbrecher noch hier befindet?«

»Mein Mann hat alles gründlich durchsucht.«

Aus der Küche war ein Zischen zu hören, auf dem Herd schien etwas überzukochen. Die Frau eilte davon. Tschurka klopfte gegen die Wand. Julia hatte ihm von den Geräuschen erzählt, die vermutlich ihren Traum ausgelöst hatten. Es klang nicht danach, als gäbe es irgendwo einen Hohlraum. Er trat ans Fenster, von hier aus konnte er die Kirche sehen.

»Viele Kirchen sind unterkellert«, sagte er. »Wenn die Geräusche von dort gekommen waren, konnte man sie in diesem Zimmer am besten hören.«

Er öffnete das Fenster und sprang hinaus. Julia verließ das Haus durch die Eingangstür. Tschurka hatte die Kirche bereits betreten, als Julia ihn einholte. Sie war davon ausgegangen, dass Kyrill hier vor einer Ikone stehen würde, doch in dem Gemeinderaum war niemand. Neben dem Refektorium stand eine Tür offen, dahinter befanden sich die Diensträume. Eine Steintreppe führte in ein Untergeschoss. Tschurka griff nach seinem Messer und stieg leise hinunter. Julia kehrte in den Gemeinderaum zurück. Sie bemerkte eine Reihe dunkler Flecken auf den Fliesen. Blut? Sie führten in den Altarraum, zu dem nur der Priester Zugang hatte.

Die Stille wirkte bedrohlich. Julia überlegte, ob sie Tschurka rufen sollte, da erhob sich ein riesiger Vogel hinter der Ikonostase. Seine Flügel schwangen auf, schwarz und mächtig, er flog direkt auf sie zu. Eine Gestalt wie aus der Hölle. Schützend hob Julia die Hände vors Gesicht, zu überrascht, um zu schreien. Sie sah gerade noch, wie Kyrill davonrannte, vorbei an einem eisernen Gestell mit brennenden

Opferkerzen. Die Flammen flackerten und warfen wild tanzende Schatten an die Wand.

»Kyrill!«, rief Julia.

Er lief in die Dämmerung hinaus, das Gewand flatterte wie ein Segel im Wind. Julia folgte ihm. Er steuerte auf seinen Wagen zu, der hinter der Kirche stand. Julia versuchte, ihn zurückzuhalten, doch er stieß sie weg. Er hatte bereits die Fahrertür aufgerissen.

»Ich habe das Testament gefunden!«, rief sie.

Er hielt inne. Nur kurz, aber es reichte, damit Julia ihr Gleichgewicht fand und die Fahrertür packen konnte, bevor es ihm gelang, sie zuzuziehen. Kyrill startete den Motor, und der Wagen setzte sich in Bewegung. Julia griff nach seinem Gewand. Kyrill war schwer, sie schaffte es nicht, ihn vom Sitz zu zerren. Sie rannte, um Schritt zu halten. Aus dem Augenwinkel sah sie, wie Tschurka aus der Kirche preschte. Die Fahrertür traf Julia an der Schulter, und ein stechender Schmerz durchfuhr sie. Blind langte sie in den Wagen, spürte etwas, krallte sich daran fest. Ein Ohr. Kyrill schrie auf und schlug nach ihr. Julia stolperte, sie konnte sich nicht mehr festhalten, ließ los, fiel hart. Neben ihr tauchte Tschurka auf. Er sprang auf den fahrenden Wagen auf, ein Fuß auf der Karosserie, der andere in der Luft. Mit einer kräftigen Bewegung rammte er Kyrill das Knie ins Gesicht. Der Wagen geriet ins Schlingern, als Kyrill zur Seite kippte. Das Auto machte einen Sprung, dann ging der Motor aus.

Julia rappelte sich auf.

»Hast du sie gefunden?«, rief sie.

Tschurka schüttelte den Kopf und zerrte Kyrill aus dem Wagen. Er legte ihn über die Schulter, als wäre er ein Sack Kartoffeln.

»Kofferraum«, befahl er.

Julia entriegelte die Klappe. Tschurka ließ Kyrill in den Kofferraum fallen und knallte den Deckel zu. Er klopfte sich die Hände an der Hose ab, setzte sich ans Steuer und fuhr den Wagen zur Seite. Gemeinsam kehrten sie in die Kirche zurück. Julia folgte Tschurka die Steintreppe hinunter. Sie kamen zu einem Flur, der von einer nackten Glühbirne beleuchtet wurde. Der Keller diente als Lagerraum. Zahlreiche Kisten standen an den Wänden, auf einer Wolldecke lag eine beschädigte Jesusstatue.

Julia hörte eine leise Melodie.

»Xenia?«, rief sie.

Das Summen wurde lauter.

Sie folgten dem Laut und kamen zu einer Nische. Tschurka schob eine Kiste mit Büchern beiseite, dahinter lag Xenia. Mit wirrem Haar und blutverschmiertem Gesicht. Die Augen fest geschlossen. Er schnitt die Fesseln durch.

»Xenia, kannst du mich hören?« Julia strich ihr über den Rücken. »Du bist in Sicherheit.«

Xenia summte weiter.

»Bist du schwer verletzt?«, fragte Julia.

Xenias Lippen bewegten sich.

Julia beugte sich vor, um sie besser zu verstehen.

»Mach die Augen zu, Baju-baj«, sang Xenia.

»Du kannst sie wieder öffnen«, sagte Julia. »Kyrill wird dir nichts mehr tun.«

Xenia blinzelte. Jetzt erst sah Julia ihre Finger, die in einem unnatürlichen Winkel von ihrer Hand abstanden. Sie wollte Tschurka bitten, einen Krankenwagen zu rufen, aber als sie aufblickte, war er weg.

»Ich hole Hilfe«, sagte Julia. »Ich komme gleich wieder.«

»Nein!«, rief Xenia.

Julia legte ihr die Hand auf die Schulter. »Ich bin gleich zurück.«

Xenia begann zu weinen.

Julia kniete sich hin und streichelte sie sanft.

»Ich h-habe nichts verraten.« Xenias Zähne klapperten. »Ich wusste, d-dass er …«

»Das hast du gut gemacht.«

»Aliska«, schluchzte Xenia.

»Ist das deine Tochter?«, erriet Julia.

»Er w-wollte …« Xenia zitterte nun am ganzen Körper. »Fragen über Wilson.«

Julia erstarrte. »Der Mönch hat Fragen über Michael Wilson gestellt?«

»Ich habe nichts gesagt«, wiederholte Xenia.

Julia wurde eiskalt. Kyrill wusste von Michaels Existenz. Wusste er auch von der Verwandtschaft mit Andrej? Hatte er diese Information weitergegeben? Sie sprang auf, versicherte Xenia noch einmal, dass Hilfe unterwegs sei, und eilte hinaus. Tschurka hatte Kyrills Auto geholt, es stand mit laufendem Motor vor der Kirche. Auf der Rückbank lag eine ausgebreitete Decke.

»Sollten wir nicht lieber einen Krankenwagen rufen?«, fragte Julia.

»In einem Krankenhaus ist sie nicht sicher.«

Xenia wehrte sich, als Tschurka sie hochhob, es war deutlich, dass sie Angst vor ihm hatte. Draußen stand die Frau des Priesters.

»Was ist … wer ist das?«

Ihr Entsetzen wirkte echt. Julia glaubte nicht, dass sie über die Ereignisse im Bild war. Dies war aber nicht der richtige Zeitpunkt, um sie aufzuklären.

Tschurka bedeutete Julia einzusteigen, und sie setzte sich zu Xenia auf die Rückbank.

»Wohin fahren wir?«, fragte sie.

»Ich kenne jemanden, der sie zusammenflicken kann.«

»Irgendein Mafiaarzt?«

Tschurkas Schweigen war Antwort genug.

»Kommt nicht infrage! Sie braucht einen richtigen Arzt«, widersprach ihm Julia.

Tschurka brummte etwas Unverständliches.

»Wir fahren zu KrioZhit«, beschloss Julia. »Dort ist sie sicher. Außerdem …« Kein Laut drang aus dem Kofferraum. »Pawel kann sich um Kyrill kümmern.«

Xenia hatte die Augen wieder geschlossen. Julia betrachtete das blutverschmierte Gesicht, konnte aber keine Verletzung feststellen, zumindest nicht an ihrem Kopf. Sie fragte sich, ob sie die richtige Entscheidung getroffen hatte. Sie hatte erst zu KrioZhit fahren wollen, wenn sie im Besitz des Testaments war, damit sie ein Druckmittel gegen Pawel hatte. Doch er war der Einzige, dem sie in dieser Situation trauen konnte. Sie kannte seine feindliche Einstellung gegenüber der Kirche – und er hatte sein eigenes Sicherheitsteam.

Außerdem war Michael dort.

49

Julia hatte mit strengen Sicherheitskontrollen gerechnet, nicht aber damit, dass sie innert Sekunden von bewaffneten Sicherheitskräften umzingelt wäre. Tschurka offenbar schon. Er war in Selenograd ausgestiegen, hatte Julia den Schlüssel gegeben und sich rechtzeitig aus dem Staub gemacht.

Sie hob die Hände und wandte sich an den Mann, der das Kommando innehatte.

»Ich bin eine Bekannte von Pawel. Im Kofferraum liegt der Mann, den er sucht. Außerdem befindet sich eine verletzte Frau im Wagen.«

Einer der Sicherheitsangestellten warf einen Blick auf die Rückbank. Funkgeräte knisterten, Befehle wurden erteilt. Julia wurde in die Eingangshalle geführt. Kurz darauf trat Pawel aus dem Lift. Falls er überrascht war, sie zu sehen, ließ er es sich nicht anmerken. Sie erklärte, wer sich im Wagen befand. Er bat zwei Sicherheitsangestellte, sich um Xenia und Kyrill zu kümmern, und bedeutete Julia, ihm zu folgen. Sie betraten den Aufzug. Auf dem Weg nach oben sagte Pawel kein Wort. Erst als sie in seinem Büro saßen, begann er zu reden.

»Wir hatten eine Abmachung.«

»Das war keine Abmachung«, widersprach Julia. »Du hast mir keine Wahl gelassen.«

»Du hast Vitas Mutter aufgesucht«, stellte er fest.

»Ja.«

»Zusammen mit dem Mönch.« Pawel zog eine Grimasse.

Glaubte er tatsächlich, dass sie Kyrills Motiv nicht durchschaut hatte? Für wie naiv hielt er sie?

»Ich weiß, wo Andrej sein Testament versteckt hat«, log sie.

Diesmal konnte Pawel seine Überraschung nicht verbergen. Seine Körperhaltung veränderte sich, und in seinem Blick sah sie Anerkennung.

»Tatsächlich?«, fragte er ruhig. »Und warum glaubst du, dass mich das interessiert?«

»Weil die Kirche dich ruinieren wird, wenn sie es findet.«

Jetzt hatte sie seine volle Aufmerksamkeit. Julia genoss es, endlich die Oberhand zu haben.

»Ich nehme an, du willst etwas von mir«, sagte er.

»Ich möchte zu Michael. Danach erzähle ich dir alles.«

»Woher weiß ich, dass du die Wahrheit sagst?«

»Gar nicht.«

Er beugte sich vor. »Wenn du mit mir spielst, wirst du es bereuen.«

»Drohst du mir?«

»Ich zeige dir die Konsequenzen auf.«

Julia erhob sich. »Wo ist er?«

Pawel stand auf. Wieder gingen sie zum Lift, diesmal fuhren sie ins Untergeschoss. Vor einer Stahltür blieb Pawel stehen und gab einen Zugangscode ein. Es klickte, und das Schloss sprang auf. Julia dachte an das Video von Michael, das Pawel ihr in den USA gezeigt hatte. Es musste hier aufgenommen worden sein.

Das Herz schlug ihr bis zum Hals. Drei Monate hatte sie nach Michael gesucht. War sie am Ziel angelangt? Sie traute es Pawel zu, sie hier einzusperren, ohne dass sie Michael zu Gesicht bekam. Dann aber hörte sie seine vertraute Stimme. Er sprach in gebrochenem Russisch, es klang so falsch, dass Julia unwillkürlich schmunzelte. Gleichzeitig stiegen ihr Tränen in die Augen. Sie hatte ihn gefunden.

Pawel führte sie zu einem gefliesten Raum mit medizinischen Geräten. Michael stand vor einem Operationstisch, auf dem Xenia lag. Sie hatte einen Verband an der Hand, und Michael legte ihr soeben einen Infusionsschlauch an. Seine Bewegungen waren sicher, seine Miene drückte Konzentration aus. Er musste Julias Gegenwart gespürt haben, denn er hob den Kopf und sah in ihre Richtung. Langsam zog er seine Einmalhandschuhe aus.

»Mom?«, sagte er.

Drei Schritte, und er war bei ihr. Als er die Arme um sie legte, konnte Julia die Tränen nicht mehr zurückhalten. Wie groß er war, dachte sie. Wo war der kleine Junge, den sie getragen hatte, wenn er müde war? Mit dem sie gespielt hatte, und den sie schalt, wenn er mit schmutzigen Schuhen durch das Haus lief? Er drückte sie fester an sich. Sie zuckte zusammen. Sofort ließ er sie los.

»Du bist verletzt.«

»Nicht schlimm.« Sie nahm seine Hände. »Du siehst gut aus.«

»Es geht mir auch gut.«

Julia begriff, welche Bedeutung hinter diesen Worten lag. Pawel hatte sein Versprechen gehalten. Sie warf ihm einen dankbaren Blick zu.

»Xenia und ich haben einiges zu bereden«, sagte Pawel zu Michael. »Ist sie stabil genug?«

»Sie hat mehrere Schaftfrakturen an den Fingern, möglicherweise müssen diese operiert werden«, antwortete Michael. »An zwei Zehen am rechten Fuß haben sich Nekrosen gebildet. Sofern ich es auf den ersten Blick beurteilen kann, braucht sie vor allem Wärme und Flüssigkeit.« Er zögerte und fügte hinzu: »Die Ähnlichkeit mit Bogdan Radus Verletzungen ist frappant.«

»Der ermordete Arzt?«, fragte Julia.

»Darüber reden wir später«, sagte Pawel.

»Wo ist Kyrill?«

»Später«, wiederholte er.

Nachdem sich Michael davon überzeugt hatte, dass Julia nicht ernsthaft verletzt war, führte er sie in eine kleine Wohnung auf der obersten Etage. Julia stand am Fenster und blickte auf ein Lichtermeer hinunter. Sie wusste nicht, wo beginnen.

Michael nahm ihre Hand. »Es tut mir leid.«

»Mir auch«, sagte sie, und auf einmal sprudelten die Worte.

Als Julia zu Ende erzählt hatte, stand der Mond hoch am Himmel. Sie hatte den Eindruck, dass Michael vieles bereits wusste.

»Dein Vater ist …«

»Andrej Danilow«, beendete er den Satz. »Ich habe einen DNA-Vergleich in Auftrag gegeben.«

Er fuhr sich durchs Haar, es war eine vertraute Geste. Dann berichtete er, was in den vergangenen Monaten geschehen war. Die Lücken schlossen sich, Fragmente fügten sich zu einer Einheit.

»Wenn Andrej seine Erbschaft der Kirche spenden wollte, möchte ich seinen Wunsch respektieren«, sagte Michael.

»Das werden wir erst wissen, wenn wir den Inhalt des Testaments kennen.«

»Hast du eine Ahnung, wo er es hinterlegt haben könnte?«

»Nur eine Vermutung. Aber sag mir erst, ob du dir vorstellen könntest, hierzubleiben und Pawels Lebenswerk weiterzuführen.«

»Ich habe mir viele Gedanken darüber gemacht«, sagte er. »Ich lehne die Ideen der Transhumanisten nicht mehr per se ab, aber die Vorstellung, dass Menschen wieder zum Leben erweckt werden sollen, macht mir immer noch Angst. Angenommen, es funktioniert. Wie verhindern wir eine Zweiklassengesellschaft? Wohin mit all den Menschen, wenn jeder das Recht auf Unsterblichkeit hat? Was, wenn es eine andere Form von Leben nach dem Tod gibt? Hinzu kommt die politische Situation in Russland. Der Staat wird immer repressiver. Wer sagt, dass man es mir überhaupt erlauben würde, bei Pawel einzusteigen? Gibt es nicht ein Gesetz, das besagt, dass Ausländer keine Anteile an russischen Firmen besitzen dürfen?«

»An Medienunternehmen«, korrigierte Julia. »Doch das Gesetz kann jederzeit auf andere Bereiche ausgeweitet werden. Putin traue ich alles zu.«

Michael nickte. »Eben. Und die Ergebnisse von KrioZhits Forschung sind auch für das Militär interessant. Diese Fragen beschäftigen mich. Und dann … gibt es da noch eine Frau, Katarzyna.«

Julia versuchte, nicht allzu neugierig zu wirken.

»Es ist kompliziert«, sagte er.

»Ist es das nicht immer?«

»Jemand hat sensible Daten weitergegeben«, erklärte Michael. »Es könnte Katarzyna gewesen sein. Und nun ist sie verschwunden.«

»Katarzyna ist ein polnischer Name.«

Michael erzählte, was er über sie wusste. Während er sprach, wurden seine Züge weich, und seine Augen begannen zu leuchten. Julia hoffte inständig, dass er sich irrte und Katarzyna nicht die Person war, die Pawel hintergangen hatte.

»Ich muss sie finden«, sagte er. »Ich muss wissen, was geschehen ist.«

Die Tür ging auf, und Pawel trat ein. »Wir treffen uns in einer halben Stunde in der Chefetage.« Er drehte sich um, ohne eine Antwort abzuwarten.

Wie arrogant er war! Julia und Michael tauschten Blicke. Es war wie früher, als sie sich so nahestanden, dass sie nicht auszusprechen brauchten, was sie dachten. Julia wurde warm ums Herz. Egal, was noch geschah, für diesen Moment hatte sich alles gelohnt.

50

Trotz der späten Stunde hatte eine Mitarbeiterin das Sitzungszimmer vorbereitet. Die Kaffeemaschine war eingeschaltet, auf dem Konferenztisch standen Flaschen mit Mineralwasser und eine Schale mit Früchten. Pawel nahm am Kopfende des Tisches Platz, Vita, die aus Moskau gekommen war, zu seiner Rechten. Julia und Michael setzten sich an die Längsseite mit dem Rücken zum Fenster. Julia fühlte sich nicht wohl in Vitas Gegenwart. Vita war so undurchschaubar wie Pawel, und sie gab ihr das Gefühl, dass sie ihre Anwesenheit nur duldete, weil sie sich von ihr Antworten erhoffte.

Ungeduldig trommelte Vita mit den Fingernägeln auf den Tisch. »Wie lange wollen wir noch schweigen? Schließlich sind wir nicht zum Kaffeetrinken hierhergekommen.«

Sie sprach aus, was alle dachten. Für Julia war klar, dass die Ereignisse der letzten Wochen und Monate ihren Ursprung vor achtundzwanzig Jahren genommen hatten, deshalb machte sie den Anfang.

»Was geschah wirklich, als ich Andrej in Moskau besucht habe?«

Pawel legte die Fingerkuppen aneinander. Er dachte einen Moment nach, bevor er zu reden begann. »Ich war damals nicht hier, sondern in Yale. Nach meiner Rückkehr hat man mir gesagt, dass Andrej Liebeskummer habe, weil du ihn verlassen hättest. Ich habe nie an der Geschichte gezweifelt. Bis ich von Mischa erfuhr.« Er erzählte von Michaels Interviewanfrage, und wie er daraufhin Nachforschungen angestellt hatte, dann sah er Julia in die Augen. »Als ich dich in Seattle traf, wurde mir klar, dass du Andrjucha nie verlassen hättest. Ich bin die alten Sachen meines Vaters durchgegangen und habe ein Foto von dir in einer Gefängniszelle gefunden. Darauf waren zwei Männer zu sehen, die ich kannte. Ich vermute, mein Vater hat das Foto behalten, um ein Druckmittel gegen die Männer in der Hand zu haben, sollte sich je einer gegen ihn wenden.«

»Dann war dein Vater es, der die … Befragung in die Wege geleitet hat?«, fragte Julia.

Pawel trank einen Schluck Wasser. »Ich habe die Männer auf dem Foto aufgesucht, und sie haben mir erzählt, was sie mit dir gemacht haben.«

»Das verstehe ich nicht«, unterbrach Michael und blickte zu Julia. »Warum hat man dich befragt? Vorhin hast du mir erzählt, dass der Tote, dessen Foto man dir damals gezeigt hat, gar nicht Andrej war.«

»Um mir Angst einzujagen«, sagte sie, erstaunt darüber, wie fest ihre Stimme klang. »Die ganze Verhaftung war inszeniert. Dein Großvater hat sich vor den Konsequenzen gefürchtet, sollte Andrej eine Ausländerin heiraten. Er wollte sichergehen, dass ich nie versuche, Kontakt mit Andrjuscha aufzunehmen.« Sie sah die Verwirrung auf Michaels Gesicht. »Es waren andere Zeiten.«

»Für einen Mann mit seinem Wissen war jeder Kontakt eine potenzielle Gefahr«, erklärte Pawel. »Das Erste, was man uns beibrachte, war, niemandem zu trauen. Andrjucha und ich haben früh gelernt, dass wir nur im Freien sprechen durften. Dass ein Freund genauso gut ein Feind sein konnte.« Er wandte sich wieder an Julia. »Ich weiß nicht, ob Vater einen konkreten Verdacht gegen dich hegte oder ob er einfach kein Risiko eingehen wollte. Du solltest aus unserem Leben verschwinden, und dazu war ihm jedes Mittel recht.«

»Wer waren die Sicherheitskräfte, von denen ich abgeholt wurde?«

»Angestellte aus dem Chemiewerk.«

»Nicht KGB?«

»Das wusste man nie so genau, aber vermutlich nicht.«

»Hat Andrej für die Regierung gearbeitet?«

Vita lachte auf. »Andrej, ein Spitzel? Die Sowjetunion wäre viel früher untergegangen!«

Pawel warf ihr einen warnenden Blick zu. »Nein.«

»Warum wurden Tanja und ihre Familie bevorzugt behandelt?«, fragte Julia. »Tanja war keine besonders gute Schülerin, trotzdem wurde sie für das Austauschsemester ausgewählt.«

»Tanja war eine Musterbürgerin. Vorbildliche Kommunistin, tugendhaft und fleißig. Die ideale Studentin für Repräsentationszwecke.«

»Dann wurde sie nur zufällig in die Geschichte hineingezogen?«

»Sie war leicht zu manipulieren.«

Julia ließ die Informationen auf sich wirken. Sie deckten sich mit allem, was sie in den letzten Wochen erfahren hatte. Stanislaw hatte sie als Gefahr empfunden und war bereit zu tun, was nötig war, um seine Familie zu schützen.

»Diese Angestellten des Chemiewerks, die du besucht hast«, sagte sie. »Was haben sie noch erzählt?«

»Mein Vater hat dich in Deutschland observieren lassen. Er war gut vernetzt in der ehemaligen DDR und besaß noch einige Kontakte. Aber dann bist du von einem Tag auf den anderen spurlos verschwunden. Eine Weile hat er nach dir gesucht, als der Erfolg ausblieb, gab er auf.«

Julia schloss die Augen. Ihre Vorsichtsmaßnahmen waren nicht umsonst gewesen. Sie war weder paranoid, noch hatte sie unter Verfolgungswahn gelitten. Unvorstellbar, was geschehen wäre, wenn Stanislaw von Michael erfahren hätte. Sie öffnete die Augen und sah, dass sich Michael eine Träne aus dem Augenwinkel wischte. Er hatte begriffen, weshalb sie sich in ihrem Haus verschanzt hatte. Warum sie sich weigerte, in Urlaub zu fahren, und ständig hinter sich blickte.

»Was geschah danach?«, fragte sie.

»Wir lebten unser Leben weiter.« Pawel erzählte, wie Andrej und er in die Firma einstiegen, und dass Andrej dort nie glücklich war. »Schließlich floh er ins Kloster.« Seinem Tonfall war deutlich anzuhören, was er von dieser Entscheidung hielt.

Michael, der gebannt zugehört hatte, beugte sich vor. »Die vielen Fragen, die du mir über meine Weltanschauung gestellt hast. Du wolltest wissen, ob ich auch gläubig bin.«

»Pascha wollte sichergehen, dass du diesen Heuchlern nicht genauso aufsitzt wie dein Vater«, stellte Vita klar. »Ihn haben sie buchstäblich aufs Kreuz gelegt.«

Julia kniff die Augen zusammen. »Dieses Problem hast du gründlich gelöst!«

»Ich?« Vita zupfte sich eine Haarsträhne zurecht. »Ich habe gar nichts gemacht.«

»Natürlich nicht, entschuldige«, sagte Julia spöttisch. »Tschurka erledigt ja die Drecksarbeit für dich.«

Pawel richtete sich auf. »Genug! Tschurka wollte Andrjucha einen Schreck einjagen, mehr nicht. Er konnte nicht ahnen, dass er sich gleich ins Wasser stürzen würde.«

»Einen Schreck einjagen?«, empörte sich Julia. »Seine Männer haben auf Andrjuscha geschossen!«

Vita sprang auf. »Der Idiot hat versucht, uns zu ruinieren!«

»Und das rechtfertigt einen Mord?«, rief Julia.

»Andrjucha wurde nicht ermordet«, sagte Pawel bestimmt. »Er ist ertrunken. Es war ein Unfall! Ein schrecklicher, tragischer ...«

»Er ist nicht ertrunken«, unterbrach ihn Michael.

Seine Worte schlugen mit der Kraft einer Abrisskugel ein. Pawel verstummte mitten im Satz, Julia blinzelte ungläubig. Vita ließ sich langsam auf den Stuhl zurücksinken.

»In seiner Lunge befand sich kein Wasser«, erklärte Michael. »Sein Herz hat einfach aufgehört zu schlagen.«

Pawel öffnete den Mund, doch kein Ton kam heraus. Zum ersten Mal erlebte Julia ihn sprachlos. Auch sie hatte Mühe, die Fragen zu stellen, die ihr auf der Zunge brannten.

»Ich dachte, man hätte seine Leiche nie gefunden?«, brachte sie hervor.

Pawel rieb sich mit den Handflächen über das Gesicht.

»Pascha?«, fragte Vita.

Schließlich sah er auf. »Bogdan hat ihn aus dem Wasser gezogen.«

»Bogdan Radu?«, fragte Vita ungläubig nach.

»Ich wusste von deinen ...« Pawel machte eine undeutliche Handbewegung. »Ich habe Bogdan gebeten, sich für einen Einsatz bereitzuhalten, falls es notwendig werden sollte.«

»Einen Einsatz?« Julia wusste nicht, wovon er sprach.

»Dr. Radu war für die Kryokonservierung der Patienten zuständig«, erklärte Michael. »Der Zerfall des Körpers beginnt, sobald das Herz aufhört zu schlagen, was gravierende Zellschäden zur Folge hat. Deshalb ist es wichtig, möglichst schnell mit dem Prozess zu beginnen. Wenn der Tod vorhersehbar ist, kann man den Einsatz vorbereiten.«

Julia starrte Pawel an. »Du hast Andrjuschka eingefroren? Obwohl du gewusst hast, dass es ihn vor der Vorstellung graute?«

»Ich habe ihm ewiges Leben geschenkt!«

»Du hast seine Seele gefangen genommen!« Julia verlor beinahe die Fassung. »Wie konntest du nur!«

»Andrej ist wirklich tot?«, fragte Vita.

»Er macht Pause.« Pawels Stimme war so kalt wie die Leichen in den Dewars.

Julia hätte ihn am liebsten geschüttelt. Was gab ihm das Recht, sich über die Wünsche anderer hinwegzusetzen? Menschen seine Ideologie aufzuzwingen? Er war ein Tyrann der schlimmsten Sorte. Wie gerne wäre sie jetzt aufgestanden und gegangen. Für immer aus seinem Leben verschwunden. Doch diese Möglichkeit hatte sie nicht. Pawel würde immer zu Michaels Leben gehören, ob sie es wollte oder nicht.

»Zurück zu den Tatsachen.« Vita hatte sich als Erste wieder gefasst. »Wenn Andrej nicht ertrunken ist, woran ist er dann gestorben?«

Pawel schwieg.

Julia beschlich eine Ahnung, die so furchtbar war, dass sie sich mit beiden Händen auf dem Tisch abstützen musste.

»Hat ...« Sie räusperte sich. »Hat Dr. Radu ihn bei lebendigem Leibe eingefroren?«

Pawel sah sie mit ausdrucksloser Miene an.

Michael legte Julia den Arm um die Schultern. »Wenn es so war, hat er nichts davon mitbekommen. Bei einer Kryokonservierung werden Blut und Körperflüssigkeiten durch Frostschutzmittel ersetzt. Das spürt ein Bewusstloser nicht.«

Julia hätte ihm gern geglaubt. »Warum?«, fragte sie. »Warum hat dieser Radu das getan?«

Pawel schwieg noch immer.

»Er hat von der perfekten Kryokonservierung geträumt«, sagte Michael, den Blick auf Pawel gerichtet. »Auf einmal bot sich die Gelegenheit, auf die er immer gewartet hatte. Ein unterkühlter, aber lebendiger Körper lag vor ihm. Ideale Voraussetzungen. Das erklärt auch, weshalb die Todesursache nicht in der Akte steht«, sagte er.

Julia entschuldigte sich, sie brauchte einen Moment für sich. Auf der Toilette beugte sie sich über das Waschbecken und benetzte ihr Gesicht mit kaltem Wasser. Sie dachte an ein Gespräch mit Kyrill zurück. Er hatte ihr erklärt, dass zwei Fischer Andrej aus dem Wasser gezogen und auf eine Jacht gebracht hätten. Auch, dass diese Jacht nie gefunden worden sei. Es musste ihm gelungen sein, den Besitzer ausfindig zu machen. Kyrill hatte also gewusst, dass man Andrej zu KrioZhit gebracht hatte, nicht aber, ob er noch lebte.

Als Julia ins Sitzungszimmer zurückkehrte, sprachen Michael und Pawel über eine Genanalyse, die Bogdan Radu durchgeführt hatte.

»Morbus Wilson wird autosomal rezessiv vererbt«, erklärte Pawel. »Da Andrej nur Träger war, haben seine Nachkommen, anders als meine, gute Chancen, gesund zur Welt zu kommen.«

»Möchtet ihr ein Kind?«, fragte Michael.

Pawel warf Vita einen kurzen Blick zu. »Wir hatten es in Betracht gezogen.«

»Womit wir beim eigentlichen Thema wären, nicht wahr?«, sagte Julia geradeheraus. »Wer erbt Andrejs Anteil der Firma?«

Michael hob die Hand zum Stoppzeichen. »Ich verstehe immer noch nicht, wer Dr. Radu getötet hat und warum.«

»Dieser Mönch. Kyrill«, sagte Pawel. »Weil er Informationen wollte. Aus demselben Grund hat er Xenia entführt. Im Gegensatz zu Bogdan aber hat sie geschwiegen.«

»Wo ist er jetzt?«, fragte Julia.

»In Untersuchungshaft. Offenbar hat er Gelder unterschlagen, die für das Kloster bestimmt waren.« Pawel verzog keine Miene.

Julia war nicht überrascht. Weder Pawel noch das Kloster hatten ein Interesse daran, dass die Ereignisse der vergangenen Monate untersucht wurden. Sie fragte sich, ob Kyrill im Auftrag des Archimandriten oder gar des Bischofs oder des Metropoliten gehandelt hatte. Sie wusste es nicht, wohl aber, dass es mit großer Wahrscheinlichkeit bald zu einem rätselhaften Todesfall im Gefängnis kommen würde, wie so häufig, wenn Machthabern Gefahr drohte. Einmal mehr wurde ihr klar, wie gut vernetzt Pawel war.

»Was ist mit Oleg Wolkow?«, fragte sie. »Stellt Michael immer noch eine Gefahr für ihn dar? Oder Wolkow für Michael?«

»Bis wir wissen, welche Rolle Wolkow bei alldem spielt, müssen wir davon ausgehen, ja«, sagte Pawel.

»Welche Rolle?« Julia verstand nicht, was er damit meinte. »Hat Wolkow Beziehungen zur Kirche?«

»Zu Katarzyna«, erklärte Michael.

»Das ist ein anderes Thema«, sagte Pawel. »Im Moment tut es nichts zur Sache.«

»Es ist sehr wohl wichtig!«, widersprach Julia. »Er kann Michael gefährlich werden.«

»Die größte Gefahr geht von der Kirche aus«, sagte Pawel und beendete damit die Diskussion über Oleg Wolkow. »Solange die Kirche davon ausgeht, dass Andrej sein Vermögen dem Kloster hinterlassen hat, werden sie weiter nach seinem Testament suchen.«

Julia war anderer Meinung. »Das russische Erbrecht sieht keinen Pflichtteil vor. Michael ist nur in Gefahr, wenn die Kirche befürchten muss, dass Andrej noch lebt. Also brauchen wir bloß seine Leiche freizugeben.«

»Kommt nicht infrage! Diese Heuchler erhalten von uns keine Kopeke! Andrej hat nie einen Finger gerührt«, ärgerte sich Vita. »Pascha war es, der den Konzern aufgebaut hat. Mit meiner Hilfe.«

»Stanislaw sah das anders«, entgegnete Julia.

Pawel schaute Michael an. »Wenn Andrjucha von dir gewusst hätte, hätte er sein Vermögen niemals der Kirche vermacht. Er hätte es dir überlassen. Ich bin der Meinung, wir sollten seinen Wunsch respektieren.«

Julia lachte ungläubig. »So, wie du seinen Wunsch, Mönch zu werden, respektiert hast? Oder seinen Wunsch, nach dem Tod mit Gott eins zu werden?«

Kurz glaubte sie, dass Pawel die Beherrschung verlieren würde. Sie hoffte es sogar. Seine glatte Fassade setzte ihr mehr zu als Vitas offensichtliche Gier. Doch er wäre nicht so weit gekommen, wenn man ihn so einfach provozieren könnte.

Er lehnte sich zurück. »Ich schlage vor, du verrätst uns endlich, wo Andrej sein Testament versteckt hat.«

Julia verschränkte die Arme. »Damit du auch seinen letzten Wunsch mit Füßen treten kannst?«

»Wenn du es nicht tust, wird Michael ständig in Gefahr sein.«

»Ich weiß, wo sich Andrejs Leiche befindet«, drohte sie. »Und, dass ihr ihn ermordet habt.«

Pawel lächelte kalt. »Wie willst du das beweisen?«

Michael stand so schnell auf, dass sein Stuhl umfiel. »Führen wir diese Diskussion tatsächlich? Habt ihr alle vergessen, wo wir uns hier befinden? Wofür KrioZhit steht?« Er sah Pawel an. »Hast nicht du gesagt, der Mensch werde irgendwann zur reinen Intelligenz, die sich über das ganze Universum ausbreite? Davon sehe ich im Moment nichts, ganz im Gegenteil.« Sein Blick ging von Pawel zu Vita und dann zu Julia. »Wenn ich euch zuhöre, kann ich nur hoffen, dass die Menschheit mitsamt ihrem Hochmut, ihrer Gier und ihrem Zorn ausstirbt!«

51

Julia hatte darauf bestanden, mit dem Zug nach Kargopol zu fahren, anstatt zu fliegen. Sie brauchte Zeit, um nachzudenken. Pawel war nicht glücklich darüber, doch er hatte eingelenkt. Seit Stunden starrte sie aus dem Fenster und schaute den vorbeiziehenden Birken hinterher, während in ihrem Kopf ganz andere Bilder abliefen. Im Abteil nebenan saßen zwei Sicherheitskräfte, die sich in regelmäßigen Abständen bei Pawel meldeten. Julia wusste nicht, ob Oleg Wolkow wirklich eine Gefahr darstellte oder ob Pawel ihn bloß als Vorwand benutzte, um Michael und sie in Schach zu halten. Auch nicht, ob die Kirche bereits ein anderes Mitglied anstelle Kyrills entsandt hatte. Ihr war nur klar, dass sie ein großes Risiko eingegangen war, als sie behauptet hatte, sie wisse, wo sich das Testament befand. Sie wollte nicht daran denken, was geschehen würde, wenn sich ihre Vermutung als falsch erwies.

Michaels Worte beschäftigten sie. War sie zornig? Die Ereignisse von damals hatten sie tief verunsichert und in ihr ein Gefühl von Ohnmacht hinterlassen. Sie hatte buchstäblich den Geschmack für das Leben verloren. Michaels Verschwinden hatte eine neue Seite von ihr ans Licht gebracht. Ja, dachte Julia, sie war auch zornig. Auf das Leben, das nicht so verlaufen war, wie sie es geplant hatte. Auf sich selbst, weil sie nicht damit umgehen konnte. Auf Stanislaw, der sie geopfert hatte, um seine Familie zu schützen. Auf Pawel, der die Menschen um sich herum manipulierte. Am allermeisten aber auf Andrej, der nicht den Mut aufgebracht hatte, für das einzustehen, was ihm wichtig war. Warum hatte er nicht für ihre Liebe gekämpft?

Sie wollte das alles hinter sich lassen und nach New York zurückkehren, noch immer aber hielt die Vergangenheit sie gefangen. Wenn sich Michael entschied, in Russland zu bleiben, würde sich auch ein Teil ihres zukünftigen Lebens hier abspielen. Diesmal konnte sie sich nicht verstecken, sie musste Lösungen finden. Michael hatte sich verändert. Er war reifer geworden, sein Weltbild differenzierter. Er maß die Menschen nicht mehr an seinem eigenen moralischen Maßstab. Ausgerechnet Pawel hatte ihm die Augen für eine andere Sichtweise geöffnet.

Sie packte das Brötchen aus, das Michael ihr mitgegeben hatte, und schmunzelte über die Bissspur. Seit er als Kind begriffen hatte, was der Verlust des Geschmacksinns bedeutete, probierte er regelmäßig von ihrem Essen. Die Rolle des Vorkosters gefiel ihm, er hatte sich stets als Ritter betrachtet, der sich tapfer der Gefahr einer Vergiftung aussetzte.

Ein blasser Streifen über den Baumkronen kündigte einen neuen Tag an. Julia musste geschlafen haben, denn schon kurze Zeit später fuhren sie in Njandoma ein. Pawel hatte die Weiterfahrt bereits organisiert. Unterwegs kam ihnen ein Lastwagen entgegen, auf dessen Seite das Logo des Forstunternehmens zu sehen war, für das Tanjas Mann tätig war.

»Der Mann ist schon zur Arbeit gegangen«, erklärte einer der beiden Sicherheitsmänner, die links und rechts neben ihr saßen und aufmerksam aus dem Fenster schauten. »Die Frau befindet sich noch im Haus.«

Sie hätte sich denken können, dass Pawel Tanjas Haus überwachen ließ.

»Die Frau heißt Tanja«, antwortete sie kühl. »Und sie unterrichtet heute erst am Nachmittag.«

Die restliche Fahrt über schwiegen sie. Julia lauschte dem Summen der Reifen auf dem nassen Asphalt. Als sie in eine schneebedeckte Nebenstraße einbogen, ging das Summen in Knirschen über. Im Zentrum von Kargopol bat sie den Fahrer anzuhalten und legte die verbleibende Strecke zu Fuß zurück. War es wirklich erst eine Woche her, seit sie hier war?

Tanja kam in einem dicken Mantel zur Tür, sie hatte eine Tasche dabei. Offenbar wollte sie einkaufen gehen. Julia drängte sich an ihr vorbei und schloss die Tür hinter ihnen.

Tanja wich zurück. »Du … schon wieder?«

Julia kam gleich zur Sache. »Ich weiß, dass Andrjuscha bei dir war.«

Tanja wurde blass.

»Ich weiß auch, dass dein Mann ihm beim Verfassen eines Testaments geholfen hat.«

Tanja senkte den Blick, doch Julia hatte die Antwort in ihren Augen schon gelesen. Noch während Tanja um Worte rang, begann Julia zu reden. Sie erzählte von Kyrill, der bereit war, für diese Information zu töten. Von Pawel, der fürchtete, KrioZhit zu verlieren, wenn die Hälfte seines Erbes an die Kirche ging. Von Vita, die Tschurka engagiert hatte, um Andrej aus dem Weg zu räumen.

»Vor wem fürchtest du dich?«, fragte Julia. »Vor Pawel und Vita oder vor der Kirche?«

Tanja ließ die Tasche fallen, vergrub das Gesicht in beiden Händen und schüttelte unentwegt den Kopf.

»Du musst gehen! Ich habe dir alles gesagt!«

Julia schaute sie an. »Wie lange willst du das Testament noch verstecken? Begreifst du nicht, in welche Gefahr du dich damit bringst?«

Tanja sah auf. »Ist er wirklich tot?«

»Ja.« Julia war überrascht, wie neutral ihre Stimme klang.

Tränen rannen Tanja über das Gesicht. »Er wusste es. Blutsauger, hat er sie genannt.«

»Pawel und Vita?«

»Alle. Seine Familie, die Welt, am Ende sogar die Kirche.«

»Erzähl mir, was passiert ist.«

Tanja kämpfte mit sich, schließlich zog sie ihren Mantel aus. Auf ihrem Gesicht lag ein Ausdruck von Resignation.

»Er war nie glücklich in der Firma seines Vaters. Besitz und Macht interessierten ihn nicht. Als Pascha dann KrioZhit aufbaute, kamen moralische Bedenken bei ihm hinzu. Im Kloster hat er endlich gefunden, wonach er suchte. Nahrung für die Seele. Eine Zeit lang war er zufrieden, bis er merkte, dass er nie frei sein würde, solange er Vermögen besaß. Er beschloss, seinen Besitz der Kirche zu schenken. Wenig später starb sein Vater, und plötzlich ging es um weit mehr als ein paar Millionen Rubel. Du kannst dir vorstellen, wie Pascha reagierte, als er erfuhr, dass Andrjuscha seinen Firmenanteil verschenken wollte.«

»Die Kirche hätte ein Mitspracherecht«, stellte Julia fest.

»Schlimmer. Stanislaw Iwanowitsch hatte zwar angekündigt, dass er Andrej enterben wollte, dazu ist er jedoch nicht mehr gekommen. Pascha und Andrjuscha haben je die Hälfte des Konzerns geerbt. Aber Stanislaw Iwanowitsch besaß lediglich achtundneunzig Prozent der Aktien. Zwei Prozent befinden sich in anderen Händen.«

»In wessen Händen?«

Tanja zuckte die Schultern. »Genau da liegt das Problem. Andrjuscha meinte, sein Vater habe zwei ehemaligen Mitarbeitern des Chemiewerks, die sich durch besondere Verdienste ausgezeichnet hatten, je ein Prozent geschenkt. Damals wusste Stanislaw Iwanowitsch natürlich nicht, wie wertvoll die Aktien eines Tages sein würden. Die beiden Mitarbeiter haben ihre Aktien später an einen anonymen Investor verkauft.«

Als Julia die Tragweite dieser Geschichte begriff, wurde ihr schwindlig. Wenn der anonyme Aktionär die Kontrolle über Andrejs Anteile bekam, hatte er Pawel in der Hand.

»Und Andrjuscha wusste wirklich nicht, um wen es sich handelte?«

Tanja blickte ängstlich zur Tür. »Nein. Du musst jetzt gehen. Ich habe dir alles gesagt.«

Ihre Blicke trafen sich, und Julia verstand. Sie verließ das Haus und schlug denselben Weg ein, den sie letztes Mal mit Tanja gegangen war. Von den Sicherheitskräften war nichts zu sehen, Julia zweifelte aber nicht daran, dass sie in der Nähe waren. Eine halbe Stunde später kam ihr Tanja im Wald entgegen. Seite an Seite gingen sie weiter.

»Andrjuscha hat um sein Leben gefürchtet«, nahm Tanja den Faden wieder auf. »Deshalb bat er einen Mönch, der früher Anwalt war, ein Testament für ihn aufzusetzen.«

»Kyrill«, erklärte Julia.

»Die Kirche sollte seinen ganzen weltlichen Besitz erben«, fuhr Tanja fort. »Das Testament stellte für Andrjuscha eine Lebensversicherung dar.«

»Weil die geplante Schenkung vermutlich einen langen Rechtsstreit nach sich gezogen hätte.« Julia nickte nachdenklich. »Wussten Vita und Pawel von dem Testament?«

»Nachdem Andrej verschwunden war, hat die Kirche ihre Ansprüche geltend gemacht. Aber das Testament, das der Mönch verfasst hat, existierte zu diesem Zeitpunkt nicht mehr.« Tanja knetete ihre Hände. »Zwei Wochen, bevor die Mafiosi auf Andrjuscha geschossen haben, hat er uns besucht. Es ging ihm gar nicht gut. Er hatte das Gefühl, dass er von mehreren Seiten bedroht wurde. Das Schlimmste war, dass er nicht einmal mehr der Kirche vertraute. Das hat ihn beinahe zerstört. Er hat sogar davon gesprochen, das Kloster zu verlassen und sich ganz in die Einsamkeit zurückzuziehen. Er hat auch von dir geredet, er sah dabei so verzweifelt aus, dass ich …« Tanja blieb stehen. »Ich habe ihm gestanden, was damals wirklich geschehen ist. Ich konnte nicht anders, er tat mir so leid.« Tanjas Stimme war nur noch ein Flüstern. »Damit habe ich sein Todesurteil unterschrieben.«

Julia wollte protestieren, doch Tanja sprach bereits weiter.

»Danach ist er … ich habe ihn noch nie so erlebt. Zuerst war er einfach nur fassungslos. Aber dann ist etwas mit ihm passiert. Ich weiß nicht, wie ich es beschreiben soll. Eine Energie hat von ihm Besitz ergriffen. Er bat meinen Mann, ein neues Testament aufzusetzen. Anschließend reiste er ins Kloster zurück, um das alte zu vernichten. Er hatte vor, gleich wieder zurückzukehren, um das neue Testament in Moskau zu hinterlegen. Glücklicherweise war er paranoid genug, um es vor seiner Abreise beglaubigen zu lassen, denn das Wetter machte ihm einen Strich durch die Rechnung. Die Fährverbindung wurde eingestellt, und er konnte die Insel nicht verlassen. Kurz darauf ist er im Meer verschwunden.«

»Weißt du, wen er als Begünstigten eingesetzt hat?«, fragte sie.

»Ja.« Tanja hielt kurz inne. »Dich.«

Julia schaute sie fassungslos an.

»Warum hast du mir davon nichts gesagt, als ich dich das letzte Mal besucht habe?«

»Pascha ist weniger zimperlich als sein Vater.« Tanjas Stimme kam von weit weg. »Wenn er erfährt, dass die Hälfte des Konzerns dir gehört … Er wird sich zurückholen, was ihm seiner Meinung nach zusteht.«

Julia hörte die Angst in ihrer Stimme.

»Pawel wird mir nichts tun.« Julia nahm Tanjas Hand. »Ich habe dir auch nicht alles erzählt. Andrej hat einen Sohn.«

52

Pawels Jet landete am späten Nachmittag am Flughafen Ostafjewo. Der Mercedes wartete bereits. Der Fahrer öffnete ihr die Tür, und Julia stieg ein. Es überraschte sie nicht, dass Pawel im Fond saß.

»Ich hoffe, der Flug war angenehm«, sagte er.

»Ja.«

Aber zu kurz, dachte sie. Doch nicht einmal eine lange Zugfahrt hätte gereicht, um die vielen Gedanken zu sortieren, die ihr im Kopf herumkreisten. Andrej hatte sich am Ende doch zu ihr bekannt. Jedes Mal, wenn Julia daran dachte, schlug ihr Herz schneller. Das Vermögen, das sie geerbt hatte, bedeutete ihr nichts. Dass Andrej sie bis zu seinem Tod geliebt hatte, war das größte Geschenk, das er ihr hatte machen können. Sie verbat sich alle Fragen, die mit »Was wäre, wenn …« begannen. Sie hatte sich vorgenommen, nach vorn zu schauen. Die Vergangenheit hatte sie schon genug Jahre ihres Lebens gekostet.

Pawel sah sie schweigend an. Er hatte sich an seinen Teil der Abmachung gehalten. Jetzt war es an ihr, den nächsten Schritt zu tun. Sie reichte ihm den Umschlag, der Andrejs Testament enthielt. Er zog das gefaltete Blatt heraus und begann zu lesen. Er verzog dabei keine Miene. Genauso gut hätte er den Beipackzettel eines Medikaments studieren können. Als er zu Ende gelesen hatte, faltete er das Blatt wieder zusammen und steckte es zurück in den Umschlag.

»Wo befindet sich das Original?«, fragte er.

»Bei einem Notar in Kargopol.«

Sie bogen auf den Moskauer Autobahnring ein, und der Mercedes beschleunigte. Julia unterdrückte den Drang, die eingetretene Stille zu füllen. Pawel war immer noch nicht anzusehen, was er dachte. Sie waren schon fast in Selenograd, als er endlich zu sprechen begann.

»Wirst du das Erbe annehmen?«

»Wer besitzt die restlichen zwei Prozent?«

Pawel blinzelte heftig, fasste sich aber sogleich wieder. »Der Besitzer versteckt sich hinter einer Holdinggesellschaft. Er lässt sich stets durch einen Rechtsanwalt vertreten.«

»Hast du eine Vermutung, wer es sein könnte?«

»Nein.«

Julia hatte mit dieser Antwort gerechnet. Dass Pawel sich nicht einmal die Mühe machte, überzeugend zu lügen, führte ihr vor Augen, worauf sie sich einließ, wenn sie Andrejs Erbe antrat. Für Pawel gab es vermutlich schlimmere Szenarien, als sich mit ihr zu arrangieren, er hatte ohnehin Michael als Nachfolger ins Auge gefasst. Und dass die Kirche keine Gefahr mehr für ihn darstellte, erleichterte ihn bestimmt. Noch lieber wäre ihm sicher gewesen, es läge überhaupt kein Testament vor, doch Julia glaubte nicht, dass er zu drastischen Maßnahmen greifen würde. Wenn dem Notar oder ihr etwas zustieß, wenn das Original plötzlich verschwand oder nicht anerkannt wurde, würde er Michaels Vertrauen verlieren. Das konnte er sich nicht leisten. Schließlich wollte er ewig leben.

Größere Sorgen bereiteten ihr die politischen Entwicklungen. Offenbar hatte Russland hunderttausend Soldaten an der Grenze zur Ukraine stationiert. Henry hielt Putins Säbelrasseln für einen Bluff, doch Julia war sich nicht so sicher, vor allem, weil Russland gleichzeitig die Daumenschrauben im Inneren anzog. Wie lange, bis Putin Jagd auf sogenannte westliche Agenten in seinem Land machte? Könnte Pawel Michael dann noch schützen?

Der Mercedes hielt vor KrioZhit. Julia stieg aus, doch Pawel blieb sitzen.

»Mischa ist unten«, sagte er. »Er wartet auf dich.«

Die Sicherheitskräfte, die ihnen in einem zweiten Wagen gefolgt waren, stiegen aus. Julia blieb noch eine Weile stehen und schaute dem Mercedes nach, der jetzt wegfuhr, dann folgte sie den Männern ins Untergeschoss.

Michael saß vor einer aufgeschlagenen Patientenakte. Als er Julia sah, sprang er auf und schloss sie in die Arme. Das Testament erwähnte er mit keinem Wort. Julia spürte, dass ihn etwas beschäftigte.

»Bist du bereit?«, fragte er.

»Wozu?«

»Hat Pawel dir nichts gesagt?«

»Was gesagt?«

»Während du weg warst, haben wir ein langes Gespräch geführt. Er wird Andrejs Wunsch respektieren.« Michael trat einen Schritt zurück, damit er Julia in die Augen sehen konnte. »Wir werden meinen Vater jetzt auftauen.«

Michaels Gesicht verschwamm vor ihren Augen, und Angst ergriff sie. Sie würde Andrejs Leiche sehen. Konnte sie das? Wollte sie das? War es möglich, dass sie sich entgegen aller Vernunft an die Hoffnung geklammert hatte, dass er noch lebte?

»Wie hast du Pawel dazu gebracht, dem zuzustimmen?«, fragte sie mit dünner Stimme.

»Ich glaube, er ist gar nicht so unglücklich darüber. Er wusste nicht, dass Dr. Radu …« Michael schloss kurz die Augen. »Andrej ermordet hat. Wenn diese Tatsache an die Öffentlichkeit dringt, wird es schwerwiegende Konsequenzen für KrioZhit haben.« Er nahm Julias Hände in seine. »Das war es doch, was Andrej wollte? Begraben werden?«

Julia nickte wortlos.

»Schaffst du es?«, fragte Michael. »Du musst nicht dabei sein.«

Sie straffte die Schultern und holte tief Luft. »Doch, das muss ich. Und ja, ich schaffe es.«

Als sie dann neben der Bahre stand, auf die Michael den Leichensack gelegt hatte, war sie sich nicht mehr so sicher. Unter der Hülle konnte sie die Umrisse eines Körpers erkennen. Andrjuschkas Körper.

»Möchtest du den Sack öffnen?«, fragte Michael.

Julia streifte die Handschuhe über, die er ihr reichte, und machte sich an dem Verschluss zu schaffen. Gelbliche Haut kam zum Vorschein.

»Die Farbe entsteht als Folge der Vitrifikation«, erklärte Michael. »Das ist völlig normal.«

Julia berührte Andrejs Haut. Sie war hart und fest, fast wie dickes Glas. Sie zog weiter an dem Verschluss, bis Andrejs Körper unbedeckt vor ihr lag. Seine Augen waren geschlossen, der Bart, den er im Kloster getragen hatte, war abrasiert. Abgesehen von seinem deutlich spärlicheren Haarwuchs sah er noch genau so aus, wie sie ihn in Erinnerung hatte. Überwältigt von seinem Anblick, berührte sie sein Gesicht. Die Kälte passte nicht zu der Wärme in ihrer Brust.

»Er friert«, flüsterte sie. »Kannst du …?«

Michael nickte, noch ehe sie den Satz zu Ende gesprochen hatte. Er verschwand und kehrte kurz darauf mit einer Decke zurück. Behutsam legte er sie über den Körper seines Vaters. Lange sagten sie beide nichts, dann verließ Michael erneut den Raum. Diesmal dauerte es länger, bis er zurückkam. Er entfernte den Sack, löste die Rollen der Bahre und bat Julia, ihm zu folgen. Gemeinsam brachten sie Andrej in den Aufbahrungsraum, wo Michael den Abfluss der Bahre an einen Schlauch anschloss. Er bettete Andrejs Kopf auf ein Kissen und legte ihm ein Kreuz auf die Brust. Woher er es wohl hatte? Dann zündete er eine Kerze an.

Julia wusste nicht, wann sie das letzte Mal gebetet hatte. Falls es einen Gott gab, so hoffte sie inständig, dass er Andrejs Seele in sein Reich aufnahm. Als sie die Augen wieder öffnete, sah sie, dass Michael weinte.

»Kannst du mir von ihm erzählen?«, bat er.

Julia holte zwei Stühle, und sie setzten sich zu beiden Seiten der Bahre. Michael nahm Andrejs rechte Hand, Julia seine linke.

Sachte strich sie über den quadratischen Handrücken. Feine, goldene Härchen. Lange Finger. Die Handgelenke breit und flach.

»Ich habe mich zuerst in seine Hände verliebt«, begann sie.

53

Die Gesänge der Totenliturgie hallten durch die Kirche. Julia stand zwischen Michael und Henry und hielt eine Kerze, wie es bei russisch-orthodoxen Bestattungszeremonien üblich war. Wenn sie die Augen zusammenkniff, konnte sie in dem Lichtermeer die glitzernde Oberfläche des Pazifiks sehen. Andrej, die Haare vom Wind zerzaust, die Haut von der Sonne gerötet. Die letzten Klänge des Chors verhallten, und der Priester trat an den offenen Sarg, um die Absolutionsgebete zu sprechen.

Da und dort war ein leises Schniefen zu hören. Die Kirche war bis auf den letzten Platz gefüllt. Die Medien hatten ausführlich über den Leichenfund im Weißen Meer berichtet, Freunde, Bekannte und Kirchenmitglieder waren gekommen, um von Andrej Abschied zu nehmen. Julia erkannte die Nachbarin, mit der sie nach ihrer Ankunft in Moskau gesprochen hatte, und die Besitzerin der Datscha, die ihr von Pawels Krankheit erzählt hatte. Auch Tanja war mit ihrer Familie gekommen. Am meisten freute sie, dass Henry dabei sein konnte. Die Ärzte hatten den Flug für unbedenklich gehalten, Hauptsache, er schonte sich weiterhin.

Der Priester ging zur Aussegnung über, und Weihrauch erfüllte die Luft. Julia glaubte fast zu spüren, wie sich Andrejs Seele ausdehnte. Wieder tauchte der Pazifik vor ihrem Auge auf, diesmal sah sie eine Möwe, die davonschwebte. Von klein auf war Andrej in ein Leben voller Zwänge eingesperrt gewesen. Michael hatte ihn nicht nur aus dem Stahlbehälter befreit, sondern ihm Flügel geschenkt. Dass ausgerechnet er Andrejs letzten Wunsch erfüllte, kam ihr richtig und passend vor. Sie war stolz auf ihren Sohn. Er drehte den Kopf. In seinem Blick lag Trauer. Er hätte Andrej gerne gekannt.

Die Messe ging zu Ende. Die Zeit, Abschied zu nehmen, war gekommen. Pawel machte den Anfang. Stoisch stand er vor dem offenen Sarg, weder bekreuzigte er sich, noch küsste er, wie es üblich war, das Papierband auf Andrejs Stirn, auf dem Gott dreifach gelobt und einmal um Erbarmen angefleht wurde. Vita folgte als Nächste. Sie bewegte sich wie auf dem Laufsteg, das Seidentuch, das ihren Kopf bedeckte, schmiegte sich um ihren Hals und fiel ihr sanft über die Schultern. Von der Wut, die sie gezeigt hatte, als sie von Andrejs Testament erfuhr, war nichts mehr zu spüren Doch Julia schauderte, wenn sie daran dachte, was ihr bevorstand, sollte sie das Erbe annehmen. Noch hatte Michael nicht entschieden, ob er bei KrioZhit bleiben wollte. Er war viel zu sehr mit der Gegenwart beschäftigt, um an die Zukunft zu denken.

Als Julia an der Reihe war, überkam sie eine seltsame Ruhe. Das Gefühl, vom Leben betrogen worden zu sein, das sie so lange begleitete, hatte sich wie der Weihrauch verflüchtigt. Sie blieb vor dem Sarg stehen und betrachtete Andrej ein letztes Mal. Er trug ein helles Hemd, ein Symbol für das Licht und das Paradies. Darüber das Totentuch, das bereits seine Mutter und später seinen Vater bedeckt hatte. In der Hand hielt er eine kleine Figur. Häufig wählten die Hinterbliebenen ein Abbild Gottes oder der heiligen Muttergottes, Michael aber hatte sich für den heiligen Sergius entschieden, dessen Namen Andrej als Mönch getragen hätte.

Wie friedlich Andrej aussah. Dass er bis auf die Löcher, die Bogdan Radu in seinen Schädel gebohrt hatte, gänzlich unversehrt war, hätte zu Spekulationen führen können. Immerhin hatte er offiziell ein halbes Jahr im Wasser gelegen. Michael hatte den Leichnam aber so stark geschminkt, dass niemand auf die Idee gekommen wäre, die Haut darunter sei intakt. Julia berührte mit ihren Lippen das Papierband. Sie durchlebte gemeinsame Momente, spürte Andrejs Herzschlag, hörte seine Stimme. Sie dachte an seinen Wunsch, sterben zu dürfen, und an Pawels Traum vom ewigen Leben. Schloss das eine das andere aus? Lebte Andrej nicht in Michael weiter? Waren Pawels und Andrejs Wünsche wirklich so gegensätzlich? Beide sehnten sich nach Perfektion. Andrej nach dem Zustand vor dem Sündenfall, Pawel nach dem, was der Renaissance-Philosoph Francis Bacon als die »große Wiederherstellung« bezeichnet hatte. Für beide war das Dasein als Mensch eine Strafe.

Nicht so für Julia. Sie richtete sich auf und entfernte sich vom Sarg. Als sie nach der Messe ins Freie trat, legte sie den Kopf in den Nacken und betrachtete die blassen Sonnenstrahlen, die sich in den goldenen Kuppeln der Kirche spiegelten. Der Wind strich ihr über das Gesicht, Schneestaub wirbelte durch die Luft. Ein Rabe krächzte, und Glockengeläut setzte ein. Ein Mensch kann doch zweimal sterben, dachte sie. Aber auch zweimal geboren werden.

54

Tschurka beobachtete den Gang zum Grab. Langsam wurde der Sarg durch den Nowodewitschi-Friedhof getragen. Pawel und Vita bildeten die Spitze der Prozession, gefolgt von dem Unbekannten, den Tschurka in dem georgischen Restaurant beobachtet hatte. Michael Wild. Es war nicht schwierig gewesen, seinen richtigen Namen in Erfahrung zu bringen. Nicht, nachdem er herausgefunden hatte, dass es sich bei der Frau, die Vitas Mutter besucht hatte, um dessen Mutter handelte. Andrej, ein Weiberheld! Wer hätte das gedacht? Was Vita wohl dazu meinte? Tschurka sah ihr an, dass sie Julia nicht mochte. Wer sie nicht so gut kannte wie er, hätte ihre angestrengte Haltung auf den traurigen Anlass zurückführen können. Doch Vitas Interesse galt nicht dem Sarg vor ihr, sondern der Frau, die direkt hinter ihr ging. Tschurka merkte es an der Art und Weise, wie sie den Kopf hielt. Kaum merklich zur Seite gedreht, damit sie besser hörte, was gesprochen wurde. Eine ehemalige Mitschülerin von Vita fiel ihm ein, sie hatte sie »Swolach« genannt. Abschaum. Mit dem Müll hineingezogen. Man hatte nie herausgefunden, wer der Suppe des Mädchens Maiglöckchen beigemischt hatte.

Die Gruppe versammelte sich um das offene Grab. Vita stellte sich so nahe neben Pawel, dass sich ihre Arme berührten. Tschurka knackte mit den Knöcheln, um die Spannung abzubauen, die der Anblick in ihm auslöste. Vita hatte ihn lange in dem Glauben gelassen, dass Pawel und sie bloß Geschäftspartner waren. Sie wollte Reichtum und Status, er ein Aushängeschild. Als Tschurka die beiden jetzt beobachtete, erkannte er, dass mehr zwischen ihnen war als Kalkül. Er hatte sich geschworen, sich nie durch niedrige Gefühle wie verletzten Stolz oder

Eifersucht leiten zu lassen. Zu viele Kollegen hatten dafür mit dem Leben bezahlt. Dennoch war ihm klar, dass er diesmal nicht die andere Wange hinhalten konnte.

Der Sarg wurde in die Erde gelassen. Pawel trat vor, um eine Abschiedsrede zu halten. Tschurka hörte nicht, was er sagte. Es war ihm auch egal. Mit seinen Gedanken war er bereits bei dem Aurus Senat, der vor dem Friedhof parkte. Er zündete sich eine Zigarette an und schlenderte zum Ausgang. Kein einziges Mal blickte er zurück. Als er sich der Luxuslimousine näherte, stellten sich ihm zwei Leibwächter in den Weg. Tschurka warf die Kippe auf den Boden und trat sie mit den Fersen aus.

»Er will mit mir reden«, sagte er.

Seine Worte erzielten die gewünschte Wirkung. Tschurka wartete, bis die Leibwächter ihn abgetastet und mit ihrem Chef Rücksprache genommen hatten. Die getönte Scheibe glitt herunter. Dahinter saß Oleg Wolkow.

Tschurka trat näher ans Fenster. »Ich habe Informationen, die dich interessieren könnten.«

Sie wollen wissen, wie es weitergeht?
Der dritte Band der KRYO-Trilogie:

KRYO
Die Verfehlung

Erscheint im Herbst 2024.
Mehr dazu auf www.unionsverlag.com

Leseprobe

KRYO
Die Verfehlung

Das Atmen fiel ihr schwer. Sie versuchte, das Wohnzimmerfenster hochzuschieben, doch es klemmte. Sie ging in die Knie, legte die Handballen an den Rahmen und setzte ihre ganze Kraft ein. Frische Luft strömte durch den schmalen Spalt, zusammen mit den vertrauten Geräuschen Inwoods. Spanische Sprachfetzen, das Klappern von Mülltonnen, das Brummen des Verkehrs auf dem Broadway, der hier im äußersten Norden Manhattans nichts mehr von seinem Glanz besaß und jetzt einfach nur noch US 9 hieß. Julia sehnte sich nach ihrem Haus in Upstate New York. Nach den Wäldern, der Weite und der Ruhe. Dieses Wochenende würde sie hinfahren, nahm sie sich vor. Sie hatte es hinausgeschoben, weil sie sich vor der Leere fürchtete, die Sams Tod hinterlassen hatte. Ob der Napf noch in der Küche stand? Die Hundeleine neben der Tür hing? Henry hatte Sam begraben und die Spuren des Einbruchs beseitigt. Doch Julia würde den Anblick des toten Hundes nie vergessen. Seine von Schaum bedeckte Zunge, die ihm aus der Schnauze hing. Sein Kopf, in Richtung Treppe gedreht, als habe er sie vor der Gefahr warnen wollen.

Gierig sog sie die Luft ein. Noch immer hatte sie das Gefühl, nicht genügend Sauerstoff zu bekommen. Sie griff nach ihrer Jacke und verließ die Wohnung. Der Januarnachmittag war kalt, und wie so oft wehte ein eisiger Wind. Dennoch schwitzte sie. Sie schlug den Weg zum Hill Park ein, der gleich um die Ecke lag. Auf knapp achtzig Hektar erstreckte sich der letzte natürliche Wald Manhattans. Als Michael klein war, hatten sie oft die Nachmittage dort verbracht. Manchmal waren sie bis zum Spuyten Duyvil Creek spaziert, wo sie das riesige, blaue »C« betrachteten, das ein Student an den Felsen gemalt hatte. »Daddy«, hatte Michael jedes Mal gerufen, weil das Logo für ihn unwiderruflich mit Henry verbunden war, der schon damals an der Columbia University unterrichtete.

Seither waren über zwanzig Jahre vergangen. Inzwischen wusste Michael, dass Henry nicht sein leiblicher Vater war. Er hatte sich mit Julias Lügen abgefunden und begriffen, dass sie ihn hatte schützen wollen. Was ihr am Ende doch nicht gelungen war. Auf der Suche nach Antworten war Michael dem Feind direkt in die Arme gelaufen. Sie wischte sich den Schweiß von der Stirn. Sie musste loslassen. Michael war längst erwachsen, er traf seine eigenen Entscheidungen. Pawel würde nicht zulassen, dass ihm etwas zustieß. Glaubte sie. Hoffte sie.

Der Speichel sammelte sich in ihrem Mund. Sie versuchte zu schlucken, doch ihr Körper gehorchte ihr nicht. War sie etwa krank? Ihre Beine gaben unter ihr nach, und sie sank auf die Knie. Wie aus weiter Ferne nahm sie wahr, wie ein Jogger neben ihr stehen blieb, doch sie verstand nicht, was er sagte. Ihre Welt beschränkte sich auf ihren Körper, der nicht mehr ihr zu gehören schien. Sie spürte den Asphalt unter ihren Händen, hörte ein Keuchen. Ihre Arme zuckten unkontrolliert, und Übelkeit stieg in ihr auf. Schmerzen, überall. Sie wollte schreien, brachte aber nur ein Wimmern zustande.

Hatte sie verdorbene Lebensmittel gegessen? Seit sie ihren Geruchs- und Geschmackssinn verloren hatte, achtete sie genau auf das Ablaufdatum. Vielleicht war sie mit ihren Gedanken woanders gewesen, als sie sich das Essen zubereitete. Zurzeit beschäftigte sie so vieles, dass sie manchmal nicht einmal merkte, was sie im Supermarkt vom Regal nahm. Sie versuchte, sich daran zu erinnern, was sie gekocht hatte, doch ihre Gedanken entglitten ihr. Schwarze Punkte tanzten vor ihren Augen, und alles in ihr krampfte sich zusammen. Das Letzte, was sie wahrnahm, war das Röcheln aus ihrer Kehle.

Flint & Cavalli ermitteln

Erster Funke Flint und Cavalli – Wie alles begann
Fremde Hände Flint und Cavalli ermitteln im Rotlichtmilieu
Tote Träume Flint und Cavalli ermitteln gegen die Brandstifter
Kalte Schüsse Flint und Cavalli ermitteln gegen die russische Mafia
Stille Lügen Flint und Cavalli ermitteln in Georgien
Tiefe Narben Flint und Cavalli ermitteln gegen einen Insider
Leere Gräber Flint und Cavalli ermitteln in Argentinien
Heiße Eisen Flint und Cavalli ermitteln in besten Kreisen
Alte Feinde Flint und Cavalli ermitteln im Reservat
Stumme Schreie Flint und Cavalli ermitteln hinter verschlossenen Türen
Das Geständnis Ein Regina-Flint-Kurzkrimi

Meyer & Palushi ermitteln

Tatverdacht Meyer und Palushi ermitteln in Kosovo
Hafturlaub Meyer und Palushi ermitteln gegeneinander
Täuschung Meyer und Palushi ermitteln in Thailand
Entführung Meyer und Palushi ermitteln zwischen den Fronten

Die KRYO-Trilogie

Die Verheißung *Die Versuchung* *Die Verfehlung*

Geballte Wut

Sebastians Leben ist eine einzige Abwärtsspirale. Jetzt sitzt er im Gerichtssaal und denkt zurück.

Schockfrost (gemeinsam mit Mitra Devi)

Ein abgründiger, rasanter Psychothriller im Grenzbereich zwischen Normalität und Wahnsinn.

Mehr über AutorIn und Werk auf *www.unionsverlag.com*